을유세계문학전집

개인적인 체험

을유세계문학전집 · 22

개인적인 체험

個人的な体験

오에 겐자부로 지음 · 서은혜 옮김

을유문화사

옮긴이 서은혜

연세대학교 국어국문학과를 졸업하고, 일본 도쿄도리츠대학 대학원에서 일본 문학을 공부했다. 현재 전주대학교 언어문화학부 교수이다. 옮긴 책으로 『그리운 시절로 띄우는 편지』, 『체인지링』, 『우울한 얼굴의 아이』, 『책이여, 안녕!』, 『회복하는 인간』, 『오에 겐자부로론』, 『사죄와 망언 사이에서』, 『세키가하라 전투』, 『선생님의 가방』 등이 있다. 논문으로 「우주까지 넘나드는 자유로운 상상력 – 오오에 켄자부로오의 작품세계」, 「오에 겐자부로의 초기작에 나타난 문제의식」, 「오에 겐자부로의 '뒤바뀐 아이' 소론」 등이 있다.

을유세계문학전집 22

개인적인 체험

발행일 · 2009년 7월 30일 초판 1쇄 | 2023년 12월 25일 초판 12쇄
지은이 · 오에 겐자부로 | 옮긴이 · 서은혜
펴낸이 · 정무영, 정상준 | 펴낸곳 · (주)을유문화사
창립일 · 1945년 12월 1일 | 주소 · 서울시 마포구 서교동 469-48
전화 · 02-733-8153 | FAX · 02-732-9154 | 홈페이지 · www.eulyoo.co.kr
ISBN 978-89-324-0352-6 04830 978-89-324-0330-4(세트)

차례

1

버드(Bird)는 들사슴이라도 되는 양 당당하고 우아하게 진열장에 자리 잡고 있는 멋진 아프리카 지도를 내려다보며 조그맣게 억제된 한숨을 내쉬었다. 유니폼 블라우스에서 드러난 목과 팔에 소름이 돋아 있는 서점 점원들은 버드의 한숨에 굳이 신경을 쓰지 않았다. 저녁 어둠이 짙어 가고 지면을 덮고 있는 대기로부터 죽은 거인의 체온처럼 초여름의 훈김이 완전히 걷혀 버린 참이었다. 모든 이들이 살갗에 조금씩 남아 있는 낮 동안의 온기의 기억을 무의식의 어둠 속에서 더듬는 듯한 몸짓을 하며 모호한 한숨을 내쉬고 있다. 6월 오후 6시 반, 거리엔 이미 땀을 흘리는 사람은 없다. 하지만 버드의 아내는 고무천 위에 벌거숭이로 누워 총을 맞고 떨어지는 꿩처럼 눈을 꽉 감고 온몸의 땀구멍이란 땀구멍에서 막대한 수의 땀방울을 뿜어내며 고통과 불안과 기대로 신음 소리를 내지르고 있을 것이다.

버드는 진저리를 치며 지도의 세부를 뚫어져라 바라보았다. 아프리카를 둘러싼 바다는 겨울 새벽의 쨍하게 맑은 하늘처럼 눈물겨운 블루로 칠해져 있다. 위도, 경도 역시 컴퍼스로 그려진 기계적인 선이 아니라 화가의 인간다운 불안정함과 여유를 느끼게 만드는 굵다란 선으로 표현되어 있다. 그것은 아이보리 블랙이었다. 아프리카 대륙은 고개를 수그린 남자의 두개골 모양과 닮았다. 이 커다란 머리의 사나이는 코알라와 오리너구리와 캥거루의 땅인 오스트레일리아를 근심스러운 듯 내리뜬 눈으로 보고 있다. 지도 아래쪽 귀퉁이의 인구 분포를 보여 주는 조그만 아프리카는 썩기 시작한 죽은 사람의 머리 비슷했고 교통 관계를 보여 주는 조그만 아프리카는 살갗을 벗겨 내어 모세혈관들을 모두 드러낸 참혹한 머리다. 그것들은 모두 생생하고 폭력적인 변사체의 인상을 불러일으켰다.

"진열장에서 꺼내 보여 드릴까요?"

"아뇨, 내가 보고 싶은 건 이것 말고 미슐랭의 서아프리카 지도와 중앙 및 남아프리카 지돕니다" 하고 버드가 말했다.

점원이 온갖 종류의 미슐랭 자동차 여행자 지도가 가득 들어차 있는 서가에 쭈그려 앉아 부지런히 찾기 시작하자, 버드는 마치 아프리카 전문가라도 되는 듯 "번호는 182와 155예요" 하며 말을 걸었다.

그가 탄식하며 바라보고 있던 것은 묵직한 장식품 같은 온통 가죽으로 된 세계 전도의 한 페이지였다. 그는 몇 주 전에 이미 그 호화본의 가격을 확인했지만 그것은 학원 강사인 그의 5개월분 월급이었다. 임시 통역 수입까지 친다면 석 달 치 정도로 버드는 그것을 손에 넣을 수 있을 것이다. 하지만 버드는 그 자신과 아내와 그리고 이제 존재하기 시작하려는 아이를 부양해야만 한다. 그는 한 집안의 가장인 것이다.

점원은 빨간 종이 표지의 지도 두 종류를 골라내어 진열장 위에 놓았다. 그녀의 손바닥은 조그맣고 더러웠으며 그 손가락은 관목에 매달려 있는 카멜레온의 발처럼 천해 보였다. 그 손가락이 닿아 있는 지도의 마크, 굴렁쇠를 굴리듯이 타이어를 밀어 가며 달리고 있는 개구리 같은 고무 인간의 마크에 눈길을 멈추고 버드는 쓸데없는 물건을 사고 있다는 기분이 들었다. 하지만 그것은 중요하고 실용적인 지도인 것이다. 버드는 지금 사려는 지도와 다른 진열장 안의 고급스런 지도들에 대해 아쉬운 듯이 물어보았다.

"어째서 이 세계 지도는 언제나 아프리카 페이지가 펼쳐져 있는 거죠?"

점원은 어딘가 경계하는 듯이 침묵했다.

왜 이건 항상 아프리카 페이지를 열어 놓는 걸까? 하고 버드는 자문자답을 시작했다. 서점 주인이 이 책에서 아프리카 페이지가 가장 아름답다고 생각하고 있는 것일까? 하지만 아프리카처럼 어지럽게 변화하고 있는 대륙의 지도는 금세 낡은 것이 된다. 거기서부터 세계 전도의 총체에 대한 침식이 시작되는 것이다. 따라서 아프리카 지도 페이지를 열어 놓는다는 것은 이 세계 전도가 낡았다는 것을 단적으로 광고해 버리는 셈이 될 것이다. 그렇다면 정치 관계가 완전히 고정되어 버려서 이제 더 이상 결코 낡은 것이 되지 않을 대륙의 지도로서는 어디를 골라야 할까. 아메리카 대륙, 그것도 북아메리카 대륙? 버드는 그런 자문자답을 도중에 멈추고 빨간 표지의 아프리카 지도 두 개를 사고는 지나치게 살이 찐 나부(裸婦)의 브론즈와 몬스터 트리 화분 사이의 통로를 고개를 떨구고 빠져나와 계단을 내려갔다. 브론즈의 아랫배는 욕구 불만 인간들의 손바닥의 기름기로 개 코처럼 젖은 빛을 발하고 있었다. 버드 역시 학창 시절, 그곳을 만지며 지나곤 했지만 지금은 브론즈를 똑바로 바라볼 용기조차 없었다. 벌거벗고 누워 있는 그의 아내 곁에서 의사와 간호사들이 양쪽 모두 팔꿈치까지 드러낸 팔을 소독약으로 좍좍 씻고 있는 것을 그는 보고 말았던 것이다. 의사의 팔은 완전히 털투성이였다.

혼잡한 1층 잡지 매장을 빠져나온 버드는 지도를 말아 넣은 딱딱한 종이 꾸러미를 조심스레 양복 바깥 주머니에 꽂아 넣고 팔로 누르며 걸었다. 그것은 버드가 처음으로 산 실용적인 아프리카 지도였다. 하지만 내가 실제로 아프리카 땅을 밟아 짙은 선글라스를 끼고 아프리카의 하늘을 올려다볼 날이 찾아와 줄까? 하고 버드는 불안한 마음으로 생각했다. 오히려 나는 지금 이 순간에도 아프리카로 출발할 가능성을 결정적으로 잃어 가고 있는 것이나 아닐까? 요컨대 나는 지금 자신의 청춘에서 유일하며 마지막인 눈부신 긴장으로 충만한 기회에 속절없이 작별을 고하고 있는 것이 아닐까? 만약 그렇다고 한들, 이제 그것을 면할 길은 없는 것이다.

버드는 부아가 치민다는 듯이 거칠게 수입 서점의 문을 밀고 초여름 석양의 길거리로 나섰다. 더럽혀진 공기와 엷은 어둠 탓에 안개로 막힌 듯한 느낌의 보도. 두꺼운 표지의 신착 양서를 늘어

놓은 장식장 속의 형광등을 갈고 있던 전기공이 버드 앞으로 뛰어 내리는 바람에 버드는 놀라서 한 발 물러섰고 그대로 어둡게 그늘진 널따란 유리창 속의 자기 자신, 단거리 러너 같은 속도로 늙어가고 있는 스스로를 바라보았다. 버드, 그는 스물일곱 살 4개월이다. 그가 버드라는 별명으로 불리게 된 것은 열다섯 살 무렵이었다. 그 후 그는 줄곧 버드다. 장식장 유리의 어두운 먹빛을 한 호수에 어설픈 몸짓의 익사체처럼 떠 있는 현재의 그 역시 여전히 새를 닮았다. 버드는 작은 몸집에 깡말라 있다. 그의 친구들은 대학을 졸업하고 취직을 하자마자 살이 붙기 시작했고, 그나마 아직 날씬하던 친구들조차 결혼을 하고는 살이 쪘지만 버드 혼자만은 배에만 약간 살이 붙었을 뿐 여윈 그대로였다. 그는 언제나 어깨를 으쓱거리며 구부리고 걸었고 멈춰 서 있을 때도 같은 자세였다. 그것은 운동가 타입의 마른 노인 같은 느낌이다. 그가 으쓱대는 어깨는 접힌 날개 같았고 용모 자체가 새를 떠올리게 한다. 매끈매끈하고 주름 하나 없는 어두운 색의 콧대는 부리처럼 튀어 나와 힘차게 구부러져 있고 안구는 아교색의 딱딱하고 둔한 광택을 띠며 감정을 드러내는 일이 거의 없다. 다만 때로 놀란 듯이 격렬하게 벌어질 따름이다. 입술은 늘 꽉 다물어져 얇고 야무지며 뺨에서 볼까지는 날카롭게 모가 나 있다. 그리고 불그스름한 불꽃처럼 허공을 향해 곤두선 머리카락. 버드는 열다섯 살에 이미 바로 이런 얼굴이었다. 스무 살 때도 그랬다. 그는 언제까지 새와 같을까? 열다섯 살부터 예순 살에 이르기까지 같은 얼굴, 같은 자세로 사는 수밖에 없는 그런 종류의 인간인 걸까? 그렇다고 한다면 버드는 지금 장식장 유리 속에서 그의 전 생애를 통해 이어질 자기 자신을 바라보고 있는 셈이다. 버드는 구역질이 날 정도로 절실하고 구체적인 혐오감에 빠져 몸서리쳤다. 그는 하나의 계시를 받은 기분이었다. 기진맥진 파김치가 된, 아이들이 줄줄이 딸린 늙어빠진 새……

그때 유리창 안 어두컴컴한 호수 속을 어딘지 확실히 기묘한 구석이 있는 여자가 버드를 향해 다가왔다. 어깨가 떡 벌어진 몸피에 유리에 비친 버드의 머리 위로 그 얼굴이 보일 정도로 키가 컸다. 버드는 등 뒤에서 괴물이 습격이라도 해 온 듯한 기분이 들어 자기도 모르게 방어하는 자세가 되어 뒤돌아보았다. 여자는 그의 바로 앞에서 멈춰 서더니 탐색이라도 하듯이 심각한 표정으로 버드를 찬찬히 바라보고 있었다. 긴장한 버드 역시 여자를 바라보았다. 한순간이 지나 버드는 여자의 눈 속의 딱딱하고 날카로운 긴박감이 우울한 무관심의 물로 씻겨 나가는 것을 보았다. 여자는 버드에 대해 그것이 어떤 성질의 것인지는 확실치 않지만 어쨌든 일종의 이해관계의 '끈'을 발견할 참이었지만 돌연 버드가 그런 '끈'에 어울리는 대상이 아니라는 사실을 깨달은 것이다. 그때쯤 버드 쪽에서도 넘실넘실 컬을 한 지나칠 정도로 풍성한 머리카락으로 쌓인, 프라 안젤리코(Fra Angelico)의 「수태고지(受胎告知)」 그림 속의 천사 같은 얼굴에서 이상한 점, 특히 윗입술에 남아 있는 몇 가닥의 수염을 발견했다. 그것은 엄청나게 두꺼운 화장의 벽을 뚫고 튀어 나와 불안하게 떨고 있었다.

"여어!" 하고 여자는 활달하게 울리는 젊은 남자의 음성으로,

경솔한 실수에 자신도 한심해하고 있다는 듯한 소리를 냈다. 나쁘지 않은 느낌이었다.

"여어!" 하고 버드는 서둘러 미소 지으며, 이 역시 그를 새 같은 인상으로 만드는 속성 중의 하나인 약간 갈라지고 높은 소리로 인사를 건넸다.

남창이 그대로 하이힐의 뒤축을 반회전시켜 천천히 사라져 가는 것을 잠깐 바라보고, 버드는 반대 방향으로 걷기 시작했다. 버드는 좁다란 길을 지나 노면 전차가 다니는 널찍한 보도를 주의 깊게 경계하며 건넜다. 때때로 경련이라도 일듯 격렬해지는 버드의 신경과민적 조심스러움 역시 겁에 질려 거의 미칠 듯한 조그만 새를 연상케 한다. 어쨌든 버드라는 별명은 그에게 잘 어울렸다.

그 녀석은 장식장에 자신을 비추어 보며 누군가를 기다리고 있는 듯한 나를 성도착자로 착각한 거야, 하고 버드는 생각했다. 그것은 불명예스런 오해였지만 돌아본 그를 보고 남창이 곧바로 그 오해를 깨달은 이상, 그의 명예는 회복된 것이다. 그래서 버드는 이제 그 우스꽝스러움만을 즐기고 있었다. 여어! 하는 것은 그런 때 그야말로 안성맞춤의 인사말 아닌가! 녀석은 상당히 지적인 인간임이 분명하다. 버드는 거구의 여자로 둔갑한 젊은이에게 돌발적인 우정을 느꼈다. 오늘밤 그 젊은이는 제대로 성도착자를 찾아내어 봉을 잡을 수 있을까? 차라리 내가 용기를 내어 그를 따라갔어야 하는 건지도 모른다. 버드는 자기가 그 남창과 둘이서 어딘지 정체를 알 수 없는 이상한 귀퉁이에 처박혔더라면, 하고 공상하면서 보도를 다 건너 술집이니 음식점들이 늘어선 번화가로 들어섰다. 그 남자와 나는 형제처럼 사이좋게 벌거벗고 드러누워 이야기를 나누었으리라. 나까지 벌거벗고 있는 것은 그 남자를 어색한 기분에서 구해 주기 위해서다. 나는 지금 아내가 아이를 낳고 있다는 사실을 털어놓겠지. 또한 내가 꽤 오래전부터 아프리카를 여행하고 싶다고 생각해 왔고 그 여행 뒤에 『아프리카의 하늘』이라는 모험기를 출판하는 것이 꿈속의 꿈이라는 것도 이야기하리라. 그리고 일단 아내가 출산하고 내가 가족이라는 감옥에 갇히게 된다면—사실 결혼 후, 나는 그 감옥 안에 있는 것이지만 아직 감옥의 뚜껑이 열려 있는 것 같았다. 하지만 태어날 아이가 그 뚜껑을 꽝 하고 내리덮어 버릴 것이다—나는 이제 아프리카를 혼자서 여행한다는 건 완전히 불가능해진다는 사실을 이야기할 것이다. 그 남자는 나를 위협하고 있는 노이로제의 씨앗 하나하나를 정성껏 주워 모아 이해해 줄 것임이 틀림없다. 왜냐하면 자신의 내면의 왜곡에 충실하고자 마침내는 여장을 하고 성도착의 파트너를 길바닥에서 찾기에 이른 그런 젊은이라면 무의식의 깊숙한 바닥에 뿌리를 내린 불안이나 공포감에 참으로 민감한 눈과 귀와 마음을 지닌 종족일 테니까.

내일 아침, 녀석과 나는 라디오 뉴스라도 들어가며 마주 보고 수염을 깎게 되었을지도 모른다, 비누통 하나를 함께 쓰며. 녀석은 아직 젊었지만 그에 비해 수염은 짙은 듯한 사내였으니까, 하고 버드는 생각했고 거기서 공상의 사슬을 끊고 미소 지었다. 녀석과 함께 밤을 보내는 건 무리였겠지만 딱 한잔만 마시자고 권할 걸 그랬다. 버드는 지금 조그만 술집들이 줄줄이 늘어선 길을 취객들이 몇이나 섞여 있는 인파에 묻혀 걷고 있었다. 그는 목이 말랐고 혼자서라도 한잔하고 싶은 기분이었다. 버드는 여위고 긴 목을 재빨리 돌려 가며 길 양쪽의 술집들을 살펴보았다. 하지만 실제로 그는 어느 술집에도 들어갈 생각이 없었다. 만약 그가 알코올 냄새를 푹푹 풍겨 가며 아내와 신생아의 침대 곁으로 달려간다면 그의 장모는 어떤 반응을 보이겠는가! 버드는 장모뿐 아니라 장인에게도 알코올에 사로잡힌 자신을 다시는 보이고 싶지 않았다. 정년퇴직할 때까지 장인은 버드가 졸업한 공립대학 영문학과의 주임 교수였다. 그리고 지금 사립대학으로 옮겨 강의를 하고 있었다. 버드가 그 나이에 대입 학원 강사 자리를 얻을 수 있었던 것은 운이 좋아서라기보다는 장인의 호의 덕분인 것이다. 버드는 장인을 좋아하고 있었고 두려워하기도 했다. 그 노인은 버드가 만난 가장 거대한 인간이었다. 버드는 그를 또 한 번 실망시키고 싶지 않았다.

버드는 스물다섯 살 하고도 5개월 때 결혼을 했는데 그 해 여름 넉 주 동안 위스키를 계속해서 마셔 댔다. 갑작스레 그는 알코올의 바다를 표류하기 시작했던 것이다. 그는 곤드레만드레 상태의 로빈슨 크루소였다. 버드는 대학원생으로서의 모든 의무를 포기하고, 아르바이트니 자신의 공부까지 모든 것을 버려두고 돌아보지 않은 채 밤은 말할 것도 없고 대낮에도 어둡게 해 둔 리빙 키친에서 레코드를 들으면서 그저 위스키를 마시고 있었다. 지금 와 생각하면 그 최악의 나날, 버드는 위스키를 마시고 음악을 듣는 것과 술에 절어 괴로운 잠을 자는 것 말고는 살아 있는 인간다운 행위라곤 아무것도 하지 않았던 것 같다. 넉 주가 지난 후, 그는 7백 시간이나 이어졌던 깊고 고통스럽던 취기에서 되살아나 전쟁을 겪은 도시만큼이나 황폐해져 버린, 비참하게 깨어 있는 자신을 발견했다. 버드는 아주 미약한 부활 가능성밖에 없는 정신적 금치산자로서 그의 내부의 광야는 물론이고 자신을 둘러싼 외부와의 관계라는 광야를 개척하려는 시도를 시작할 수밖에 없었다.

버드는 대학원에 자퇴 원서를 냈고 장인이 학원 강사 자리를 찾아 주었다. 그러고 나서 2년이 지난 지금 그는 아내의 출산을 맞게 된 것이다. 그 버드가 다시 알코올의 독에 피를 더럽힌 채 아내의 병실에 나타났다가는 장모는 딸과 손자를 데리고 죽기 살기로 도망쳐 버릴 것이 분명하다!

버드 스스로도 자신 속에 아직도 남아 있는 가늘지만 뿌리 깊은 알코올에의 지향을 경계하고 있었다. 위스키 지옥에 빠져 지낸 넉 주 이후, 그는 어째서 자신이 7백 시간이나 계속 취해 있었는지를 되풀이해서 생각했지만 확실한 이유를 발견할 수는 없었다. 자신이 왜 위스키의 심연에 빠져 들었는지를 알 수 없는 이상 다시 한 번 느닷없이 그곳으로 되돌아갈 위험은 항상 남아 있는 셈이다. 버드가 그 넉 주간의 참다운 의미를 이해하지 못하는 동안 또 다른 끔찍한 넉 주로부터 자신을 지킬 방어 수단 역시 그의 것이 되지는 못한다.

버드는 그가 늘 열중해서 읽는 아프리카 관계 서적 중 하나인 『탐험사(探險史)』에서 다음 같은 한 구절을 만났다. "탐험가들이 예외 없이 말하는 마을 사람들의 만취 소동은 지금도 있는데, 그것은 아직도 여전히 이 아름다운 나라의 생활에는 무언가 부족한 점이 있다는 것, 절망적인 자포자기로 사람들을 몰아가는 근원적인 불만이 있다는 사실을 보여 주는 것이다." 이것은 수단의 황야 마을 사람들에 관한 말이지만 그것을 읽은 버드는 자기 자신의 생활 내부에 무언가 빠져 있는 것과 근원적인 불만에 관해 철저히 생각해 보는 일을 스스로가 피하고 있다는 점에 생각이 미쳤다. 하지만 그것들은 확실히 존재하는 것이었고, 그래서 버드는 지금 조심스레 알코올 음료를 거부하고 있는 것이다.

버드는 그 방사상으로 된 번화가의 중심부에 해당하는 가장 안쪽 광장으로 나왔다. 정면의 대극장에 걸린 전광시계는 7시를 가리키고 있다. 병원의 장모에게 전화를 걸어 산모의 상태를 물을 시간이다. 그는 오후 3시부터 한 시간마다 전화를 걸었다. 버드는 주변을 둘러보았다. 광장 주변에는 공중전화가 여러 개 있었지만 모두 사용 중이었다. 버드는 아내의 출산 경과보다도 오히려 접수 창구의 입원 환자 전용 전화기 앞에서 그의 연락을 기다리고 있을 장모의 심경을 생각하며 안절부절못했다. 그 병원에 딸을 데려온 뒤로 줄곧 장모는 자신이 거기서 부당하고 모욕적인 대우를 받고 있다는 고정 관념에 사로잡혀 있는 것이다. 그 전화를 다른 환자 가족이 차지하고 있으면 좋으련만, 하고 버드는 가엾은 희망을 품었다. 그리고 버드는 길을 돌아 나와 술집이니 찻집, 단팥죽 집, 중국 음식점, 돈가스 집, 양품점 따위를 살폈다. 그곳들 중 한 군데에 들어가 전화를 빌릴 수 있는 것이다. 하지만 할 수만 있다면 술집은 피하고 싶었고 이미 밥도 먹었다. 소화제라도 사기로 할까?

버드는 약국을 찾아 돌아다니다가 네거리 모퉁이에서 좀 색다른 가게 앞으로 나갔다. 그 가게 처마에는 허리를 낮추고 방어 자세로 막 권총을 발사하려는 카우보이를 그린 거대한 간판이 걸려 있었다. 버드는 카우보이의 박차가 붙은 장화가 짓밟고 있는 인디언의 머리에 쓰인 '건 코너' 라는 장식 문자를 읽었다. 가게 안에는 종이로 된 만국기와 노랑, 초록의 모올*들이 널린 가운데 그 아래로 극채색 상자 모양의 장치들을 온통 늘어놓았고 버드보다도 훨씬 젊은 녀석들이 끊임없이 우왕좌왕하고 있었다. 버드는 빨강과 남색의 컬러 테이프로 테두리를 두른 유리문 너머로 가게 안을 둘러보다가 안쪽 구석에 붉은색 전화기가 놓여 있는 것을 확인했다.

버드는 이미 유행이 지난 록큰롤을 고함쳐 부르고 있는 주크박스와 코카콜라 자판기 사이를 빠져나가 말라 버린 진흙으로 더럽혀진 판자를 붙여 놓은 가게 안으로 들어섰다. 느닷없이 귓속에서 불꽃이 터지기 시작한 것 같았다. 버드는 슬롯머신이니 다트 게임, 그리고 상자 속의 풍경 미니어처를 겨누고 라이플총을 쏘는 장치— 미니어처 숲의 그늘에서 갈색 사슴이니 하얀 토끼, 초록색 거대한 개구리 따위가 조그만 컨베이어 벨트를 타고 움직이고 있다. 버드가 그 옆을 지날 때, 기분 좋게 웃고 있는 여자 친구가 지켜보는 동안 고등학생 하나가 개구리를 한 마리 쏘았고 장치 앞쪽 점수 표시에는 5점이 가산되었다—등과 그것들에 몰려 있는 하이틴들 사이를 미로를 걷듯이 가까스로 빠져나가 전화기에 이르렀다. 버드는 동전을 집어넣고 이미 암기해 버린 병원의 번호를 돌렸다. 그는 한쪽 귀로는 멀리서 들리는 신호음을, 다른 한 귀로는 록큰롤과 1만 마리 게가 일제히 기어가는 발소리를 들었다. 놀이 기구에 빠져 있는 하이틴들이 보풀이 일어난 마루 위를 장갑처럼 부드러운 이탈리안 슈즈 바닥으로 쉴 새 없이 문질러 대면서 나는 울림. 장모는 이 소란스러움을 도대체 뭐라고 생각할까? 전화를 제시간에 못 한 것과 함께 이 소음에 대해서도 변명을 해야 하는 것일까?

신호음이 네 차례 들리고 나서 아내의 음성을 약간 어리게 만든 듯한 장모의 음성이 들렸다. 버드는 결국 아무런 변명도 없이 곧바로 아내의 상태를 물었다.

"아직이야, 아직 태어나지 않았어요. 걔는 죽을 만큼 힘들어 하고 있는데 아직이에요. 아직 태어나질 않는군요."

버드는 한순간 할 말이 없어 에보나이트 수화기에 뚫려 있는 수십 개의 개미구멍을 응시했다. 검은 별들로 치장된 밤하늘 같은 그 표면은 버드가 숨을 쉴 때마다 흐렸다가 개었다가 했다.

"그럼 8시에 전화할게요, 수고하세요" 하고 1분 후에 버드는 말했고 수화기를 내려놓고 한숨을 쉬었다.

버드의 바로 옆에 미니어처 카로 드라이브를 하는 장치가 놓여 있었고 필리핀인 같은 소년이 운전대에 앉아 핸들을 조작하고 있었다. 미니어처 재거 E 타입이 장치 가운데 실린더로 지탱되고 그 바로 밑에서 전원 풍경을 묘사한 벨트가 돌아가고 있어서 재거 E 타입은 교외의 멋진 길을 언제까지나 질주하고 있는 것이다. 길은 끝없이 구불구불 이어지고 끊임없이 소와 양, 아기 보는 아가씨 등의 장애물이 나타나서는 재거 E 타입을 위험하게 만든다. 뻔질

나게 핸들을 꺾고 실린더를 움직여 차를 사고로부터 구하는 것이 게임하는 자의 일이다. 소년은 거무스레하고 좁은 이마에 깊은 주름을 만들어 가며 열심히 핸들에 매달려 있다. 소년은 벨트의 순환 운동에 언젠가 끝이 와서 그의 재거 E 타입이 목적지에 도착할 수도 있다고 착각이라도 하고 있는 것인지 날카로운 송곳니로 물고 있는 얇은 입술 사이로 슈웃슈웃 하는 소리와 침을 튀겨 내며 운전을 계속하고 있다. 하지만 장애물로 가득 찬 도로는 조그만 자동차 앞에 언제까지나 펼쳐지는 것이다. 때로 벨트의 회전 속도가 늦추어지기 시작하면 소년은 서둘러 바지 주머니에서 동전을 더듬어 꺼내서는 장치에 붙어 있는 쇠로 된 입술 같은 구멍에 떨궈 넣었다. 버드는 비스듬히 뒤쪽에 선 채로 한참을 구경했다. 그러는 동안 버드는 참을 수 없을 정도로 부질없다는 느낌이 그의 발쪽에서부터 스며드는 것을 느꼈다. 버드는 달구어진 철판 위를 건너는 듯한 걸음걸이로 서둘러 뒤쪽 출구를 향했다. 그리고 그는 실로 이상한 한 쌍의 기구를 보았다.

오른쪽 장치에는 미국인 관광객용 홍콩제 선물 같은, 금은 비단실로 용을 수놓은 점퍼를 맞춰 입은 젊은이들이 몰려서서 정체를 알 수 없는 커다란 충격음을 내고 있었다. 버드는 지금은 어느 누구도 돌아보지 않는 왼쪽 기구로 다가갔다. 그것은 중세 유럽의 고문 장치, 철의 처녀 20세기판이었다. 적과 흑의 메커닉한 얼룩무늬로 칠해진 구리 제품인데, 등신대의 아름다운 아가씨가 벌거벗은 가슴을 양팔로 야무지게 끌어안고 있다. 그 양팔을 끌어내리고 숨겨진 철의 유방을 훔쳐보기 위해 안간힘을 쓰는 것인데 그것을 시도하는 플레이어의 악력과 견인력이 철의 아가씨 양 눈의 계산기에 숫자로 나타나는 시스템이었다. 아가씨의 머리 위엔 악력과 견인력의 연령별 평균치까지 표시되어 있다.

버드는 철 아가씨의 입술 사이 구멍에 동전 한 닢을 넣었다. 그러고 나서 버드는 아가씨의 양팔을 그 유방에서 떼어 내는 일에 덤벼들었다. 철로 된 팔은 완강히 저항한다. 버드는 한층 더 힘을 준다. 버드의 얼굴은 점차 강철 아가씨 쪽으로 다가간다. 아가씨의 얼굴엔 명백한 고민의 표정을 느끼도록 하는 색채가 칠해져 있어서 버드는 아가씨를 능욕하고 있는 듯한 기분이다. 그는 온몸의 근육이 아프기 시작할 때까지 힘을 주었다. 갑자기 아가씨의 가슴 속에서 톱니바퀴가 돌아가는, 부욱부욱 하는 소리가 나더니 아가씨의 눈에 엷은 핏빛의 문자판이 나타났다. 버드는 돌연 온몸의 모든 근육을 이완시키고 거친 숨을 뱉으며 거기 자신이 획득한 숫자와 바깥쪽 평균차를 대조했다. 어떤 단위에 의한 것인지는 확실치 않지만 버드가 얻은 수치는 악력 70, 견인력 75였다. 그리고 바깥쪽 27세 부분에는 악력 110, 견인력 110.

버드는 믿을 수 없어 하며 바깥쪽을 둘러보았고 마침내 자신의 수치가 40세의 평균치라는 것을 확인했다. 40세! 버드는 위장에 좋지 않은 충격을 받아 트림을 한 번 했다. 마흔 살짜리 인간의 악력과 견인력밖에 갖지 못한 스물일곱 살 4개월의 사나이, 버드. 이건 도대체 어떻게 된 것일까. 더구나 어깨와 옆구리의 근육이 쿡, 쿡 쑤시기 시작했다. 그건 지겨운 근육통으로 바뀌어 자리를 잡을 듯한 낌새였다. 버드는 명예 회복을 시도할 심산으로 오른쪽 장치로 다가갔다. 스스로도 뜻밖이었지만 그는 이 체력 검사 게임에 심각해져 있는 것이다.

버드가 비집고 들어가자 용을 수놓은 점퍼 차림의 젊은이들은 자신들의 영역을 침범당한 짐승들처럼 민감하게 일제히 각각의 움직임을 멈추고 도전적인 눈을 하고서 버드를 둘러쌌다. 버드는 멈칫거리며, 그래도 일단은 태연하게 젊은이들의 중심에 놓인 장치를 바라보았다. 그것은 서부 영화의 교수대를 연상케 하는 구조였다. 다만 운 나쁜 죄인이 매달릴 위치에 슬라브 기사의 투구 같은 것이 달려 있고 투구 안으로 검은 백 스킨의 샌드백이 보였다. 투구 가운데 거인의 외눈처럼 열려 있는 구멍에 동전을 넣으면 샌드백을 끌어내릴 수가 있고 동시에 지주에 붙어 있는 계기침이 제로 위치에 세트된다. 계기 중앙에는 로봇 쥐 만화가 그려져 있어서 로봇 쥐는 노란색 입을 벌려 고함을 지른다. '자아! 당신의 펀치력을 재어 봅시다!'

버드가 언제까지나 장치를 바라보고만 있으니까 점퍼 입은 젊은이 중 하나가, 반쯤은 부끄럽게 반쯤은 자신에 차서 시위라도 하듯이 장치 앞으로 나서더니 투구의 구멍에 동전을 넣고 샌드백을 끌어내렸다. 그리고 젊은이는 한 발 물러서더니 춤추듯이 온몸으로 뛰어올라 샌드백을 내리쳤다. 충격음, 그리고 샌드백을 매단 쇠사슬이 투구의 안쪽을 긁어 대는 치익치익 하는 소리. 계기 문자반의 한계를 넘어 버린 바늘은 부질없이 떨고 있다. 점퍼 차림의 젊은이들이 일제히 와하고 웃었다. 펀치력이 계기의 용량을 넘은 까닭에 장치는 마비되었고 원래 상태로 돌아가지 않는 것이다.

득의만면의 젊은이가 이번에 가라테 동작으로 샌드백을 가볍게 찼다. 그러자 겨우 계기침은 150을 가리키며 멈추었고 샌드백은 지쳐 빠진 소라게처럼 느릿느릿 투구 속으로 되돌아갔다. 젊은이들은 다시 한 번 큰소리로 웃었다.

정체를 알 수 없는 정열이 버드를 사로잡았다. 그는 아프리카 지도에 주름이 잡히지 않도록 조심해 가며 윗옷을 벗어 빙고 게임기 위에 얹었다. 그리고 버드는 아내의 병원에 전화를 걸기 위해 넉넉히 준비해 두고 있던 동전 하나를 투구에 넣었다. 용 자수 점퍼를 입은 하이틴들이 그의 일거수일투족을 지켜보고 있었다. 버드는 샌드백을 끌어내렸고 한 발 물러서서 자세를 잡았다. 버드는 지방 도시의 고등학교에서 퇴학을 당하고 대학 입시 자격 검정 시험을 준비하고 있던 시절, 같은 지방 도시의 불량 그룹과 매주 싸움을 벌였었다. 그는 두려움의 대상이었고 언제나 나이 어린 숭배자들에 둘러싸여 있었다. 버드는 자신의 펀치력을 신뢰하고 있었다. 이 젊은이들처럼 보기 흉하게 점프를 하지 않고 전통적인 자세로 그는 제대로 칠 것이다. 버드는 가볍게 한 발 내밀며 오른쪽 스트레이트로 샌드백을 쳤다. 그의 펀치는 계기의 최고 한계인 2천5백을 돌파하여 계기반을 반신불수로 만들었을까? 천만의 말씀, 3백이었다. 버드는 샌드백을 쳤던 주먹을 가슴에 두고 앞으로 수그린 채 일순 멍하니 계기반을 바라보고 있었다.

그러고 나서 얼굴로 온통 뜨거운 피가 몰렸다. 그의 등 뒤에서 용 자수 점퍼의 젊은이들은 꼼짝 않고 숨을 죽이고 있었다. 하지만 그들이 계기반과 버드에게 주의를 집중하고 있는 것은 확실하다. 그들은 이렇게 빈약한 수치의 펀치력이 드러난 것에 허를 찔린 것이리라.

버드는 젊은이들의 존재를 완전히 무시하고 있다는 듯이 다시 한 번 샌드백을 끌어들인 투구로 다가서더니 동전 한 개를 더 넣고 샌드백을 끌어내렸다. 그리고 이번엔 전통적인 자세는커녕 온 몸의 중량을 주먹에 담아 샌드백을 일격했다. 버드의 오른팔은 팔꿈치에서 손목까지 저려 왔다. 그리고 계기반은 5백을 가리켰을 따름이었다.

버드는 서둘러 윗옷을 집어 들고서 빙고 게임기를 향한 채 옷을 입었다. 그리고 그는 잠자코 이쪽을 바라보고 있는 하이틴들을 돌아보았다. 버드는 이해와 경탄을 담은 미소를 젊은 챔피언에게 보내는 은퇴한 지 오래된 전(前) 챔피언이라도 되듯이 노숙한 미소를 지으려 했다. 하지만 용 자수 점퍼의 젊은이들은 모두 경직되어 완전히 무표정한 얼굴로 그를 개새끼라도 바라보듯 그저 잠자코 응시하고 있을 따름이었다. 버드는 귀 뒤쪽까지 새빨개져서 고개를 떨구고 잰걸음으로 가게를 나섰다. 그야말로 의도적인, 과도한 활기로 가득 찬 높다란 웃음소리가 등 뒤에서 터져 나왔다. 버드는 어린애 같은 치욕감에 눈앞이 깜깜해지는 느낌으로 광장을 큰 걸음으로 가로질러 극장 옆의 어두운 골목으로 성큼성큼 들어섰다. 그는 번화가의 혼잡 속을 타인들에 뒤섞여 떠돌아다닐 용기를 잃고 있었다. 어두운 골목엔 창녀들이 어슬렁거리고 있었지만 버드의 기세에 주눅이 들어 말도 걸지 않았다. 마침내 버드는 창녀들조차 숨어 있지 않은 길목으로 들어섰고 돌연 높다란 둑에 맞닥뜨렸다. 풀냄새가 물씬 풍기는 것으로 보아 둑의 경사면에 여름풀이 무성하다는 걸 알 수 있었다. 둑 위는 선로였다. 버드는 기차가 다가오고 있는지 어떤지 둑 양쪽을 둘러보았지만 아무런 낌새도 알아차릴 수 없었다. 버드는 칠흑 같은 하늘을 올려다보았다. 나지막이 붉은색 빛무리가 져 있는 듯 보이는 것은 번화가 네온 불빛의 난반사 때문이다. 치켜든 버드의 뺨이 느닷없는 빗방울에 젖었다. 비가 내리려고 풀냄새가 진해져 있었던 것이다. 버드는 고개를 숙이고 하릴없이 주춤주춤 오줌을 누었다.

그러면서 버드는 등 뒤에서 다가오는 몇 사람의 어지러운 발자국 소리를 들었던 것이다. 볼일을 마치고 돌아보았을 때 이미 그는 용 자수 점퍼의 젊은이들에게 완전히 포위되어 있었다. 젊은이들은 극장 언저리에서 새어 나오는 가느다란 빛을 등지고 시커멓게 그늘져 있어서 그들이 어떤 표정을 짓고 있는지 살필 수는 없었다. 하지만 버드는 그 순간 가게 안에서 그들이 보였던 무표정 속에 버드에 대한 철저하게 가혹한 거부의 인상이 숨어 있었던 것을 떠올렸다. 그들은 너무나 무력한 존재를 눈앞에 보면서 맹수의 본능을 되살린 것이다. 연약한 녀석을 보면 괴롭히지 않고는 못 견디는 포악한 어린애의 욕망에 몸서리치며 그들은 펀치 5백의 불쌍한 양을 습격하기 위해 뒤쫓아 온 것이다. 버드는 공포에 질려 허둥지둥 도망갈 길을 살폈다. 밝은 번화가 쪽으로 가려면 포위망 가운데 가장 촘촘한 정면을 돌파해야 하지만 그것은 지금 막 확인한 그의 체력—40세의 악력과 견인력!—으로는 무리였다, 단박에 젊은이들에게 붙잡힐 것이다. 버드의 오른쪽은 판자벽으로 막힌 짧고 막다른 골목이었다. 왼쪽으로는 선로의 둑과 공장 터의 높다란 철조망 사이의 좁고 어두운 길이 멀찌감치 건너편에서 자동차가 다니는 보도와 연결되어 있었다. 그 약 백 미터 정도를 젊은이들에게 붙잡히지 않고 달릴 수 있다면 희망이 있는 거겠지.

버드는 결심했다. 번개같이 몸을 돌려 오른쪽 막다른 골목으로 달려갈 듯한 포즈를 취했다가 한 바퀴 돌아 왼쪽으로 돌진했다. 하지만 적은 이런 습격에 관한 한 프로였다. 일찍이 스무 살의 버드가 지방 도시의 밤 세계에서 그랬던 것처럼. 전략을 눈치 챈 그들은 버드가 오른쪽으로 몸을 돌렸을 때 이미 왼쪽으로 이동하여 그쪽을 지키고 있었던 것이다. 한 바퀴 돌아 몸을 다시 세우고 왼쪽으로 돌진한 순간, 버드는 과장되게 몸을 젖히고 온몸에 탄력을 주어 샌드백을 내리쳤을 때와 같은 방식으로 공격해 오는 시커먼 젊은이들과 맞닥뜨렸다. 그에겐 이미 몸을 돌릴 여유가 없었다. 버드는 그의 평생 최악의 카운터 펀치를 호되게 얻어맞고 등부터 둑 위의 풀덤불로 내동댕이쳐졌다. 버드는 신음하며 피와 침을 뱉어 냈다. 젊은이들은 샌드백의 계기반을 마비시켰을 때처럼 높은 소리로 웃었다. 그리고 다시 한 번 완전히 침묵한 하이틴들이 쓰러져 있는 버드를 전보다 더 좁은 반원형으로 둘러싸고 내려다보았다. 그들은 대기하고 있었다.

버드는 자신의 몸과 둑의 사면 사이에서 아프리카 지도가 엉망으로 구겨져 주름투성이가 되어 있음이 분명하다고 생각했다. 그리고 지금 자신의 아이가 태어나고 있다는 생각 또한 전에 없이 사무치게 버드의 의식의 최전선에 떠올랐다. 느닷없는 분노와 거친 절망감이 버드를 덮쳤다. 그때까지 그는 경악과 곤혹에 눌려 오로지 도망칠 궁리만 하고 있었던 것이다. 하지만 이제 버드는 도망칠 생각이 없었다. 만약 지금 싸우지 않는다면 나의 아프리카 여행 찬스는 영원히 사라져 버릴뿐더러 내 아이는 그저 최악의 생애를 살기 위해서 태어나게 되는 것이리라. 버드는 영감과도 같은 생각에 사로잡혔고 그것을 믿었다. 빗줄기가 그의 찢어진 입술을 적셨다. 그는 머리를 흔들고 신음 소리를 내며 천천히 일어섰다. 하이틴들의 반원형이 여유 만만하게 버드를 도발하듯 물러섰다. 그리고 그 가운데 가장 강한 녀석이 자신에 차서 한 걸음 나섰다. 버드는 양팔을 축 늘어뜨리고 턱을 내밀고 밤거리의 얼어맞기 인형처럼 멍한 모습으로 서 있었다. 젊은이는 천천히 겨냥하더니 야구 선수가 모션을 일으키듯이 한쪽 발을 높이 들고 상체를 젖히고는 팔을 쭉 뒤로 끌어당겼다가 덤벼들었다. 버드는 고개를 숙이고 허리를 뒤로 뺐다가 젊은이의 복부를 향해 소처럼 맹렬히 뛰어들었다. 젊은이는 고함을 지르며 왁 하고 위액을 토하더니 돌연, 침묵하며 꺼꾸러졌다. 질식한 것이다. 버드는 재빨리 고개를 들고 남은 하이틴들과 맞섰다. 투쟁의 기쁨이 그에게 되살아났다. 그것은 몇 년 만인가. 버드도 하이틴들도 꼼짝하지 않고 서로의 만만치 않은 적을 노려보았다. 시간이 흘렀다.

그리고 갑작스레 젊은이들 중의 하나가 친구들에게 이렇게 말했다.

"관두자, 관둬! 이놈은 우리 상대가 아냐, 늙다리잖아!"

단박에 하이틴들은 일제히 긴장을 풀더니 여전히 긴장하고 있는 버드를 무시하고는 기절해 있던 동료를 부축해서 극장 쪽으로 사라져 갔다. 버드는 비에 젖은 채 홀로 남았다. 기묘하게 간지럼이라도 타는 듯한 우스꽝스러움이 차올라 와 한동안 버드는 소리 없이 웃었다. 그의 윗옷은 피로 더럽혀져 있었지만 빗속을 한동안 걷다 보면 그건 빗물에 얼룩진 듯이 보일 것이다. 버드는 일종의 예정 조화를 느꼈다. 얻어맞은 턱은 말할 것도 없고 눈두덩도, 팔도, 등도 아팠지만 버드는 아내의 진통이 시작된 이래 처음으로 기분이 좋았다. 버드는 둑과 공장 부지 사이 좁은 길을 절룩거리며 걸었다. 마침내 둑 위를 고물 증기 기관차가 맹렬히 불꽃 가루를 흩날리며 다가왔다. 버드의 바로 머리 위를 통과할 때 그것은 흑암의 하늘을 달려가는 거대한 검은 코뿔소였다. 포도로 나와 택시를 기다리며 버드는 부러진 이 하나를 혀와 잇몸 사이에서 찾아 뱉어 냈다.

2

버드는 진흙과 코피와 위액으로 더럽혀진 서아프리카 지도를 압핀으로 눌러 놓은 벽 아래서 겁먹은 쥐며느리처럼 몸을 말고 잠들어 있었다. 그곳은 버드 부부의 침실이다. 그가 자고 있는 침대와 텅 빈 아내의 침대 사이에 거대한 곤충망 같은 아기를 위한 흰 침대가 아직 비닐도 벗기지 않은 채 놓여 있다. 버드는 새벽녘의 추위에 불만스러운 듯이 신음하며 나쁜 꿈을 꾸었다.

버드는 니제르의 동쪽, 차드 호수의 서안 고원에 서 있다. 그는 거기서 도대체 무엇을 기다리고 있었던 걸까? 버드는 단번에 커다란 파코헬(Phacochoere)에게 발각되고 만다. 흉포한 짐승은 모래를 차내며 돌진해 온다. 그건 절대 나쁘지 않다. 버드는 모험이니 죽음의 위험이니 새로운 종족과의 만남을 통해 현재의 안온하고 만성적인 욕구 불만의 일상생활 너머에 있는 무엇인가를 찾아내기 위해 아프리카로 출발한 것이니까. 하지만 버드는 파코헬과 싸울 만한 어떤 무기도 갖고 있지 못하다. 나는 준비하지 않았고 훈련도 받지 않은 채 아프리카에 도착하고 말았구나 하고, 공포에 휩싸여 그는 생각한다. 그동안에도 맹수는 다가온다. 버드는 지방 도시의 불량소년이었던 시절, 바짓단 안쪽에 잭나이프를, 마치 추처럼 꿰매어 지니고 다니던 것을 떠올린다. 그러나 그는 이미 오래전에 그 바지를 벗어 내버렸다. 우스운 이야기지만 그는 파코헬을 일본어로 뭐라고 했던지조차 생각해 낼 수 없다. 파코헬과 버드를 내버려 두고 이미 안전지대로 도망친 녀석들이 "위험해, 빨리 피해, 파코헬이다!" 하고 고함을 질러 대는 것이 들린다. 그러나 노한 파코헬은 엉성한 관목들 건너 10미터 앞까지 와 있다. 버드는 제대로 도망치지 못하리라. 뒤늦게 그는 북쪽 방향에 푸른색 사선으로 둘러싸인 장소가 있다는 것을 발견한다. 그 사선은 아마도 철조망이 분명하다. 그 안쪽으로 도망친다면 목숨을 건질 것이다. 그를 버려둔 사람들은 거기서 소리치고 있는 것이다. 버드는 달리기 시작한다. 하지만 이미 너무 늦었다. 파코헬은 그의 바로 등 뒤까지 와 있다. 나는 준비도 없이 훈련도 받지 않고 아프리카에 도착해 버린 거야, 파코헬의 공격을 피할 수 있을 리가 없어, 그렇게 생각하며 완전히 절망하면서도 버드는 공포심에 사로잡혀 도망친다. 푸른색 사선 안쪽에서 수많은 '안전한 사람'들의 눈이 도망쳐 오는 버드를 바라보고 있다. 파코헬의 흉측한 이빨이 버드의 발뒤꿈치를 날카롭고 확실하게 파고든다……

전화벨이 울리고 있었다. 버드는 눈을 떴다. 새벽이다, 어젯밤의 비는 여전히 이어지고 있다. 버드는 침대를 빠져나와 차갑고 습기 찬 바닥을 맨발로 밟으며 전화기가 있는 곳까지 토끼처럼 뛰어간다. 버드가 수화기를 들자 남자의 음성이 인사도 없이 그의 이름을 확인하더니 이렇게 말했다.

"지금 바로 병원으로 와 주세요. 아기에게 이상이 있어 의논해야 합니다."

돌연 버드는 고립무원이었다. 그는 꿈의 남은 찌꺼기를 핥으러 니제르 고원으로 되돌아가고 싶다고 느꼈다. 설령 그 꿈이 공포의 가시가 촘촘히 박힌 나쁜 성게 같은 꿈이라 할지라도. 그러고 나서 버드는 퇴행 현상으로 빠져들려는 자신에게 저항하면서 철의 심장을 지닌 타인이 말하고 있듯이 객관적인 음성으로 "산모는 무사합니까?" 하고 말했고 그는 그런 음성으로 그런 대사를 말하는 광경을 천 번쯤 본 것 같은 느낌이 들었다.

"무사합니다. 빨리 와 주세요."

버드는 제 구멍으로 숨어드는 게처럼 서둘러 침실로 돌아왔다. 그리고 그렇게 거부하면 모든 현실이 꿈속의 니제르 고원처럼 단박에 소멸하기라도 할 것처럼 눈을 꽉 감고 침대의 온기 속으로 스며들려 했다. 그러다가 버드는 머리를 흔들어 포기하고 침대 옆에 벗어 던져두었던 셔츠와 바지를 주워 들었다. 허리를 굽힐 때, 온몸의 통증이 버드에게 어젯밤의 싸움을 떠올리게 했다. 그는 난투를 견딘 자신의 체력을 자랑스러워하는 기분을 되찾으려 했지만 그것은 처음부터 무리한 이야기였다. 버드는 셔츠의 단추를 채워 가며 서아프리카 지도를 올려다보았다. 꿈속에서 그가 서 있던 고원은 지도에서 찾아보니 디파(Deifa)였다. 그곳에는 질주하는 사마귀멧돼지(혹멧돼지)의 그림이 있다. 파코헬, 그것은 이보이노시시*다. 그리고 그 바로 위의 물색 사선 부분은 수렵 금지 구역을 의미하고 있었다. 설령 꿈속에서 버드가 그곳으로 도망쳐 들어갈 수 있었다 한들 버드는 살아남지 못했을 것이다. 버드는 한 번 더 머리를 흔들고 윗옷을 걸치면서 침실을 나와 발소리를 죽이고 계단을 내려왔다. 만약 1층에 살고 있는 집주인 할머니가 잠에서 깨어 일어나 나온다면, 그 선의와 호기심이라는 숫돌에 날카롭게 벼려진 질문들에 뭐라 대답하면 좋은가? 버드는 아직 아무것도 모른다. 그저 아기에게 이상이 있으니까! 라는 선고를 받았을 뿐인 것이다. 하지만 사태는 아마도 최악이리라, 하고 버드는 생각했다. 버드는 더듬더듬 토방의 신발을 찾아 가능한 한 조용히 문의 자물쇠를 열고 여명 속으로 나섰다.

버드의 자전거는 나무 울타리 그늘, 자갈 위에 쓰러져 부슬비에 젖고 있었다. 그는 자전거를 일으켜 세우고는 안장의 낡은 가죽 위에 붙어 있는 집요한 물방울들을 윗옷 소매로 닦았다. 하지만 충분히 닦아 내지 못한 채 버드는 서둘러 안장에 엉덩이를 걸치고 화가 난 말처럼 격렬하게 자갈을 차내더니 울타리 사이 보도로 나갔다. 단번에 엉덩이가 차갑고 불쾌하게 젖어 왔다. 그리고 비바람이 진행 방향으로부터 불어오는 탓에 그의 얼굴은 온통 어쩔 수 없이 물방울투성이가 된다. 버드는 자전거 타이어가 보도의 웅덩이에 빠지지 않도록 크게 눈을 뜨고 살피면서 달렸다. 빗방울이 곧장 안구를 친다. 마침내 버드는 더 넓고 밝은 보도로 나와 왼쪽으로 꺾었다. 거기서부터 바람은 그의 오른쪽 전방으로부터 빗방울을 몰아오게 되었고 그나마 좀 나아졌다. 버드는 풍압을 거슬러 윗몸을 오른쪽으로 기울이고 자전거의 균형을 잡아가며 달린다. 보도의 아스팔트를 덮고 있던 얇은 수막 위를 질주하는 자전거 타이어가 잔물결을 일으키며 작은 안개 입자마냥 물방울을 흩뿌린다. 그것을 내려다보며 몸을 비스듬히 기울이고 자전거를 달리고 있자니까 현기증이 났다. 그는 얼굴을 들었다. 둘러보아도 새벽 보도에는 인기척이 없다. 보도를 에두르고 있는 가로수 은행나무는 짙은 잎사귀로 무성하고, 그 셀 수 없는 이파리 하나하나가 잔뜩 물방울을 머금고 묵직하게 부풀어 있다. 검은 나무줄기가 깊은 녹색의 바닷물 덩어리를 떠받치고 있는 것이다. 만약 이 바다가 한꺼번에 붕괴한다면 버드는 자전거에 탄 채로 풀 비린내 나는 홍수에 빠지게 되리라. 버드는 나무들이 무리 지어 그를 위협하는 것을 느꼈다. 까마득히 높은 곳, 우듬지 근처에서 솟아 오른 이파리들이 바람에 찰랑찰랑 울고 있었다. 버드는 무성한 나무들로 좁아 보이는 동쪽 하늘을 올려다보았다. 그곳은 온통 흑회색이었지만 그 깊은 곳에 어렴풋이 엷은 분홍으로 스며 있는 햇빛의 기운이 있다. 몸 낮추어 수치스러워하는 듯한 하늘과 뛰어다니는 삽살개처럼 거칠게 그것을 흩어놓는 구름. 버드는 물까치 떼의 담청색 꼬리에 은색 물방울이 벼룩처럼 모여 있는 것을 보았다. 버드는 자신이 겁먹기 쉬운 상태라는 것, 자신의 눈, 자신의 귀, 자신의 코의 감각이 지나치게 예민해져 있다는 사실을 깨닫는다. 그는 막연히 그것을 불길한 징조라고 생각한다. 그가 오랜 동안 줄곧 술 취해 있던 기간에도 바로 그런 식이었던 것이다.

버드는 윗몸을 내밀고 허리를 들고 고개를 숙인 채 페달에 온

체중을 실어 속력을 높였다. 꿈속에서의 부질없던 도주의 느낌이 되살아난다. 하지만 버드는 질주했다. 그의 어깨가 은행나무의 가느다란 아래쪽 가지를 부러뜨리고 나사처럼 튕겨 나온 찢긴 가지가 귀에 상처를 입혔다. 그래도 버드는 속도를 늦추지 않는다. 빗방울이 휘익휘익 울리며 아픈 귀를 스쳐 지나간다. 버드는 그 자신의 비명처럼 브레이크를 울려 가며 병원 주차장에 들어섰다. 그는 헤엄치다 나온 개처럼 젖어 있었다. 그는 몸을 떨어 물방울을 털어 내면서 실로 먼 길을 질주해 온 듯한 착각에 사로잡혔다.

버드는 진료실 앞에서 숨을 고르고 어두컴컴한 내부를 들여다보며 거기서 그를 기다리고 있는 이목구비가 확실히 보이지 않는 몇 개의 얼굴을 향해 "제가 아버집니다" 하고 갈라진 음성으로 말했다. 어째서 불도 켜지 않고 주저앉아들 있는 걸까? 의아해하면서.

그리고 버드는 장모가 구토라도 참고 있는 것처럼 소맷자락으로 얼굴의 아래쪽을 가리고 앉아 있는 것을 발견하고 그 옆으로 다가섰다. 그리고 장모 옆의 의자에 앉으며 흠뻑 젖은 옷이 허리와 엉덩이 피부에 질척하니 들러붙는 것을 느꼈다. 이번엔 주차장에서처럼 거칠지 않은, 쇠약해진 병아리만큼이나 약한 몸서리가 버드를 찾아왔다.

실내의 어둠에 급속하게 익숙해져 가는 버드의 눈은 그가 의자에 앉는 것을 지켜보며 주의 깊게 침묵하고 있는 심문관 같은 세 사람의 의사들을 찾아냈다. 법정의 심문관 머리 위에 법의 권위를 상징하는 국기가 걸려 있다고 한다면, 지금 진료실에 있는 심문관들에게는 등 뒤의 채색된 인체 해부도가 그들의 독자적인 법 권위를 상징하는 깃발이다.

"제가 아버집니다" 하고 버드는 겁에 질린 느낌이 그대로 드러나는 목소리로 짜증스럽게 되풀이했다.

"아, 예" 하고 세 의사들 중 가운데에 있던 남자—그가 원장이다. 버드는 누워서 신음하고 있는 아내 곁에서 손을 씻는 그를 본 적이 있다—가 버드의 음성에서 공격적인 울림을 알아채기라도 한 듯이 약간 방어적으로 대답했다.

버드는 원장을 바라보며 그의 말을 기다렸다. 하지만 그는 바로 사정을 설명하기 시작하는 대신에 더럽혀진 주름투성이 진료 가운의 주머니에서 파이프를 끄집어내더니 담뱃잎을 채우는 것이었다. 그는 묵직한 나무통을 닮은 작은 남자였는데 과도한 비만 탓에 우울하고 무겁고 거만해 보이는 모습이었다. 벌어진 진료 가운으로 들여다보이는 가슴은 낙타 등처럼 털투성이였고 윗입술과 귀 아래쪽은 물론 목에 늘어져 있는 지방 주머니에도 온통 털이 나 있었다. 오늘 아침 그는 면도할 시간을 낼 수 없었던 것이다, 다시 말해 그는 어제 오후부터 내내 버드의 아기 때문에 분투해 준 것이다. 버드는 감사하는 기분과 함께 그렇게 생각했지만 그러면서도 그 털 많은 중년 남자에게서 이해하기 힘든 수상쩍은 부분을 발견하고 자기 마음을 쉽게 풀어놓을 수 없었다. 파이프 담배를 피우고 있는 원장의 온몸 털투성이 피부 밑에 꿈틀꿈틀 움직이려다가 억지로 억제되고 있는 만만치 않은 무언가가 숨어 있는 것처럼 느껴지는 것이다.

원장은 마침내 번질거리는 두꺼운 입술에서 공 같은 손바닥으로 파이프를 옮기더니, 느닷없이 똑바로 버드의 눈을 쳐다보며 "우선 겐부츠(現物)*를 보겠어요?" 하고 그곳에 어울리지 않는 큰 소리로 말했다.

"죽은 건가요?" 하고 버드는 성급히 물었다.

원장은 버드가 어째서 그런 반응을 보이는지를 이상해하는 듯한 모습을 보이더니 모호한 미소로 그것을 지우고는 "아니, 아니. 현재로서는 우는 소리도 우렁차고 몸의 움직임도 활발합니다" 하고 말했다.

버드는 자기 옆의 장모가 너무 심각해서 일부러 꾸민 듯한 한숨을 내쉬는 소리를 들었다. 만약 장모가 소맷자락으로 입을 덮고 있지 않았더라면, 그것은 과음한 거한이 흘리는 트림처럼 씩씩하게 울려 버드는 물론이고 의사들조차 당황하게 만들었으리라. 장모는 완전히 제정신이 아니거나 혹은 버드로 하여금 그들 부부가 빠져 있는 곤경의 진흙 구덩이의 깊이를 예측하게 하려고 신호를 보내고 있거나 둘 중의 하나였다.

"그러면, 겐부츠를 보겠어요?"

원장이 그렇게 다시 말했고 그의 오른쪽에 있던 젊은 의사가 일어섰다. 여위고 키가 큰 남자였는데 광대뼈가 튀어 나온 얼굴에 양쪽 눈이 어쩐지 좌우 불균형이었다. 짜증이 난 듯한 소심해 보이는 한쪽 눈과 너그럽고 조용해 보이는 다른 눈. 버드는 그를 따라 일어나다가 멈칫하고 다시 앉고 나서야 그 의사의 아름다운 쪽 눈이 유리알이라는 사실을 깨달았다.

"아뇨, 보기 전에 설명을 해주세요" 하고 버드는 '겐부츠'라는 의사의 말에 대한 반발이 마음의 그물에 걸려 있는 채 한층 더 깊이 겁에 질린 음성으로 말했다.

"그렇지, 갑자기 보면 놀랄 거야, 처음 나왔을 때 나도 놀랐으니까!"

원장은 그렇게 말하더니 뜻밖에도 두툼한 눈꺼풀을 살짝 붉히며 어린애 같은 킥킥 하는 웃음을 흘렸다. 그 킥킥 하는 웃음이야말로 아까부터 의사의 털투성이 피부 아래 숨어 수상쩍은 인상을 환기하고 있던 무엇이었고, 모호한 미소로 모양을 바꾸어 비어져 나오고 있던 바로 그것이었다. 버드는 계속해서 킥킥대고 있는 털북숭이 원장을 일순 분연히 노려보았고, 그러고 나서 원장이 수치스러워 웃고 있는 것이라는 사실을 깨달았다. 그는 타인의 아내의 다리 사이로 무언가 정체를 알 수 없는 괴물을 끄집어내고 말았다. 고양이만 한 머리에 풍선처럼 부풀어 오른 몸뚱이의 괴물? 그런 물건을 낳게 해 놓은 자기 자신을 부끄러워하며 킥킥 웃어 대고 있는 것이다. 경험 많은 산부인과 원장이 직업의 권위와 함께 행하는 데 어울리기보다는 슬랩스틱 코미디의 돌팔이 의사 연기에나 적당한 짓을 그는 하고 만 것이다. 그는 놀라고 곤혹스러워 이제는 수치심으로 시달리고 있는 것이다. 버드는 원장이 킥킥거리는 발작적 웃음에서 회복되기를 꼼짝도 하지 않고 기다렸다. 괴물, 도대체 어떤 괴물? 원장의 겐부츠라고 하는 단어가 버드에게 '가이부츠(怪物)' 라는 낱말을 연상시켰다. 그리고 그 괴물이라는 단어에 들러붙은 가시가 버드의 가슴에 온통 할퀸 자국을 냈다. 버드가 자기를 소개하고, 내가 아버집니다, 했을 때 의사들이 동

요했던 것은 그들의 귀에 그것이 이런 식으로 울렸기 때문이 아닐까? '내가 괴물의 아버집니다.'

곧바로 원장은 킥킥 웃음을 극복하고 침착한 위엄을 되찾았다. 다만 그의 눈두덩과 볼의 장밋빛 윤기는 사라지지 않았다. 버드는 거기서 눈길을 거두고 자기 내부의 분노와 공포심의 성급한 소용돌이를 억누르며 물었다.

"놀란다니, 어떤 상태인가요?"

"외관? 보기에? 머리가 두 개 있는 것처럼 보여요. 바그너의 「쌍두(雙頭)의 독수리 깃발 아래」*라는 것도 있지만, 놀랄걸요!" 원장은 그렇게 말하고 다시 킥킥대기 시작할 뻔하다가 이번엔 가까스로 자신을 되찾았다.

"샴쌍둥이 같은 건가요?" 하고 버드는 주눅 든 소리로 물었다.

"아니, 그냥 머리가 둘 달린 것처럼 보일 뿐이에요. 겐부츠, 볼래요?"

"의학적으로는……" 하고 버드는 다시 망설이며 물었다.

"뇌 헤르니아(腦 hernia)죠, 두개골 결손으로 뇌의 내용물이 빠져나와 버린 거예요. 내가 결혼하고 이 병원을 짓고 나서 처음 케이습니다. 대단히 드문 케이스라고. 정말 놀랐어요!"

뇌 헤르니아, 하고 버드는 생각해 보려 했지만 무엇 하나 구체적인 이미지를 떠올릴 수 없었다.

"그런, 뇌 헤르니아의 갓난아기가 정상적으로 자랄 희망이 있는 건가요?" 하고 버드는 망연히, 수습되지 못한 기분 그대로 물었다.

“정상적으로 자랄 희망!” 하고 원장은 느닷없이 거칠게 소리를 높여 분개한 듯이 말했다. “뇌 헤르니아라니까요. 두개골을 잘라내고 빠져나온 뇌를 밀어 넣는다고 해봤자 식물인간이라도 된다면 정말 운이 좋은 거라고요. 정상적으로 자란다니 도대체 무슨 소리를 하는 거지?”

원장은 비상식적인 버드에게 질렸다는 듯이 양 옆의 젊은 의사들에게 고개를 흔들어 보였다. 의안을 한 의사도, 또 한 사람 높다란 이마에서 목울대까지 똑같은 무표정한 갈색 피부로 덮여 있는 과묵해 보이는 의사도 서둘러 고개를 끄덕였고 틀린 답을 말한 학생을 야단치는 구두 시험관처럼 험상궂은 눈으로 버드를 바라보았다.

“그러면 금세 죽어 버리는 건가요?” 하고 버드는 말했다.

“지금 바로 죽어 버린다는 건 아니죠. 내일까지, 혹은 좀 더 갈지도 모르지. 생명력이 강한 아기니까” 하고 원장은 지극히 객관적으로 말했다. “그래서, 어떻게 할래요?”

버드는 한 방 얻어맞은 애송이처럼 볼썽사납게 당황하여 입을 다물었다. 도대체 뭘 어쩌라는 걸까. 원장은 심술궂은 체스 선수처럼 버드를 막다른 골목에 몰아넣고는 자, 어쩔래요? 하는 것이다. 어떻게 하지? 무릎을 꿇고 앉아 울부짖어?

“원하시면 N대학 의대 부속 병원에 소개하죠. 만일, 원하신다면!” 하고 원장은 함정을 숨겨 놓은 퍼즐 문제라도 내듯이 말했다.

“달리 방도가 없다면……” 하고, 버드는 수상쩍은 안개 너머를 꿰뚫어 보고 싶지만 무엇 하나 손에 걸리는 것이 없어 그저 부질없이 조심스러웠다.

"달리 방도는 없습니다." 자르듯이 원장이 말했다. 그러고는 "어쨌든 할 만큼 했다는 만족감은 얻을 수 있겠지요."

"그냥 여기 둘 수는 없는 건가요?" 하고 장모가 물었다.

버드뿐 아니라 세 의사도 모두 멈칫하며 당돌한 질문자를 바라보았다. 장모는 그대로 꼼짝도 하지 않았고, 이 지구에서 가장 음산한 복화술사 같았다. 원장은 버드의 장모를 값이라도 매기듯이 꼼꼼하게 뜯어보았다. 그러더니 추할 만큼 드러내 놓고 자기 방어적으로 "그건 불가능해요, 뇌 헤르니아니까요. 불가능합니다!" 하고 말했다.

그 말을 듣고도 장모는 여전히 소매로 입을 가린 채 꼼짝도 하지 않았다.

"대학 병원으로 옮깁시다." 버드는 마음을 정하고 말했다.

털북숭이 원장은 버드의 대답에 반색을 하더니 곧바로 눈부신 활약을 시작했다. 그는 양옆의 의사에게 대학 병원에 대한 연락과 구급차 수배를 유능한 실무자다운 방식으로 지시했다.

"구급차에는 이쪽에서도 의사를 한 사람 동승시킬 테니까요, 그 동안은 절대로 괜찮습니다" 하고 원장은 그의 지시를 받은 의사 둘이 나가고 나자 무언가 미심쩍은 짐이라도 부려 놓은 듯 깊이 안심한 듯한 모습으로 다시 한 번 파이프에 담배를 쟁여 넣으며 말했다.

"감사합니다."

"어머니께서는 가서 산모를 돌봐 주십시오. 선생은 젖은 옷을 좀 갈아입고 오시면 어떨까요? 구급차를 준비하려면 한 20분 걸려요."

"그렇게 하죠" 하고 버드가 말했다.

그런 버드에게 몸을 들이대듯 하며 원장은 외설스런 농담이라도 하듯이 지나치게 허물없는 태도로 이렇게 속삭였다.

"물론, 선생은 수술을 거부할 수도 있어요!"

가엾고 비참한 아기, 라고 버드는 생각했다. 내 아기가 이런 현실 세계에서 처음 만난 인간이 이렇게 뒤룩뒤룩 살이 찌고 털투성이인 작은 남자였던 것이다. 하지만 버드는 여전히 멍한 상태였고 분노와 슬픔이라는 감정은 모양을 잡자마자 금세 물방울처럼 스러졌다.

버드와 장모, 원장은 현관의 외래 환자 대기실까지 서로를 외면한 채 침묵하며 한 덩어리가 되어 걸었다. 거기서 헤어지려 하면서 버드는 장모를 돌아보았다. 장모는 자매처럼 아내와 닮은 눈으로 그를 마주 보았고 무언가 말을 꺼내려 했다. 버드는 기다렸다. 하지만 장모는 무표정하게 위축되어 가는 어두운 눈으로 버드를 꼼짝 않고 지켜보며 잠자코 있었다. 버드는 장모가 사람들 눈앞에서 벌거숭이로 서 있기라도 한 듯이 너무나 구체적으로 수치스러워한다는 것을 느꼈다. 눈은 물론 온 얼굴의 피부까지 무감각하게 마비될 만큼 그녀는 도대체 무엇을 부끄러워하고 있는 것일까? 버드는 장모가 눈을 내리깔기 전에 자기가 먼저 눈을 돌려 원장에게 "아기는 남자앤가요, 여자앤가요?" 하고 물었다.

원장은 허를 찔려 재차 킥킥 하는 웃음을 흘렸고 인턴 같은 학생의 말투로 "뭐였더라, 잊어버렸네, 본 것 같기도 한데 말야, 그 뭐야, 페니스를!" 했다.

버드는 혼자서 주차장으로 나갔다. 비는 그쳤고 바람도 약해져 있었다. 하늘에 흩어져 움직이고 있는 구름 역시 밝고 건조하다. 이미 새벽녘의 어둠침침한 고치에서 빠져나온, 빛나는 아침이다. 초여름다운 싱그러운 대기의 내음에 온몸의 근육과 장기들이 나른하다. 건물 안의 상냥한 밤의 자취에 취해 있던 버드의 동공에, 젖어 있는 길 표면과 더없이 무성한 가로수가 반사하는 아침빛이 서릿발처럼 선열하게 닥쳐온다. 그 빛을 거슬러 페달을 밟으며 달려 나가려던 버드는 마치 도약대 위에 서 있는 듯한 느낌이 들었다. 든든한 지면에서 절연되어 고립되어 있는 듯 눈앞이 캄캄해지는 기분. 그는 거미에게 붙잡힌 연약한 곤충처럼 꼼짝 못한 채 마비되어 있었다. 너는 이대로 자전거를 달려 어딘가 낯선 땅에 이르러 몇백 일 동안 알코올 음료에 찌들어 있을 수도 있다, 고 하는 수상쩍은 계시의 목소리를 버드는 들었다. 아침 햇빛을 받으며 그야말로 불안정하게 기울어진 자전거 위에서 버드는 동요했고 다음 음성을 기다렸다. 하지만 음성은 두 번 다시 들리지 않았다. 버드는 마음을 다잡고 이동하는 나무늘보만큼이나 느릿느릿 자전거 페달을 밟기 시작했다

……리빙키친 한가운데 알몸을 구부린 채 서서 텔레비전 위에 두었던 새 속옷을 집어 들려고 한 팔을 내밀었을 때, 버드는 자신의 맨팔을 보며 처음으로 자기가 알몸이라는 사실을 의식 위에 떠올렸다. 그러고 나서 그는 도망치는 생쥐를 눈으로 쫓듯이 문득

자신의 성기를 바라보았고 수치심의 불길에 화상을 입었다. 버드는 냄비 속에서 볶고 있는 콩처럼 통통 튀어 오르며 속옷을 입고 바지를 입고 윗옷을 입었다. 지금 버드는 원장과 장모의 수치심의 쇠사슬에 연결되어 있었다. 위험에 차고 망가지기 쉬운 인간의 불완전한 육체, 그것은 얼마나 부끄러운 물건인가! 버드는 풋볼 경기장의 라커룸에 잘못 들어온 처녀처럼 떨며 고개를 숙이고 리빙키친에서 도망치고 계단에서 도망치고 현관에서 도망쳐 나와 자전거에 올라타고 등 뒤의 모든 것들로부터 도망쳤다. 버드는 만일 그것이 가능하다면 자기 자신의 육체로부터 도망치고 싶다고 바라고 있었던 것이다. 걷는 것과 비교하면 자전거로 달리는 것은 약간이긴 하지만 보다 효과적으로 그 자신의 육체로부터 도망치는 듯한 기분이 들게 해주었다……

페달을 밟아가며 버드는 병원의 현관에서 건초 바구니 같은 것을 안고 잰걸음으로 나타난 백의의 남자가 인파를 뚫고 구급차의 열려 있는 뒤쪽으로 뛰어드는 것을 보았다. 버드 내부의 도망치고 싶어 안달하는 부드럽고 연약한 부분은 그 광경을 만 미터쯤 너머 까마득히 먼 곳의 일처럼 느끼고자 했다. 버드 자신은 그와는 상관없이 이른 아침 산보라도 즐기는 사람처럼. 하지만 그는 가공의 흙벽을 파 나가는 족제비처럼, 무겁고 끈적거리는 저항감의 방해를 받으면서도 그곳으로 다가설 수밖에 없었던 것이다.

버드는 사람들이 모여선 등 뒤로 돌아가 자전거를 세웠다. 그리고 버드가 자전거에서 내려 쪼그리고 앉아서 젖은 진흙으로 더럽혀진 바퀴에 체인을 한번 감고 자물쇠를 채우고 있으려니 "그런데다가 자전거를 세우면 곤란한데……" 하며 등 뒤에서 머뭇머뭇 힐난에 찬 목소리가 덮쳐 왔다.

버드는 놀라서 뒤돌아보았고 그를 야단치고 있는 털북숭이 원장의 눈을 발견했다. 그래서 버드는 자전거를 어깨에 울러 메고 덤불 속으로 숨기러 들어갔다. 팔손이나무 이파리에 흠뻑 담겨 있던 빗방울이 거침없이 쏟아지더니 버드의 목덜미에서 등으로 흘러들었다. 언제나 성마르고 화를 잘 내는 불평꾼 버드가 지금은 그런 식의 사소한 불운에 전혀 반발하지 않고 당연하다는 듯이 모든 것을 받아들여 버린다. 그는 이미 혀를 차는 일조차 잊고 있었다.

신발을 더럽힌 버드가 덤불에서 나와 돌아가자 원장은 버드를 다짜고짜 나무란 것을 약간 후회하고 있는 듯했다. 그는 살찌고 짤막한 팔로 버드의 등을 감싸더니 구급차로 이끌면서 대단한 비밀이라도 털어놓는 듯한 기세로 "남자아이더군요, 역시 페니스를 본 것 같더라니!" 했다.

구급차에는 아기바구니와 산소 봄베*를 양쪽에서 감싸듯이, 의안을 한 의사와 거무스레한 피부의 백의를 입은 소방관이 타고 있었다. 바구니 안은 소방관의 등에 가려 보이지 않는다. 다만 물이 담긴 플라스크 안에서 산소 방울이 내고 있는 조그만 파열음만이 비밀스런 통신음처럼 들려왔다. 그들이 점거하고 있는 긴 의자와 마주 놓인 또 하나의 의자에 버드는 앉았다. 불안정한 앉음새. 의자에 올려놓은 들것 위에 버드는 앉아 있는 것이다. 그는 미적미적 엉덩이를 움직여 가며 창밖을 내다보았고 그 순간 격렬하게 몸서리를 쳤다. 병원 2층의 창이란 창 모두, 거기다 발코니까지를 가득 채우고, 자리에서 일어나 막 세수를 마친 듯 하얀 맨얼굴을 아침 햇살에 드러낸 임산부들이 이쪽을 내려다보고 있었다. 그녀들이 하나같이 입고 있는 붉고 푸른, 혹은 하늘색의 합성섬유로 된 넉넉한 잠옷. 특히 발코니에 나와 있는 임산부들은 복숭아 뼈까지 닿는 기다란 잠옷을 미풍에 나부끼고 있어 하늘을 날고 있는 천사들의 무리 같았다. 버드는 그녀들의 표정에서 불안과 기대, 그리고 기쁨까지를 발견하고 눈을 내리깔았다. 사이렌이 울리기 시작하면서 구급차가 출발한다. 버드는 차의 진동에 밀려 의자에서 미끄러져 떨어질 것만 같아 혼신의 힘을 모아 발을 버티며, 이 사이렌! 하고 생각했다. 그때까지 사이렌은 버드에게 있어 늘 그저 먼 곳으로부터 다가왔다가 그 옆을 스쳐 지나 멀어져 가는 일종의 운동체였다. 하지만 지금 사이렌은 그의 내부의 질환처럼 그에게 들러붙어 있다. 그것은 언제까지나 멀어지지 않는다.

"우선은 괜찮습니다" 하고 의안을 한 의사가 돌아보며 말했다.

"감사합니다."

의사의 태도 속에 있는 극히 미세하지만 명백한 권위의 열기 앞에서 버드는 엿처럼 녹아내리려 하고 있는 것이다. 싸움에 진 개처럼 극도로 수동적인 버드의 반응이 의사의 눈에서 망설임과 의구의 그림자를 지워 버렸다. 의사는 자신의 권위를 재빨리 파악하고 그것을 전면으로 들이 내밀었다.

"이건 정말 보기 드문 케이스여서 저도 처음 경험했습니다" 하고 의사는 힘주어 말하더니 스스로 고개를 끄덕여 보였고, 흔들리는 자동차의 틈새를 정확히 놓치지 않고 버드 옆으로 옮겨 앉았다. 그는 두꺼운 천으로 된 들것이 놓여 있어 앉아 있기 불편한 긴 의자 따위는 전혀 개의치 않는 것이다.

"선생님은 뇌 전문가신가요?" 하고 버드가 물었다.

"아니, 아니에요, 저는 산부인과의죠" 하고 의안을 한 의사는 정정했지만 이미 그 정도의 차이로 그의 위엄에 흠이 날 일도 없었다. "우리 병원에 뇌 전문의는 없어요. 하지만 이런 증상은 너무 분명하니까요! 뇌 헤르니아가 틀림없습니다. 뇌에서 밀려 나온 커다란 혹 부분에 바늘을 꽂아 척수액을 뽑아 보면 사태는 좀 더 명료해지겠지만요, 그러다가 자칫 잘못해서 실제 뇌를 쿡 찔러 버렸다간 큰일 나니까요. 그래서 이렇게 부속 병원으로 옮기는 거예요. 난 산부인과 의사지만 뇌 헤르니아인 신생아를 만날 수 있었던 건 행운이고, 해부에도 참관할 작정입니다. 물론 당신은 해부에 찬성하시는 거죠? 지금 단계에서 이런 것까지 솔직히 이야기하는 게 불쾌하실지 모르지만 말예요. 그런 축적들이 의학의 진보를 돕는 거잖아요? 당신 아이를 해부함으로써 다른 뇌 헤르니아 아기를 구할 힘이 될지도 모르거든요! 게다가 좀 더 솔직히 말하자면 이 아기를 위해서도 당신들 부부를 위해서도 이 애는 빨리 죽는 편이 좋을 것 같아요. 이런 아기들에 대해 이상한 낙관주의를 지닌 사람들도 있지만 저는 역시 이런 경우는 빨리 죽을수록 행복한 거라고 생각해요. 세대 차인가? 난 1935년생입니다. 당신은?"

"저도 비슷합니다" 하고 순간적으로 서기 연도*를 계산해 내지 못한 버드가 말했다. "그런데 고통스러울까요?"

"우리 세대가?"

"아뇨, 아기 말예요."

"문제는 고통스럽다, 라는 말의 의미군요. 이 아기는 시력도 청각도 후각도, 뭐 하나 갖고 있지 않을걸요, 게다가 고통을 느끼는 부분도 결락되어 있는 거 아니려나? 원장 말로는 뭐라더라? 식물적인 존재니까! 당신은 식물도 고통을 느낀다고 생각하나요?"

버드는 입을 다물고 생각해 보았다. 나는 식물도 고통을 느낀다고 생각했던가? 산양에게 씹히고 있는 양배추가 고통스러워하고 있다고 생각한 적이 있었나?

"어떻습니까? 식물적인 아이가 고통스러워한다고 생각하세요?" 하고 의사는 여유만만 무게를 잡으며 다시 물어왔다.

버드는 솔직하게 고개를 흔들었고 그 질문이 현재 그의 뜨거운 머리의 판단 능력을 넘어선다는 것을 인정했다. 그는 처음 만나는 낯선 인간에게서 저항을 느끼지 않고 굴복할 수 있는 인간이 아니었건만.

"산소 흡입이 제대로 안 되는 것 같은데요" 하고 소방관이 돌아보며 보고했고 의사는 재빨리 일어나 고무관을 살피러 갔다.

그 순간, 버드는 처음으로 그의 아들을 보았다. 그것은 주름살과 기름 찌꺼기 투성이의 조그맣고 빨간 얼굴을 한 보기 흉한 아기였고 눈은 조개껍질처럼 꽉 감고, 콧구멍엔 고무관이 끼워져 진주광택이 있는 분홍색 구강을 활짝 열어 보이며 소리 없는 비명을 지르고 있었다. 버드는 자기도 모르게 허리를 들고 일어나 아이의 붕대 감긴 머리를 보았다. 붕대의 뒷부분은 많은 양의 피투성이

탈지면 속에 묻혀 있었지만 거기에 이상하고 커다란 것이 존재하고 있다는 것은 명백하다.

버드는 고개를 돌리고 주저앉아 유리창에 이마를 대고 사라져 가는 시가지를 바라보았다. 사이렌에 놀란 통행인들은 버드가 등 뒤에 두고 온 임산부의 무리와 마찬가지로 호기심과 정체를 알 수 없는 기대를 드러내며 구급차를 지켜보았다. 그들에게는 필름이 갑자기 정지한 화면과도 같은 부자연스런 동작 정지라는 인상이 있다. 그들은 지금 평범한 일상생활의 극히 미세한 금을 들여다본 참이다. 그들은 순진한 경건함을 또한 표현하고 있다. 내 아들은 전장에서 부상당한 아폴리네르처럼 머리에 붕대를 감고 있다고 버드는 생각했다. 내가 모르는 어둡고 고독한 전장에서 내 아들은 머리를 다친 것이다. 그리고 아폴리네르처럼 붕대를 감고 소리 없는 비명을 지르고 있다……

느닷없이 버드는 눈물을 흘리기 시작했다. 아폴리네르처럼 머리에 붕대를 감고, 라는 이미지가 버드의 감정을 단번에 단순화하여 방향을 지워 준 것이다. 버드는 센티멘털로 질척질척해진 자신이 허용되고 정당화되는 것을 느끼며 자신의 눈물에서 단맛조차 발견했다. 내 아들은 아폴리네르처럼 머리에 붕대를 감고 찾아왔다. 내가 모르는 어둡고 고독한 전장에서 부상당하여. 나는 아들을 전사자처럼 매장해야만 한다. 버드는 하염없이 눈물을 흘렸다.

3

버드가 특수아실 앞 계단에 주저앉아 더러운 손으로 양 무릎을 끌어안고 눈물에 이어 그를 노리고 찾아온 집요한 졸음과 싸우고 있으려니 의안을 한 의사가 빈손을 어색해하며 특수아실에서 나왔다. 그리고 일어선 버드에게 구급차 안에서와는 생판 다르게 불안한 음성으로 이렇게 말했다.

"이 병원은 관료적이어서 간호사들조차 이쪽에서 하는 말을 전혀 안 들어. 우리 원장과 잘 아는 교수 앞으로 명함을 받아 왔는데 어떤 의사가 그 교수인지조차 모르겠어!"

그래서 버드는 의사가 어째서 갑자기 초췌해졌는지를 이해했다. 여기서는 자신마저 아이 취급을 당하는 바람에 이 의안의 청년은 자신의 위엄을 의심하기 시작한 것이다.

"아기는?" 하고 버드는 무심결에 의사를 위로하는 듯한 음성으로 물었다.

"아기? 아아, 뇌외과 선생이 회진을 돌면 사정을 다 알게 돼요.

그때까지 아기가 견뎌준다면 말이에요. 그렇지 못하면 해부를 해서 더 정확한 걸 알게 되는 거죠. 아마 내일까지도 안 갈 거예요. 내일 3시쯤이나 여기 얼굴을 내밀어 보면 어때요? 그런데 미리 말해 두지만 이 병원은 관료적이에요, 간호사들까지!"

그리고 의사는 버드가 더 이상 질문하는 것을 받아들이지 않기로 결심했다는 듯이 건강한 쪽의 눈도 역시 의안과 마찬가지로 무표정하게 허공을 바라보며 걷기 시작했으므로 버드는 이제 비어 버린 아기 바구니를 빨래하러 가는 아가씨처럼 옆구리에 끼고 뒤를 따랐다. 그들은 입원환자 병동을 병원 본관 쪽으로 연결하는 복도 아래까지 돌아왔고 거기서 담배를 피워 가며 기다리고 있던 구급차 운전수와 산소 흡입을 맡은 소방관 두 사람이 그들과 합류했다. 의안을 한 의사를 앞세우고 소방관들과 아기 바구니를 든 버드 일행이 복도를 지나 본관으로 갔다.

두 소방관은 의안을 한 의사가 구급차 안에서의 명랑함을 잃고 있다는 사실을 금세 눈치 챈 듯했다. 물론 이제 그들 두 사람 역시, 무게를 잡고 사이렌을 울려가며 선량한 시민들의 교통신호를 무시하고 대도시의 중심을 초원을 질주하는 지프처럼 구급차를 내달리는 동안 그 스토익한 제복을 채우고 있던 위엄을 잃어버리고 후줄근해져 있었다. 버드는 등 뒤에서 두 소방관의 벗겨지기 시작해서 빈약한 후두부를 바라보며 그들이 일란성 쌍둥이처럼 닮았다는 사실을 깨달았다. 그들은 이제 젊지 않았고 평균 키에다 보통의 몸집으로 똑같이 대머리였다.

"어떤 날 첫 번 작업에 산소 봄베가 필요하면 그날은 한밤중까지 산소 봄베를 쓰더라고!" 하며 산소 흡입 담당 소방관이 힘주어 말했다.

"응, 자넨 늘 그렇게 말하더군" 하고 구급차 운전 담당 소방관 역시 힘을 주어 대답했다.

의안을 한 의사는 그 짤막한 대화를 무시했고 버드 역시 특별히 감명을 받지 않았지만, 어쨌든 이 두 사람의 소방관이 지금 김빠져 버린 듯한 서로의 기분을 어떻게 좀 추슬러 보려 하고 있다는 사실은 이해했다. 그래서 버드가 산소 흡입 담당 소방관을 향해 고개를 끄덕여 보이자 소방관은 버드로부터 무언가 질문이라도 받았다는 듯이 진지하게 정색하더니 "네?" 하고 버드의 다음 말을 재촉했다.

버드는 당황하여 "구급차 말인데요, 돌아갈 때도 사이렌을 울리며 신호를 무시할 수 있나요?" 하고 말했다.

"구급차가 돌아갈 때?" 하고 두 소방관은 듀엣으로 노래하는 소방대 2인조라도 되는 듯이 함께 물었고 동시에 입을 다물더니, 불현듯 상기되어 오는 술 취한 듯한 얼굴을 서로 마주 보고는 콧방울을 부풀리며 풋 하고 웃음을 터뜨렸다.

버드는 자신의 어리석은 질문과 소방관들의 반응 모두에 부아가 치밀었다. 그 분노는 그의 내부에 억눌려 있던 어둡고 거대한 분노의 탱크에 가느다란 파이프로 연결되어 있었다. 새벽 이후 버드의 내부에 풀어놓을 수 없는 분노가 계속 쌓여 압력을 증가시켜 가고 있었던 것이다. 하지만 소방관들이 불행한 젊은 아버지에게 조심성 없이 웃어 버린 것을 후회하며 불쌍할 정도로 위축되어 버렸기 때문에 버드의 내부에서 일던 격노의 파이프 뚜껑은 닫혔다. 오히려 버드는 그런 소방관들을 보고 자신을 나무라는 기분이 들었다. 애초에 안티클라이맥스에 우스꽝스런 질문을 던진 것은 자신이 아니던가. 그리고 그것은 자신의 슬픔과 수면 부족으로 초절임이 된 머리에, 늘어져서 둔한 빈틈이 생긴 탓 아니겠는가? 버드는 옆구리에 끼고 있던 아기 바구니를 들여다보았다. 그것은 지금 쓸데없이 파 놓은 공허한 구덩이 같은 인상이었다. 몇 겹으로 개켜진 담요와 탈지면과 거즈 한 뭉치가 바구니 바닥에 남겨져 있다. 탈지면과 거즈를 더럽히고 있는 피는 아직 색이 바래지 않았지만 버드는 이미 머리에 붕대를 감고 콧구멍에 꼽은 고무관으로 조금씩 산소를 빨아들이고 있던 아이의 이미지를 환기하는 것이 불가능했다. 아기의 비정상적인 머리 모양과 빨간 피부에 말라붙어 하늘거리던 기름막조차도 정확하게는 기억나지 않는다. 아기는 이제 버드로부터 전속력으로 멀어져 가고 있는 것이었다. 버드는 뒤가 켕기는 듯한 안도감과 바닥 깊은 공포감을 함께 맛보았다. 나는 언젠가 그 아기를 잊어버리게 되겠지. 무한한 암흑으로부터 나타나 10개월의 배아 상태를 보내고, 그리고 몇 시간의 견디기 힘든 불쾌감을 맛보고 나서 또다시 결정적인 무한의 암흑 속으로 하강해 가는 존재. 나는 그에 관해 금세 잊어버리게 될지도 모르는 것이다. 그리고 아마도 내 자신이 죽음에 이르렀을 때에 그것을 떠올리게 될 것이다. 그때, 나의 죽음의 고통과 공포가 배가된다면 나는 그나마 아버지로서의 의무를 다하게 되는 것이다.

버드 일행은 본관의 정면 현관으로 나왔다. 두 소방관은 주차장을 향해 달려갔다. 그들은 언제나 비상사태와 연결되어 살아가는 직업이니 헐떡이며 뛰어다니는 것이야말로 가장 일상적인 생활 태도이리라. 소방관들은 팔을 휘둘러 가며 도깨비가 엉덩이를 물어뜯으려 한다는 듯한 모습으로 번쩍이며 빛나고 있는 광대한 콘크리트 광장을 가로질러 갔다. 그 사이에 의안을 한 의사가 공중전화로 원장을 불러냈다. 의사는 단 몇 마디로 사정을 설명하고 있었다. 보고할 만한 새로운 사실은 거의 없었던 것이다. 그러고 나서 전화기에 버드의 장모가 나왔다. 의사는 버드를 돌아보며 "어머닙니다, 아기의 현재 조치에 대해서는 이야기했습니다. 바꿀까요?" 하고 물었다.

아니오! 하고 버드는 거절하고 싶었다. 어젯밤의 잦은 전화 통화 이래, 전화선을 통해 전해 오는 장모의 음성이 주는 울림은 버드를 안절부절못하게 만드는 강박 관념의 하나였다. 그의 아내 음성과 비슷하지만 그보다 더 어리고 불안한, 모기 우는 소리 같은 음성. 버드는 아기의 바구니를 콘크리트 위에 내려놓고 우울한 얼굴로 수화기를 받아들었다.

"내일 오후, 이리로 돌아옵니다. 뇌외과 전문의의 진단 결과를 듣기로 했습니다" 하고 버드가 말했다.

"무슨 목적으로? 어떤 목적이 있어선가요?" 하고 장모의, 버드가 가장 피하고 싶었던 타입의 음성이 그를 직접 나무라듯이 추궁했다.

"무슨 목적이냐고 하신다면, 그야 지금으로서는 아기가 살아 있기 때문이겠죠" 하고 버드는 말했고, 장모의 다음 음성을 혐오스런 예감과 함께 기다렸지만 장모는 그저 입을 다물고 가늘고 짧은 숨소리를 힘들게 울려 대고 있을 뿐이었다. 그래서 버드는 "지금부터 그리로 돌아가서 이야기를 하죠" 라고 말하고 전화를 끊으려 했다.

"아, 돌아오지 말아요!" 하고 장모는 서둘러 말했다. "딸한테는 자네가 아기를 데리고 심장 전문 병원에 입원했다고 말해 두었어요. 자네가 이리로 돌아오면 미심쩍어 할 거예요. 며칠 지나서 딸이 좀 평온해지고 나서, 아기가 심장병으로 숨진 것으로 하고 자네가 이쪽으로 돌아와 주는 것이 가장 자연스러워요. 자네는 전화로만 연락하는 것으로 해줘요."

버드는 납득했다. 그리고 장모에게, 지금부터 장인에게 사정을 설명하러 가겠습니다, 하고 말하는 동안 일방적으로 전화가 끊겨 버리는 차가운 소리를 들었다. 장모 역시 버드의 음성을 혐오감과 함께 참고 있었던 것이다. 버드는 수화기를 내려놓고 아기 바구니를 들어올렸다. 의안을 한 의사는 주차장을 돌아 나온 구급차에 이미 올라타 있었다. 버드는 그를 따라 차에 오르는 대신 아기 바구니만 들것 위에 올려놓았다.

"수고하셨습니다. 저는 따로" 하고 버드는 의사와 두 소방관에게 말했다.

"따로 돌아가시려구요?" 하고 의사가 말했다.

"예" 하고 버드는 대답했지만 실은 버드는, 저는 따로 가볼 데가……, 하고 말할 작정이었다. 장인에게 출산에 관해 보고는 해야겠지만 그 후 버드에겐 완전히 자유로운 시간이 생기는 것이다.

게다가 아내와 장모에게로 돌아간다는 것에 비하면 장인을 찾아 간다는 것은 오히려 일종의 구원처럼 느껴질 지경이었다.

의안을 한 의사가 안쪽에서 차문을 닫았고 구급차는 소리를 잃어버리고 무력해진 '왕년의' 괴물처럼 침묵하면서 제한 속도를 지켜 출발했다. 버드는 운전석의 소방관 쪽으로 의사와 산소 흡입 담당 소방관이 비틀비틀 쏠려 가는 것을 한 시간 전 자신이 눈물을 흘리며 길가의 타인들을 바라보고 있던 창 너머로 보았다. 하지만 버드는 그들 세 사람이 이제부터 버드와 그의 아이에 대해 어떤 소리들을 해댈지 신경 쓰지 않았다. 장모와의 전화로 갑자기 찾아온 휴식, 혼자서 자유로울 자신만을 위한 시간, 이라는 생각이 버드의 머리에 새롭고 힘찬 피를 쏟아 붓고 있었다. 버드는 구급차를 따라 축구 경기장만큼이나 널따란 병원 앞 광장을 가로질렀다. 버드는 광장 중앙에서 뒤돌아 그가 지금 막 자신의 첫 아들, 빈사의 갓난아기를 버려두고 나온 참인 건물을 올려다보았다. 그것은 성벽처럼 오만한 존재감을 지닌 거대한 건물이었다. 초여름의 햇빛에 빛나며 그 건물 어딘가 한구석에 진주광택이 있는 빨갛고 조그만 구강으로부터 연약한 비명을 지르고 있는 어린아이 따위를 모래 한 알만큼 비소한 존재로 느끼게 만드는 대건축물. 내일, 이곳을 다시 찾는다 해도 나는 그저 이 근대적인 성채의 미로에 빠져 어찌할 바를 모를 뿐, 이미 죽어 있거나 아니면 빈사 상태일 나의 아기를 만나지는 못할지도 모른다고 버드는 생각했다. 그 착상 또한 버드를 자신이 빠져 있는 불행에서 한 걸음 멀어지게 했다. 버드는 성큼성큼 걸어 병원 바깥문을 빠져나와 보도에 섰다.

버드는 걸었다. 초여름 오전의 가장 상쾌한 시간, 소학교 소풍 때의 추억 냄새가 나는 미풍이 버드의 수면 부족으로 화끈대는 뺨과 귓불에 꿈틀꿈틀 떨리는 쾌감의 벌레를 기어 다니게 만들었다. 그의 피부 감각과 신경 세포는 의식의 제어로부터 멀면 멀수록 확실하게 이 계절, 이 시간의 근사함과 생생한 해방감을 맛보고 있었다. 그것은 마침내 의식의 표면에까지 넓어져 왔다.

장인을 만나러 가기 전에 우선 면도를 하고 얼굴을 씻자! 버드는 생각했다. 그래서 버드는 이발소 간판을 발견하자 곧장 그리로 들어갔다. 초로의 이발사가 극히 일반적인 접객 태도로 버드를 의자에 앉혔다. 그는 버드에게서 불행의 낌새를 알아차리지 못했다. 버드는 지금 이발사라고 하는 타인의 눈에 비친 자신이 되어 보임으로써 슬픔과 불안으로부터 자신을 해방시킬 수 있다. 버드는 눈을 감았다. 그의 뺨과 턱을 뜨겁고 묵직하고 소독약 냄새가 나는 타월이 덮였다. 버드는 어린 시절, 이발소를 무대로 하는 만담을 들었다. 이발소 심부름꾼 아이가 엄청나게 뜨거운 타월을 손님 얼굴에 올린다. 너무 뜨거워서 손에 들고 식힐 수가 없으니까 그대로 손님의 얼굴로 옮겨 놓은 것이다. 이후 버드는 뜨거운 타월이 얼굴에 놓일 때마다 웃고 만다. 버드는 자신이 미소 짓는 것을 느꼈다. 하지만 그것은 지나친 짓이다. 버드는 몸서리치며 미소를 떨쳐 냈고 자기 아기의 불행에 관해 생각하기 시작했다. 버드는 미소 지은 자신에게서 죄의 증거를 발견했던 것이다.

식물 같은 아기의 죽음, 이라고 버드는 더없이 날카롭게 그를 찔러 대는 각도에서 아기의 불행을 검토했다. 식물 같은 기능밖에 지니지 못한 아기의 죽음에 고통이 동반되지 않는다 해도 도대체 그 아기의 죽음이란 무엇일까? 혹은 그의 삶이란 무엇일까? 몇억 년에 걸친 무(無)의 광야에 한 알의 존재의 싹이 나타나고 10개월 동안 자란다. 물론 태아에겐 아무런 의식도 없으리라. 따스하고 미끌미끌하고 부드럽고 어두운 세계 하나 가득 그는 몸을 구부린 채 존재하고 있다. 그리고 위험과 함께 외부 세계로. 그곳은 차갑고 딱딱하고 거칠거칠 말라 있고 맹렬하게 밝다. 그 세계는 그 혼자서 그곳을 꽉 채울 만한 넓이도 아니다. 그는 막대한 수의 타인들과 동거하고 있다. 하지만 식물과 같은 아이에게 있어 이 외부 세계 체재는 무언가 정체를 알 수 없는 은미(隱微)한 고통의 몇 시간에 지나지 않으리라. 그러고 나서 숨 막히는 한순간이 있고 그리고 또다시 그는 몇억 년에 걸쳐 무(無)의 광야의 미세한 무(無)의 모래알 그것이다. 설령 최후의 심판이 있다고 한들 태어나자마자 곧바로 죽어 버린 식물과 같은 기능의 갓난아이를 어떤 사자(死者)로서 소환하고 고발하며 판결을 내릴 수 있단 말인가? 진주 광택이 있는 빨간 입을 커다랗게 벌린 채 혓바닥을 하늘하늘해 가며 울음소리를 내고 있던 몇 시간의 지상 체재로는 어떤 심판자에게도 증거 불충분이 아닐까? 그야말로 증거 불충분이야, 라고 버드는 점차 깊어져 가는 극심한 공포에 숨을 죽인 채 생각했다. 만약 그 장소에 증인으로서 내가 불려 나간다고 해도 나는 자기 아들의 얼굴을 확인조차 못할 것이다. 아기 머리의 혹을 실마리로 삼는다면 모를까. 버드는 윗입술에 날카로운 통증을 느꼈다.

"움직이지 마세요, 약간 베었네요" 하고 이발사가 버드의 코 위에 면도날을 든 채 그를 들여다보며 위협이라도 하듯이 엄한 소리로 속삭였다.

버드는 손끝을 윗입술에 대었다가 눈앞에 가져왔다. 핏방울이 그의 손가락을 더럽히고 있었다. 버드는 손가락의 핏자국을 바라보면서 위장 깊은 곳에 가벼운 매스꺼움을 느꼈다. 그도, 그의 아내도 혈액형은 A다. 지금 죽어가고 있는 불운한 아기의 몸을 흐르는 1리터 정도의 혈액 역시 A형이리라. 버드는 피로 더럽혀진 손가락을 목에 두른 흰 헝겊 아래로 돌려놓고 위장을 달래며 눈을 감았다. 이발사는 그의 조그만 상처 주변의 수염을 조심스럽게 깎았고 늦어진 시간을 만회할 작정이겠지, 볼이니 턱을 거칠 만큼 빠른 속도로 깎아 올렸다.

"얼굴 씻으실 거죠?"

"아니, 됐습니다."

"머릿속에 흙이니 검불 같은 것들이 들어 있는데요" 하고 마뜩찮다는 듯이 이발사가 말했다.

"어젯밤 넘어지는 바람에" 하고 버드는 말하고 의자에서 내려오면서 수염을 다 깎은 자신의 얼굴을 한낮의 해변처럼 반짝거리고 있는 거울 속에서 들여다보았다. 머리는 분명히 더럽혀져 엉켜 있고 마른 풀처럼 부스스하지만 날카롭게 각이 진 뺨에서 턱에 걸쳐서는 홍송어의 배처럼 청신한 핑크색이었다. 이 아교색 눈에 강한 빛이 생기고, 긴장해 있는 눈꺼풀이 부드럽게 풀리고, 얄따란 입술이 실룩실룩 경련하는 일만 없다면 그것은 지난밤에 서점의 장식장 안에서 보았던 그 자신의 초상에 비해 훨씬 젊고 생기 있는 버드였다. 버드는 장인을 만나러 가기 전에 이발소에 들르길 잘했다 싶었고 깊은 만족을 맛보았다. 어쨌든 버드는 새벽 이후 줄곧 마이너스 경사면을 따라온 심리적 밸런스에 플러스 요인을 하나 주워 넣을 수 있게 된 것이다. 버드는 코의 오른쪽 아래 삼각형의 사마귀처럼 보이는 피딱지를 잠깐 살펴보고 이발소를 나섰다. 장인의 대학에 도착하기 전에 면도칼과 타월이 만들어 낸 선명한 홍조는 사라져 버릴 것이다. 하지만 그때까지 피딱지 사마귀 역시 손톱으로 긁어 낼 수 있을 테니 장인의 눈에 버드가 우스꽝스럽고 비참한 패배자로 보일 리는 없으리라. 버드는 그 부근을 성큼성큼 걸으며 버스 정류장을 찾고 있는 동안 어젯밤 이후 자신의 주머니에 약간의 여유 자금이 준비되어 있다는 것을 떠올렸고 마침 다가온 택시를 잡았다.

버드는 대학 정문 앞의 점심시간, 혼잡한 학생들 틈에서 택시를 내렸다. 12시를 5분 지나 있었다. 버드는 대학 교정 안으로 들어가서 몸집이 큰 학생 하나를 불러 세워 영문과 연구실 위치를 물었다. 그런데 그 학생이 미소를 띠며 반갑다는 듯이 "아, 선생님, 오랜만입니다!" 하고 노래라도 부르듯 말하는 통에 버드는 어안이 벙벙했다. "학원에서 신세를 졌습니다! 공립은 다 떨어지고 아버지가 기부금을 내줘서 뒷문으로 들어왔어요, 선생님!"

"아아, 자네가 여기 학생이 돼 있었군" 하며 버드는 그림 형제 동화의 삽화 속 독일 농민 같은 둥그런 눈과 코를 지닌, 그렇지만 결코 밉지 않은 그 학생을 기억해 내고 안심하면서 말했다. "그렇다면 학원은 괜히 다녔네."

"아뇨, 선생님, 공부하는 데 괜히, 라는 건 없죠. 아무것도 기억 못하더라도, 일단 공부니까!"

버드는 조롱이라도 당한 듯한 느낌에 험한 눈길로 학생을 바라보았다. 하지만 학생은 그 커다란 온몸으로 버드에게 호의를 보이려 하고 있는 것이다. 버드는 그가 정원 백 명의 클래스에서도 유난히 우둔한 학생이었다는 것을 명료하게 떠올렸다. 바로 그런 학생이었기에 지금 더없이 단순하고도 명랑하게 이류 사립대학에 뒷문으로 입학했다는 사실을 버드에게 보고하고, 더불어 부질없던 학원 수업에 감사하고 있는 것이다. 다른 99명의 학생이라면 모두 학원 선생인 버드를 피하려 했을 것이다.

"그렇게 말해 주니 마음은 편하군, 학원 수강료는 비싸니까" 하고 버드는 말했다.

"아니, 아닙니다. 그런데 선생님은 이제 우리 대학에서 근무하시는 건가요?"

버드는 고개를 저었다.

"아, 그렇군요" 하고 학생은 할 수 없이 말을 이어갔다. "제가 연구실까지 모셔다 드리죠. 자, 이쪽입니다. 정말로 학원 공부는 헛일이 아니었어요. 그건 머리 어딘가에 자양분으로 쌓여 있다가 언젠가 도움이 될 거예요. 저는 그걸 기다리면 되는 거죠. 공부라고 하는 건 결국 그런 거 아닌가요, 선생님?"

버드는 계몽주의 냄새가 나는 낙천가인 옛날 학생을 따라 우거진 나무들로 테를 두른 보도를 빠져나가 질붉은 벽돌로 지은 건물 정면까지 갔다.

"영문과 연구실은 여기 3층 가장 안쪽이에요, 선생님. 이런 대학이라도 들어온 것이 기뻐서 저는 온 학교를 모조리 탐험하고 돌아다녔죠. 지금 저는 이 대학 안의 건물마다 모르는 데가 없어요" 하고 학생은 자랑스레 말했고, 일순 그는 버드로 하여금 자기 눈을 의심하게 만들 만큼 노숙하고 자조적으로 엷게 웃음 짓더니 "단순한 이야기죠?" 했다.

"아니, 전혀 그렇게 단순하지 않은 것 같은데" 하고 버드는 말했다.

"그렇게 말씀해 주시면 기쁘죠, 선생님, 자 그럼 안녕히. 어쩐지 얼굴색이 안 좋으신 것 같군요, 선생님!"

버드는 계단을 오르며 지금 막 헤어진 옛 학생에 관해 생각했다. 녀석은 나보다는 천 배쯤 요령 있게 현실을 살아 낼 것이다. 적어도 아이를 뇌 헤르니아로 잃어버리거나 하진 않을 것이 분명하다. 그건 그렇고 나는 기묘하고 독특한 모럴리스트를 가르치고 있던 셈이로군.

버드는 영문과 연구실 문 틈을 들여다보며 장인을 찾았다. 장인은 방 건너편 구석, 튀어 나온 발코니 같은 곳에 미국의 대통령이나 앉을 법한 떡갈나무 흔들의자에 깊숙이 몸을 묻고서 반쯤 열린 천창(天窓)을 올려다보고 있었다. 그곳은 버드가 졸업한 대학 연구실보다 훨씬 넓고 밝고 회의장 같은 느낌을 주는 방이었다. 흔들의자 같은 설비를 비롯하여 버드의 장인이 정년퇴임 후 이 사립학교로 옮겨와 공립 때와는 비교가 안 될 정도로 좋은 대우를 받고 있다는 이야기—그것은 장인의 약간 자학적인, 자랑 섞인 농담의 하나였다—가 단순한 농담에 그치지 않는다는 사실을 버드는 발견했다. 하지만 조금 더 햇빛이 강해지면 흔들의자의 위치를 뒤로 물리거나 발코니 전체에 차양을 치거나 할 필요가 있으리라. 방 이쪽의 커다란 테이블에서는 식사를 마친 참인지 혈색 좋은 이마에 약간의 기름기가 번질거리는 세 사람의 젊은 조교수들이 커피를 마시고 있었다. 버드는 그 세 사람 모두의 얼굴을 알고 있었다. 그들은 버드의 대학 선배인 수재들이다. 만약 버드가 만취 상태로 수 주간을 보내며 탈락하는 사고를 일으키지 않고 대학원에 남아 있었더라면, 그 역시 언젠가는 이 세 선배들을 뒤따르는 생활에 들어섰을 것이다.

버드는 열려 있던 도어를 새삼 노크하고 연구실에 들어서서 세 선배에게 목례를 했다. 그리고 버드는 흔들의자에 앉아 몸의 균형을 잡으며 고개를 뒤로 젖혀 그를 돌아본 장인에게 다가섰다. 세 선배들은 별다른 의미도 없는 미소를 띠며 버드를 지켜보고 있었다. 그들에게 있어 버드는 약간은 유별나고 이상스런 존재이긴 하지만 동시에 진지한 관심을 가질 것도 없는 국외자였다. 몇 주일 동안 이유도 없이 술을 계속 마셔 대다가 결국 대학원을 떠나 버린 그 별나고 이상스런 녀석인 것이다.

버드가 다가가자 장인은 흔들의자 속에서 몸을 일으켜 나무 도르래가 울리는 끼익, 끼익하는 소리와 함께 의자째로 그를 향해 돌아앉았다. 버드는 교수의 딸과 결혼하기 전 학생 때부터의 버릇대로 "선생님" 하고 불렀다.

"아기는 태어났나?" 하고 교수는 버드에게 기다란 팔걸이가 달린 회전의자를 가리키며 말했다.

"네, 태어났습니다, 태어나긴 했는데" 하고 말한 버드는 자신의 음성이 극도로 겁을 먹어 움츠려 드는 것이 귀에 거슬린다고 느끼며 말꼬리를 흐렸다. 그러고 나서 단번에 끝내 버리자고 자신을 몰아세우며 "아기는 뇌 헤르니아여서 내일이나 모레 안에 죽을 거라고 의사가 그러더군요. 아내는 무사합니다."

흔들의자 등이 벽에 닿아 완전히 돌릴 수 없어 교수는 버드를 향해 약간 비스듬히 앉아 있다. 그 백발로 장식된 사자처럼 커다랗고 멋진 얼굴의 갈색 피부가 가만히, 차분하게 붉어져 갔다. 주머니처럼 피부가 늘어진 아래 눈꺼풀은 피라도 스민 듯이 선명한 붉은색이다. 버드는 자기 얼굴 역시 홍조되어 오는 것을 느꼈다. 버드는 새벽 이후 지금까지 자신이 실로 고립무원이었다는 사실을 새삼 이해했다.

"뇌 헤르니아? 자네는 아기를 봤나?" 하고 갈라지고 가느다란 음성으로 교수가 말했다. 그 음성의 울림 속에서도 버드는 자기 아내의 감추인 속성을 발견했지만 그건 차라리 반가웠다.

"보았습니다. 아기는 마치 아폴리네르처럼 머리에 붕대를 감고 있더군요" 하고 버드가 말했다.

"아폴리네르처럼, 머리에 붕대를 감고" 하며 교수는 그럴듯한 농담이라도 들었다는 듯이 반복했다. 그러고는 버드를 향해, 라기보다 차라리 세 사람의 조교수를 향해 "글쎄, 태어나지 않는 것보다 태어나는 편이 좋은 건지 어떤지 확실히 알 수 없는 시대니까."

버드는 세 선배가 조심스레, 그렇지만 소리를 내어 웃는 소리를 들었고 뒤돌아 그들을 바라보았다. 그들 역시 버드를 바라보고 있었다. 그들의 눈에는 버드라고 하는 애당초 별난 인간에게 그와 같은 이상한 일이 일어난 것이 결코 뜻밖이라 느끼지 않는 일종의 침착함이 있어서 그것이 버드로 하여금 강한 반발심을 불러일으켰다. 버드는 진흙투성이 구두를 내려다보며 "모든 일이 끝나면 다시 전화하겠습니다" 하고 말했다.

교수는 입을 다문 채 흔들의자를 조금씩 흔들고 있었다. 버드는, 교수가 흔들의자에 대한 평소의 만족감이 실은 뭔가 시답잖은 것이라고 느끼기 시작했을지도 모른다고 생각했다. 버드는 별 수 없이 침묵했다. 그는 장인에게 필요한 이야기를 다 했다는 생각이 들었다. 아내에게 사정을 털어놓을 때도 이렇게 단순 명쾌하게 끝낼 수 있을까? 아니, 그런 일은 결코 없을 것이다. 눈물, 수백 가지 질문, 요설(饒舌)의 무력감, 아픈 목과 화끈대는 머리, 그리고 신경증의 쇠사슬이 버드 부부를 야무지게 옭아매리라.

"병원 수속 같은 것들도 있으니 이만 가보겠습니다." 마침내 버드가 말했다.

"수고했네." 흔들의자에서 일어나려 하지 않고 교수는 말했다. 버드는 붙잡지 않는 것을 다행스러워하며 일어섰다. 그런 버드에게 "보조 탁자에 위스키가 한 병 있으니 가져가게" 하고 교수가 말했다.

버드는 긴장했고 세 선배들의 눈도 역시 긴장하여 사태의 추이를 주의 깊게 좇기 시작했음을 느꼈다. 교수는 물론이고 그 세 선배들도 버드가 취해 지냈던 몇 주간의 상황에 관해 상세히 알고 있을 것이다. 버드는 일순 망설이면서, 학원에서 그가 강독하고 있는 텍스트의 한 구절을 떠올리고 있었다. 그것은 화가 난 젊은 미국인의 대사였다.

〈*Are you kidding me, kidding me?*〉

〈당신 지금 나를 비웃는 거야? 나한테 싸움을 거는 거냐구?〉

하지만 버드는 몸을 굽혀 교수의 보조 탁자 뚜껑을 열어 한 병의 조니 워커를 발견하고는 두 손으로 꺼내 올렸다. 버드는 눈동자까지 붉어지면서 어딘가 비틀린, 뜨거운 기쁨을 느꼈다. 이건 후미에*야, 하지만 나는 물러서지 않아.

"감사합니다" 하고 버드는 말했다.

버드를 지켜보고 있던 세 조교수들의 긴장이 느슨해졌다. 교수는 여전히 상기해 있던 엄숙한 얼굴을 똑바로 든 채 흔들의자를 천천히 원래 놓였던 방향으로 돌려놓으려 하고 있었다. 버드는 그들을 재빨리 일별하며 목례를 하고는 방을 나섰다.

버드는 조니 워커를 수류탄이라도 다루듯이 신중하게 들고 돌을 깔아 놓은 정원으로 내려섰다. 그리고 혼자서 자유롭게 쓸 수 있는 시간이라는 이미지가 한 병의 조니 워커와 연결되며 버드의 머릿속에 위험한 도취의 예감을 불러일으켰다. 내일, 혹은 모레 어쩌면 1주일의 유예가 끝나면 갓난아이의 비참한 죽음에 관해 알게 될 아내와 나는 가혹한 노이로제의 지하 감옥에 갇히게 되어 버리는 것이다. 따라서 오늘 한 병의 위스키와 자유로이 해방된 시간은 정당한 권리로서 나의 것이다, 라고 버드는 자기 내부에 거품처럼 일고 있는 걱정스런 목소리를 설득했다. 거품은 쉽게 가라앉았다. 자아, 나는 조니 워커를 마실 거야. 하지만 아직 12시 반이다. 버드는 일단 셋방의 서재로 돌아가 마실까 생각해 보았지만 그것은 확실히 최악의 계획이다. 거기 돌아가면 집주인인 노부인이니 친구들이 어쩌면 직접 혹은 전화로 출산의 자초지종을 캐묻기 위해 달려들 것이고, 버드가 어쩌다 침실을 들여다보았다간 흰 칠을 한 아기 침대가 상어처럼 그의 신경을 물어뜯을 것이다. 버드는 머리를 격렬히 흔들어 그 생각을 떨쳐 냈다. 낯선 타인들만 있는 싸구려 호텔에 틀어박혀 마시기로 할까? 하지만 버드는 걸어 잠근 호텔 객실에서 취해 갈 자신에게 공포를 느꼈다. 버드는 위스키의 라벨에 그려진 붉은 윗옷을 입고 큰 걸음으로 걷고 있는 유쾌해 보이는 백인을 부러운 듯이 바라보았다. 이 녀석은 도대체 어디로 가고 있는 걸까? 그때 문득 버드는 한 여자를 생각해 냈다. 그녀는 여름이고 겨울이고 낮 동안 줄곧 어두운 침실에 드러누워 무언가 지극히 신비스런 일을 생각하고 있다. 방 안 가득 인공의 안개가 낄 정도로 끊임없이 네이비 컷 담배를 피우면서. 그녀가 집을 나서는 것은 해가 진 후였다.

버드는 정문을 나와 택시를 기다렸다. 길 건너 찻집의 널따란 유리창 너머에 그의 옛 학생이 친구들과 앉아 있었다. 그는 금세 버드를 알아보고, 사람을 잘 따르는 강아지처럼 마음이 담긴 어설픈 신호를 보내왔다. 그의 친구들도 둔하고 모호한 호기심을 드러내며 버드를 바라보고 있었다. 녀석은 친구들에게 나를 무어라 설명할까? 술에 빠져 몇 주일을 보낸 끝에 대학원을 때려치우고 학원 강사가 된, 영문 모를 열정 혹은 공포심에 사로잡힌 놈이라는 식으로? 어쨌든 옛 제자는 그가 택시에 올라탈 때까지 끈질기게 미소를 지은 채 그를 지켜보고 있었다. 차가 달리기 시작하고 나서 버드는 자신이 자선이라도 받은 듯한 기분에 빠져 있다는 사실을 깨달았다. 끝내 마지막까지 현재분사와 동명사의 구분도 못한 채 학원을 졸업한, 고양이 같은 두뇌밖에 지니지 못한 옛 제자의 자선이라……

버드는 여자 친구 집 주변의 지리를 기사에게 설명했다. 그곳은 거대한 육교 건너편 셀 수 없이 많은 절과 묘지로 둘러싸인 언덕의 한 귀퉁이다. 여자 친구는 길 안쪽 상가 지역의 가정집 한 채에 혼자서 살고 있었다. 버드는 대학에 들어간 해 5월, 전공의 친목회에서 그녀와 알게 되었다. 그녀는 자기소개를 하면서 자신의 히미코(火見子)라고 하는 이름의 출전을 맞혀 보라는 문제를 냈다. 버드가 그것은 후도키(風土記)* 일문(逸文)*의 히고노쿠니*에서 따온 이름이라고 하여 정답을 맞혔다. 천황이 뱃사공에게 이르시기를, 저 앞에 불이 보이니(火見ゆ) 바로 그곳을 향해 가라. 그래서 버드와 규슈 출신의 여학생 히미코는 친구가 되었던 것이다.

버드가 다니는 대학의 몇 명 되지 않는 여학생, 그것도 지방 출신의 문학부 멤버는 적어도 버드가 알고 있는 한 다들 졸업 무렵에 정체를 알 수 없는 이상한 괴물로 둔갑해 버렸다. 그녀들의 세포의 몇 퍼센트인가가 서서히, 지나치게 발달하는 바람에 비틀렸고 그런 나머지 그녀들의 동작은 늘쩡해지고 표정은 둔하고 우울해졌다. 그리고 결국 그 여자들은 졸업 후의 일상생활에 치명적으로 부적합해진 것이다. 그녀들은 결혼했는가 하면 이혼하고, 취직을 했구나 싶으면 잘리고, 아무것도 하지 않고 여행을 하던 자는 우스꽝스럽고도 비참한 충돌 사고를 만났다. 도대체 그것은 왜였을까? 흔해빠진 여자 대학을 졸업한 인간들은 다들 생기발랄하게 새로운 생활에 적응하고 거기서 리더가 되어 가건만 버드의 대학 여학생들만이 그런 것은…… 히미코는 졸업 직전에 대학원생과 결혼했고 이혼은 하지 않았지만, 더 고약하게도 결혼 1년 만에 남편이 자살을 해 버렸다. 시아버지는 부부가 살고 있던 집을 그녀에게 주었고 다달이 생활비도 보내 주고 있었다. 그리고 그녀가 재혼하기를 바라고 있지만, 정작 그녀는 낮 동안 내내 신비스런 명상에 잠겨 있다가 밤이 되면 스포츠카로 거리를 방황하는 나날을 보내고 있었다. 버드는 히미코를 가리켜 상궤에서 벗어난 성적 모험가 타입이라고 하는 공공연한 소문을 듣고 있었다. 그것을 남편의 자살과 연결하는 소문마저도. 버드는 딱 한 번 히미코와 잔 적이 있지만 그때는 두 사람 모두 몹시 취해 있어서 실제로 성교가 이루어졌는지 어떤지조차 확실치 않았고 그 후 같은 일을 겪은 적은 없었다. 그것은 아직 히미코가 불행한 결혼을 하기 훨씬 전의 일이었고, 그때 히미코는 날카로운 욕망에 몰려 적극적으로 쾌락을 추구하려 했을망정 단지 경험 없는 여학생에 불과했다.

버드는 히미코의 집이 있는 골목 입구에서 택시를 내렸다. 그는 지갑에 남아 있는 돈을 재빨리 계산해 보았다. 내일 강의 후에는 이번 달 월급을 가불해 두는 것이 좋으리라. 버드는 조니 워커 병을 윗옷 포켓에 쑤셔 넣고 다 들어가지 않는 부분은 손바닥으로 가린 채 잰걸음으로 골목을 들어섰다. 히미코의 유별난 생활은 근처에 다 알려져 있을 테니 히미코를 찾아오는 손님들 역시 여기저기 창 너머 구경거리가 되는 건 아닐까 의심할 수밖에 없었다.

버드는 현관 초인종을 눌렀다. 반응은 없었다. 버드는 현관문을 두세 번 흔들며 히미코 상, 히미코 상, 하고 불러 보았다. 그것은 의례적인 절차였다. 그러고 나서 버드는 집 뒤로 돌아가서 히미코의 침실 창문 아래 약간 더럽혀진 상자형의 중고 스포츠카 MG가 서 있는 것을 보았다. 새빨간 MG는 텅 빈 좌석을 드러낸 채 오랫동안 거기 버려져 있었다는 인상이었지만 그것은 히미코가 집에 있다는 것을 말해 주고 있다. 버드는 흠집투성이 범퍼 위에다 역시 진흙투성이인 자신의 구두를 올려놓고 체중을 실어 보았다. MG는 흔들흔들 보트처럼 흔들렸다. 버드는 커튼을 내린 침실 창을 올려다보며 한 번 더 불렀다. 커튼의 틈이 안쪽에서 걷어 올려지더니 거기 만들어진 좁은 구멍에서 눈 하나가 버드를 내려다보았다. 버드는 MG를 흔들다 말고 미소 지었다. 버드는 이 여자 친구 앞에서는 언제나 자유롭고 자연스러울 수가 있는 것이다.

"어머, 버드……" 그 음성은 커튼과 유리창에 차단되어 가냘프고 어리석은 탄식처럼 들렸다.

버드는 자기가 대낮부터 조니 워커 한 병을 마시기 시작하기 위한 최적의 장소를 발견했다고 느꼈다. 버드는 오늘 하루의 심리적 대차 대조표에 플러스 숫자를 하나 더 적어 넣은 듯한 기분으로 현관 쪽으로 돌아왔다.

4

"자고 있던 거 아냐?" 하고 버드는 문을 열어 준 히미코에게 물었다.

"잔다구? 이런 시간에?" 하고 여자 친구는 조롱하듯 가볍게 말했다.

버드의 등 뒤에서 한낮의 태양이, 손바닥으로 그것을 막아 보려는 히미코의 옆으로 돌린 목과 보랏빛 두툼한 면으로 된 평상복에서 드러난, 그야말로 나이에 걸맞게 튼실한 어깨 위로 거칠게 쏟아졌다. 히미코의 할아버지인 규슈의 어민은 블라디보스토크로부터 유괴라도 하듯이 데리고 온 러시아 아가씨와 결혼했다. 그래서 히미코의 피부는 모세혈관이 생생하게 비쳐 보일 만큼 지나치게 희었고 그녀의 동작에는 언제까지나 자기 자리에 익숙해지지 못하는 이방인의 머뭇거림이 있었다. 히미코는 쏟아지는 햇빛에 놀라 마치 암탉처럼 허둥지둥 반쯤 열린 문 뒤로 물러섰다. 지금 히미코는 이미 젊은 아가씨의 무방비한 아름다움을 잃어버렸고 더구나 다음 연령의 충실감을 획득하기엔 이르지 못한, 어정쩡하기 이를 데 없는 빈약한 상태였다. 히미코는 그 불안정한 시기를 특별히 오래 지나가야만 하는 타입인지도 모른다. 버드는 그와 같은 핸디캡을 짊어진 여자 친구를 보호하기 위해 좁은 현관에 서둘러 들어서서 문을 닫았다. 다음 순간, 버드는 반쯤 장님이 되어 현관의 좁은 공간을 동물 운반용 가리개를 쳐놓은 우리처럼 느꼈다. 버드는 구두를 벗는 동안에도 어둠에 익숙해지기 위해 부지런히 눈을 깜박였다. 그러는 그를 여자 친구는 어둠 속 깊이 숨어 잠자코 지켜보고 있는 것이다.

"나는 자고 있는 사람을 억지로 깨우고 싶진 않거든" 하고 버드가 말했다.

"오늘은 소심하네, 버드. 하지만 자고 있었던 건 아냐, 낮에 잤다간 밤엔 절대 못 자니까. 나는 다원적 우주라는 것에 대해 생각하고 있었어."

다원적 우주? 좋아, 그것에 관해 이야기하면서 위스키를 마시기로 하자, 하고 버드는 생각했다. 버드의 동공의 넓이는 점차 가속도가 붙으며 조정되고 있었다. 버드는 사냥개가 킁킁 대고 냄새를 맡듯이 주변을 둘러보며 여자 친구를 따라 거실로 올라갔다. 거긴 말하자면 석양 무렵의 어슴푸레함 속에 병든 가축이 누워 있는 짚 깔린 잠자리처럼 뜨겁게 습하고 가라앉은 냄새가 났다. 버드는 이곳을 찾을 때마다 앉는, 낡았지만 견고한 등의자 위를 찬찬히 살피더니 잡지 따위를 치우고 조심스레 앉았다. 히미코는 샤워를 하고 옷을 갖춰 입고 약간의 화장을 할 때까지 커튼을 열긴커녕 실내등을 켜지도 않을 것이다. 손님은 어둠 속에서 참을성 있게 기다려야만 한다. 버드는 1년 전 이곳을 찾았을 때, 어두운 바닥에 굴러다니던 유리그릇을 밟는 바람에 엄지발가락을 베었다. 버드는 그때의 고통과 당황함이 떠올라 몸이 움츠러들었다.

히미코의 거실엔 바닥이고 테이블이고 창을 따라 놓인 나지막한 책꽂이 할 것 없이, 오디오나 텔레비전 위에조차 책과 잡지, 빈 상자, 병, 조개껍질, 나이프, 가위, 곤충 표본, 겨울 관목숲에서 채집한 시든 꽃, 오래된 편지, 새 편지 따위가 정신없이 널브러져 있어서 버드는 어디에 위스키 병을 두어야 할지 망설였다. 그래서 버드는 발을 움찔움찔해서 조그만 빈틈을 만들고는 자신의 양 발 뒤꿈치 사이에 조니 워커를 끼워 넣었다.

히미코는 버드의 움직임을 지켜보면서 인사처럼 "여전히 정돈 습관은 안 붙네, 버드, 지난번에 왔을 때도 이랬어?" 하고 말했다.

"그랬고말고. 나는 엄지발가락을 베었는걸."

"그러고 보니 피투성이가 되었었지. 이 근처가 온통." 히미코는 그리운 듯 말했다. "오랜만이야, 버드. 나는 말 그대로 별 일 없었어, 넌? 버드."

"내 쪽엔 사고가 일어났어."

"사고?"

버드는 이렇게 느닷없이 자신의 불행에 관해 이야기하게 되리라고 생각하지 않았기에 망설였다. 그리고 될 수 있는 대로 적은 어휘로 설명할 수 있도록 상황을 단순화하여 "아이가 태어났지만 금세 죽었어"라고 했다.

"버드네도 그랬어? 내 친구네서도 그랬는데. 더구나 한 친구가 아니라 두 사람이나. 버드를 넣으면 셋이네, 핵물질의 재로 오염된 비의 영향 아냐?"

버드는 머리가 둘 달린 것처럼 보이는 자기 아이와 언젠가 보았던 방사능 장애로 인한 장애아의 사진을 비교해 보려 했다. 하지만 버드에게 있어 아이의 이상(異常)은 그것을 둘러싸고 타인과 이야기를 하긴커녕 혼자서 다시 생각해 보려하는 것만으로도 지극히 개인적이고 뜨거운 수치의 감정이 목구멍까지 치올라오는 버드만의 고유한 불행이었다. 그것은 지구상의 모든 타인들과 공통의, 인류 모두에게 걸려 있는 문제는 될 수 없다는 생각이 든다.

"내 아들의 경우는 단순한 액시던트 같은데" 하고 버드는 말했다.

"힘든 경험을 했네, 버드" 하고 여자 친구는 말하더니 눈꺼풀 아래가 완전히 검게 덮여 있는 듯한, 표정이 분명치 않은 눈으로 그를 온화하게 바라보았다.

버드는 그 눈의 의미를 천착하는 일 없이 자신의 발 사이에서 조니 워커를 집어 들더니 "너한테 오면 대낮부터 위스키를 마시게 해줄 거다 싶어 온 거야, 어때? 이걸 같이 마시자" 하고 말했다.

버드는 여자 친구에게 자신이 뻔뻔스런 젊은 제비같이 엉기고 있다고 느꼈다. 하지만 히미코의 남자 친구들은 대개들 그녀에 대해 이렇게 구는 것이다. 히미코와 결혼했던 남자는 버드를 위시한 다른 어떤 남자들보다 더욱 직접적으로, 남동생 같은 태도로 그녀에게 의존하고 있었다. 그리고 어느 날 아침 느닷없이 목을 매어 버린 것이다.

"아기의 불행, 아직 얼마 안 지난 모양이네, 버드. 너는 아직 회복되지 못한 것 같아. 아기에 관해서는 묻지 않기로 할게."

"어, 그 편이 좋아. 게다가 물어봐도 거의 할 이야기가 없거든."

"일단 마시기 시작해?"

"그렇게 하자."

"나는 좀 씻고 올게. 그동안 잔이랑 물이랑 가져다가 먼저 시작해, 버드."

버드는 히미코가 욕실로 사라지자 일어섰다. 거실에서 침대차 한 칸짜리 공간만큼이나 비좁고 옹색한 침실 모퉁이를 빠져나가니 막다른 곳에 부엌과 욕실이 나란히 있었다. 이 조그만 집의 꼬리 부분에 해당되는 비틀린 공간을 욕실과 부엌이 나누고 있는 것이다. 버드는 히미코가 막 벗어던진 일상복과 속옷 따위가 웅크린 고양이처럼 뭉쳐 있는 것을 뛰어넘어 부엌으로 갔다.

거기서 주전자에 물을 받고 씻어둔 잔과 컵을 두 개씩 주머니에 넣어 돌아오면서, 버드는 유리문 틈으로 한층 어두운 욕실 안에서 샤워를 하고 있는 여자 친구의 등과 엉덩이와 다리를 무심코 들여다보았다. 히미코는 어두운 머리 위에서 쏟아져 내리는 검은 물방울을 막아 내려는 듯이 왼손을 높이 치켜들고 오른손은 배 근처를 지탱하면서, 자신의 오른쪽 어깨 너머로 엉덩이와 약간 굽힌 오른쪽 종아리를 내려다보고 있었다. 버드는 온몸의 피부에 소름이 돋을 정도로 억누를 수 없이 생생한 혐오감이 이는 것을 느꼈다. 버드는 귀신이 숨어 있는 흑암으로부터 도망이라도 치듯 허둥지둥 떨며 침실을 지나 익숙한 등나무 의자로 되돌아왔다. 가슴이 두근거렸다. 언제 그것을 극복했는지 확실치 않은, 알몸에 대한 불안할 정도의 유치한 혐오감이 버드에게 되살아나 있었다. 그는 병원 침대에 누워 '심장의 병 때문에 아빠와 함께 또 다른 병원으로 가 있을' 아이를 생각하고 있는 막 출산한 아내를 향해서도 그 혐오감의 문어가 촉수를 뻗치는 것을 느꼈다. 이것은 줄곧 계속되는 것일까? 더구나 더욱 심해지기도 할까? 버드는 손톱으로 병의 봉인을 뜯어내고 코르크 마개를 뽑고 위스키를 자신의 잔에 부었다. 그의 손은 계속 떨리고 있어서 잔은 화가 난 쥐새끼가 이빨을 맞부딪치듯 성마르고 날카로운 소리를 냈다. 버드는 괴팍하고 폐쇄적인 늙은이처럼 험상궂게 미간을 찌푸리며 위스키를 목에 털어 넣었다. 불붙는 목구멍. 버드는 기침을 토해 냈고 눈가로는 눈물이 배어났다. 하지만 쾌락의 뜨거운 화살이 단박에 버드의 위장을 꿰뚫었고 버드는 몸서리로부터 회복되었다. 버드는 산딸기 냄새가 나는 어린아이 같은 트림을 하고는 젖은 입술을 손등으로 닦고 떨림이 멈춘 정확한 손짓으로 다시 한 번 잔을 채웠다. 나는 몇천 시간이나 알코올 음료를 피해 온 것일까? 하고 버드는 생각했고 누구에겐지 알 수 없는 원한 같은 것을 느꼈으며 좁쌀을 쪼아 먹는 박새처럼 조급하게 두 잔째 위스키를 마셨다. 이미 목은 아프지 않았고 기침도 나오지 않았으며 눈물도 배어나지 않았다. 버드는 병을 들어 올려 라벨 그림을 꼼꼼히 바라보고 홀린 듯이 한숨을 쉬고 나서 석 잔째를 마셨다.

히미코가 돌아왔을 때, 버드는 이미 취해 가고 있었다. 그녀의 육체의 존재감을 예민하게 냄새 맡는 혐오의 기능은 알코올의 독으로 마비되어 가고 있었다. 게다가 히미코가 입고 온 검은 저지 원피스는 울퉁불퉁한 털실 덩어리 같은 느낌이어서 히미코를 우스꽝스런 만화 속 곰처럼 보이게 했고 그것이 덮고 있는 육체의 인상을 희박하게 만드는 효과를 나타내고 있었다. 히미코는 머리를 약간 손보고 나서야 실내등을 켰다. 버드는 테이블 위를 조금 치우고 히미코를 위한 잔과 컵을 다시 놓더니 위스키와 물을 따랐다. 히미코는 조각이 붙어 있는 커다란 나무 의자에 원피스 자락으로부터 막 씻은 피부가 지나치게 비어져 나오지 않도록 세심하게 주의하며 앉았다. 그것은 버드에게는 고마운 일이었다. 그는 혐오감을 극복하고 있는 중이었지만 그것을 뿌리째 벗어 버린 것은 아니었다.

"어쨌든!" 하고 버드가 말하며 자기 잔의 위스키를 마셨다.

"어쨌든!" 히미코도 말했다. 그리고 그녀는 맛을 보고 있는 오랑우탄처럼 아랫입술을 뾰족하게 내밀어 위스키를 아주 조금 빨아들였다.

버드와 여자 친구는 뜨거운 숨을 조용히 토해 내어 주변에 온통 알코올 냄새를 뿌려 가며 서로의 눈을 처음으로 마주 보았다. 히미코는 샤워를 해서 완전히 프레시업되어 밉지 않았고 햇빛에 주눅 들었던 순간의 그녀와는 엄마와 딸만큼이나 달라 보였다. 버드는 만족했다. 그녀의 나이에도 아직 이런 종류의 더없이 단적인 소생의 때가 있는 것이다.

"씻으면서 생각난 건데, 이런 시 기억나?" 하고 히미코가 말하더니 영시의 한 구절을 주문처럼 중얼거렸다. 버드는 다 듣고 나서 한 번 더 해보라고 부탁했다.

〈*Sooner murder an infant in it's cradle than nurse unacted desires*……〉

"아기는 요람 속에서 죽이는 편이 좋다. 아직 활동을 시작하지 않은 욕망을 키워 주게 되느니, 하는 거지."

"하지만 모든 아기를 요람 속에서 죽여 버릴 수는 없어" 하고 버드가 말했다. "이건 누구 시야?"

"윌리엄 블레이크. 내가 블레이크를 졸업 논문으로 썼잖아."

"맞아, 넌 블레이크였어." 버드는 말하고 머리를 돌려 거실과 침실의 칸막이 벽 위에 걸려 있던 블레이크의 복제화를 찾아냈다. 버드는 이 그림을 자주 보았지만 굳이 주의 깊게 바라본 적은 없었다. 하지만 지금 잘 보니까 그것은 정말이지 기묘한 그림이었다. 석판화풍의 효과를 내고 있지만 실은 수채화가 분명하다. 원화에는 색채가 있겠지만 지금 두툼한 나무틀에 담겨 거기 걸려 있는 것은 온통 엷은 먹빛이었다. 중동풍 건물로 둘러싸인 광장. 멀리로는 양식화된 한 쌍의 피라미드가 떠 있으니 아마도 이집트이리라. 저녁노을인지 새벽인지 어슴푸레한 빛이 화면을 채우고 있다. 광장에는 배를 갈라놓은 물고기처럼 죽어 널브러진 젊은이와 비탄에 잠긴 어머니를 둘러싸고 등불을 든 노인이니 갓난아이를 안고 있는 여자들이 그려져 있다. 하지만 가장 중요한 것은 그 사람들 머리 위로 양팔을 펼치고 뛰어올라 광장을 가로지르려 하고 있는 거대한 존재였다. 그것은 인간일까? 아름다운 근육질 몸에는 온통 비늘이 돋아 있다. 불길하고도 퍼내틱하게 비통한 우울로 가득한 눈, 코가 묻혀 버릴 정도로 깊이 파인 입은 도롱뇽을 연상케 한다. 그는 악마인가, 신인가? 어둡고 어지러운 밤하늘로 남자는 비늘 불꽃으로 타오르며 날아가려고 하는 듯이 보인다……

"그는 무얼 하려는 걸까? 온몸을 덮고 있는 건 비늘이 아니라 중세 병사들의 미늘 갑옷인가?"

"비늘일걸. 색채가 들어 있는 그림에선 초록색이라서 훨씬 비늘다웠어. 그는 이집트의 장남들을 몰살하려 애쓰고 있는 페스트라구."

버드는 『성경』에 대해 거의 아무것도 몰랐다. 「출애굽기」일지 몰라, 버드는 생각했다. 이 비늘 남자의 눈과 입의 이상함은 정말이지 격렬하다. 슬픔, 공포, 경악, 피로, 고독감, 게다가 웃음의 기운마저 흑암의 눈과 도롱뇽 같은 입으로부터 끝없이 솟아나고 있다.

"그 사람, 차밍하지?"

"넌 이 비늘 남자가 좋아?"

"좋아" 하고 히미코는 말했다. "그리고 만약 내가 페스트의 정령이라면 어떤 기분이 들까, 하고 생각해 보는 것도 좋아."

"자기가 페스트의 정령이라면 이 비늘 남자 같은 눈과 입이 되어 버릴 정도의 기분이 되는 거야" 하며 버드는 잠깐 히미코의 입을 바라보며 말했다.

"무서워라."

"그럼, 무섭지."

"나는 무서운 일을 만날 때마다, 만약 거꾸로 내가 누군가 다른 사람을 무섭게 만드는 쪽이라면 훨씬 더 무서울 거라고 생각하면서 심리적인 보상을 받아. 넌 자신이 받았던 가장 무서운 감정과 비슷한 정도의 공포를 타인의 머리에 심어 놓은 적이 있을 것 같아?"

"글쎄, 어떨까……" 버드는 말했다. "그건 천천히 생각해 봐야 할 것 같은데."

"생각해 봐야 아는 종류의 일은 아닐지도 몰라."

"그럼, 나는 아직 타인을 정말 무섭게 한 적이 없는 거겠지."

"그럴 거야, 분명히. 넌 아직 그런 적이 없는 거지. 하지만 언젠가 그런 경험을 하지 않을까?" 하고 히미코는 조심스럽지만 예언자처럼 말했다.

"갓난아이를 요람 속에서 죽이게라도 된다면 그건 자타 모두에게 무서운 경험이 되겠지" 하고 버드는 말했다.

그러고 나서 버드는 둘 다 비어 버린 자신과 히미코의 잔 두 개에 위스키를 부었다. 버드는 그 위스키를 단숨에 마시고 다시 잔을 채웠다. 히미코 쪽은 그처럼 급하게 마시지는 않는다.

"넌 절제하고 있는 거야?"

"운전할 거니까" 하고 히미코가 말했다. "널 태운 적이 있었던가, 버드?"

"아니, 아직. 언젠가 한번 태워 줘."

"한밤중에 오면 태워 줄게. 낮에는 사람이 많아서 위험하니까. 게다가 내 운동 신경은 올빼미 형이라서 낮엔 제대로 활동할 수가 없어."

"그래서 낮엔 틀어박혀 생각만 하는 거야? 철학자의 생활이로군. 한밤중이 되면 빨간 MG로 질주하는 철학자라. 네가 지금 생각하고 있는 다원적인 우주라고 하는 건 어떤 거야?"

버드는 히미코가 기쁨으로 긴장해 가는 것을 엷은 만족감과 함께 바라보았다. 버드는 지금 뜬금없이 그녀의 방을 찾아와 위스키를 마시기 시작한 결례를 보상하고 있는 것이다. 히미코의 몽상에 관해 주의 깊게 귀를 기울이는 자가 버드 말고 그다지 많을 리 없으니.

"우리가 여기서 이야기를 하고 있잖아, 버드. 우리에겐 우선 이 현실 세계가 하나 있는 거지" 하고 히미코는 이야기를 시작했고, 버드는 새로 따른 위스키 잔을 아이의 장난감처럼 소중하게 손바닥에 올려놓고 듣기 시작했다. "그런데 나나 자기가 완전히 이질적인 존재로서 포함되어 있는, 이곳과는 별개의 수많은 다른 우주가 있는 거야, 버드. 우리는 과거의 여러 시간 속에서 자신이 사느냐 죽느냐가 피프티-피프티(fifty-fifty)였던 기억을 갖고 있지. 예컨대, 나는 어릴 때 발진티푸스로 거의 죽었었어. 난 자신이 죽음을 향해 떨어지느냐 아니면 회복으로 가는 비탈을 올라가느냐 하는 인터체인지에 섰던 순간을 확실히 기억하고 있는걸. 그리고 지금 목하 너와 마찬가지로 이 우주에 있는 나는 되살아날 방향을 선택한 거야. 그런데 그 순간에 또 하나의 내가 죽음을 골랐어. 그리고 빨간 발진투성이인 나의 어린 주검 주변에는 죽어 버린 나에 관해 약간의 추억을 지닌 사람들의 우주가 진행하기 시작한 거야.

있잖아 버드, 죽음과 삶의 갈림길에 설 때마다 인간은 그가 죽어 버려서 그와는 관계가 없어진 우주와 그가 여전히 살아 나가면서 관계를 이어가는 우주라는 두 개의 우주를 앞에 두게 되는 거야. 그리고 옷을 벗어 버리듯이 그는 자신이 죽은 자로서밖에 존재하지 않는 우주를 뒤에 버려두고 그가 계속 살아가는 쪽 우주로 찾아오는 거지. 그래서 한 사람의 인간을 둘러싸고 마치 나무줄기에서 가지와 잎이 갈라지듯이 갖가지 우주가 튀어 나오게 되는 거고. 내 남편이 자살했을 때도 그와 같은 우주의 세포 분열이 있었던 거야. 여기 있는 나는 남편이 죽어 버린 쪽 우주에 남았지만, 남편이 자살하지 않고 살아가는 건너편 우주엔 또 하나의 내가 그와 함께 살고 있는 거지. 한 인간이 요절하면서 뒤에 남겨 두는 우주와 그가 죽음을 면해 살아가고 있는 우주라는 형태로 우리를 둘러싼 세계는 끊임없이 증식해 가는 거야. 내가 다원적인 우주라고 부르는 것은 그런 의미지. 너도 아기의 죽음을 너무 슬퍼하지 않았으면 해. 아기를 축으로 삼아 갈라진 또 하나의 우주에선 살아남은 아기를 둘러싼 세계가 전개되고 있는 거니까. 그곳엔 행복에 잠긴 젊은 아빠인 네가, 경사스런 소식을 듣고 기분 좋아하는 나와 축배를 들고 있는 거거든. 알겠어, 버드?"

버드는 위스키를 마시며 평화롭게 미소 짓고 있었다. 알코올은 지금 그의 온몸의 수많은 모세혈관의 구석구석까지 퍼져 제대로 효과를 발휘하고 있었다. 버드 내부의 연분홍빛 어둠과 외부 세계 사이의 압력 관계에 균형이 찾아왔다. 물론 그것이 오래가지 못하리라는 것은 버드 자신이 잘 알고 있었지만.

"충분히 이해했다고 하진 못하겠지만 윤곽은 파악했지, 버드? 너도 27년을 살면서 몇 번쯤은 사느냐 죽느냐 하는 분기점에 선 순간이 있었지? 너는 그런 순간에 지금 이 우주에 이어지고 있는 또 하나의 우주에서 살아남은 대신, 다른 하나의 우주엔 자신의 시체를 하나씩 남겨 두고 온 거야, 버드. 그런 순간들이 몇 개쯤은 생각나지?"

"생각나. 분명히 나는 자주 죽을 뻔했었으니까. 그런데 그럴 때마다 내 시체를 하나씩 뒤에 남겨 두고 이쪽 우주로 탈출해 오는 거였단 말야?"

"그렇다니까, 버드."

"그러고 보면 내가 어떻게 이렇게 살아남을 수 있었는지 전혀 알 수 없는 최악의 순간도 있긴 했지" 하며 버드는 몇 가지 까마득히 먼 회상의 목소리에 이끌려 금세라도 잠들 것 같은 미덥지 못한 음성으로 인정했다. 그랬던 건가, 그런 위기 때마다 또 하나의 내가 하나씩의 주검이 되어 뒤에 남은 걸까? 나는 이곳과는 다른 갖가지 우주에, 흠칫흠칫 떨고 있는 얼뜨기 소학생이거나, 머리는 단순하지만 몸은 현재의 나보다 훨씬 튼실한 고등학생이거나 한, 수많은 죽은 자신을 갖고 있는 건가. 현재 이 우주의 내가 그렇지 않다는 것은 확실하지만, 그렇다면 도대체 어떤 죽은 자가 가장 바람직한 자신이었던 걸까?

"내가 마침내 다른 우주로의 탈출에 실패해서 이 우주에서의 내 죽음이 모든 우주에서의 나의 죽음이라는 것이 되는, 말하자면 나의 마지막 죽음은 도대체 있는 거야, 없는 거야?"

"만약, 그것이 없다면 적어도 하나의 우주에서 너는 무한히 살아가야만 하는 거지, 그게 있다고 치자" 하고 히미코는 말했다. "그건 아흔 살을 넘겨서의 자연사겠지. 모든 인간이 그의 최후의 우주에서 자연사할 때까지 여러 가지 우주에서의 뜻밖의 죽음을 거치면서 또 다른 우주에선 살아남는 거야. 그리고 결국 모든 인간이 그의 최후의 우주에서 자연사를 하게 된다면 그건 평등한 것 아닐까, 버드?"

문득 버드는 깨닫고 히미코의 말을 막았다.

"너는 자살한 남편을 아직도 탓하고 있는 거구나" 하고 말했다. "그래서 죽음을 돌이킬 수 없는 결정적인 것으로 만들지 않기 위해 이런 심리적인 사기술을 고안해 낸 거지, 안 그래?"

"어쨌든 이쪽 우주에 남아 있는 나는 자살한 그를 언제나 마음에 두고 있는 고통스런 역할을 맡고 있는 거야." 이미 늘어지기 시작한 눈 주변의 다크 서클이 추할 만큼 급속히 홍조를 띠며 히미코는 말했다. "적어도 나는 이쪽 우주에서의 책임을 회피하지 않고 있어."

"난 너를 비난할 생각은 없지만 그건 이런 거지, 히미코" 하고 버드는 다시 미소 지으며 자기 말의 독을 희석시키려 애쓰면서도 고집스레 말했다. "너는 건너편 우주에 살고 있는 그를 상정함으로써 이쪽 우주에서 죽어 버린 그의, 절대적으로 돌이킬 수 없음을 상대화하고 싶은 거야. 하지만 어떤 심리적인 트릭을 써봐도 한 인간의 죽음의 절대성을 조금씩이나마 상대화하는 건 불가능하지?"

"그건 그럴지도 모르지, 버드. 위스키를 한잔 더 줄래?" 하고 히미코는 단번에 자신의 다원적 우주론에 흥미를 잃어버렸다는 듯이 건조하게 말했다.

버드는 히미코에게, 그리고 자기 몫으로도 다시 위스키를 따랐고 자신이 어쩌다가 뱉어 버린 비평을 히미코가 완전히 잊어버릴 만큼 취해서 내일부터 다시 그 다원적 우주를 둘러싼 몽상을 계속해 주었으면 하고 바랐다. 그는 타임머신을 타고 1만 년 전의 세계를 찾아온 여행자라도 된 것처럼 자신의 영향으로 현실 세계에 조금이라도 이변을 일으킬까 봐 몹시 두려워하고 있는 것이다. 그것은 아기의 이상에 관해 알게 되고부터 그의 내면에 점차 커지고 있는 기분이었다. 버드는 나쁜 패가 계속되는 카드놀이에서 잠시 빠지듯이 얼마 동안 이 세계에서 내리고 싶은 것이다. 버드와 히미코는 입을 다물었고 무심결에 서로 관대한 미소를 주고받으며 곤충이 수액이라도 빨아들이듯이 심각하게 위스키를 마셨다. 초여름 오후의 길에서 들려오는 온갖 소리들을 버드는 몹시도 먼 곳으로부터 결국은 부질없이 흘려보낼 신호처럼 들었다. 그는 몸을 움직이며 조그맣게 하품을 하고 타액처럼 무의미한 눈물을 한 방울 흘리고 다시 한 번 위스키를 따라 한 번 들이마셨다. 자신이 이 세계로부터 제대로 내려 서 있을 수 있도록……

"있잖아, 버드."

버드는 위스키 잔을 손가락에 끼운 채 달콤한 잠에 빠져드는 참이었기에 불쾌하다는 듯이 꿈틀 어깨를 떨었고 위스키를 무릎에 쏟으며 눈을 떴다. 그는 취기의 제2단계에 들어섰다는 것을 느꼈다.

"으응?"

"네가 삼촌이 줬다면서 입고 있던 백 스킨 외투는 어쨌어?" 라며 역시 취기 때문에 커다란 토마토처럼 둥글고 붉은 얼굴의 히미코가 새삼스레 천천히 혀를 굴리면서 정확히 발음하려 애써 가며 물었다.

"글쎄, 어쨌더라, 그건 대학 1학년 때 입고 있었지."

"2학년 겨울까지 입고 있었어, 버드."

겨울이라고 하는 낱말이 취기로 둔해져 있던 버드의 기억력의 웅덩이를 날카롭게 자극하여 물결을 일으켰다.

"맞아, 너랑 잤을 때, 비 그친 목재 창고 땅바닥에 그걸 깔았었지. 이튿날 아침에 보니 진흙과 자잘한 나뭇조각들이 잔뜩 들러붙어서 어쩔 수 없더라구. 그 무렵 세탁소에서 백 스킨 외투는 세탁을 하지 않았거든. 그대로 벽장에 처박아 두었다가 언젠가 내버렸을 거야" 하고 버드는 말했고 이미 까마득한 옛날처럼 느껴지는 그 한겨울 밤 일을 떠올렸다.

어떤 계기였는지는 잊어버렸지만 대학 2학년 때, 버드와 히미코는 그날 밤 함께 엄청나게 마시고 취해 버렸었다. 히미코를 바래다주러 갔던 버드는 그녀가 그 2층에 하숙하고 있던 목재소 뒤 창고의 어둠 속에서 그녀를 붙잡았다. 그것은 처음엔 추위에 떨며 마주 서 있던 두 사람의 단순한 애무에 불과했지만 마침내 버드는 우연처럼 히미코의 성기에 직접 손을 대고 말았다. 그래서 버드는 흥분했고 판자벽에 기대 세워 둔 각목들에 히미코를 밀어붙이며 어떻게든 페니스를 삽입해 보려 노력하기 시작했다. 히미코도 적극적으로 버드를 돕긴 했으나 결국은 소리를 죽여 웃어 버리고 말았다. 그들은 흥분해 있긴 했지만 여전히 그것은 게임의 영역을 벗어나지 않았던 것이다. 하지만 서 있는 자세로는 페니스를 삽입한다는 것이 불가능하다고 깨달으면서 버드는 부당하게 어린애 취급을 당하고 있다고 느꼈고 집요해졌다. 버드는 백 스킨 외투를 땅 위에 깔고 여전히 웃고 있는 히미코를 거기 눕혔다. 키가 큰 히미코의 머리와 무릎 아랫부분은 외투에서 벗어나 직접 땅에 닿았다. 이윽고 히미코가 웃지 않게 되어 버드는 그녀가 오르가슴을 향해 가고 있다고 생각했다. 한참이 지나 그것을 확인했을 때 히미코는 그냥 추울 뿐이라고 대답했다. 그래서 버드는 성교를 중단했다.

"그 무렵, 나는 야만적이었어." 버드는 백 살 먹은 노인처럼 회고적으로 말했다.

"나 역시 야만이었지."

"어째서 우린 어디선가 다시 하려 하지 않았을까? 그 이후 우린 두 번 다시 같이 자질 않았으니."

"목재 창고에서의 일은 우발적인 사고라는 느낌이 강해서 이튿날이 되고 보니 돌이킬 수 없다고 여겨졌겠지."

"그렇지, 그건 정말 일상적이지 않았어, 사건 같았어. 강간 사건 같은 거였지" 하고 버드는 미안해하며 말했다.

"강간 사건, 바로 그거야" 하고 히미코가 정정했다.

"그렇지만 넌 정말로 아주 조금의 쾌감도 맛보지 못했던 거야? 오르가슴으로 가는 길은 멀고 멀도다, 였냐구?" 하고 버드는 원망스럽다는 듯이 말했다.

"그건 무리지. 나에겐 그게 첫 성교였으니까."

버드는 놀라서 히미코를 바라보았다. 버드는 히미코가 그런 종류의 거짓말이나 농담을 하는 성격의 인간이 아니라는 것을 알고 있었다. 버드는 망연해졌고, 그러고 나서 공포감과 종이 한 장 차이인 방식으로 그를 몰아세우는 우스꽝스러움에 강요당하며 짧게 웃었다. 웃음은 히미코에게도 감염되었다.

"정말이지 인생은 괴상해, 경이에 차 있군" 하며 버드는 취기 때문만이 아니라도 맹렬히 붉어져 가고 있었다.

"불쌍한 소리 하지 마, 버드. 그 성교가 나에게 처음 성교였다고 하는 사실에 의미가 있다고 한다면 그건 나에게만 관계가 있는 것이지 너와는 상관없는 거니까" 하고 히미코가 말했다.

버드는 잔 대신 컵에 위스키를 따라 단숨에 마셨다. 그는 목재 창고 사건을 좀 더 정확하게 기억해 내야 한다고 느꼈다. 분명히 그때 그의 페니스는 단단하게 조여져 튀어 나온 입술과도 같은 것의 저항에 반복적으로 맞닥뜨렸던 것이다. 그는 그것이 추위 때문에 히미코가 오그라들어 있는 탓이라고 생각했었다. 하지만 이튿날 아침 그의 셔츠 소맷자락을 더럽히고 있던 피 얼룩. 나는 어째서 그에 관해 의심해 보지 않았던 걸까? 그렇게 생각한 버드를 변덕스런 욕망이 기습했다. 그는 통증을 참기라도 하는 듯이 이를 악물고 위스키 컵을 꽉 움켜쥐었다. 몸의 가장 깊은 중심에 극심한 고통과 불안감이 뒤섞인 종양 같은 것이 생겼고 그것은 틀림없는 욕망, 그것이었다. 심근 경색증 환자를 늑골 안쪽에서 사로잡는 통증과 불안감을 닮은 욕망. 더구나 그것은 그의 의식 높은 곳에서 빛나고 있는 아프리카 여행의 꿈과는 대극점에 놓인 축 처져 안온한 일상생활의 하나의 사마귀 같은 것에 불과한 욕망, 주에 몇 번인가의 아내와의 성교에 의해 폄하되며 해소되는 점잖은 욕망, 무기력하고 외설스런 우욱 하는 한 번의 신음과 함께 서글픈 피로감의 진창에 빠지는 가정적인 욕망과는 다른 것이었다. 수천 번이나 되풀이되는 성교에 의해서는 해결될 수 없는 욕망. 한 바퀴 돌고 나면 거둬가 버리는 놀이공원 유람 전차의 차표 같은 욕망과는 다른 욕망. 욕망 가운데 가장 격렬한 욕망, 엄밀히 반복 불가능한 것이어서 그 달성의 순간에 땀에 젖은 알몸의 등 뒤로부터 죽음이 다가오는 것이 아닐까 불안해할 정도의 위험한 욕망. 그것은 몇 년 전 겨울 한밤중의 목재 창고에서 만약 버드가 자신이 한 처녀를 강간하고 있는 것이라고 충분히 알고 있었더라면 채워졌을지도 모를 욕망이었다.

버드는 위스키의 취기로 과열되어 지잉지잉 울고 있는 안구에 힘을 주어 족제비처럼 재빨리 히미코를 살폈다. 뇌가 풍선처럼 부풀어 올라 충혈된다. 출구를 찾지 못한 담배 연기가 멸치 떼처럼 방 안을 배회하고 있어서 히미코는 안개 속에 떠 있는 듯 보였다. 그녀는 지금 술에 젖어 너무나 단순해서 의심스런 미소를 띤 채 버드를 지켜보고 있지만 그 눈은 실은 아무것도 잡아 내지 못한다. 그리고 몽상에 빠져 있는 히미코는 몸 전체가 약간 부드럽고 동그랗게 되어 있는 것 같다. 특히 그 빨갛게 달아오른 얼굴이 그렇다.

한 번 더 히미코와 그 겨울 한밤중의 강간극을 되풀이할 수 있다면, 하고 버드는 억울하다는 듯이 생각한다. 하지만 그런 일은 있을 수 없다. 이제부터 그녀와 성교를 하게 된다고 해봤자 그 성교는 그가 오늘 아침 옷을 갈아입으면서 흘낏 보았던 말라빠진 참새 같은 성기와 이어지는 것이고, 출산할 때 죽을 힘을 다해 확대한 후 슬금슬금 수축하고 있는 아내의 성기와 연결되는 것이다. 빈사의 갓난아이와 이어지고, 이 현실 세계 속의 모든 실망스럽고 지긋지긋하며 타인들이 모두 협정이라도 맺은 듯이 모르는 체하는 것이 휴머니즘이라 부르는 인간의 외설스런 비참함에 이어져 있다. 욕망의 승화는커녕 스크랩화였다. 버드는 위스키를 들이켜 미적지근한 내장을 깜짝 놀라 떨게 만들었다. 만약 히미코를 상대로 자신이 그 겨울 한밤중에 망쳐 버렸던 긴장된 성관계를 재현한다면, 이미 그것은 그녀를 목 졸라 죽이기라도 하지 않으면 안 될 무엇이다, 버드는 생각한다. 그의 안쪽 깊은 곳의 욕망의 둥지에서 날개 치며 날아오르는 음성, 살육하고 시간(屍姦)하라! 하지만 버드는 현재의 자신이 그와 같은 모험을 범하지 않으리라는 것을 알고 있었다. 지금 나는 그 한밤중의 히미코가 처녀였다는 사실을 알게 되어 아쉽다는 듯이 후회하고 있을 따름이다. 버드는 자신의 혼란을 경멸했고 그와 같은 자신을 거부하려 들었다. 다만 가시투성이에 검붉은, 욕망과 불안의 성게알은 녹아 없어지지 않았다. 살육하고 시간하는 것이 불가능하다면 그에 못지않은 긴장과 폭발의 연극을 환기할 만한 것을 찾아내라! 하지만 버드는 옴짝달싹할 수 없는, 이상하고도 위험한 것에 대한 자신의 무지에 망연할 따름이다. 버드는 에러가 이어져 선수 교체를 명령 받은 농구 선수가 벤치로 돌아와 물을 마시듯 축하니 쳐져 짜증스럽고 자기 조롱적으로, 그야말로 맛없다는 듯이 위스키를 마셨다. 이미 그것은 강하지 않고 향기도 없으며 쓰지 조차 않았다.

"버드, 너는 언제나 그런 식으로 서둘러 대량의 위스키를 마셔? 홍차처럼. 홍차라도 뜨거운 동안엔 그렇게는 못 마시지."

"이렇지, 언제나 이래, 마실 때는." 수치스럽다는 듯이 버드가 말했다.

"부인과 함께 있을 때도?"

"왜?"

"그런 식으로 마시면 여자에게 만족을 줄 수 없게 되잖아. 아니, 무엇보다도 너 스스로가 언제까지나 오르가슴엔 이르지 못하게 되지. 기진맥진한 수영 선수처럼 기껏해야 심장을 이상하게 만들게 될걸, 여자의 머리 옆에 알코올의 무지개를 띄우고!"

"너는 지금부터 나랑 잘 참이야?"

"그런 식으로 마셔 버린 너와는 안 자, 그건 서로에게 무의미하니까."

버드는 바지주머니 속 구멍에 손가락을 집어넣어 따스하고 부드러운 물건을 만져 보았다. 그것은 태평스레 잠들어 있는 보잘것없는 생쥐였다. 버드의 마음에 불타고 있는 성게알과는 딴판으로 위축되어 있었다.

"거봐, 안 되잖아, 버드" 하며 그의 동작을 눈치 빠르게 알아챈 히미코가 그럴 줄 알았다는 듯이 말했다.

“내가 오르가슴에 이르지 못한다 해도 어쨌든 나는 손오공처럼 활약해서 너만은 거기까지 밀어 올릴 수가 있어.”

“그렇게 간단하지 않아, 나의 오르가슴은! 넌 우리가 한겨울 목재 창고 땅바닥에 누워 있던 때를 정확하게는 기억 못하는 모양이고 그건 그걸로 좋지만, 나에겐 그것이 스타트 의식이었다구. 춥고 더럽고 우스꽝스러운데다가 비참하기까지 한 의식이었지. 그 후, 나는 악전고투하면서 장거리 레이스를 달려왔어, 버드.”

“내가 너를 불감증으로 만든 거야?”

“흔해빠진 오르가슴이라면 금세 찾아냈어. 땅 위를 헤집던 내 손톱에 목재 창고의 진흙이 남아 있는 동안에 동급생 아무개로부터 도움을 받아. 하지만 난 계단을 올라가듯이 항상, 보다 나은 오르가슴을 추구해 왔거든, 버드.”

“네가 대학을 졸업하고 나서 줄창 해온 일이라는 게 그것뿐이지?”

“대학을 졸업하고 나서, 라기보다는 재학 중 때부터 그게 내 일이었어. 지금 돌이켜 보면.”

“지긋지긋했겠군!”

“아니, 아냐. 그렇지가 않아, 버드. 너에게도 언젠가 그걸 이해하도록 해줄게. 만약 네가 목재 창고 사건만으로 나를 성적으로 기억하고 싶은 게 아니라면 말야, 버드.”

“그렇다면 나도 나의 장거리 레이스에서 획득한 것을 너에게 가르쳐 줄게” 하고 버드는 말했다. “욕구 불만인 병아리처럼 주둥이로 탐색하는 건 관두고 지금부터 함께 자자!”

"넌 과음했어, 버드."

"페니스만이 성에 관련된 기관이라고 생각하는 거야? 최고의 오르가슴 탐구가치곤 소박한 생각을 하고 있군."

"손가락으로? 입술로? 아니면 예를 들어 맹장 같은 믿을 수 없을 만큼 이상한 기관으로? 나는 싫어, 그런 건. 자위라도 하는 것 같은 기분이 들거든."

"어쨌든 넌 진짜 솔직하다, 위악적일 정도로 솔직해" 하고 버드는 절절매며 말했다.

"게다가 버드, 오늘 너는 성적인 것을 전혀 원치 않아. 오히려 성적인 것을 혐오하고 있는 것처럼 보이는걸. 만약 함께 잔다고 해봤자 넌 내 다리 사이에 무릎을 꿇고 토하는 게 고작일 거야. 넌 혐오감을 견디지 못해 내 배를 갈색의 위스키와 노란 위액 투성이로 만들 거라구, 버드. 나는 벌써 한 번, 그렇게 호되게 당한 적이 있잖아."

"경험이 인간에게 무언가를 가르치기도 하는 거구나, 네 관찰은 옳아" 하고 버드는 풀이 죽어 말했다.

"서둘 건 없어" 하고 히미코가 달랬다.

"그럼, 서둘 거야 없지, 나는 꽤나 오랫동안 참으로 서둘러야만 할 일을 만난 적이 없는 것 같아. 어린아이 땐 항상 서둘고 있었는데. 그건 왜 그랬을까?"

"금세 아이가 아니게 되어 버리니까 그런 거겠지?"

"정말 나는 금세 아이가 아니게 되었어. 그리고 지금은 아버지 나이지. 하지만 아버지로서의 충분한 준비가 되어 있지 않았으니까 제대로 된 아이를 만나지 못한 거야. 내가 규격에 맞는 아이의 아버지가 될 수 있는 것은 언젤까? 나는 자신이 없어" 하고 버드는 감상적으로 말했다.

"그런 건 누구도 자신할 수 없어, 버드. 다음 번 아기가 튼튼한 아기일 때, 자기 역시 제대로 된 아버지였다는 것을 확인할 수 있는 거지, 그리고 과거로 거슬러 올라가 자신을 갖는 거야."

"정말이지 너는 인생의 지혜로 가득한 인간이 되었구나" 하고 버드는 힘을 얻어 말했다. "나는 너에게……"

그리고 이미 버드는 졸음 말미잘의 더듬이가 가해 오는 파상 공격에 1분 정도밖에 저항할 수 없다고 느꼈다. 버드는 흔들리는 시야 속의 빈 컵을 찬찬히 바라보며 머리를 흔들고 한잔 더 마실지 어떨지를 생각하다가 결국, 이미 자신이 1밀리리터의 위스키조차 허용하지 못할 상태에 있음을 인정했다. 버드의 손을 벗어난 컵은 무릎에 부딪혔고 어지럽혀 있는 바닥을 굴러갔다.

"난 너에게 한 가지만 더 묻고 싶은데 아기일 때 죽은 인간의 사후 세계는 어떤 세계일까?" 하고 버드는 일어설 수 있을지 어떨지 잠깐 발을 디뎌 시험해 보며 물었다.

"만약 있다고 한다면 그건 무척 단순한 세계겠지, 버드. 그런데 넌 나의 다원적 우주설을 믿을 수 없는 거야? 너의 아기도, 마지막 하나의 우주에서는 아흔 살까지 살 수 있다니까!"

"응, 응" 하고 버드는 말했다. "그럼 난 잘게, 히미코. 벌써 밤이지? 커튼 밖을 한번 봐 줘."

"아직 한낮이야, 버드. 자려면 내 침대를 써도 돼. 난 저녁때 나갈 거니까."

"넌 불쌍한 친구를 버려두고 빨간 스포츠카로 외출하는 거야?"

"불쌍한 친구가 취해 버렸을 땐 혼자 두는 게 상책이지. 안 그러면 나중에 서로 곤란한 일이 생기거든."

"맞아! 넌 인간 지혜의 좋은 것들을 모조리 제 것으로 만들었네! 그래서 넌 새벽까지 줄창 MG로 질주하고 있는 거야?"

"때론 그렇지, 버드, 자지 않는 아이를 찾아 뛰어다니는 모래사나이처럼!"

버드는 축 퍼져 버려 남의 몸처럼 무거운 스스로를 가까스로 등의자에서 끌어올려 히미코의 늠름한 어깨에 팔을 감고 침실로 향했다. 태양처럼 뜨겁고 붉은 머릿속을 우스꽝스러운 난쟁이가 디즈니 영화에서 보았던 피터팬의 요정처럼 빛가루를 뿌려 대며 반짝이며 뛰어다녔다. 그 환각이 간지러워 버드는 웃었다.

"너는 친절한 큰이모 같아." 버드는 침대에 쓰러지면서 단 한 마디 감사 인사를 외칠 수가 있었다.

버드는 잠들었다. 그의 꿈속, 해질녘의 광장을 구슬프고 어두운 눈과 도롱뇽처럼 끔찍하게 찢어진 입을 가진 초록 비늘의 사나이가 가로질러 갔지만 마침내 그것들은 모조리 검붉은 저녁 어둠의 소용돌이에 휩쓸리고 말았다. 스포츠카가 출발하는 소리, 그리고 깊고도 철저한 잠. 밤사이에 두 번 버드는 깨었다. 두 번 다 히미코는 귀가해 있지 않았다. 버드를 깨운 것은 침실 창 너머에서 부르는 소리였다. 그 소리는 조심스럽지만 끈질기고 집요하게 "히미코 상, 히미코 상" 하고 불렀다.

처음에 부른 것은 아직 소년 같은 울림의 음성이었다. 다음으로 버드가 깨었을 때, 부르고 있던 것은 중년 남자였다. 버드는 몸을 일으켜 히미코가 그에게 그랬던 것처럼 커튼 이음새를 들어 올려 방문객을 살폈다. 위축된 것처럼 옹색했지만 일단 그럴듯한 마(麻) 턱시도를 차려입은 자그만 신사가 달걀처럼 동그란 얼굴을 들고 수치스러워하는 듯도 하고 엷은 자기혐오를 느끼고 있는 듯도 한 확실치 않은 표정으로 부르고 있는 것이 흐릿한 달빛에 보였다. 버드는 들어 올렸던 커튼을 내려놓고 옆방으로 위스키 병을 찾으러 갔고 남은 것을 한 모금 마시고는 다시 한 번 여자 친구의 침대로 기어들어가 잠들었다.

5

버드는 신음 소리에 반복적인 공격을 받아가며 어쩔 수 없이 눈을 떴다. 그는 처음에 그 신음 소리를 자기가 내는 것이라 생각했다. 실제로 눈을 뜬 순간, 그의 위장에 솟아난 무수한 도깨비들이 조그만 화살로 위장을 온통 찔러 대고 있어 그는 한 번 신음했다. 하지만 버드는 그 자신의 것이 아닌 신음을 다시 듣게 되었다. 그는 눈을 뜬 순간의 자세 그대로 조금, 극히 조용히 머리를 들어 올려 침대 옆을 내려다보았다. 침대와 텔레비전 사이의 옹색한 바닥에 히미코가 누워 있었다. 그녀가 짐승처럼 힘찬 신음 소리를 내고 있는 것이다. 히미코는 그 꿈의 세계로부터 통신처럼 신음을 보내오고 있다. 그것도 공포에 찬 통신의 신음 소리를. 버드는 히미코의 어린애처럼 둥근, 그리고 잿빛으로 흐려진 혈색 나쁜 맨얼굴이, 고통스럽게 긴장했다가 바보같이 이완했다가 하는 것을, 실내 공기의 어두컴컴한 그물망 너머로 바라보았다. 신음 소리가 커질 때마다 히미코는 몸을 움직이며 목이니 가슴을 굵다란 손가락으로 긁었다. 버드는 담요 밖으로 드러난 히미코의 유방과 옆구리를 찬찬히 바라보았다. 정확한 반구형을 하고 있지만 부자연스럽게 양옆으로 늘어져 서로를 외면하고 있는 유방. 그것들 사이엔 어쩐지 둔감해 보이는 평평하고 넓은 부분. 버드는 그 미성숙한 가슴이 낯익다고 느꼈다. 그 겨울 한밤중 목재 창고에서 본 것이리라. 하지만 옆구리와 담요 그늘에 거의 가려져 있는 도톰한 복부는 버드에게 아무런 그리움도 불러 오지 않는다. 그곳엔 연령이 축적하기 시작한 지방의 낌새가 보인다. 그것은 버드가 알지 못하는 히미코의 새로운 생활의 측면에 속해 있다. 지방의 뿌리는 눈 깜짝할 사이에 피부 밑 구석구석까지 퍼져 히미코의 체형을 바꾸어 버릴 것이다. 그리고 유방 또한 지금 거기 남아 있는 약간의 청신한 기운을 잃어버리고 말리라.

히미코가 다시 한 번 격렬하게 신음했고 갑자기 위협이라도 당한 듯이 번쩍 눈을 떴다. 버드는 자고 있는 척했다. 1분 후, 버드가 눈을 떠 보니 히미코는 다시 잠들어 있었다, 이번엔 담요로 목덜미까지를 완전히 감싼 미라 같은 모습으로 신음 소리도 고뇌의 표정도 없는 곤충과 같은 잠. 그녀는 꿈속의 유령과 어찌어찌 협정을 맺은 것이리라. 버드는 안도하며 그대로 눈을 감고 그 자신의 위장의 문제에 맞섰다. 겁을 주고 흔들어 대는 위장의 문제. 느닷없이 위장은 쑥쑥 확장되어 버드의 몸 안과 의식 세계 전부를 가득 채운다. 히미코는 언제 돌아온 걸까? 라든가 아기는 부상병 아폴리네르처럼 머리에 붕대를 감은 채 이미 해부대 위로 옮겨진 건 아닐까? 혹은 오늘 학원 수업은 과연 제대로 할 수 있을까? 하는 단편적인 상념들이 위장의 압력을 거스르며 버드의 머리 한가운데 잠입하려다가 차례로 격퇴당한다. 나는 금방이라도 토하기 시작할 거야, 하고 버드는 생각했다. 공포심이 그의 얼굴 피부를 온통 싸늘하게 식힌다. 내가 이 침대를 토사물 범벅으로 만든다면 히미코는 나를 도대체 뭐라 생각할까? 나는 술에 취한 나머지, 더구나 한겨울 길바닥에서 강간처럼 처녀를 빼앗았고, 게다가 그 참된 의미를 알지조차 못했다. 그리고 몇 해가 지나 한 번 더 같은 방에서 밤을 보내면서 곤드레가 되어 잠이 들더니 토악질을 하려는 것이다. 나는 정말이지 얼마나 지독한 짓을 하는 사내인가? 버드는 냄새나는 하품을 연달아 한 열 번이나 하고 두통에 신음하며 윗몸을 일으켜 침대 밖으로, 저항감으로 가득한 어려운 한 걸음을 내밀고는 느릿느릿 욕실로 갔다. 어느 샌가 버드는 속옷 한 장만 걸친 알몸이었다. 삐걱거리는 유리문을 열고 숨을 헐떡이며 무사히 욕실에 들어섰을 때, 뜻밖에도 기대에 찬 기쁨이 버드를 찾아들었다. 히미코 몰래 토악질을 끝낼 수 있을지도 몰라. 그건 귀뚜라미가 토하듯이 얌전히 토했을 때의 이야기지만.

버드는 무릎을 꿇고 양변기 좌석에 양팔을 올려놓고 고개를 숙여, 경건히 기도라도 하듯이 위의 긴장이 폭발점에 이르기를 기다렸다. 싸늘하게 식은 얼굴의 피부가 이번엔 부자연스런 열기로 달아올라 땀이 솟고 그리고 갑자기 이번엔 열기도 땀도 느끼지 못하게 되었다. 그런 자세로 들여다보는 자의 눈에 변기는 희고 커다란 목구멍 같다. 좁아진 안쪽에 차 있는 맑은 물까지를 포함하여 그야말로 목구멍이다. 첫 번째 구토가 치밀어 오른다. 버드는 짖는 듯한 소리를 내며 늘여 뺀 목줄기를 딱딱하게 긴장시키고 맹렬히 토한다. 콧속이 온통 자극적인 물기로 질척해진다. 버드는 헐떡인다. 눈물이 볼을 타고 내려와 입 주변에 말라붙어 있던 토사물에까지 흐른다. 버드는 다시 식도에 남아 있던 것까지 힘없이 토해 낸다. 머릿속을 노란색 불꽃이 날아다니고 나서 잠시 휴식. 버드는 일감을 하나 끝낸 수도공사 인부처럼 천천히 윗몸을 일으키고 거기 있던 휴지로 얼굴을 닦고 몇 번이나 요란하게 코를 풀었다. 아아, 하고 버드는 탄식했다. 하지만 구토가 끝난 것은 아니다. 그것이 버드의 습관이었다. 일단 토하기 시작하면 그는 최소한 두 번은 토한다. 더구나 두 번째 구토는 위장의 힘에 맡겨 둘 수도 없다. 자기 손가락을 더럽히며 불러와야만 한다. 그 고통스러움을 예상하며 버드는 탄식한 것이다. 그는 다시 고개를 숙였다. 변기 안은 이미 더럽혀져 엉망이다. 그는 혐오감에 눈을 감고 머리 위를 더듬어 줄을 잡아 당겼다. 소리를 내며 대량의 물이 흘렀고 조그만 회오리바람이 서늘하게 버드의 이마를 스쳤다. 눈을 뜨자 다시 하얗고 커다란 목구멍이 깨끗하게 열려 있다. 버드는 빨갛고 볼품없는 자신의 목구멍에 손가락을 집어넣어 억지로 토하기 시작했다. 그리고 신음, 의미 없는 눈물, 머릿속의 노란 불꽃들, 쿡쿡 쑤셔 대는 콧구멍의 점막. 버드는 다 토했고 더럽혀진 손가락과 입 주변, 그리고 눈물에 젖은 뺨을 닦고는 그대로 축 처져 변기에 기대고 있었다. 나는 아기의 고통을 조금은 보상한 셈일까? 그렇게 생각해 보고 버드는 자신의 뻔뻔스러움에 얼굴을 붉혔다. 숙취의 고통이야말로 완전히 부질없는 괴로움이다. 그것은 다른 어떤 고통도 보상할 수 없다. 설령 그것이 머릿속을 그저 스쳐 지나간 사념이라 할지라도 나는 그런 거짓 보상을 허용할 만큼 후안무치일 수는 없다, 버드는 모럴리스트 식으로 자신을 규탄했다. 하지만 토하기를 마친 후의 안도감과 그것이 결코 오래가지야 않겠지만 위 속 도깨비들의 잠시의 침묵이 눈을 뜬 이후 처음으로 버드에게 약간이나마 편한 시간을 주었다. 나는 오늘, 학원에서 수업을 해야 하고 필경 이미 죽어 버렸을 아기를 위해 병원에는 치러야 할 자질구레한 절차들이 남아 있을 거야, 하고 버드는 생각했다. 그리고 장모에게 아기의 죽음에 대해 연락하고 언제 아내에게 털어놓을지를 상의해야만 한다. 그것은 엄청난 일이다. 그런데 나는 오랜만에 찾아온 여자 친구 집 욕실에서 숙취 때문에 토하고 나서 온몸의 힘이 빠진 채 변기에 기대어 멍하니 앉아 있는 것이다. 뭐랄까, 한심한 이야기 아닌가? 하지만 버드가 그처럼 궁지에 빠진 상태에 공포를 느끼고 있느냐 하면 그건 아니어서 거꾸로 완전히 책임을 저버리고 전혀 옴짝달싹할 수 없는 지금의 몇십분간의 상태에 일종의 자기 구제의 감각을 맛보고 있는 것이었다. 지금 나라는 녀석은 축 늘어져 코와 목구멍의 점막에 쓰라린 통증을 느끼고 있을 따름이니 죽음에 처해 있는 아기의 형제 같은 것이다. 내가 좀 나은 게 있다면 울어 대지는 않는다는 것뿐이지만, 실은 울고 보채는 아기보다 몇 배나 꼴불견이다……

만일 그게 가능하다면 버드는 수세식 양변기 속에 몸을 던지고 줄을 잡아당겨 하수관의 지옥으로 물소리도 드높이 휩쓸려 떨어지는 편을 택하리라. 하지만 버드는 아쉽다는 듯이 침을 한번 뱉고는 변기에서 멀어지더니 유리문을 열고 침실로 돌아오려 했다. 그때, 버드는 왠지 히미코의 존재를 잊어버리고 있었지만, 침실에 벗은 발을 한 발 내딛자마자 히미코가 확실히 잠에서 깨어 그의 구토와 그 후의 이상한 침묵 따위를 충분히 관찰했음이 분명하다는 것을 깨달았다. 히미코는 잠들었을 때의 자세 그대로 누워 있었지만 버드는, 커튼의 이음새 사이로 스며든 극히 미세한 빛 가루에 히미코의 이마, 눈썹, 콧방울, 그리고 윗입술의 윤곽이 엷은 금색으로 떠오르는 것을, 그리고 눈이 구석구석까지 꺼멓게 그늘져, 하지만 널따랗게 열려 있는 것을 보았다. 버드는 그녀의 발치 쪽으로 생쥐처럼 잰걸음으로 돌아가 침대의 바지와 셔츠를 향해 갈 수밖에 없겠지만 그러는 사이 줄곧 히미코는 셔터를 전개(全開)로 해놓은 카메라 렌즈 같은 색깔의 눈으로 버드의 깡마른 털북숭이 종아리라든가 약간 튀어 나오기 시작한 배를 볼 것이다.

"넌 내가 개처럼 토하는 걸 들은 거지?" 하고 버드는 겁먹은 듯한 소리로 물었다.

"개처럼? 무지 풍부한 성량을 가진 개네" 하고 히미코는 새삼스레 그 널따랗게 열린 온화한 눈으로 버드를 검사라도 하듯이 바라보면서, 아직 졸음기가 배어 있는 목소리로 말했다.

"그렇지, 소처럼 커다란 세인트 버나드 견이지" 하고 풀죽은 버드가 말했다.

"힘든 것 같던데. 이제 끝났어?"

"어, 일단 지금은" 하고 버드는 말했다, 그러고 나서 완전히 탈진해 있던 버드는, 흔들흔들 비틀대며, 더구나 히미코의 발을 담요 위로 아프게 밟아 대기도 하면서 가까스로 자기 바지까지 이르렀고 허둥지둥 다리를 집어넣으며 "하지만 오전 중에 한 번은 더 토할걸. 언제나 그런 식이거든. 나는 한동안 술을 안 먹어서 숙취로부터는 멀어졌었는데 오늘 오랜만에 이러니까 어쩌면 내 평생 최악이 될지도 몰라. 지금 생각해 보면 내가 몇 주일이나 계속 마셨던 것은 숙취라는 것을 어떻게 좀 해볼까 싶어 연달아 마시는 식으로 알코올의 무한궤도를 달리기 시작한 것이 계기였거든" 하고 우울한 모습을 과장하여 우스꽝스런 효과를 내 볼까 해 가며 결국은 씁쓸한 자성적인 상태에 빠져 말했다.

"또 한 번 그래 보시지?"

"오늘 난 취해 있을 수가 없어."

"레몬수를 마시면 좀 가뿐해져. 부엌에 사 놓은 게 있거든."

버드는 유순하게 부엌 쪽을 살폈다. 반투명 유리 너머로 플랑드르파가 그린 듯한 광선이 비쳐들고 있는 개수대에 뒹굴고 있는, 열 개도 넘는 레몬은 약해져 있는 위의 신경에 콱 꽂힐 듯이 생생한 노랑으로 빛나고 있었다.

"넌 언제나 이렇게 잔뜩 레몬을 사 둬?" 하고 바지를 입고 셔츠의 단추도 목까지 다 채워 약간 여유를 되찾은 버드가 물었다.

"때에 따라 다르지, 버드" 하고 히미코는 시시한 질문이라는 것을 깨닫게 하려는 듯 더없이 냉담하게 답했다.

버드는 다시 여유를 잃고 "너 언제 돌아온 거야? 밤새도록 MG로 돌아다닌 거야?" 하고 말했고 히미코가 그저 그를 조롱하듯 바라보기만 하는 바람에 마치 그것이 중요한 보고라도 된다는 듯이 서둘러 덧붙였다. "한밤중에 네 친구 둘이 왔더라. 하나는 어린애 같았고 또 하나는, 커튼 틈새로 본 거지만 계란형 두상의 중년 신사였어. 난 인사는 안 했지만."

"인사? 물론 안 해도 되지"라고 히미코는 털끝만큼의 감정적 동요도 없이 말했다.

버드는 윗옷 주머니 손목시계를 꺼내 시간을 확인했다, 9시. 그의 수업은 10시부터다. 무단 휴강을 하거나 지각을 할 만한 용기가 있는 학원 선생이 있다면, 그는 대단한 인물이다. 버드는 그 정도로 용감무쌍, 그리고 둔감한 강사가 아니었다. 그는 손으로 짐작해 가며 넥타이를 맸다.

"그 두 사람과는 몇 번 같이 잤어. 그래서 그들은 자기가 한밤중에 방문할 권리가 있다고 믿고 있는 거겠지. 어린애 쪽은 기묘한 타입이야. 나랑 둘이서만 자는 건 별 흥미가 없고 나와 다른 남자가 함께 자고 있는 옆에서 그 일에 협력하고 싶다는 꿈을 꾸고 있거든. 언제나 나한테 누가 와 있을 만한 시간을 노려 찾아오는 거지, 그런 주제에 엄청 질투를 해 대기까지 해!"

"넌 걔한테 그런 기회를 주었던 거야?"

"설마!" 하고 히미코는 잘라 말했다, 그러더니 "그 아이는 너 같은 형의 어른을 좋아하니까 언젠가 만나게 되면 너를 위해 꽤나 마음을 쓸 거야. 버드, 넌 그런 종류의 서비스를 자주 받지 않니? 학교에선 하급생들 중에 숭배자가 있다든가 학원에선 특히 헌신적인 학생들이 있다든가 하는 거 아냐? 난 네가 그런 소집단 아이들의 히어로 형일 것 같은데."

버드는 고개를 흔들어 부정하고 나서 부엌으로 나갔다. 서늘한 마룻바닥에 직접 발바닥이 닿자 버드는 아직 양말을 신지 않았다는 것을 깨닫고 아, 이것 큰일이군, 양말을 찾으려고 구부리고 앉아 배를 압박했다가는 나는 또 토할지도 모르는데, 하고 고민했다. 하지만 마룻바닥을 맨발로 밟는 것은 기분이 좋았고 수도꼭지에서 쏟아지는 물을 손에 받아 보는 것도 젖은 손가락으로 레몬을 만져 보는 것도 약간은 쾌락적인 기분이었다. 버드는 그중 큰 레몬을 하나 골라 둘로 자르더니 그것을 짜서 마셨다. 그리운 회복기의 감각이, 그의 목구멍으로부터 학대받은 위장을 향해 가는 레몬 과즙과 함께 차갑게 찌르르, 하며 내려갔다.

"레몬은 꽤 효과가 있는 것 같은데" 라고 침실로 되돌아온 버드는 주의 깊게 상체를 쭉 펴고 양말을 찾아가며 감사의 마음을 담아 히미코에게 말했다.

"다시 토하더라도 이번엔 레몬 맛이 나서 좀 괜찮을걸."

"넌 애절한 희망을 짓밟는구나" 하고 버드는 레몬즙이 가져온 만족감이 단박에 연기처럼 사라지는 것을 보며 말했다.

"뭘 찾는 거야? 민물게를 찾고 있는 곰 같은 자세로."

"양말" 하고 버드는 자신의 맨발이 바보 같다고 느끼며 조그맣게 대답했다.

"구두 안에 넣어 뒀어, 나가면서 구두와 함께 신을 수 있게."

버드는 담요를 감고 누워 있는 히미코를 의심스러운 듯이 내려다보며, 그것은 히미코의 애인들이 이 침대에 기어들어올 때의 습관이리라 추측했다. 그들은 자기보다 몸집이 크고 난폭한 다른 애인이 나타났을 때, 구두를 꿰신고 맨발로 달려 나갈 수 있도록 그렇게 해 두는 것이겠지.

"자, 그럼 난 간다. 오전 중에 두 시간, 수업을 해야 하거든. 어젯밤과 오늘 아침엔 정말 고마웠어" 하고 버드는 말했다.

"또 와 줄래? 버드. 우린 서로에게 필요한 인간일지도 몰라."

버드는 벙어리가 갑자기 소리치는 것을 듣기라도 한 것처럼 충격을 받았다. 히미코는 도톰하고 둥근 눈꺼풀을 반쯤 감고 미간에 주름을 잡으며 버드를 올려다보고 있었다.

"그럴지도 모르지. 우린 서로에게 필요한 인간인지도 몰라" 하고 버드는 말했다.

그러고 나서 버드는 맨발바닥에 풀열매 가시니 철사 조각 따위를 콕콕 쑤시듯 느껴 가며 늪지대를 돌파하는 탐험가라도 된 듯이 거실의 어둠을 조심조심 가로질러 가서 현관에 쭈그려 앉은 채 구토가 올까 봐 무서워 재빨리 양말과 구두를 신었다.

"그럼, 간다, 잘 자!"

여자 친구는 아무런 대답이 없었다. 버드는 문 밖으로 나섰다. 초(酸)처럼 날카로운 빛으로 넘치는 여름 아침이다. 버드는 진홍빛 MG 옆을 지나가다가 점화 스위치에 꽂혀 있는 열쇠를 발견했다. 언젠가 이 스포츠카를 아무렇지도 않게 훔쳐 가는 도둑놈이 나타나겠지, 하고 버드는 서글픈 기분으로 생각했다. 아무리 그래도, 그 부지런하고 주의 깊고 총명하던 여학생이 이렇게 결함투성이 성격으로 전락해 버린 것은 어찌 된 것일까? 더구나 기껏 결혼한 젊은 남편은 자살해 버리고 한밤중에 차를 내달려 카타르시스를 한 후에도 무서운 악몽에 시달리며 비명을 질러 대다니.

버드는 MG의 열쇠를 뽑으려 했다. 하지만 자기가 지금 어둠 속에서 눈썹을 찡그리고 눈을 꽉 감은 채 입을 다물고 있는 여자 친구에게 되돌아간다면 다시 한 번 밖으로 나오기는 어려워져 버릴 것이다. 버드는 열쇠에서 손을 거두고 주변을 돌아보며, 적어도 지금으로서는 자동차 도둑이 이쪽을 살피는 것 같지는 않아, 하고 편하게 생각하기로 했다. 아웃 스포크 타이어 옆에 짧아진 담배꽁초가 떨어져 있다. 그것은 아마도 어젯밤 달걀형 두상의 신사가 버린 것이리라. 버드보다 훨씬 더 자기 일처럼 히미코를 돌보려는 녀석들은 얼마든지 있을 것이다. 버드는 머리를 흔들고 심호흡을 하고는 온갖 위협으로 무장한 숙취의 가재에게서 몸을 지키려 꾀했으나 이미 풀이 죽어 버린 태도를 고치지는 못하고 고개를 떨군 채 밝게 빛나는 골목을 빠져나갔다.

용케도 버드는 학원 현관을 들어설 때까지 버틸 수가 있었다. 보도, 플랫폼, 그리고 전차. 이건 최악이었고 버드는 목구멍이 바짝바짝 말랐지만 진동과 타인들의 냄새를 견디어 냈다. 그 차량의 승객들 중에서 버드만이 땀을 흘리고 있어서 그를 둘러싼 1평방미터 안에만 일찌감치 한여름이 도착해 버린 것 같았다. 버드와 살갗이 닿았던 타인들은 모두들 수상쩍다는 듯이 그를 돌아보았다. 버드는 레몬을 한 광주리나 먹어 치운 돼지처럼 레몬 냄새 진동하는 숨을 내쉬며 가련하게도 미안해하는 수밖에 없었다. 더구나 그는 힐끔힐끔 주변을 둘러보며 긴급한 경우 토하러 달려갈 장소를 물색하고 있는 것이다. 학원 현관까지 메스꺼움을 참은 채 도착했을 때, 버드는 긴 여행으로 기진맥진한 늙은 전사 같은 기분이었다. 하지만 가장 힘든 것은 그때부터였다. 적은 미리 와서 버드를 기다리고 있었던 것이다.

버드는 전용 로커에서 리더(reader)와 분필 상자를 꺼냈다. 그리고 책상 위의 COD(Concise Oxford Dictionary)를 힐끗 보았지만 그것이 오늘은 너무나 무거워 보여 교실에 들고 가는 건 관뒀다. 물론 버드의 교실에는 어구의 의미라든가 문법 규칙에 관한 한, 교사인 그를 훨씬 능가하는 실력 있는 학생이 몇이나 있었다. 만일 본 적 없는 단어나 난해한 구문이 나오면 그 가운데 하나를 지명하는 것으로 충분하리라. 그의 교실에 있는 젊은이들의 머리는 세부적인 것들에 대해 밀어 넣어진 지식으로 과도하게 발달한 암몬 조개처럼 복잡해져 있어서 일단 종합적으로 대상을 파악하려 드는 순간 꼼짝도 하지 못하게 되어 버린다. 그래서 버드의 역할은 문장의 의미 전체를 종합하고 총괄해 주는 것이었다. 하지만 버드는 그의 수업이 과연 대학 수험에 유효한지 어떤지에 관해, 끊임없이 불연소하는 강박 관념 같은 의심을 품고 있었다.

로커 룸을 나서자 버드는 미시간 대학 출신의, 그야말로 재외국민 엘리트 출신다운, 애교가 있고 눈빛이 날카로운 외국어 관계 주임이 말을 걸어올까 봐 교원실 안쪽 엘리베이터를 타지 않고 일단 뒷문을 통해 밖으로 나서서 덩굴처럼 건물 외벽에 따로 나 있는 나선 계단을 통해 교실로 올라갔다. 점차 눈 아래로 펼쳐지는 시내 풍경에는 눈길도 주지 않고, 그를 추월하여 달려 올라가는 학생들이 나선 계단에 불러일으키는 선박의 흔들림과 같은 요동을 가까스로 견디느라, 파랗게 질려 땀을 흘리고 거친 숨을 내쉬고 때로 신음이라도 하듯 트림을 해 가며. 버드가 너무 천천히 올라가는 탓에 그를 앞지르는 학생들은 자신의 스피드에 일순 당황하며 멈춰 서서는 버드의 얼굴을 들여다보고 괜스레 멈칫거리고, 그러고 나서는 나선 계단을 흔들어 대며 큰 걸음으로 달려 올라간다. 버드는 눈앞이 깜깜해져서 탄식하며 손잡이에 매달린다……

나선 계단을 다 올라가 휴우, 하고 안도한 버드는, 거기서 그를 기다리고 있던 친구가 말을 걸어오는 바람에 다시 긴장했다. 친구는 버드와 같은 임시 통역들끼리 만들고 있는 슬라브어 연구회 간사였다. 버드는 지금 숙취와의 족제비 놀이도 힘에 부쳤기 때문에 예기치 않았던 인간과의 만남이 몹시도 성가시게 느껴졌다. 버드는 공격당한 조개처럼 빗장을 걸었다.

"여어, 버드" 하고 친구는 말했다. 버드의 별명은 어떤 장소, 어떤 종류의 친구들 사이에서나 통용되고 있었다. "어제부터 몇 번이나 전화했는데 통화가 안 되길래, 그래서 찾아온 거야."

"어" 하고 버드는 무뚝뚝하게 대답했다.

"델체프 씨 소문, 들었어?"

"소문?" 하고 버드는 막연한 불안을 느끼며 되물었다. 델체프 씨는 발칸 반도의 조그만 사회주의 국가의 공사 관원인데 버드 일행의 연구회 강사였다.

"델체프 씨가 일본인 아가씨의 아파트에 틀어박혀 공사관에 돌아오지 않는다는 거야. 벌써 1주일이나 되었다는군. 공사관에서는 자기들끼리 어떻게 수습해 보려고 델체프 씨를 다시 데려오고 싫어 하지만 무엇보다 공사관이 막 생긴 참이니 일손이 달려서 말야. 장소가 신주쿠의 제일 복닥거리는 골목이기도 하니까 미아를 찾으러 갈 능력이 있는 공사 관원이 없는 거지. 그래서 우리 연구회에 부탁을 해 왔어. 애당초 우리에게도 약간의 책임은 있는 거고."

"책임?"

"델체프 씨가, 월례 연구회가 끝나고 데려갔던 술집 아가씨랑 같이 있거든, 그 왜 '의자' 라는 집……" 하고 친구는 어색하게 웃었다. "얼굴색이 나쁘고 조그만, 좀 유별난 애가 있었잖아?"

버드도 금세, 그 얼굴색 나쁘고 조그맣고 유별난 애, 가 생각났다.

"하지만 그 아인 영어는 물론이고 슬라브 쪽의 어떤 언어도 못하잖아? 델체프 씨는 일본어가 안 되고. 어떻게들 하고 있는 걸까?"

"그러게 말야, 그 사람들이 1주일씩이나 도대체 어떤 식으로 지낸 것인지, 완전히 입을 다물고, 일까?" 하고 한층 더 어색하게 친구는 말했다.

"만약 델체프 씨가 언제까지나 공사관으로 돌아가지 않으면 어떻게 되지? 도망이니 망명이니 하는 게 되는 건가?"

"그건 그렇지."

"큰일 났네, 델체프 씨" 하고 버드는 우울하게 말했다.

"우리 연구회에서 모여서 생각을 해봤으면 해. 자네 오늘밤 시간 있어?"

"오늘밤이라……" 하고 버드는 당혹해했다. "오늘밤은 안 되는데" 하고 버드는 말했다. 그러고는 마음을 굳히고 "아이가 태어났는데 이상이 좀 있어서, 이미 죽어 버렸거나 지금 죽어 가고 있거나 하는 참이거든."

친구는 단박에 겁을 먹고 아, 하는 소리를 냈다. 그들의 머리 위에서 수업 시작종이 울렸다.

"그것 참 큰일이네, 정말 큰일이야. 그럼 오늘밤 집회는 우리끼리 할게. 아기 일로 너무 실망하지 마. 부인은 괜찮아?"

"응, 괜찮아. 고마워."

"델체프 씨 사건의 대책이 세워지면 연락하지. 그건 그렇고 자네 너무 힘들어 보이는군. 조심하게나."

"고마워."

버드는 숙취에 관해 침묵한 것에 대해 자책하며, 나선 계단을 황급히 서둘러 도망치듯이 어깨를 흔들며 달려 내려가는 친구를 바라보았다. 그리고 교실로 들어갔다. 그 순간, 그는 백 명의 학생들의 파리 대가리 같은 볼썽사나운 얼굴을 상대하게 되어 버린 것이었다. 버드는 반사적으로 고개를 숙였다가 다시 얼굴을 들고 학생들을 정면에서 바라보지 않기로 단단히 결심한 채 리더와 분필 상자를 스스로를 지키는 무기라도 되는 듯이 가슴 앞에 받쳐 들며 교단에 올라섰다.

수업이다. 버드는 책갈피가 꽂혀 있는 리더의 페이지를 펴고 지난주 끝났던 곳의 다음 절부터 아무런 선입견 없이 낭독하기 시작했다. 그리고 바로 버드는 그 패러그래프가 헤밍웨이에서 따온 것이라는 사실을 깨달았다. 리더는 외국어 관계 주임이 미국 현대문학에서 취향껏 잘라내어 만든, 문법적으로 하나하나 함정이 있는 짧은 문장절의 집대성이다. 헤밍웨이, 하고 버드는 용기를 내듯 생각했다. 그는 헤밍웨이를 좋아한다, 특히 『아프리카의 푸른 언덕(*The Green Hills of Africa*)』을 그는 애독하고 있었다. 인용되어 있는 패러그래프는 『태양은 다시 떠오른다(*The Sun Also Rises*)』에서였는데 마지막 부분 가까이에서 주인공이 해수욕을 하는 부분이었다. '나'는 헤엄치고 있다, 파도를 넘어 때로는 물을 뒤집어써 가며 곶으로 나서서 물결 잔잔한 곳에서 몸을 뒤집어 떠 있다. 하늘밖에 보이지 않는다. 물결이 높아졌다가 낮아졌다가 하는 것을 느끼고 있다……

버드는 자신의 몸 깊은 곳에서 억누르기 힘든 확실한 위기가 시작되는 것을 느꼈다. 목구멍이 극단적으로 말라붙고 혓바닥은 이물질처럼 부어올랐다. 공포심의 양수가 그를 흠뻑 적셨다. 그런데도 버드는 낭독을 계속하면서 병든 족제비처럼 교활하지만 힘없이 도어 근처를 살폈다. 저쪽을 향해 돌진해 가면 늦지 않게 갈까? 하지만 그렇게 하지 않아도 되도록 어떻게 잘 넘길 수만 있다면 그게 최상인데. 버드는 딴 생각을 하기 위해 이 패러그래프의 전후를 생각해 내려 했다. '나'는 모래 위에서 쉬다가 다시 헤엄치러 나갔다가 한다. 그리고 호텔 쪽으로 돌아갔더니 그를 떠나 젊은 투우사와 도망쳤던 연인에게서 전보가 와 있는 것이다. 버드는 그 전보 내용을 기억해 내고자 했다.

〈*COULD YOU COME HOTEL MONTANA MADRID AM RATHER*

IN TROUBLE BRETT.〉

그건 제대로 생각이 났다. 이건 좋은 징조야, 이 전보는 내가 읽은 것 중에서 가장 매력 있는 전보야, 아마 메스꺼움을 극복할 수 있겠지, 하고 버드는 기도라도 하듯이 집중해서 생각했다. 그리고 버드는 '나'가 눈을 뜬 채 다이빙하여 바다에 잠기자 뭔가 푸른 것이 휙휙 흘러가 보였지, 라고 생각했다. 여기서 인용된 범위 안에 그 부분이 나와 준다면 나는 토하지 않을 수 있을 거야, 이건 주문이야. 버드는 계속 읽어 나갔다. '나'는 바다에서 올라와 호텔로 돌아와 전보를 받는다. 전보는 버드가 기억한 대로였다.

〈*COULD YOU COME HOTEL MONTANA MADRID AM RATHER IN TROUBLE BRETT.*〉

하지만 '나'가 해수욕이 끝났는데도 눈을 뜬 채로 다이빙을 하는 광경은 끝내 나오지 않았다. 버드는 놀라서 그건 헤밍웨이의 또 다른 소설이었던 걸까, 아니면 전혀 별개의 소설가의 문장이었던 것일까? 하고 의심했다. 주문은 깨졌다. 그리고 마침내 버드는 음성을 잃어버렸다. 목구멍에 수천만 개의 바짝 마른 금이 가면서 혀는 구강 전체로 부어올라 입술로 비어져 나오려 했다. 버드는 백 개의 파리 대가리를 향해 눈을 들고 미소 지었다. 우스꽝스럽고 절박한 5초간의 침묵. 그리고 나서 버드는 양 무릎을 꿇고 주저앉아 흙투성이 바닥에 개구리처럼 손가락을 편 양 손바닥을 짚고 신음하며 토하기 시작했다. 버드는 마치 고양이처럼 고개를 쭉 내밀고 토하고 있었다. 내장은 뒤틀리고 쥐어짜 올려져 거대한 인왕(仁王)의 발에 짓눌려 부질없이 버둥거리고 있는 볼품없는 도깨비 같은 모습이기도 했다. 하다못해 버드는 유머러스한 구토법이라도 시도해 보고 싶었지만 실제로 그가 하고 있는 짓은 완전히 그 반대였다. 다만, 토사물이 혀뿌리를 적시며 역류할 때 그것은 히미코의 말대로 확실히 레몬 맛이 났기 때문에 버드는 이야말로 지하 감옥 벽에 핀 제비꽃이라고 생각하며 여유를 되찾으려 했다. 하지만 그러한 심리적인 속임수 역시, 최고조에 달한 토악질의 발작 앞에서는 크림 과자처럼 덧없는 것이어서 엄청난 신음 소리를 내지르며 버드는 입을 커다랗게 벌린 채로 온몸이 경직되었다. 얼굴 양옆으로부터 말의 눈가리개 같은 형태의 검은 물건이 슬금슬금 튀어 나와 버드의 눈 주위를 어둡게 막았다. 버드는 이대로, 보다 어둡고 보다 깊은 곳으로 기어들어가 이곳과는 별개의 우주로 날아가 버리고 싶다고 열망했다.

잠시 후, 물론 버드는 이쪽 우주에 남아 있었다. 그는 눈물을 흘려 코 양쪽을 번질번질 적시고 불쌍하게도 꼼짝 않고 자신의 토사물의 물웅덩이를 내려다보고 있었다. 온통 엷은 황토색 속에 선명한 노란색 레몬 찌꺼기가 섞여 있는 물웅덩이. 황량하게 마른 계절에 세스나기로 저공비행을 한다면 아프리카의 대초원은 이와 같은 색채를 드러낼지도 모른다. 이들 레몬 찌꺼기 그늘에 코뿔소라든가 개미핥기, 야생 염소 따위가 숨어 있는 것이다. 낙하산을 지고 총을 끌어안은 채 메뚜기처럼 성급하게 투두둑 하고 뛰어내린다……

구역질은 완전히 가라앉아 있었다. 버드는 먼지와 위액으로 더럽혀진 손으로 입 주변을 잠시 닦아 내고 일어섰다.

"이렇게 되었으니 오늘 수업은 그만 하겠습니다" 하고 버드는 그야말로 죽어가는 소리로 말했다.

백 개의 파리 대가리들은 납득한 듯했다. 버드는 리더와 분필상자를 집어 들려 했다. 그런데 파리 대가리 하나가 느닷없이 일어서더니 뭐라고 고함을 지르기 시작한 것이다. 그는 농민의 아들다운 동그랗고 여성적인 얼굴을 윤기가 흐르도록 상기시켜 장밋빛 입술을 하늘거리며 고함을 질렀지만 입안으로 먹혀 드는 듯한 발성인데다가 말을 더듬어 대고 있어서 무엇을 주장하려는 것인지 좀처럼 알 수 없었다. 그렇지만 점차 모든 것이 명료해졌다. 그는 처음부터 버드의 태도가 학원 선생으로 있을 수 없는 것이라고 비난하고 있었던 것인데, 버드가 그의 비난을 받으면서도 영문을 모르겠다는 모습을 하고 있는 바람에 끝내는 공격의 화신이 되어 버렸다. 그는 학원 수업료가 너무나 비싸다는 것, 수험까지 시간이 얼마 남지 않았다는 것, 학원에 거는 기대, 그것이 허망하게 무너진 것에 대한 분노에 관해 끝없이 이야기하고 있는 것이다. 마침내 버드를 사로잡은 곤혹감은 술이 초로 변하듯이 공포심으로 바뀌었다. 공포의 그늘이 눈 주변에 시커멓게 번져 나와서 자신이 공포의 안경원숭이로 변해 간다고 버드는 느꼈다. 마침내 99개의 파리 대가리들에게도 이놈의 격분이 감염되어 가서 나는 백 명의 분노한 재수생들에게 둘러싸여 탈출할 수 없는 궁지에 빠지게 되리라. 새삼스레 버드는 매주 수업의 대상으로 삼아 왔던 이들 백 명의 학생들에 대해 자신은 전혀 알고 있지 못하다는 것을 깨달았다. 버드는 정체를 알 수 없는 백 명의 적에게 포위당해 있는 자신, 게다가 숙취 때문에 거듭되는 토악질로 완전히 체력이 바닥나 있는 자신을 발견했다. 항의자는 점점 더 흥분해서 이제는 거의 눈물을 흘릴 지경이었다. 그 젊은이에게 대답하려 해봤자 구토 후의 그의 입은 바짝 말라 버려 단 한 방울의 침도 분비되지 않았다. 버드는 그야말로 새가 울부짖는 듯한 소리나 한 마디 지를 수 있을까 싶은 것이다. 아아, 나는 어쩌면 좋을까, 하고 버드는 소리 없는 비명을 질렀다. 나의 일상생활은 언제나 이런 최악의 함정이 입을 벌리고 내가 떨어지기를 기다리고 있는 것이다. 더구나 설상가상으로 아프리카에서 내가 만났을 모험적인 생활의 위기와 달리 나는 이 함정에 빠진다 해도 기절조차 못하고 사고사하는 것도 불가능하다. 언제까지나 멍하니 함정의 벽을 바라보고 있는 수밖에 없는 것이다. 나야말로 전보를 치고 싶어, *AM RATHER IN TROUBLE*, 하지만 누구에게?

그때였다, 가운데 줄쯤에서 민첩해 보이는 젊은이 하나가 일어서더니 점잖게 안티클라이맥스한 느낌으로 이렇게 말했다.

"어이, 우는 소리 좀 그만 해라, 응?"

교실 가득 고조되고 있던 딱딱하고 가시 돋친 감정의 신기루가 단박에 사라졌다. 그리고 유머러스한 활기가 솟아나더니 학생들은 소리 내어 웃었다. 바로 지금이야. 버드는 리더와 분필 상자를 겹쳐 들고 문을 향했다.

버드가 문을 열었을 때, 등 뒤에서 다시 한 번 함성이 일어나 돌아보니 그를 비난해 대던 학생이 그의 토사물을 향해, 토하고 있던 버드와 마찬가지로 엎드려 냄새를 맡아 보고는 고함을 지르고 있었다.

"알코올 냄새가 난다. 넌 술에 취한 거야. 이사장에게 직소해서 너를 잘라 버릴 거야!"

직소? 하고 버드는 생각했다. 그리고 아아, 直訴, 하고 깨달았을 때, 교실 안에선 다시 한 번 그 유쾌한 젊은이가 "야아, 너 그거 먹지 마!" 하고 걱정스런 음성으로 말을 걸어 새로운 웃음이 솟아올랐다.

버드는 네 발의 고발자로부터 풀려나 나선 계단을 내려갔다. 히미코가 말한 대로 궁지에 빠져 버린 그를 동생 연배의 원호 사격수가 구조해 주는 일이 있는 것인지도 모른다. 버드는 나선 계단을 내려가는 몇 분 동안 토사물이 남긴 앙금의 시큼한 맛을 혀와 목구멍 안쪽에서 느끼고 때때로 눈살을 찌푸리면서도 행복한 기분이었다.

6

소아과 의국(醫局)으로 가는 통로와 특수아실로 가는 길이 갈라지는 곳에 멈춰 서서 버드는 망설였다. 휠체어를 타고 버드를 향해 온 젊은 환자가 불쾌한 얼굴로 그를 노려봐 길을 내주었다. 환자는 양 다리가 있어야 할 곳에 구식 대형 라디오를 올려놓고 있었다. 그리고 그 외의 어디에도 그의 두 다리는 보이지 않는다. 버드는 송구스러워하며 벽 쪽으로 몸을 붙였다. 환자는 다시 한 번 위협이라도 하듯이 발 위에 몸을 올려놓고 살아가는 인간의 대표, 버드를 노려보더니 굉장한 스피드로 복도를 돌진해 갔다. 버드는 그 모습을 배웅하고 한숨을 내쉬었다. 버드의 아기가 아직 살아 있다고 한다면 버드는 곧장 특수아실로 향해 갔어야 한다. 하지만 이미 죽어 버렸다면 아기의 시체 해부와 화장 절차를 상의하기 위해 소아과 의국으로 출두해야만 한다. 이건 도박이었다. 버드는 의국을 향해 걷기 시작했다. 그는 자신이 아기의 죽음 쪽에 걸었다고 하는 사실을 의식의 표면에 확실히 고정시켰다. 그는 지금 자기 아기의 진짜 적, 생애 최초이자 최대의 적이었다. 버드는 떳떳하지 못하다고 느꼈고 만일 영원한 생명이 있고 심판하는 신이 있다면 자신은 유죄다, 라고 생각했다. 하지만 그런 죄악감은 구급차 안에서 아기의 이미지를 '아폴리네르처럼 머리에 붕대를 감고' 라는 언어로 생각했을 때 그를 찾아들었던 슬픔과 마찬가지로 차라리 달콤한 감귤 맛이 났다. 버드는 애인이라도 만나러 가는 것처럼 점차 발걸음을 재게 놀리며 아기의 죽음을 고할 목소리를 찾아 걸었다. 죽음을 보고받고 갖가지 절차를 거쳐(병원 쪽은 해부에 적극적일 터이니 그 절차는 간단할 게 틀림없다. 성가신 것은 화장 절차겠지, 하고 버드는 마음을 다잡았다) 오늘은 나 혼자 아기를 추모하고, 내일 아내에게 불행을 알리러 가자. 나는 아내에게, 머리에 상처를 입고 죽은 아기가 우리 사이의 육체적 이음줄이 되었다, 라는 식으로 말하리라. 우리는 가정을 어떻게든 되살릴 수 있을 것이다. 그리하여 또 마찬가지 불만, 마찬가지로 이루어지지 않는 희망, 마찬가지로 머언 아프리카……

버드는 의국의 낮은 창구에 머리를 비스듬히 들이밀어 그 안쪽에서 그를 마주 보는 간호사에게 이름을 말하고는 어제 아기를 데려왔을 때의 상황을 설명했다.

"아아, 그 뇌 헤르니아 아기라면" 하고 입술 주변에 검은 털이 듬성듬성 나 있는 초로의 여성은 표정을 풀며 가볍게 말했다. "특수아실로 직접 가세요, 특수아실은 아세요?"

"네, 알고는 있지만" 하고 버드는 갈라져서 가늘게 졸아드는 목소리로 말했다. "그럼 아기가 아직 죽지 않은 건가요?"

"물론 살아 있죠! 분유도 잘 먹고 팔다리 힘도 세더라구요, 축하해요!"

"하지만 뇌 헤르니아라서."

"네, 뇌 헤르니아죠" 하고 간호사는 버드의 주저함을 아랑곳하지 않고 미소 지으며 말했다. "첫 아기신가요?"

버드는 그저 고개를 끄덕였을 뿐 소리 내어 답하지 않았고 서둘러 복도를 돌아 나와 특수아실로 향했다. 버드는 도박에서 졌다. 버드가 치러야 할 판돈은 얼마일까? 휠체어 환자가 다시 한 번 길목에서 버드와 마주쳤지만, 이번엔 버드가 곁눈도 주지 않고 똑바로 서둘러 가는 통에 충돌 직전에 그쪽에서 허둥지둥 길을 내주었다. 버드는 이제 휠체어의 환자에게 송구스러워하긴커녕, 그의 불구를 의식조차 하지 않았다. 불만스레 그를 바라보는 휠체어 위의 욕구 불만자에게 두 다리가 없는 것이라면 버드 쪽은 몸 내부가 출하 후의 창고처럼 텅 비었다고 말하기라도 하듯이. 숙취는 여전히 버드의 위장 바닥과 머리 깊은 곳에서 악착스런 석별의 노래를 불러 대고 있었다. 버드는 짤막하고 고통스럽게 끔찍한 냄새가 나는 숨을 내쉬고 서둘렀다. 병원 본관으로부터 입원환자 병동으로 건너가는 복도는 현수교처럼 활 모양의 경사를 그리고 있어 버드의 불안감을 자극했다. 게다가 입원 환자 병동의, 양쪽을 병실로 채워 놓은 복도는 먼 곳의 어슴푸레한 빛을 향해 뻗어 있는 땅 속의 도랑 같았다. 창백해진 버드는 점차 뛰는 걸음이 되었다.

특수아실의 문, 그것은 냉동실 문처럼 견고한 양철판으로 되어 있다. 버드는 문 너머 안쪽의 간호사를 향해 부끄러운 이야기라도 속삭이듯이 이름을 말했다. 버드는 어제 처음 자기 아기의 이상을 알았을 때 느꼈던, 육체를 지닌 자기 스스로를 수치스럽게 여기는 감정에 재차 사로잡혀 있었던 것이다. 간호사는 버드를 마지못한 듯한 태도로 들여놓았다. 간호사가 그의 등 뒤에서 문을 닫고 있는 사이에 버드는 들어서자마자 보이는 기둥의 타원형 거울 속에서 이마에서 코까지 기름땀이 번질거리고 입술은 반쯤 벌어진, 그리고 더없이 자폐적인 어두운 눈을 한 치한 같은 얼굴을 보았다. 버드는 느닷없는 혐오감으로 바로 눈길을 돌렸지만 그런 자신의 얼굴 인상은 이미 그의 눈 안쪽에 날카롭게 새겨져 있는 것이다. 나는 자주 이 얼굴의 기억에 시달리게 될 것이다, 라는 굳은 약속과도 같은 예감이 버드의 열에 들뜬 머리를 스쳐 지나갔다.

"알아보시겠어요, 아기를?"

간호사는 버드와 나란히 서더니 마치 이 병원에서 가장 건강하고 아름다운 아기 아빠에게 말을 걸듯이 그렇게 말했다. 하지만 그녀는 미소 짓고 있지 않았고 호의적인 태도도 아니었다. 그래서 버드는 이건 특수아실에서 정해져 있는 퀴즈라고 생각했다. 질문한 간호사뿐 아니라, 가로로 기다란 방 안쪽 거대한 온수기 아래서 엄청난 수의 분유병을 씻고 있던 두 명의 젊은 간호사들도, 그들 옆에서 분유를 재고 있던 중년 간호사도, 칠판이니 메모지 따위로 복작복작 지저분한 벽에 붙여 시늉만 해놓은 듯한 좁은 책상에 옹색하게 앉아 진료 기록부를 검토하고 있던 의사도, 그 앞에서 버드와 마찬가지, 거기 수용되어 있는 재앙의 씨앗의 아버지인 듯한 왜소한 남자와 마주앉아 이야기를 하고 있던 또 한 명의 의사도 한순간, 일손을 멈추고 침묵한 채 기대를 담아 버드를 돌아보았다.

버드는 넓은 유리판으로 막힌 건너편 갓난아이들의 병실을 둘러보았다. 그의 내부에서 의사들과 간호사들의 존재를 의식하고 있던 감각이 단숨에 사라졌다. 버드는 흰 개미집 높은 곳에서 초원의 연약한 짐승들을 찾고 있는, 사납고 메마른 눈의 퓨마처럼 갓난아이들을 둘러보았다.

거칠어 보일 만큼 풍성한 빛이 그곳에 넘치고 있었다. 거긴 이미 초여름이 아닌 여름 그 자체, 여름의 내장 속에 있었다. 버드는 그 빛의 난반사에 이마를 데었다. 스무 대의 유아용 침대와 전동식 오르간 같은 다섯 대의 보육기. 그 안의 아기들은 안개를 통해 보듯 어렴풋이밖에 보이지 않는다. 거꾸로 침대 위의 아기들은 너무나 적나라하다. 모두들 지나치게 밝은 빛의 독(毒) 때문에 축 처져 위축되어 있다. 이 세상에서 가장 점잖은 가축의 무리 같은 아기들. 아주 조금씩 손발을 움직이고 있는 아기들도 있지만 그들에게도 흰 면으로 된 속옷과 기저귀는 납으로 된 잠수복처럼 무거워 보인다. 모든 갓난아이들이 구속당한 자 같은 인상이었다. 손목을 침대 모서리에 묶이거나(그것은 그가 자신의 연약한 피부를 할퀴기 때문이라곤 하지만), 발목을 거즈 끈으로 고정당한(그것이 수혈을 위해 절개한 발목을 보호하기 위해서라곤 하지만) 아기들도 있어서 그들은 그야말로 조그맣고 무력한 죄수들이다. 그들은 모두 한결같이 침묵하고 있다. 유리판이 그들의 음성을 차단하고 있는 걸까? 하고 버드는 생각했다. 하지만 아기들은 모두 식욕 없는 남생이 새끼들처럼 우울하게 입을 다물고 있다. 버드는 모든 아기들의 머리에 차례로 눈을 옮겨갔다. 그는 자기 아기의 얼굴을 이미 잊어버렸지만 그의 아기에겐 잘못 볼래야 잘못 볼 수 없는 표식이 있는 것이다. 병원장은 말했었다. 외양? 보기에? 머리가 둘 달린 것처럼 보여요, 바그너의 「쌍두의 독수리 깃발 아래」라는 음악을 들은 적이 있지만, 이라고. 녀석은 거리의 숨은 클래식 팬이겠지.

하지만 버드는 그런 머리의 아기를 발견할 수 없었다. 그는 되풀이해서 침대들을 짜증스럽게 둘러보았다. 그런 동안 갑작스레 아무런 계기도 없었건만 모든 아기들이 소의 간과 같은 색깔의 입을 벌리고 울어 대며 활발하게 움직이기 시작했다. 버드는 겁이 났다. 그래서 버드가 어째서 모두 한꺼번에 잠이 깬 거죠? 하고 묻듯이 간호사를 돌아보자, 그녀는 아기들의 울음엔 전혀 아랑곳하지 않고 그저 입을 다문 채 흥미롭다는 듯 버드를 지켜보고 있는 다른 간호사들이나 의사들과 함께 여전히 게임을 계속하며 "몰라요? 보육기 속에 있죠. 자아, 어느 보육기가 댁의 아기집일까요?"

버드는 할 수 없이 가장 가까운 보육기를 들여다보았다, 수족관의 물이끼니 플랑크톤으로 흐려진 수조를 들여다보듯이 허리를 굽히고 미간을 찡그린 채. 거기서 버드는 털 뽑은 닭만큼이나 조그맣고 비정상적으로 검고 거칠거칠한 피부를 한 아기를 찾아냈다. 그는 벌거숭이로 번데기 같은 페니스에 비닐 봉투를 매달고 배꼽은 거즈로 보호되어 있었다. 그는 옛날이야기 그림책의 난쟁이처럼 생각 깊은 표정으로 버드를 바라보았다. 그도 역시 간호사들의 게임에 참가하고 있는 것 같았다. 그는 분명 버드의 아기가 아니었지만 버드는 그 조용한 노인처럼 점잖고 쇠약해져 있는 미숙아에게 어른들끼리 느끼는 우정과도 같은 기분이 들었다. 버드는 아기의 새까맣고 물기 어린 온화한 눈에서 애써 자신의 눈을 돌리고 윗몸을 일으켜 더 이상 게임 같은 건 하지 않겠다는 듯이 단호하게 간호사를 돌아보았다. 다른 보육기 안을 들여다보는 것은 각도와 빛 때문에 불가능했다.

"아직 몰라요? 창가의 제일 안쪽 보육기예요. 여기서도 아기가 보이도록 보육기를 옮기죠" 하고 간호사가 말했다.

순간, 버드는 화가 치밀었다. 하지만 그것을 계기로 간호사들도 의사들도 버드에 대한 관심의 집중을 풀고 그들의 일이나 대화로 돌아갔기에 이 게임이 버드를 특수아실로 맞아들이기 위한 일종의 의식이었음을 깨달았다. 버드는 화를 참고 간호사가 손짓한 보육기를 쳐다보았다. 버드는 특수아실에 들어온 이래 간호사의 영향력 아래 있었고 저항감이나 반발심을 잃어 가고 있었다. 그 역시 무기력하고 점잖고, 그리고 느닷없이 불가사의한 일치를 드러내며 울어 대는 갓난아이들과 마찬가지로 거즈 끈으로 묶여 있는 것 같았다. 버드는 더운 한숨을 내쉬고 땀으로 젖어 오는 손바닥을 바지 무릎 부분에 닦고 이번엔 그 손바닥으로 이마와 눈꺼풀과 뺨의 땀을 훔쳤다. 안구를 양손으로 누르자 거무스레 탁하고 진한 붉은 불꽃이 타올라, 머리부터 심연으로 추락해 가는 듯한 환각이 일어 버드는 비틀거렸다.

버드가 눈을 뜨자 간호사는 거울 속으로 걸어 들어가는 인간처럼 이미 유리 칸막이 건너로 들어가 창가에 있던 보육기를 옮기려 하고 있었다. 버드는 몸이 굳어지고 주먹을 움켜쥔 채 기다렸다. 마침내 버드는 그의 아이를 보았다. 아기는 이제 부상당한 아폴리네르처럼 머리에 붕대를 감고 있지 않았다. 그는 이 특수아실의 다른 어떤 아이와도 달라서 삶아 놓은 새우처럼 빨갛고 이상하게 선명한 혈색이었다. 얼굴 전체가 막 아문 화상 자국으로 덮여 있는 것처럼 번질번질한 것이다. 격렬한 불쾌감을 참고 있기라도 하듯이 눈을 감고 있네, 하고 버드는 생각했다. 아기가 참고 있는 불쾌감은 그의 후두부로부터 정말 또 하나의 빨간 머리처럼 튀어 나와 있는 혹 때문에 생겨난 것이 분명하다. 버드는 자주색 혹을 바라보았다. 그것은 무겁고 성가시게 머리에 달아 놓은 추와 같은 것이리라. 아마도 혹과 함께 산도(產道)를 통과하면서 그 압력 때문에 가늘고 뾰족해진 긴 두상. 그것은 혹보다도 더욱 직접적으로 버드의 내부에 충격의 쐐기를 박아 넣었고 숙취에서 오는 구역질과는 다른, 보다 근원적으로 그의 존재 그 자체에 관련된 정말 무서운 구토를 불러일으켰다. 버드는 보육기 뒤에서 버드의 반응을 관찰하고 있는 간호사에게 고개를 끄덕여 보였다. 이제 충분해, 하는 식으로, 혹은 뭔가 정체를 알 수 없는 것에게 완전히 굴복했다고 스스로 인정하는 듯이. 아기는 혹과 함께 언제까지나 자라가는 것이 아닐까? 이미 아기는 빈사 상태가 아니다. 달콤하고 손쉬운 애도의 눈물을 자아내고 녹아 없어질 젤리 같은 존재가 아니다. 그는 살아남아 버드를 압박하고 공격조차 시작하고 있다. 새우처럼 빨갛고 상흔처럼 번질번질 빛나는 피부로 둘러싸여 아이는 지금 맹렬히 살기 시작하고 있는 것이다, 무거운 추와 같은 혹을 매단 채. 식물적 존재? 그렇다 하더라도 그건 위험한 선인장 같은 식물이다. 간호사는 버드의 반응을 확인하고 만족스러운 듯이 고개를 끄덕이더니 창가로 보육기를 다시 밀고 갔다. 아기들의 울음소리의 태풍이 한 번 더 일어나 난로 속처럼 뜨겁게 끓고 있는 유리 칸막이 너머를 흔들어 놓았다. 버드는 어깨가 축 처져 고개를 떨구었다. 총이 화약으로 장전되듯이 버드의 떨궈진 머리는 아이들의 울음으로 장전되었다. 버드는 자기에게도 역시 아기들 같은 조그만 침대나 보육기가 있었으면 싶었다. 특히 보육기, 안개처럼 자욱한 수증기로 차 있는 보육기. 버드는 그 안에서 어리석은 어류처럼 아가미 호흡을 하는 것이다.

버드 곁으로 돌아온 간호사가 "가능하면 빨리 입원 수속을 해주세요. 보증금은 3만 엔입니다" 하고 말했다.

버드는 끄덕였다.

"분유도 힘차게 빨고, 팔다리의 움직임도 활발해요."

도대체 무엇을 위해 분유를 빨고 무엇 때문에 움직여? 하고 원망스럽게 묻고 싶은 것을 버드는 참았다. 버드는 대책 없는 불평꾼이 되어 가는 자신에게 혐오감을 느꼈다.

"잠깐 기다리세요. 소아과 담당 선생님이 곧 오실 거예요."

그러고 나서 버드는 방치되었고 무시당했다. 분유병이니 기저귀를 운반하는 간호사들의, 옆으로 튀어 나온 팔꿈치가 자꾸만 버드의 몸을 찔러 댔지만 그녀들은 버드의 얼굴조차 쳐다보지 않았다. 오직 버드만이 나지막한 소리로 사과를 되풀이하고 있었다. 그러는 동안, 유리칸막이 이쪽은 의사에게 덤벼들 듯 이야기를 하고 있는 왜소한 남자의 높다란 소리가 지배하고 있었다.

"간이 없다는 게 확실한 소리야? 어째서 그렇게 된 건데? 벌써 백 번이나 설명을 들었어도 납득할 수가 없어. 간이 없는 아기라는 게 정말이냐구, 선생?"

버드는 간호사들이 분주하게 오가는 통로를 가로막지 않을 만한 곳으로 간신히 피해 서서 땀이 밴 자신의 손을 내려다보며 풀이 죽어 있었다. 그것은 젖어 있는 가죽 장갑처럼 보였다. 그러면서 버드는 자기 아이가 귀 부분에 올려놓고 있던 손이 떠올랐다. 그것은 그의 손과 마찬가지로 큼직하고 손가락이 길었다. 버드는 자신의 손을 바지 주머니에 감추었다. 그러고 나서 그는 의사를 상대로 집요하게 논리를 전개하고 있는 중년이 지난 작은 남자를 바라보았다. 남자는 그의 골격이나 아주 소량의 마른 고기 같은 것이 붙어 있을 뿐인 몸피에는 분명히 지나치게 큰 오픈 셔츠를 맨 위 단추를 풀고 소매를 걷어 올려 입고, 갈색의 니커보커스*를 입고 있었다. 셔츠 깃으로 보이는 목덜미도 팔뚝도 비참할 정도로 햇빛에 그을려 빈약하게 힘줄이 불거져 있었다. 육체적인 빈약함에도 불구하고 만성적으로 과로하고 있는 육체노동자에게 곧잘 보이는 타입의 피부와 근육. 곱슬거리고 기름 낀 검은 머리카락이 추잡하게 들러붙은 커다란 머리통, 너무 넓은 이마와 흐리멍텅한 눈, 머리의 윗부분에 비해 지나치게 작은 입술과 턱. 그는 육체노동을 하지만 실은 단순한 육체노동자는 아닐 것이다. 사고력과 신경을 마모시켜 가며 소기업의 책임을 지면서 그 자신도 육체노동을 하고 있음이 분명하다. 그는 복대만큼이나 널따란 가죽 벨트를 하고 있었는데, 그것에 충분히 대항하고 남을 만한 허풍스런 악어가죽 시곗줄로 무장한 팔을 휘둘러 가며 자기보다 20센티는 커 보이는 의사에게 덤벼들고 있었다. 말투나 표정이나 너무나 관료적인 의사에게 왜소한 남자는 강한 척하면서, 미심쩍은 권위를 드러내며 무턱대고 상황을 유리하게 만들어 보려는 듯이 보였다. 하지만 그가 때때로 간호사들이나 버드를 돌아보는 잽싼 눈빛에는 일종의 패배주의자의 인상, 도저히 회복할 수 없는 퇴세(頹勢)를 스스로 인정하고 있는 자의 인상도 있는 것이었다. 희한한 남자다.

"어째서 그렇게 되었는지는 모르지. 액시던트죠. 하지만 하나의 사실로서, 당신의 아기에겐 간이 없어요. 똥이 하얗죠? 똥이 새하얗잖아요? 그런 똥을 싸는 아기를 본 적이 있어?" 하고 의사는 작은 남자의 도전을 일축하기 위해 고압적으로 대답했다.

"병아리 있잖아요, 백변을 싸는 걸 본 적이 있는데, 선생님, 닭도 일반적으로 간장이 있잖아요. 닭의 간, 포장마차에서 구워먹죠, 선생님. 그런데도 병아리 중엔 백변을 싸는 놈들이 얼마든지 있어요."

"병아리가 아냐, 인간의 갓난아기라구, 여보쇼."

"그렇지만 백변을 싸는 아기라는 게 그렇게 드문 건가요? 선생."

"백변이라는 둥 하지 말아 줘, 혼란스럽잖아" 하고 분연히 의사는 말을 끊었다. "푸른 변이라는 말은 있지, 하지만 백변이라는 둥 하고 멋대로 말을 만들어 내지 말라고, 복잡해지잖아!"

"자, 그럼 흰 똥이라고 합시다. 간이 없는 놈들은 모두 흰 똥을 싼다는 것은 알았지만 흰 똥을 누는 아기가 모두 간이 없다고 정해져 있는 건 아니잖아, 선생."

"그 이야기는 벌써 백 번도 넘게 설명을 했잖습니까!" 하고 의사가 비명처럼 들리는 분노의 음성을 냈다. 그는 작은 남자를 냉소하려 하고 있었지만 두꺼운 로이드 안경을 낀 그 기다란 얼굴은 통제력을 잃은 채 굳어져 있고 입술을 떨고 있었다.

"한 번 더 그걸 좀 물어봅시다, 선생" 하고 작은 남자는 침착하게, 평온하고 상냥한 목소리로 말했다.

"간이 없다고 하는 건 우리 아들에게나 나에게나 웃어넘길 일이 아니지, 중대한 일이니까, 그렇죠? 선생님."

결국 의사는 굴복하여 작은 남자를 자기 옆의 의자에 앉히고 진료 기록부를 꺼내더니 설명을 시작했다. 이제는 그의 음성도, 때때로 거기에 토를 달고 있는 남자의 음성도, 배타적으로 오로지 그들 사이만을 오갈 뿐 버드는 알아들을 수가 없었다.

그래서 버드가 그쪽으로 고개를 빼고 귀를 기울이기 시작했을 때, 거칠게 문이 열리더니 그의 등 뒤로 성급히 들어온 버드와 동년배인 흰 가운의 남자가 "누구시죠? 뇌 헤르니아 신생아의 가족분" 하고 금속 피리 소리처럼 높고 가느다란 소리로 불렀다.

"접니다. 제가 아버진데" 하고 돌아보며 버드가 말했다.

의사는 버드를 찬찬히 뜯어보았다. 그의 눈은 버드에게 거북이를 연상케 했다. 눈뿐만 아니라 상자형의 턱이나 주름져 늘어진 긴 목 역시, 모두 거북이를, 그것도 순진한 거북이가 아니라 거칠고 흉악한 거북이를 떠오르게 했다. 하지만 눈의 검은 부분이 너무 작아서 무표정한 점과 같아 전체적으로 희멀건해 보이는 그의 눈에는 어딘가 단순하고 선량해 보이는 느낌도 숨어 있다.

"자네 첫 아긴가? 그렇다면 큰일이군" 하고 의사는 여전히 버드를 미심쩍다는 듯 바라보며 말했다.

"네?" 하고 버드가 말했다.

"아직 이러쿵저러쿵 말할 단계는 아니야. 4, 5일 사이에 뇌외과 선생이 볼 거예요. 우리 부원장이 권위자니까. 수술을 하더라도 체력을 기르지 않으면 다 헛일이야. 우리 뇌외과는 너무 붐비니까 헛일은 안 해야 돼."

"수술을 하게 되는 건가요?"

"그걸 견딜 만한 체력이 되면 수술을 받을 수 있겠죠" 하고 의사는 버드의 망설임을 다른 뜻으로 해석하며 말했다.

"수술을 해서 정상적인 아이로 자라날 가능성이 있을까요? 어제, 아이가 태어난 병원에서는 그렇게 해봤자 식물적인 존재가 될 뿐이라고 하던데요" 하고 버드가 말했다.

"식물적 존재라……"

의사는 버드의 질문에 직접 답하지 않고 그렇게 말하더니 침묵했다. 버드는 의사를 지켜보며 그의 다음 말을 기다리고 있었다. 그리고 별안간 버드는 자신이 일종의 수치스런 욕망에 사로잡혀 있다는 것을 실로 명확하게 깨달았다. 그것은 버드가 소아과의 창구에서 아기의 생존을 알았을 때 끔찍하게도 시커먼 멸구 떼처럼 그의 머릿속 암흑에 나타나 엄청난 기세로 증식하면서 그 자체의 의미를 점차 명확하게 만들어 온 열망이었다. 나와 아내에게 그 식물적 존재, 아기 괴물이 한평생 들러붙어 살아야 한다는 것은 도대체 어떤 것일까, 하고 새삼 버드는 의식의 표면에 떠올려 생각했다. 나는 어떻게 해서든지 아기 괴물로부터 도망쳐야만 한다. 그렇지 않았다간 아아, 나의 아프리카 여행은 어떻게 되는 걸까? 버드는 자기 방어의 열망에 사로잡혀, 마치 보육기 속의 아기 괴물이 우리 칸막이 너머로 자신을 노리고 있기라도 하듯 방어 자세가 되었다. 동시에 버드는 회충처럼 자기에게 들러붙은 에고이즘이 수치스러워 온몸에 땀이 배며 얼굴이 붉어졌다. 그의 한쪽 귀는 완전히 마비되어 그리로 피가 흐르는 소리밖에 들리지 않았다. 그의 눈 역시 투명하고 힘센 주먹으로 얻어맞은 것처럼 충혈되어 가고 있었다. 아아, 나는, 버드는 점점 더 수치의 감각으로 얼굴을 붉히고 눈물을 글썽대며 아프리카 여행의 꿈을 지키기 위해 식물적 존재의 중하(重荷), 아기 괴물의 중하를 벗어나고 싶다고 기원했다. 하지만 그것을 입 밖에 내어 의사에게 하소연하기엔 버드를 사로잡은 수치의 감각이 너무 무거웠다. 버드는 절망하며 토마토처럼 새빨간 얼굴을 떨구었다.

"자넨, 이 아기가 수술을 받고 회복되기를, 글쎄, 어쨌든 일단 회복되기를 바라고 있는 게 아닌가?"

버드는 예를 들자면, 불알의 주름처럼 자기 육체에서 가장 추하지만 또 가장 쾌락에 민감한 곳을 능숙한 손가락이 한번 스쳐간 것처럼 느끼며 몸을 떨었다. 더더욱 얼굴이 붉어진 버드는 스스로 듣기에도 견딜 수 없을 만큼 야비한 음성으로 "수술을 한대도 정상적인 아이로 자랄 가능성이 희박하다고 한다면……" 하고 하소연했다.

버드는 지금 자신이 비열함으로 가는 내리막길의 첫걸음을 내디뎠다는 것을, 비열함이라는 눈덩이가 최초의 일회전을 행했다는 사실을 느꼈다. 그는 쏜살같이 비열함의 언덕을 내리구를 것이고 그의 비열함이라는 눈덩이는 순식간에 불어날 것이 분명하다. 그 절대적인 불가피성의 예감에 버드는 다시 한 번 몸서리쳤다. 하지만 그동안에도 그의, 열을 머금어 번질거리는 눈은 의사에게 탄원을 계속하고 있는 것이다.

"직접 손을 써서 아기를 죽여 버리는 건 못 해요" 하고 의사는 버드의 눈을 혐오의 빛을 띠고 거만하게 마주 보며 말했다.

"그야 당연히……" 하며 버드는 다시 흠칫하고 떨며, 짐짓 뜻밖의 말이라도 들었다는 듯이 서둘러 대답했다. 그리고 그는 자신이 지금 꾸며 낸 심리적 속임수에 의사가 전혀 걸려들지 않았다는 것을 눈치 챘다. 그것은 이중의 굴욕이었지만 버드는 굳이 그에 반발하여 자신을 추스르려 하지 않았다.

"자네도 젊은 아빠인데다가, 그래도 나랑 비슷한 연밴가?" 하며 의사는 거북이 같은 머리를 흔들며 말하더니 유리 칸막이 이쪽, 그들 말고 다른 멤버들을 둘러보았다. 버드는 의사가 자기를 조롱하려는 것이 아닐까 의심하며 깊은 두려움을 느꼈다. 만약 그렇다면 나는 이 놈을 죽여 버릴 거야, 하고 버드는 눈앞이 깜깜해지는 느낌으로 부질없는 소리를 목구멍 안에서 중얼거렸다. 하지만 의사는 그의 수치스런 소망에 가담해 줄 작정인 것이다. 그는 다른 멤버들에게 들리지 않도록 소리를 죽여 이렇게 말했다.

"아기의 분유량을 조절해 보죠. 분유 대신 설탕물을 줄 수도 있겠죠. 그렇게 한동안 상태를 보다가, 그래도 아기가 쇠약해지지 않는다면 아무래도 수술을 하는 수밖에 없겠지."

"감사합니다" 하고 버드는 수상쩍은 한숨과 함께 말했다.

"천만의 말씀을" 하고 의사는, 다시 버드로 하여금 자신이 조롱당하고 있는 것 아닐까 의심하게 만드는 말투로 대답하더니 원래 억양으로 돌아가 "4, 5일 지나고 나서 보러 와 주세요. 성급하게 서둘러 봤자 눈에 띄는 변화는 기대할 수 없어요!" 하더니 파리를 집어삼킨 개구리처럼 입술을 꽉 다물었다.

버드는 의사에게서 눈길을 돌리고 고개를 숙이더니 도어를 향해 갔다. 그의 등 뒤를 덮치듯이 간호사가 고함을 질렀다.

"가능하면 빨리요, 입원 수속!"

버드는 범죄 현장에서 도망치듯 허둥지둥 서둘러 어둑한 복도를 걸어갔다. 더웠다. 그제야 버드는 특수아실에는 냉방이 가동되고 있었음을 깨달았다. 이번 여름 버드가 만난 최초의 냉방 장치였다. 버드는 걸으면서 수치심 때문에 뜨거운 눈물을 슬그머니 닦아 냈다. 더구나 머릿속은 주변의 공기보다, 눈물보다 더 뜨거워서 버드는 쉴 새 없이 몸서리를 쳐가며 큰 병을 앓고 난 사람처럼 비틀거리며 걸었다. 열어 놓은 공동병실 창문 너머 침대에 누웠거나 상반신을 일으켜 앉아 있는 짐승처럼 지저분한 환자들이 눈물을 흘려 가며 걷고 있는 버드를 그야말로 무관심하게 바라보았다. 개인 병실이 이어지는 모퉁이까지 왔을 때 발작적인 눈물은 멎었지만 수치심의 감각은 눈 밑바닥에 소코히* 같은 핵이 되어 자리를 잡았다. 그것은 또한 눈 밑바닥뿐 아니라 버드의 몸 구석구석 깊은 곳에 덩어리져 가고 있었다. 수치심의 암 덩어리. 버드는 그 이물감을 느끼기는 했지만 그에 관해 생각할 수는 없었다. 버드는 완전히 소진되어 있었다. 한 개인 병실의 문이 열려 있었다. 버드는 그 너머로 젊고 자그만 아가씨가 알몸으로 버티고 선 것을 보았다. 그녀의 몸은 검푸른 그늘을 띠고 발육이 덜된 듯한 인상이었다. 아가씨는 버드를 번쩍이는 눈으로 도전하듯 응시하면서 왼손으로 조그만 유방이 올라와 있는 좁다란 가슴을 사랑스러운 듯 끌어안고 오른팔을 늘어뜨려 납작한 아랫배를 어루만지더니 치모를 움켜쥐었다. 그러고는 잔걸음으로 다리를 벌리고는 등 뒤에서 한순간 빛이 드러내 놓은 성기 주변의 금빛 솜털 속으로 역시 자신을 어루만지듯 부드럽게 손가락을 눌러 넣었다. 버드는 색정광 아가씨가 혼자서 오르가슴에 이를 틈을 주지 않고, 그러나 그 아가씨에게 사랑과도 비슷한 연민을 지닌 채 문 앞을 지나쳤다. 버드는 너무 강한 수치스러움으로 자기 말고 다른 존재에게 지속적인 관심을 가질 수가 없었던 것이다. 복도를 막 나온 곳에서 가죽혁대와 악어 시곗줄의 이론가인 작은 남자가 버드를 따라잡았다. 그는 버드에 대해서도 위압적이고 거만한 태도를 드러내며 신장의 차이를 커버하려는 것일까, 통통 튀어 오르듯이 하며 버드와 나란히 걸었다. 그리고 그는 뜻을 굳힌 듯이 버드를 올려다보며 커다란 소리로 말을 걸어왔다. 버드는 잠자코 그 말을 들었다.

"이봐요, 싸워야만 해요, 싸워야 된다구, 파이팅, 파이팅" 하고 그 작은 남자는 말했다.

"파이트, 병원 측과의 파이트라니까요! 특히 의사들과 싸워야지! 난 오늘 어지간히 싸웠잖아, 당신도 들었죠?"

백변(白便)이라는 남자의 신조어를 떠올리며 버드는 끄덕였다. 작은 남자는 병원과 그의 파이트를 유리하게 진행시키기 위해 있는 대로 허세를 부리며 백변이라는 둥 해보인 것이다.

"우리 아들놈은 간장이 없으니까 말이지. 병원을 상대로 내가 줄창 싸우지 않았다간 자칫 생체 해부를 당할 수도 있거든. 아니 이건 정말이야! 대형 병원에선 제대로 일이 되려면 일단 싸우겠다는 마음을 먹어야 한다구요. 점잖게 굴면서 저쪽 마음에 들어보자는 방식으론 안 되거든. 왜냐면 죽어 가고 있는 환자라는 게, 이건 뭐 죽은 사람 이상으로 점잖으니까. 우리 같은 병자 가족은 그렇게 점잖을 순 없지. 파이트, 파이트라구. 지난번엔 내가 말야, 아이에게 간장이 없으면 인공 간장을 달아라, 해 버렸어. 파이트하려면 전술을 연구해야 되니까 이래봬도 공부를 한다구요. 실제로 직장이 없는 아이에게 인공 항문을 달았다고 하니, 인공 간장 정도 생각을 해봐도 되는 것 아니냐, 그랬죠. 간장 쪽이 항문보다야 훨씬 고상하지 않느냐고!"

그들은 본관의 정면 현관까지 와 있었다. 버드는 작은 남자가 자신을 웃기려 든다는 걸 느끼긴 했지만 물론 웃을 기분이 아니었다. 그래서 그는 자신의 우울한 얼굴을 변명하는 대신 "가을까지는 회복됩니까?" 하고 물었다.

"회복되냐고? 천만의 말씀, 내 아들은 간장이 없다니까! 나는 그저 싸우고 있는 것뿐이에요. 이 큰 병원의 종업원 2천 명을 적으로 삼아 파이트하고 있을 따름이라구요" 하며 작은 남자는 버드가 충격을 받을 정도로 독특한 슬픔과 약자의 위엄을 보이며 대답했다.

남자는 그의 3륜 오토바이로 가까운 전철역까지 태워다 주겠다고 했지만 버드는 거절하고 한낮의 병원 앞 광장 버스 정류장으로 혼자 나섰다. 버드는 입원 수속을 위한 3만 엔에 대해 생각해 보려 했다. 버드는 이미 그 돈을 어떻게 만들지를 정하고 있었다. 그리고 그것을 머리에 떠올리자 그 순간만은 수치심을 대신하여, 누구를 향한 것도 아닌 절망적인 분노가 치밀어 올랐다. 버드에겐 3만 엔을 약간 넘는 저금이 있었다. 하지만 그것은 버드가 아프리카 여행 자금의 첫 적립액으로 비축해 둔 것이었다. 이제 와서는 그 3만 엔 정도의 돈은 일종의 기분상의 표지에 불과했다. 그런데 지금 그 표지조차 뽑아내야 하는 것이다. 버드에겐 두 종류의 로드맵 지도를 제외하면 아프리카 여행과 바로 연결될 만한 것이 아무것도 남지 않게 된다. 온몸의 피부에서 일제히 땀방울을 뿜어내며 버드는 입술과 귀와 손가락 끝에 습기 찬 오한을 느꼈다. 버스를 기다리는 사람들 뒤에 선 버드는 아프리카라구? 웃기고 자빠졌네, 하고 모기만 한 소리로 악다구니를 내뱉었다. 그 바로 앞의 노인이 돌아보려다가 도중에 멈추더니 벗겨진 커다란 머리를 천천히 원위치 시켰다. 너나 할 것 없이 순식간에 이 도시를 삼켜 버린, 너무 이른 여름에 녹초가 되어 있는 것이다.

버드 또한 무기력하게 눈을 감고 오한에 떨어가며 땀을 흘리고 있었다. 마침내 그는 자기 몸이 끔찍한 냄새를 풍기기 시작했음을 감지했다. 버스는 좀처럼 오지 않는다. 덥다. 버드의 머릿속 수치심이 풀 곳 없는 분노의 소용돌이를 휘감으며 벌건 암흑 속으로 번져 갔다. 버드는 외부의 광선과 소리에 무감각해졌다. 그리고 버드의 머릿속 흑암에 성욕의 싹이 나타나더니 젊은 고무나무처럼 쑥쑥 자랐다. 버드는 눈을 감은 채로 바지를 더듬어 천 위로 발기한 성기를 만졌다. 버드는 끔찍하고 비열하며 갈망하는 기분으로 더없이 반사회적인 성교가 하고 싶었다. 그가 지금 파먹히고 있는 수치심이라는 감각이 빛 속에서 벌거벗겨질 듯한 성교. 버드는 버스를 기다리는 사람들의 줄에서 빠져나와 눈을 떴다가 햇빛에 네가 필름처럼 흑백이 뒤집힌 광장 풍경을 보며 택시를 찾았다. 버드는 한낮의 빛을 차단한 히미코의 방으로 되돌아갈 작정이었다. 만일 히미코가 나를 거부한다면, 하고 버드는 자신을 채찍질하듯 조급해하며 생각했다. 나는 그 여자 친구를 때려 기절시키고 성교를 할 거야.

7

버드가 피로로 창백해진 채 이야기를 마치자 히미코는 탄식하듯이 "네가 나랑 자려고 하는 건 정말이지 언제나 최악의 컨디션일 때야, 버드. 지금 너는 내가 만난 최저의 버드라고."

버드는 고집스레 입을 다물고 침묵을 지켰다.

"그래도 난 너랑 잘 거야, 버드. 그 사람이 자살한 뒤, 내겐 모럴에 관한 순결 취미 따윈 없고 네가 나랑 더없이 질척한 성교를 할 작정이라고 해도 나로서는 그 성교에서 역시 뭔가 *genuine*한 것을 발견할 수 있을 테니까."

genuine, 순종의, 진짜, 진정한, 올바른, 성실한, 진지한, 이런 식으로 학원의 영어 강사 버드는 머릿속에 열거했다. 그리고 그는 현재 자신이 이 어떤 의미로부터도 동떨어져 있다고 생각했다.

"먼저 침대에 들어가 있어, 버드, 씻고 올 테니까."

버드는 땀에 전 옷들을 느릿느릿 벗고는 낡아빠진 담요 위에 벌렁 누웠다. 그는 움켜쥔 양쪽 주먹 위에 뒷머리를 얹고 눈을 내리깔고 약간 기름이 붙기 시작한 배와 덜 발기하여 희끄무레한 페니스를 내려다보았다. 히미코는 침실과 욕실을 구분하는 유리문을 열어젖힌 채 좌변기에 거꾸로 주저앉아 무릎을 쩍 벌리고 커다란 주전자를 한 손에 들고는 싹싹 성기를 비벼 씻고 있었다. 버드는 그것이 외국인 남성과의 성관계에서 얻은 지혜이리라 공상하면서 한동안 바라보고 있었다. 그리고 다시 자신의 배와 페니스를 잠자코 내려다보며 기다렸다.

"버드, 오늘은 임신할 위험이 있는데 준비해 왔어?" 하고 몸을 다 씻은 히미코가 가슴께까지 튀어 있는 물방울들을 커다란 타월로 열심히 닦아 가며 말을 걸어왔다.

"아니, 준비 못 했는데."

버드의 가장 부드러운 내면에 '임신'이라고 하는 낱말의 불타는 가시가 깊숙이 박혔다. 버드는 아, 하고 서글픈 비명을 나지막이 질렀다. 가시는 버드의 내장까지 파고들어 불타고 있었다.

"자, 뭔가 방법을 생각해 보자. 버드" 그렇게 말하고 히미코는 쐐기라도 박는 듯한 소리를 내며 바닥에 주전자를 내려놓더니 목욕 타월로 몸을 문질러 가며 버드 옆으로 돌아왔다. 버드는 완전히 위축되어 거무스레 쪼그라든 페니스를 창피하다는 듯 한 손으로 감추며 "갑자기 움츠러들었어, 히미코, 완전히 꽝이라구" 하고 말했다.

히미코는 건강하고 힘찬 호흡을 해 가며 버드를 말끄러미 내려다보면서 여전히 타월로 옆구리와 유방 사이를 문지르며 버드의 말에 숨겨진 의미를 따져 보는 모양이었다. 버드는 히미코의 몸에서 학생시절의 온갖 격렬했던 여름의 기억을 환기시키는 냄새를 맡고는 목이 메었다. 물에 젖은 피부가 햇볕에 그을면서 나는 냄새. 히미코가 시바 견* 강아지처럼 콧등에 주름을 잡으며 단순하고 메마른 웃음소리를 냈다. 버드는 새빨개졌다.

"그런 기분이 드는 것뿐일걸? 버드" 하며 아무렇지도 않게 히미코는 말했다. 그리고 목욕 타월을 발치에 떨구더니, 조그만 유방을 어금니처럼 들이대며 버드의 몸을 덮치려 드는 바람에 버드는 어린애처럼 맹렬한 방어 본능의 노예가 되었다. 버드는 한 손으로 성기를 야무지게 숨긴 채로 다른 한 팔을 히미코의 배를 향해 똑바로 뻗었다. 그의 손바닥이 히미코의 배에 푹 잠기는 바람에 버드는 소스라쳤다.

"지금 네가 소리친 임신이라는 말 때문이야" 하고 버드는 재빨리 변명했다.

"소리친 적 없는데" 하고 분개한 듯이 히미코가 말을 막았다.

"나한텐 제대로 먹혀들었잖아. 임신이라는 말이 나쁘다니까."

알몸의 히미코는, 버드가 자신의 페니스를 끝내 감추고 있는 것에 영향을 받은 것일까, 자기도 가슴과 아랫배를 양팔로 덮었다. 그들은 알몸으로 싸우는 고대 레슬러들이라도 된 것처럼 자신의 가장 약한 부분을 우선 맨손으로 방어하면서 더구나 서로 치켜뜬 눈으로 상대방의 동정을 살피며 한 걸음도 물러서려 하지 않는 것이다.

"왜 그래, 버드?" 하고 점차 사태의 심각성을 이해하게 된 히미코가 목소리를 가다듬어 말했다.

"임신이라는 날말의 독이 퍼진 거지."

히미코는 무릎을 모으고 버드의 허벅다리 옆에 앉았다. 버드는 비좁은 침대 위에서 허리를 비틀어 피해서 좀 더 넓은 장소를 히미코를 위해 비워 주었다. 히미코는 그때까지 유방을 가리고 있던 팔을 풀더니 그 손가락으로 버드가 자신의 페니스를 감추고 있는 손을 부드럽게 만졌다. 그리고 히미코는 상냥하면서도 확신에 찬 소리로 버드를 격려했다.

"버드, 내가 너를 충분히 딱딱해지도록 만들 수 있어. 목재 창고 때로부터 꽤나 시간이 흘렀잖아."

버드는 어둡고 질척거리는 고립무원의 심정에 빠져 자기 손바닥 위의 히미코의 손가락의 간지러운 움직임을 견뎠다. 나는 내 상황을 제대로 설명할 수 있을까? 하고 버드는 의심했다. 하지만 어쨌든 그는 설명함으로써 이 난국을 벗어나야 한다.

"기술의 문제가 아니야" 하고 버드는 말했다. 그리고 그는 히미코의, 바보처럼 성실하고 서글픈 표정을 띤 유방으로부터 눈길을 돌렸다. "공포심의 문제거든."

"공포심?" 하고 히미코는 거기서 어떻게든 농담의 싹을 찾아내려 이것저것 고심하고 있는 것처럼 말했다.

"그 괴상스런 어린애를 만들어 낸 깊고도 어두운 장소가 무서운 거지" 하고 버드는 다시 농담 어린 느낌을 섞어 보려 했으나 성공하지 못한 채 더더욱 우울해져 설명했다. "나는 머리에 붕대를 감은 아이를 보았을 때, 아폴리네르를 생각했어. 감상적인 소리지만 아이가 아폴리네르처럼 전장에서 싸우다가 머리에 상처를 입었다는 느낌이 들었거든. 내가 알지 못하는 깊고도 닫혀 있는 구멍 속에서의 고독한 전투에서 그는 당한 거야(버드는 그렇게 말하면서 자신이 구급차 안에서 흘렸던, 구제 가능한 달콤한 눈물을 떠올렸다. 하지만 오늘 내가 병원 복도에서 흘린 부끄러운 눈물은 그야말로 구제 불가능이다). 나의 연약한 페니스를 그 전장으로 내보낼 수는 없지."

"하지만 그건 버드 부인과의 관계에서만 그런 것 아냐? 그녀가 회복되어 너와 최초의 성 교섭을 가질 때 네가 느끼게 될 두려움 아닐까?"

"나와 아내 사이에서 그것이 다시 시작된다 치고" 하며 버드는 몇 주일 뒤의 곤혹감에 일찌감치 위축되는 것을 느끼며 말했다. "그땐 이 공포심에 덧붙여 내 아이와의 근친상간 같은 감정까지 나를 괴롭힐 게 분명하지. 그야말로 강철로 된 페니스라도 물컹해지는 거 아닐까?"

"가엾게스리, 버드. 시간만 주면 넌 한 백 가지쯤 콤플렉스를 늘어놓으며 자신의 임포텐스를 변호할 거야, 버드."

히미코는 그렇게 빈정거리며 버드의 몸 옆 좁은 틈새에 엎드려 누웠다. 버드는 두 사람의 무게를 버티며 해먹처럼 움푹해진 침대 위에서 점점 더 몸을 웅크리면서 바로 귓가에서 반복되는 히미코의 억제된 숨소리에 위협당하고 있었다. 그녀가 욕망의 플러그를 이미 발화시키고 있는 것이라면 나는 그녀를 위해 무언가를 해야만 하리라. 하지만 나는 저 음습하고 정체불명의 복잡한 주름 안쪽, 꽉 막힌 암거에 두더지 새끼처럼 눈멀고 연약한 나의 페니스를 들이밀 수는 없다. 입을 다문 채 누워 있는 히미코의 귓불 끝이 버드의 관자놀이에 뜨겁게 닿았다. 히미코의 축 처져 누운 몸을 수천 마리 욕망의 등에 떼가 습격하고 있는 모양이었다. 버드는 손가락이나 입술이나 혹은 혀로 히미코의 욕망을 시나브로 해소해 가는 것에 대해 생각했다. 하지만 어젯밤 이미 히미코는 그것이 마스터베이션 같아서 싫다고 말했다. 지금 다시 제안했다가 같은 말로 거부당하기라도 한다면 우리는 서로를 지독히 경멸한 듯한 기분이 들 것이다. 문득 버드는 만일 히미코가 가학적인 취향을 가진 여자라면 어떻게 좀 해볼 텐데, 하는 생각을 했다. 모든 재앙이 솟아난 그 구멍에만 관련되지 않을 수 있다면 나는 어떤 짓이라도 할 거야. 얻어터지고 짓밟히더라도 나는 점잖게 참아 낼 것이고 그녀의 오줌을 마시는 짓도 망설이지 않을 것이다. 버드는 난생 처음으로 마조히스틱한 자신을 발견했다. 그는 수치심이라는 감각의 바닥 깊은 늪 속에 빠졌던 참인지라 그 따위 자잘한 치욕에는 자학적인 유혹조차 느끼고 있었다. 이렇게 해서 인간은 마조히즘으로 기울어지는 것이리라, 하고 버드는 생각했다. 인간은, 아니 좀 더 솔직하게 나는, 이라고 해야 할지도 모른다. 언젠가 마흔 살이 된 마조히스트인 내가 마조히즘으로 개종했던 기념일로 오늘의 모든 일을 회고하게 될지도 모른다. 버드는 지극히 자기중심적으로 퇴폐해져 가는 망상을 좇고 있었다.

"있잖아, 버드."

"응?" 마침내 공격이 시작되었다고 포기하며 버드는 대답했다.

"너는 자기가 만들어 낸 성적 금기를 빨리 부숴 버려야만 해. 안 그랬다간 너의 성적 세계는 왜곡될 테니까."

"그렇지, 지금 나는 마조히즘에 관해 생각하고 있던 참이거든" 하고 떠보듯이 버드는 말했다. 비열하게도 그는 히미코가 마조히즘이라는 낱말의 가짜 미끼를 덥석 물며, 나는 자주 새디즘에 관해 생각하곤 해, 하는 식의 탐욕스런 소리를, 마찬가지 비열한 탐색의 손을 뻗치며 대답하기를 기대하고 있었던 것이다. 버드에겐 성도착 지원자의 필사적인 정직함조차 결여되어 있었다. 그야말로 그는 수치심이라는 감각의 독이 불러온 퇴폐의 극에 있었다.

히미코는 미심쩍다는 듯이 입을 다물어, 버드의 수수께끼 같은 소리를 깊이 따지지 않고 "버드, 공포심을 극복하기 위해서는 그 대상을 정확히 한정함으로써 공포심을 고립시켜야만 하는 거야" 하고 말했다.

버드는 순간 히미코의 의도를 간파하지 못해서 침묵했다.

"네가 공포를 느끼는 것은 국부적으로 바기나와 자궁에 대해서야? 아니면 여성적인 것 전체, 예컨대 나라는 여자의 존재 전체에 대해?"

"바기나와 자궁에 대해서일 거라고 생각해" 하고 버드는 잠깐 생각해 보고 말했다. "너라는 존재는 내가 빠져 있는 재앙과 직접 관계가 없는데, 그런데도 벌거벗은 네 앞에서 내가 겁을 먹는 것은 너에게 바기나와 자궁이 갖추어져 있다, 그 이유뿐이지."

"그렇다고 한다면 바기나와 자궁을 배제하면 되는 것 아냐? 버드" 하고 히미코는 조심스럽고 냉정하게 말했다. "네가 공포심의 대상을 바기나와 자궁에 한정한다면 네가 싸워야 할 적은 바기나와 자궁의 나라에만 살고 있는 거네, 버드. 그런데 너는 바기나와 자궁의 어떤 속성을 두려워하는 거야?"

"지금 말했잖아. 그 깊숙한 곳에, 네가 좋아하는 말대로 하자면 또 하나의 우주가 있는 것 같다는 거지. 암흑이라든가, 무한이라든가, 온갖 반인간적인 것들이 가득 차 있는 괴상한 우주가 있다는 느낌이 들어. 거기 들어가면 별개의 차원의 시간계에 떨어져 돌아올 수 없게 될 것 같으니까 나의 공포심엔 우주비행사의 엄청난 고소공포증과 닮은 점이 있어."

히미코의 논리에 자신의 수치심을 자극하는 무언가를 예감하며 그것을 피해 가기 위해 도회(韜晦)적인 소리를 하고 있는 버드를 히미코는 대번에 추격해 왔다.

"바기나와 자궁을 제외하면 너는 여성적인 육체에 대해 별다른 공포심이 없다는 거지?"

버드는 주저주저 얼굴을 붉히며 "특별히 중요한 건 아니지만, 유방……" 하고 말했다.

"만약 네가 내 등 뒤에서 접근한다면 공포심을 유발하지 않아도 되는 거네" 하고 히미코는 말했다.

"하지만……" 하고 버드는 말을 끊으려 했다.

"버드" 하며 히미코는 그의 항의를 받아들이지 않고 말했다. "넌 동생 또래 녀석들이 호의를 느낄 타입인 것 같은데 그런 남자애와 잔 적 없어?"

그러고 나서 히미코는 버드에게 그의 '성적인 모럴에 관한 순결취향'을 깨기에 충분한 계획을 이야기했다. 버드는 충격을 받았다. 내가 그걸 어떻게 느낄지는 문제 삼지 않더라도, 하고 버드는 잠깐 동안 자기 집착에서 벗어나 생각했다. 히미코는 분명 상당한 고통을 견뎌야만 할 것이고 몸이 찢어져 약간의 피를 흘리게 되겠지. 우리 둘 모두 오물 범벅이 될지도 모르고. 하지만 느닷없이 버드는 혐오감과 새끼줄처럼 얽혀 꼬여 있는 새로운 욕망이 솟아오르는 것을 느꼈다.

"나중에 넌 굴욕적인 느낌이 들지 않을까?" 하고 버드는 마지막 망설임을 드러내며, 욕망으로 갈라진 나지막한 소리로 속삭였다.

"그 겨울 한밤중의 목재 창고에서 피와 진흙과 톱밥들로 더럽혀졌을 때도 굴욕적인 느낌은 없었어" 하며 히미코는 버드를 격려했다.

"그런데" 하고 버드는 말했다. "너에게도 쾌락이 있을까?"

"난 지금, 너를 위해 뭔가 한 가지 일을 해주고 싶다고 생각하는 것뿐이야, 버드" 하고 히미코는 반발했지만 그래도 버드가 난처해하는 것을 막아 주려는 듯이 더없이 상냥하게 이렇게 덧붙였다. "하지만 말야, 내가 어떤 성교에도 무언가 *genuine*한 것을 찾아낼 수가 있다고 했었지?"

버드는 입을 다물었다. 그리고 버드는 히미코가 화장대 위의 조그만 병들 사이에서 하나를 골라내고 욕실에 다녀오고, 벽장에서 새로 커다란 타월을 끄집어내 오고 하는 것을 바라보며 꼼짝 않고 누워 있었다. 불안의 물결이 천천히 차올라 그런 버드를 집어삼키려 했다. 버드는 갑자기 윗몸을 일으키더니 침대 옆에 뒹굴고 있던 위스키를 집어 들어 병에 입을 대고 한 모금 마셨다. 나는 병원 앞 광장의 한낮의 버스 정류장에서 끝없이 오욕에 찬 최악의 성교를 바라고 있었다고 버드는 생각했다. 그리고 지금 그게 가능한 거지. 버드는 위스키를 한 모금 더 마시고 다시 침대 위에 몸을 눕혔다. 페니스는 날카롭고 단단해졌고 뜨겁게 고동치고 있었다. 히미코는 버드의 얼굴에서 눈길을 돌리며 우울하고 무거운 표정을 지으며 침대로 돌아왔다. 히미코 역시 뭔가 특별한 욕망에 사로잡혀 있는 걸까? 하고 버드는 생각했다. 엷은 웃음이 자신의 입술에서 뺨으로 번져 가는 것을 버드는 만족스럽게 느꼈다. 나는 처음으로 최대의 수치심이라는 감각의 울타리를 넘은 거야, 나는 이미 무한 시간의 허들 경주처럼 휙휙 수치심의 허들을 넘어가게 되리라. 하지만 그런 버드에게서 그의 자의식과는 반대되는 징후를 발견하고 "불안해할 건 없어, 아마 별 거 아닐 거야, 버드" 하고 히미코는 말했다.

……처음에 버드는 히미코에게 신경을 쓰고 있었다. 하지만 몇 번이나 실패를 반복하는 동안 버드는 우스꽝스런 조그만 소리와 이상한 냄새에 조롱당하고 있는 듯한 느낌이 들어 반발했고 점차 에고이스틱한 자기 집착 이외의 아무것도 느끼지 않게 되었다. 버드는 마침내 히미코를 잊어버렸고 자신이 성공했음을 느끼자 단숨에 성급하게 열중해 갔다. 버드의 머리에, 나는 그 물컹물컹한 유방도, 짐승 같고 거친 성기도 싫었다, 게다가 나는 자신만의 고독한 오르가슴이 갖고 싶었던 것이고 성교를 하고 있는 자기 얼굴을 여자가 보고 있는 것도 싫었던 거야, 하는 토막토막의 짧은 생각들이 연달아 스쳐갔다. 그것이 쾌락의 전조였다. 여자의 오르가

슴에 신경을 쓰고 임신 후의 책임을 등재해 가며 성교한다는 것은 일부러 자신에게 올가미를 씌우기 위해 벌거벗은 엉덩이를 흔들어 가며 분투하는 일이다. 나는 지금 여자를 더없이 오욕에 찬 방식으로 유린하고 있는 것이다, 하고 뜨거운 머리 깊은 곳에서 버드는 함성을 질렀다. 나는 어떤 비열한 짓이라도 해낼 수 있는 인간이다. 나는 수치 덩어리다, 내 페니스가 지금 건드리고 있는 뜨거운 덩어리야말로 나야, 하고 버드는 생각했고, 그리고 눈앞이 깜깜해질 정도로 격렬한 오르가슴을 맛보았다.

버드가 쾌락으로 경련할 때마다 히미코는 날카로운 고통의 비명을 질렀다. 버드는 반쯤 실신해 가며 그 소리를 들었다. 그리고 느닷없이 버드는 증오를 견딜 수 없다는 듯이 히미코의 어깻죽지를 물었다. 히미코가 다시 강한 비명을 질렀다. 버드는 눈을 홉뜨고 히미코의 핏기 없는 귓불에서 뺨으로 피가 방울져 떨어지는 것을 보았다. 버드는 한 번 더 신음했다.

오르가슴이 지나갔을 때, 버드는 자신이 히미코에게 정말이지 최악의 일을 저질렀다고 느꼈고 돌처럼 굳어졌다. 이렇게까지 비인간적으로 맺어진 뒤에 히미코와 자신 사이에 다시 인간적인 관계가 회복될 수 있는 것일까? 버드는 의심했다. 버드는 꼼짝 않고 엎드려 거친 숨을 내쉬며 이대로 소멸해 버리고 싶다고 생각했다. 그런데 그런 버드를 향해 일상적인 고요함에 찬 상냥한 음성으로 히미코가 속삭여 주었던 것이다.

"버드, 그대로 손대지 말고 욕실로 와 줘. 내가 깔끔하게 끝내줄게."

버드는 깊은 놀람과 함께 구조되었고 해방되었다. 히미코는 얼굴을 붉히고 옆을 보고 있는 버드를 반신불수 환자처럼 다루었다. 놀라움은 점차 버드의 내부에 가라앉아 자리를 잡았다. 분명히 그는 성의 엑스퍼트를 만난 것이었다. 그 겨울 한밤중으로부터 그의 여자 친구는 얼마나 먼 길을 걸어온 것일까? 버드가 그나마 히미코의 노력에 보답한 것은, 그 자신의 이가 만든 히미코의 어깨 상처에 소독약을 발라준 것뿐이었다. 버드는 여기저기 나 있는 세 개의 상처에 소심한 어린애처럼 서툴게 약을 발랐다. 마침내 히미코의 볼과 눈꺼풀에 가만히 혈색이 돌아왔다. 버드는 안도했다.

시트를 갈아 깐 침대에 어깨를 나란히 하고 버드와 여자 친구는 다시 누웠다. 그들은 둘 다 평화로운 호흡을 하고 있었다. 버드는 히미코의 침묵이 신경 쓰였지만 그래도 그녀의 평온한 호흡과 어둑한 허공을 응시하고 있는 부드럽게 가라앉은 눈길이 버드를 위로했다. 게다가 버드 자신은 속 깊은 평안의 감정으로 가득 차 심리적인 천착(穿鑿) 성향으로부터 멀어져 있었다. 버드는 감사의 감정 속에 있었다. 굳이 히미코에 대한 감사라고 좁게 한정하기보다 버드를 둘러싼 가혹한 함정투성이의 소용돌이 한가운데서 그가 발견할 수 있었던, 결코 오래가지는 않을 이 평안에 대한 감사. 물론 버드를 가두고 있는 수치심이라는 감각의 동그라미는 지금도 넓어져 가고 있었고 바로 지금도 저 멀리 특수아실에서 치욕의 '징표'가 새겨져 가고 있는 것이다. 하지만 버드는 따스한 평안 속에 드러누워 있었다. 그리고 버드는 자신의 내면에서 장애가 극복되어 사라졌음을 깨달았다.

"한 번 더, 이번엔 정상적으로 할까? 나는 공포심을 물리친 것 같은데" 하고 버드가 말했다.

"고마워, 버드. 혹시 수면제가 필요하면 이거 먹고 한밤중이 될 때까지 자자. 그 후에도 여전히 공포심으로부터 자유롭다면."

버드는 동의했고 현재 자신에게 수면제는 필요 없다고 느꼈다.

"넌 나를 위로해 주네" 하고 버드는 솔직히 말했다.

"그렇지, 버드. 넌 이번 일이 시작되고부터 아직 아무에게서도 위로를 받지 못했었잖아? 그건 좋지 않아, 버드. 이럴 때, 한번쯤 과도할 만큼 위로를 받아두지 않으면 용맹심을 발휘해서 혼돈으로부터 벗어나야만 할 때, 텅 빈 껍데기만 남아 있게 되거든."

"용맹심?" 하고 버드는 그 의미를 굳이 생각해 보지도 않고 물었다. "나는 언제 용맹심을 발휘해야만 하는 건데?"

"넌 당연히 용맹심을 발휘해야만 하지, 버드, 앞으로 자주" 하고 히미코가 자연스럽고 진지하게 위엄을 담아 말했다.

버드는 새삼스레 히미코를 그와는 비교가 안 될 만큼 오랜 경험을 쌓아 온 일상생활의 초강자라고 느꼈다. 히미코는 성적인 엑스퍼트일 뿐 아니라 이 현실 세계의 온갖 측면에서 엑스퍼트임이 분명하다. 버드는 자신이 히미코의 영향을 받기 시작했음을 인정했다. 바로 지금 그는 히미코의 도움으로 막 하나의 공포심을 극복한 참이었다. 버드는 성교 후에 이처럼 나이브한 기분으로 여자와 이야기를 나눈 적이 한번이라도 있었던가 하고 생각했다. 아내와의 교섭을 포함하여 성교 후, 버드는 언제나 자기 연민과 혐오감에 사로잡히곤 했다. 버드는 그에 관해 히미코에게 이야기했다.

물론 자기 아내를 직접 언급한 것은 아니지만.

"자기연민? 혐오감? 버드, 넌 성적으로 충분히 성숙해 있지 못했던 것 아냐? 너와 함께 잔 여자들 또한 자기 연민과 혐오감을 느꼈을지도 몰라. 결국 그건 산뜻하고 좋은 성교가 아니었네, 버드."

버드는 선망과 질투를 느꼈다. 한밤중 창밖에서 히미코를 부르고 있던 소년과 달걀귀신 같은 왜소한 신사는 모두 히미코와의 산뜻하고 좋은 성교를 즐겼음이 틀림없다고 버드는 생각했기 때문이다. 그래서 버드가 입을 다물고 있자, 히미코는 이 역시 자연스럽긴 하지만 분명히 언짢은 기색을 담아 이렇게 말했다.

"다른 인간과 성교를 하고 나서 자기 연민에 빠지는 인간만큼 오만하고 허접한 인간은 없어, 버드. 혐오감이라면 또 모르지만."

"그렇지, 하지만 성교 후에 자기 연민에 빠지는 놈은 대개 너 같은 성의 엑스퍼트에게 구조 받을 찬스가 없어서 자신을 잃어버린 거야" 하고 버드가 말했다.

버드는 정신분석가 앞에 놓인 긴 의자에 드러누워 있는 듯한 기분으로 주치의 히미코 앞에 주저 없이 응석 섞인 수다를 늘어놓고서 잠에 빠져들면서, 이런 황금 같은 여자를 아내로 삼고 있던 젊은이가 어째서 자살을 한 것일까 이상하게 생각했다. 수면 바이러스에 잠식되어 둔하고 공허해진 머리, 미지근한 물이 채워진 듯한 버드의 머리에, 히미코는 죽은 청년에 대한 보상을 버드라든가 소년, 계란 같은 얼굴의 신사에게 갚고 있는 것 아닐까? 하는 생각이 떠올랐다. 청년은 이 방에서 더구나 바로 이 침대를 발판삼아 목을 맨 것이다, 바로 지금 여기 누워 있는 버드와 마찬가지 알몸뚱이로. 그날, 히미코에게서 전화로 불려온 버드는 푸줏간 주인이 거대한 냉장고 속의 서리 앉은 튼튼한 걸쇠에서 도살된 소의 살덩이를 내려놓듯이 들보에 매 놓은 로프 매듭에서 죽은 청년을 바닥에 내려놓는 일을 도왔다. 잠에 떨어져 가는 얇은 꿈속에서 버드는 죽은 청년과 자신을 동일시하고 있었다. 그는 깨어 있는 부분에서 땀에 젖은 온몸을 닦아 주고 있는 히미코의 손길을 느끼면서, 꿈속에서는 죽은 청년을 염하고 있는 히미코의 산들산들 부드러운 손의 움직임을 자기 몸 위에서 느끼고 있는 것이다. 나는 죽은 청년이다, 이제부터 본격적으로 시작되는 여름 따위야 손쉽게 견뎌내지, 하고 버드는 생각했다. 죽은 청년은 자신의 몸 그 자체가 겨울나무처럼 차가울 것이니! 그리고 버드는 꿈 밖으로 되돌아 나와 몸서리치며, 하지만 나는 자살하지 않을 테다, 하고 중얼거리고는 좀 더 진하고 보다 깊은 잠의 암흑 속으로 빠져들었다.

……잠에서 깨기 전 버드는 잠들 무렵의 순진한 꿈과는 반대로 고통을 불러오는 가시로 촘촘히 무장한 괴로운 꿈속에 있었다. 그의 잠은 깔때기 모양이다. 넓고 용이한 입구로부터 잠으로 들어갔다가 좁고 어려운 출구에서 잠과 헤어져야만 한다. 버드의 몸은 어슴푸레한 무한공간을 체펠린* 비행선처럼 부풀어 올라 천천히 이동하고 있었다. 버드는 어둠 너머의 심문관들에게 소환당한 것이다. 그리고 버드는 어떻게 하면 심문관들의 눈을 속여 아기의 죽음의 책임에서 벗어날 수 있을까 노심초사하고 있었다. 버드는 결국 자신이 심문관들을 속여 넘기지 못하리라는 것을 느끼고 있었지만 그와 동시에 그건 병원 사람들이 한 짓이라고, 심문관들에

게 상고하고 싶다는 느낌도 있었다. 어쩌면 나는 처벌을 면할 수도 있는 것 아닐까? 그러면서 버드는 점점 더 비열하게 괴로워하며, 볼품없는 체펠린 비행선이라도 되는 듯 떠 있는 것이다.

버드가 눈을 떴다. 버드와는 완전히 몸의 구조가 다른 짐승의 우리 같은 침대 안에서, 그의 근육이란 근육은 모조리 뭉쳐 있었다. 그는 몇 겹의 깁스로 온몸이 뒤덮여 있는 기분이다. 나는 도대체 어디에 있는 걸까, 이 중요한 때에! 하고 버드는 의식이 어렴풋한 안개 속에서 모습을 완전히 드러내기 전에 경계심의 뿔을 날카롭게 들이대며 중얼거렸다. 이런 중요한 때, 괴물 같은 어린아이와 격투를 벌이고 있는 이때. 그리고 버드는 병원의 특수아실에서 의사와 나누었던 대화를 떠올렸다. 위험의 감각이 수치의 감각으로 뒤바뀌었다. 하지만 위험의 감각이 완전히 사라져 버린 것은 아니었다. 그것은 수치심의 감각 안쪽에 들러붙어 있다. 버드는 다시 한 번, "나는 대체 어디 있는 것일까, 이 중요한 때에!" 하고 소리 높여 말하고 그 음성이 공포심이라는 시큼한 초(酢)에 절어 있다는 것을 스스로 알아차렸다. 그리고 버드는 발작이라도 일어난 듯이 머리를 흔들어 대며 그를 둘러싼 흑암의 올가미의 정체를 알아내려다가 일순 기겁을 했다. 그는 완전히 무방비의 알몸뚱이였고 설상가상 그 곁에는 마찬가지로 알몸뚱이 인간이 누워 있었다. 아내일까? 그 괴상한 아기의 비밀조차 털어놓지 않은, 막 출산을 마친 아내와 알몸으로 함께 자고 있다는 걸까? 아아, 도대체 무슨 짓인가? 그는 조심조심 손을 내밀어 벌거벗은 여자의 머리를 만졌다. 그리고 버드가 다른 쪽 손을 여자의 어깨에서 옆구리로 뻗었을 때—큰 몸집에 풍만하고 동물적으로 유연한 몸, 그것은 그의 아내의 속성과는 거의 반대였다—알몸의 여자는 천천히, 하지만 확실하게 버드의 몸에 온몸으로 감겨왔다. 버드의 의식은 완전히 명료해졌고, 그는 애인을 발견하고, 이미 여성적인 것을 금기시하지 않는 그 자신의 욕망을 또한 발견했다. 버드는 이미 팔과 어깨의 통증에 아랑곳없이 곰이 적을 껴안듯이 히미코를 끌어안고 있었다. 여전히 잠들어 있는 히미코는 크고 무거웠다. 버드는 양팔에 천천히 힘을 주었다. 히미코의 윗몸이 버드의 가슴과 배에 눌리자 히미코의 머리는 그의 팔 위에서 위를 향하더니 등 뒤로 젖혀졌다. 버드는 그 얼굴을 깊숙이 들여다보았다. 암흑 속에 뿌옇게 떠오르는 히미코의 얼굴은 애처로울 만큼 앳되게 느껴졌다. 마침내 히미코가 불현듯 눈을 뜨고 버드에게 미소 짓더니 머리를 조금 움직여 버드에게 뜨겁고 메마른 입술을 갖다 댔다. 그들은 그대로 매끄럽게 성행위로 옮아갔다.

"버드, 내 오르가슴 동안 참을 수 있어?" 하고 아직 졸음 섞인 음성으로 히미코가 말했다. 히미코는 임신의 위험에 대비하고 있는 것이다. 그녀는 자신의 성적인 순간을 향해 이미 후퇴할 수 없는 한 걸음을 내딛고 있었다.

"어" 하고 버드는, 태풍이 접근함을 보고 받은 함장이라도 되는 듯이 씩씩하게 긴장하여 대답했다. 그리고 조심하면서도 버드는 몸의 운동에 억제하는 낌새를 섞지 않으려 애썼다. 지금 버드는 그 겨울 한밤중의 목재 창고에서의 비참한 성교를 보상하고 싶다고 생각하고 있었다.

"버드!" 하며 히미코가 암흑 속에서 치켜든 앳된 얼굴에 어울리는 애처러운 신음 소리를 냈다. 버드는 히미코가 그 성교에 그녀만의 독자적인, *genuine*한 무언가를 잡아내는 몇 초 동안 친우의 전투에 함께하고 있는 또 한 사람의 전사처럼 스토익한 자기 억제로 맞섰다. 성적인 순간 뒤 히미코는 실로 오랫동안 온몸으로 전율했다. 그리고 한없이 여성적으로 부드럽고 연약하고 섬세해지더니 마침내 배불리 먹은 새끼동물처럼 콧소리 섞인 탄식을 흘리고는 그대로 잠이 들어 버렸다. 버드는 병아리를 품고 있는 암탉이 된 기분이었다. 그는 자신의 가슴 아래 반쯤 숨어 있는 히미코의 머리에서 풍겨 오는 건강한 땀 냄새를 맡으며 그녀를 누르지 않도록, 꼼짝 않고 자신의 몸의 무게를 팔뚝으로 버티고 있었다. 욕망은 더없이 고조되어 있었지만 버드는 히미코의 자연스런 잠을 방해하고 싶지 않았다. 그는 몇 시간 전부터 그의 머리를 점거하고 있던 여성적인 것에 대한 저주를 완전히 털어 내고 가장 여성적인 현재의 히미코를 모조리 허용하고 있는 것이었다. 그리고 그것을 그의 예민한 성적 파트너는 알아채고 있었다. 버드는 이윽고 히미코가 내는 안정된 숨소리를 들었다. 조심스레 자신의 몸을 떼어 내려다가, 버드는 자신의 페니스에 부드럽고 따스한 악수를 하는 듯한 느낌을 받았다. 히미코가 잠이 든 채, 가벼운 만류책을 시도한 것이다. 버드는 미세하지만 순수한 성적 만족을 맛보았다. 버드는 즐겁게 미소 짓고, 금세 곯아떨어졌다. 버드는 잤다. 잠은 다시 깔때기 모양이었다. 그는 미소와 함께 잠의 바다에 들어갔지만 현실의 육지로 돌아올 무렵에는 다시 숨 막히는 폐색감이 있는 꿈이 버드를 완전히 사로잡고 있었다. 버드는 눈물을 머금고 꿈으로부터 도망쳤다. 버드가 눈을 떴을 때, 히미코 역시 잠이 깨어 불안한 듯 그의 눈물을 들여다보고 있었다.

8

버드가 한 손에 신발을 들고 한 손에는 다섯 개의 자몽을 담은 종이가방을 들고 아내의 병실이 있는 2층으로 올라가는데 의안을 한 젊은 의사가 내려왔다. 그들은 계단의 중간쯤에서 마주쳤다. 버드는 그보다 몇 단 높은 곳에 서서 덮칠 듯이 하며 말을 거는 의안을 한 의사로부터 바닥 깊은 위압감을 느꼈다. 하지만 의사는 어땠어요? 했을 뿐이다.

"살아 있습니다" 하고 버드가 대답했다.

"그래서, 수술을?"

"수술이 가능해지기 전에 쇠약해져 죽는 것 아닐까, 하는 모양입니다만" 하고 버드는 숙인 얼굴이 홍조되는 것을 느끼며 말했다.

"그건 다행이네요" 하고 의안의 의사는 말했다.

버드는 한층 더 얼굴을 붉히며 입술 끝을 떨었다. 버드의 단적인 반응이 의사까지 얼굴을 붉히게 만들었다. 그는 눈길을 돌려 버드의 머리 위를 똑바로 바라보며 말했다.

"사모님께는 신생아의 뇌에 관해서는 이야기하지 않았어요. 내장이 좋지 않다고 해 두었습니다. 뭐, 뇌도 내장임엔 분명하니까 거짓말은 아니지. 완전히 거짓말로 급한 불을 끄려다가는 그 거짓말이 탄로 났을 때 또 다른 거짓말을 해야 하니까!"

"네" 하고 버드는 말했다.

"자, 그럼. 무슨 일이 있으면 언제든지."

버드와 의안을 한 의사는 예의 바르게 머리를 숙이고 서로를 외면한 채 스쳐 지나쳤다. 그건 다행이네요! 하고 버드는 의사의 인사를 되새김질했다. 수술이 가능해지기 전에 쇠약해져서 죽는다. 다시 말하자면 수술 후의 식물인간 아기를 끌어안을 일도 없고, 또 자기 손을 더럽혀 갓난이를 죽일 것도 없고, 그저 아기가 근대적인 병실에서 청결하게 쇠약사하는 것을 기다린다. 더구나 그동안 아기를 잊어버리고 있는 것도 불가능하지는 않다, 그것이 버드가 할 일이다. 그건 다행이네요! 깊고 어두운 수치심의 감각이 되살아나서 그에게 온몸이 굳어지는 듯한 기분을 맛보게 했다. 그와 마주치는, 다양한 색깔의 합성 섬유로 된 잠옷을 입은 임부들이나 막 출산을 마친 여자들, 즉 뱃속에 꿈틀대는 커다란 덩어리를 지닌 사람들과, 그 기억이나 습관으로부터 완전히 벗어나지 못한 이들, 그들과 마찬가지로 버드는 좁은 보폭으로 천천히 걸었다. 버드 역시 머릿속의 자궁에 수치심의 감각으로 꿈틀대는 커다란 덩어리를 임신하고 있다. 버드와 지나치는 여자들은 의미도 없이 오만하게 버드를 바라보고 버드는 그때마다 소심하게 고개를 숙였다. 구급차로 출발하던 버드와 괴상한 갓난아이를 천사의 무리라도 된 듯한 모습으로 배웅하던 여자들. 그녀들은 그 후의 버드의 아들의 경과를 모조리 꿰고 있을지도 모른다는 망상이 버드를 툭 건드렸다. 그리고 그녀들은 복화술사처럼 목구멍 안쪽에서 이렇게 속삭이고 있는지도 모른다. 아아, 그 아기는 지금 능률적인 컨베이어 시스템의 영아 살육 공장에 수용되어 평온하게 쇠약사하고 있는 거구나, 그건 다행이네요!

갓난아이들의 갖가지 울음소리가 회오리바람처럼 버드를 습격했다. 성급하게 주변을 둘러본 버드의 눈은 신생아실에 늘어선 요람 속의 아기들에 가닿았다. 버드는 잰걸음으로 그곳을 도망쳤다. 몇 명의 갓난아이가 버드를 응시하는 듯한 느낌이 들었다.

아내의 병실 문 앞에서 버드는 자신의 손바닥이니 팔, 어깨, 그리고 가슴 언저리를 열심히 냄새 맡아 보았다. 만약 병상에서 후각을 날카롭게 갈아 놓고 기다리고 있던 아내가 거기서 히미코의 냄새를 맡아 내기라도 한다면 버드는 얼마나 어수선하고 복잡한 말썽에 빠지게 될 것일까? 버드가 도망칠 길을 확인해 두기라도 하듯이 돌아보니 잠옷 차림의 젊은 여자들이 어두컴컴한 복도 곳곳에 옹기종기 모여 그 어두움에 저항하여 좀 더 잘 보겠다고 눈살을 찌푸려 가며 버드를 바라보고 있었다. 버드는 언짢은 표정을 지어 보이고 싶어졌지만 그저 소심하게 고개를 저었을 뿐 여자들에게 등을 돌리고 조심조심 문을 두드렸다. 버드는 느닷없는 불운을 만난 젊은 남편을 연기하고 있는 것이다.

버드가 병실에 들어가니, 한창 우거진 푸른 잎이 보이는 창을 등지고 서 있는 장모도, 두 무릎을 세워 두른 담요 위로 족제비처럼 고개를 들고 이쪽을 살피고 있는 아내도 창백하게 빛나는 풍성한 빛 속에서 겁을 먹은 듯한 얼굴을 하고 있었다. 이 두 여자는 놀라거나 슬퍼하거나 할 때면 그 이목구비나 행동거지의 구석구석까지 서로 피가 이어져 있다는 것을 농후하고 확실하게 드러내는군, 하고 버드는 생각했다.

"놀라게 해서 미안합니다. 노크를 하긴 했는데, 너무 살짝 두드려서."

그렇게 장모에게 변명을 해 가며 아내의 침대 맡으로 다가서는 버드를 "아아, 버드" 하고 탄식하듯 말하며 그의 아내는 금세 눈물이 차오르는 쇠약한 눈으로 바라보았다. 지금 그의 아내는 전혀 화장을 하지 않은 피부에 거무스레한 빛이 떠올라 있어 몇 년 전 버드가 처음으로 그녀를 만났을 무렵 경식 테니스 선수였던 때처럼 견고하고 보이시한 느낌이었다. 버드는 아내의 시선 앞에 노출된 자신이 너무나 무방비하게 느껴져 자몽 봉투를 담요 끝에 올려놓고는 숨듯이 몸을 굽혀 침대 밑으로 신발을 치웠다. 그리고 이대로 게처럼 슬금슬금 기어 다니며 이야기를 할 수 있으면 좋을 것을, 하고 원망스럽게 생각해 보고는 억지웃음을 지으며 몸을 일으켰다.

"여어" 하고 버드는 노래라도 하듯이 가벼운 말투로 말했다. "이제 통증은 완전히 없어졌어?"

"아직 주기적으로 아파. 경련하는 것 같은 수축이 시간을 두고 일어나거든. 아프지 않은 동안에도 어쩐지 기분이 안 좋고 웃으면 곧바로 아프고."

"최악이네."

"응, 최악이야, 버드" 하고 그의 아내는 말했다. "아기는 어때?"

"어떠냐고? 그 의안을 한 의사가 설명했잖아?" 하고 버드는 역시 노래하는 듯한 성조를 유지하려 해 가며, 트레이너를 힐끗 바라보는 자신 없는 복서처럼 장모에게 눈길을 던졌다.

장모는 아내의 머리 너머, 침대와 창문 사이의 좁은 틈에 서서 버드에게 비밀스런 신호를 보내느라 정신이 없었다. 버드는 신호의 자세한 내용은 이해할 수 없었다. 다만 그의 아내에게는 아무 말도 하지 말라고 다짐하고 있다는 것만은 확실했다.

"아기가, 무슨 일일까?" 하고 어디까지나 자폐적으로 외톨이의 기분을 담은 음성으로 아내가 말했다.

버드는 의심 암귀에 사로잡힌 아내가 벌써 몇백 번이나 똑같은 말을 똑같은 성조로, 고립무원으로 중얼거리고 있었다는 사실을 깨달았다.

"내장이 나쁜 거야. 의사가 도대체 자세한 건 설명을 해주질 않아. 아직 검사 중인 거겠지. 게다가 대학 부속 병원이라는 게 정말 관료적이거든" 하고 버드는 자신의 거짓말이 풍기는 고약한 냄새를 맡아가며 말했다.

"그렇게 주의 깊게 검사를 해야 한다면 심장일 것 같아. 그런데 어째서 심장이 나쁜 거지?" 하고 아내는 어찌할 바를 모르겠다는 듯이 말해서 버드를 또다시 슬금슬금 기어 다니고 싶은 기분으로 만들었다.

그래서 버드는 일부러 성마른 하이틴 같은 말투로 아내와 장모에게 "전문가가 검사를 해주고 있으니 일단은 그이들한테 맡겨 둡시다. 우리가 근거도 없는 공상을 하고 있어 봤자 별 수 없으니까!" 하고 거친 소리를 뱉었다.

그리고 자신 없는 버드가 켕기는 시선으로 침대를 보니, 아내는 눈을 꼭 감고 있었다. 버드는 눈꺼풀의 살이 빠지고 콧방울은 부풀어 오르고 입술은 어울리지 않게 커진 듯한 아내를 내려다보며 이 얼굴이 다시 일상적인 균형감각을 되찾을 수 있을까 불안해졌다. 아내는 눈을 감고 꼼짝도 하지 않은 채 그대로 잠이 드는 것 같았다. 그러더니 갑자기 감은 눈꺼풀에서 실로 엄청난 양의 눈물이 솟아 흘렀다.

"아기가 태어나는 순간, 나는 간호사가 악! 하고 소리 지르는 걸 들었어. 그러니까 무언가 이상이 있다는 건 알았지. 하지만 그 다음엔 원장 선생님이 기쁜 듯이 웃고 계시는 것 같기도 해서 현실인지 꿈인지 확실치가 않더라구요. 마취에서 깨어났을 때는 이미 아기는 구급차로 출발해 버렸고." 아내는 눈을 감은 채 이야기했다.

그 털북숭이 원장이! 하고 버드는 분노로 목이 메여 생각했다. 그놈은 마취한 환자의 귀에 들릴 정도로 소란스럽게 쿡쿡거리고 웃었던 거야. 그게 놀랐을 때의 그놈 버릇이라면 나는 암흑 속에서 몽둥이를 들고 매복해 있다가 놈이 정말 요란스럽게 쿡쿡거리며 웃게 만들어 줄 테다. 하지만 그것은 어린애 같은 잠시 동안의 격분에 지나지 않았다. 버드는 자신이 어떤 몽둥이도 구하지 않을 것이며 어떤 암흑 속에도 매복하지 않으리라는 사실을 알고 있었다. 버드는 자신이 타인을 규탄하기 위해 기본적으로 필요한 자긍심을 잃어버렸다는 사실을 인정할 수밖에 없었다.

"자몽을 가져왔어" 하고 버드는 용서를 구하듯이 말했다.

"어째서 자몽이야?" 하고 아내가 날을 세웠다. 버드는 단박에 자신의 실수를 깨달았다.

"아아, 맞아, 당신은 자몽 냄새를 싫어하지?" 버드는 자기혐오에 빠져 말했다. "어째서 또 나는 하필이면 자몽을 사 온 거지?"

"당신은 나나 아기에 대해 진심으로 생각해 본 적이 없는 거 아냐? 버드. 당신이 진심으로 생각하고 있는 것은 자기 자신밖에 없잖아. 우린 결혼식 디저트를 정할 때 자몽 때문에 싸웠는데 그걸 잊은 거야?"

버드는 무력감에 빠져 머리를 흔들었다. 그러고 나서 버드는 점점 히스테릭하게 긴장해 가는 아내의 눈을 피해 아내의 머리맡 좁은 구석으로 비집고 들어가서는, 여전히 비밀스런 신호를 보내려 하고 있는 장모를 바라보았다. 버드는 애처롭게 장모에게 구조를 요청했다.

"식료품점에서 과일을 고르면서 자몽이 우리에게 뭔가 특별한 것이라고 느꼈거든요. 그런데 그게 어떤 식으로 특별한 것인지는 생각하지 않고 사 버린 거죠. 이 자몽을 어떻게 하죠?"

버드는 식료품점에 히미코와 둘이서 들어갔던 것이다. 따라서 버드가 느낀 '뭔가 특별한 것'에는 히미코의 존재가 그림자를 드리우고 있었음이 분명하다. 내 생활의 세부에 히미코의 그림자는 이제부터 점점 더 짙어져 갈 것이다, 하고 버드는 생각했다.

"자몽 한 개가 방에 있는 것만으로도 나는 그 냄새에 짜증이 나" 하고 아내는 버드를 계속 몰아붙였다. 버드는 아내가 일찌감치 히미코의 그림자를 눈치 챈 건 아닐까 싶어 불안해졌다.

"그럼 간호사 대기실에 갖다 주고 와요" 하고 장모가 버드에게 새로운 신호를 보내며 말했다. 등 뒤의 창문 하나 가득 무성한 푸른 잎들을 통과한 햇빛을 받아 장모의 퀭하니 들어간 눈과 솟아오른 콧대 옆에는 녹색의 빛무리가 져 있었다. 가까스로 버드는 그 라듐 귀신 같은 장모가 그에게 자몽을 가지고 간호사 대기실에 다녀오는 길에 복도에서 기다리고 있으라는 신호를 보내고 있다는 것을 눈치 챘다.

"다녀올게요, 그런데 간호사 대기실은 아래층인가요?"

"외래 환자 대기실 옆이에요" 하고 장모가 버드를 지켜보며 말했다.

버드는 자몽 봉지를 들고 어두운 복도로 나섰다. 걷고 있는 동안 벌써 그것들이 냄새를 풍기기 시작했고 버드의 가슴과 얼굴을 냄새의 미립자들이 뒤덮어 버리는 듯했다. 자몽 냄새를 맡으면 천식에 걸리는 놈도 분명히 있을 거야, 하고 버드는 생각했다. 그리고 침대에 누워 짜증을 부리는 아내나 가부키 춤 같은 신호를 보내 오는 퀭한 눈에 녹색 빛무리가 진 장모도, 자몽과 천식의 관계에 대해 생각하는 자신도 너나 할 것 없이 모두 하는 짓이 연극 같아, 하고 생각했다. 연극이다, 연극이야, 분유 대신 설탕물을 얻어먹으며 조금씩 쇠약해 가고 있는 머리에 혹을 매단 아기만이 연극이 아니다. 그렇긴 한데, 어째서 그냥 물이 아니라 설탕물인 걸까? 분유를 주지 않을 바에야 그 '대용물'에 어떤 맛을 내든 더더욱 비열한 트릭처럼 되어 갈 뿐 아니겠는가? 버드는 비번인 간호사들에게 자몽 봉지를 건네며 인사를 하려 했지만, 소학생 시절의 말더듬이 버릇이 되돌아온 것인지 갑자기 한마디도 할 수가 없었다. 버드는 어쩔 줄 몰라 하며 잠자코 고개를 숙이고는 잰걸음으로 뒤돌아섰다. 등 뒤에서 간호사들의 명랑한 웃음소리가 터졌다. 연극이야, 연극이라구, 이것저것 할 것 없이 모조리 연극 같고 현실 같지 않아, 왜 그럴까? 버드는 얼굴을 찡그리고 숨 가쁘게 계단을 세 칸씩 올라가, 무심결에 신생아실을 들여다보지 않도록 경계해 가며 그 앞을 통과했다.

주전자를 든 장모가 입원환자의 가족이니 간병인들이 공동으로 사용하는 취사장 앞에서 꽤나 의기양양한 자세로 윗몸을 꼿꼿이 세운 채 버티고 있었다. 버드는 장모에게 다가섰고 장모의 눈가에 이제는 푸른 잎이 반사된 빛무리 대신에 너무나도 초라한 공허의 감각이 있는 것을 보고 섬뜩했다. 그리고 버드는 장모가 의기양양해 있는 것이 아니라, 몸이 지닌 자연스런 부드러움을 잃어버릴 정도로 지치고 절망해 있는 것이라는 사실을 깨달았다. 버드와 장모는 5미터 건너의 아내의 병실 문을 살펴가며 짤막하게 이야기를 주고받았다. 아직 아기가 죽지 않았다는 것을 확인하더니 장모는 버드를 탓하듯이 "빨리 처치해 줄 수 없는 건가요? 만약 재가 아기를 보기라도 했다간 아마 미쳐 버릴 거예요" 하고 말했다.

버드는 위협을 받은 듯 입을 다물었다.

"친척 중에 의사가 있으면 편리를 봐 줄 수 있을 텐데!" 하고 고독한 탄식을 담아 장모가 말했다.

우리는 천민 동맹이다, 비천한 자기 방위자의 리그야, 하고 버드는 생각했다. 하지만 버드는 목소리를 낮추어, 복도 양쪽의 닫힌 도어 하나하나에 호기심에 불타는 귀를 들이대고 벙어리매미 같은 환자들이 붙어 있을지도 모른다고 경계해 가며 보고했다.

"분유의 양을 줄인다거나 분유 대신 설탕물을 주거나 하고 있어요. 조만간 결과가 나올 거라고 담당 의사가 그러던데요."

그때 버드는 장모의 몸을 둘러싸고 있던 독기 같은 것이 말끔히 사라져 버리는 것을 보았다. 물을 채운 주전자는 이미 장모의 팔에 너무 무거운 추처럼 보였다. 장모는 천천히 고개를 끄덕이더니 금세 잠이라도 들어 버릴 듯한 맥없이 가느다란 음성으로 "아아, 그래요, 그렇군요" 하고 말했다. "이일 저일 다 끝나고 나면 아기의 이상에 대해서는 비밀로 해 둡시다."

"네" 하고 버드는 장인에게 이미 이야기했다는 건 밝히지 않은 채 약속했다.

"그렇게 하지 않으면 저 아인 두 번 다시 아이를 낳지 않아요, 버드."

버드는 끄덕였지만 장모에 대한 거의 생리적인 반발은 더해 갈 따름이었다. 장모는 취사장으로 들어갔고 버드 혼자 아내의 병실로 돌아왔다. 이렇게 단순한 책략을 아내가 눈치 채지 않을까? 모든 것이 연극 같아, 게다가 등장인물들은 모조리 기만의 대사만을 말하는 연극이군, 하고 버드는 생각했다.

버드가 다가가자, 아내는 자몽을 둘러싼 히스테리를 잊어버린 표정으로 그를 맞았다. 버드는 아내의 침대 끝에 걸터앉았다.

"너무 여위어 버렸네" 하고 아내는 갑작스레 애틋한 감정을 담아 손바닥을 뻗어 버드의 볼을 만졌다.

"응."

"볼품없는 시궁쥐 같아, 버드" 하고 아내는 방심한 버드에게 한 방 먹였다. "살금살금 구멍 속으로 도망치고 싶어 하는 시궁쥐 비슷해졌어, 버드."

"그런가? 내가 도망치고 싶어 하는 쥐 같다구?" 하고 씁쓸한 기분으로 버드는 말했다.

"어머니는 당신이 다시 술을 마시기 시작한 것 아니냐고 걱정하고 있어, 버드. 당신 식의 끝없이 마시는 방식으로 낮이고 밤이고 언제까지나."

버드는 주야로 취해 있는 감각, 열 오른 머리와 말라 있는 목구멍, 쑤시는 위장, 무거운 몸, 무감각한 손가락, 알코올을 빨아들여 늘어져 있는 뇌의 감각들을 기억해 냈다. 위스키의 벽 뒤에 갇혀 버린 몇 주간의 움막 생활.

"만약 당신이 또다시 마시기 시작했다간 우리 아기가 당신을 필요로 할 때, 당신은 곤드레만드레 정신이 없는 사태가 벌어질 거야, 버드."

"나는 이제 그런 식으로 마셔 대진 않아" 하고 버드가 말했다.

분명히 그는 끔찍한 숙취의 호랑이에게 물려 실패하긴 했지만, 어쨌든 거기서 새로운 알코올의 도움 없이 탈출했던 것이다. 하지만 만일 히미코가 구조해 주지 않았더라면 어땠을까? 그는 다시 몇십 시간이나 이어지는 어둡고 고통스런 표류를 시작해 버리지 않았을까? 그러니 히미코 이야기를 입 밖에 낼 수 없는 버드로서는 위스키의 유혹에 대한 그의 저항력에 관하여 아내와 장모를 설득하는 것이 어려울 수밖에 없다.

"정말 괜찮았으면 좋겠어, 버드. 나에겐 너무나 중요한 때에 당신이 취해 버린다든가, 이상한 꿈에 빠져 있다든가 해서 정말 새처럼 훨훨 날아가 버릴 것같이 느껴질 때가 있거든."

"결혼한 지도 한참 지났는데 아직도 당신은 자기 남편에게 그런 불안을 느끼고 있었단 말야?" 하고 버드는 농담처럼 부드럽게 말했지만, 그의 아내는 그 달콤한 덫에 걸리기는커녕 이렇게 말해서 버드를 동요시켰다.

"당신은 자주 아프리카로 출발하는 꿈을 꾸면서 스와힐리어로 고함을 질러. 나는 그 이야기를 지금까지 하지 않았지만, 당신은 자기 아내나 아이들과 함께 평범한 생활을 하는 것을 실은 바라지 않고 있어, 버드."

버드는 그의 무릎 위에 놓여 있는 여위고 지저분한 아내의 왼쪽 손을 응시하며 입을 다물고 있었다. 그러고 나서 버드는 자신이 잘못한 것은 인정하면서도 꾸중을 듣는 것에는 무력한 저항을 해 보이는 아이처럼 "스와힐리어라지만, 도대체 뭐라고 스와힐리어로 고함을 지르는데?" 하고 물었다.

"기억 못 해, 나도 반쯤 자고 있고, 게다가 나는 스와힐리어를 모르니까."

"그런데, 어떻게 내가 고함치는 말이 스와힐리어인지 알지?"

"그렇게 짐승의 울부짖는 소리 같은 말이 문명권 인간의 언어일 리가 없으니까."

버드는 스와힐리어의 성립에 관한 아내의 오해를 서글프게 생각하면서 잠자코 있었다.

"그저께랑 어제, 당신이 저쪽 병원에 머물고 있다고 엄마가 말했을 때, 나는 당신이 완전히 취해 있거나 어딘가로 도망쳐 버렸거나, 둘 중 하나가 아닐까 의심했어, 버드."

"나는 그런 생각을 할 여유가 없었는데."

"이거 봐, 새빨개졌잖아?"

"화가 나니까 그렇지" 하고 버드는 목소리에 힘을 주어 말했다. "어째서 내가 어딘가로 도망을 친다는 거지? 아기가 막 태어난 판에."

"당신은 내가 임신했다고 알렸을 때, 갖가지 강박 관념의 커다란 개미 떼에 둘러싸였었지? 당신은 진심으로 아기를 원하고 있었어?"

"여하간 그런 것은 다 아기가 회복하고 나서 이야기야. 안 그래?" 하고 버드는 궁지를 벗어나려 시도했다.

"그렇지, 버드. 그리고 아기가 회복할지 어떨지는 당신이 고른 병원과 당신의 노력에 달려 있는 거야. 나는 침대를 떠날 수 없고 아기의 병이 도대체 내장의 어디에 둥지를 튼 것인지조차 알려 주지 않으니까. 나는 당신을 신뢰할 수밖에 없어, 버드."

"응, 신뢰해 줘."

"아기 일로 당신을 신뢰해도 될지 어떨지를 생각하면서 나는 당신을 완전히 알고 있지 못하다고 생각하게 됐어. 당신은 자신을 희생해서라도 아기를 위해 책임을 져 줄 타입이야?" 하고 아내가 말했다. "그러니까 말야, 버드, 당신은 책임을 중시하는 용감한 타입이냐구?"

내가 전쟁에 나간 적이 있는 인간이라면 자신이 용감한 타입인지 그렇지 않은지 확실한 대답을 갖고 있겠지만, 하는 식의 생각을 버드는 자주자주 해 왔다. 싸움을 하기 전에도, 수험 전에도 생각했고 또 결혼 전에조차 생각해 봤었다. 그리고 언제나 자신이 그에 관해 확실한 답을 갖고 있지 않다는 것을 유감스럽게 여겼다. 아프리카의 반 일상적인 풍토에서 자신을 시험해 보고자 했던 것도 그것이 그만의 일종의 전쟁일 수 있을지도 모른다고 생각했기 때문이었다. 하지만 지금 버드는 전쟁을 떠올릴 것도 아프리카로 떠날 필요도 없이 자신이 신뢰하지 못할 비겁한 타입의 인간이라는 사실을 알고 있다는 생각이 들었다.

버드의 침묵을 참지 못한 아내가 그의 무릎 위에서 지저분한 손을 움켜쥐었다. 버드는 그 위에 자신의 손을 얹으려다가 망설였다. 아내의 주먹은 거기 닿았다간 데어 버릴 정도의 뜨거운 적의에 차 있는 것처럼 보였다.

"버드, 당신은 누군가 약한 자를 그 사람에게 가장 중요한 때에 내팽개쳐 버리는 타입 아냐? 당신은 기쿠히코라는 친구를 버렸었지?" 하고 아내는 말하더니 버드의 반응을 관찰하듯이 지쳐서 몽롱해진 눈을 커다랗게 치떴다.

기쿠히코라, 하고 버드는 생각했다. 기쿠히코는 버드가 지방 도시의 불량소년이었던 시절에 언제나 그를 따라다니던 손아래 친구였다. 버드는 기쿠히코를 데리고 이웃 도시로 가서 별난 체험을 했다. 그들은 정신병원에서 도망쳐 나온 광인 하나를 찾아내는 일거리를 맡아 밤새도록 자전거로 시내를 돌아다녔던 것이다. 어린 친구는 마침내 그 일에 싫증을 내어 게으름을 부렸고 병원에서 빌려 온 자전거마저 잃어버렸지만, 버드는 그 도시 사람들에게서 광인의 소문을 듣고는 점차 그 광인의 인격에 매료되어 언제까지나 열심히 찾아다녔다. 광인은 이 현실 세계를 지옥이라고 믿고 있었고 개를 변장한 도깨비라 생각하며 무서워했다. 날이 샐 무렵이면 그를 수색하기 위해 병원의 셰퍼드를 풀어놓을 작정이었지만, 그것들에게 둘러싸였다간 광인은 공포에 질려 죽어 버릴 것이라고 누군가 말했다. 그래서 버드는 날이 샐 때까지 잠시도 쉬지 않고 그를 찾아 다녔던 것이다. 기쿠히코가 수색을 중지하고 그들의 도시로 돌아가자고 끈질기게 졸라 댔을 때, 부아가 치민 버드는 기쿠히코에게 면박을 주었다. 그는 기쿠히코가 CIE*에 있는 동성애자 미국인의 애인이라는 사실을 폭로했던 것이다. 기쿠히코는 혼자서 막차를 타고 돌아가다가, 여전히 광인을 찾기 위해 열심히 자전거 페달을 밟고 있던 버드를 발견하고 창문으로 몸을 내밀더니 이렇게 소리를 질렀다. 울음이 터질 듯한 목소리로,

"버드, 난 정말 무서웠어!"

하지만 버드는 그대로 불쌍한 기쿠히코를 내팽개쳐 두고 그의 광인을 찾아 다녔다. 결국 버드는 지방 도시의 중심에 있던 성산(城山)에서 목을 맨 광인을 발견하고 말았지만 그 경험은 버드에

게 하나의 전기가 되었다. 그날 아침 버드가 광인의 사체를 옮기는 3륜차 보조석에 앉아 예감했던 대로 그는 어린아이의 생활에 작별을 고하고 이듬해 봄에 도쿄의 대학에 들어갔다. 한국에서 전쟁이 벌어지고 있던 시절이어서, 그들은 지방 도시에서 어슬렁거리고 있던 녀석들이 강제로 경찰 예비대에 입대당하여 한국으로 보내진다고 하는 소문에 겁을 먹고 있었다. 내가 그날 밤 팽개쳤던 기쿠히코는 그 후 어떻게 되었을까? 하고 버드는 생각했다. 그의 과거의 흑암으로부터 보잘것없는 옛 친구의 망령이 떠올라 얼핏 인사를 보내온 것 같았다.

"그런데 당신은 왜 뜬금없이 기쿠히코 이야기를 가지고 나를 공격할 생각이 든 거야? 나는 그 무렵 일을 당신한테 이야기했다는 사실조차 잊고 있었는데" 하고 버드가 말했다.

"아들이면 기쿠히코라는 이름을 지을 생각이었으니까" 하고 아내가 말했다.

이름? 그 괴상한 아이가 그런 걸 갖게 된다면, 하고 버드는 겁에 질려 생각했다.

"당신이 아기를 죽게 버려둔다면 나는 당신과 이혼할 것 같아, 버드" 하고 아내가 말했다. 그것은 그녀가 이 침대에 무릎을 세우고 누워 창문 가득 보이는 푸른 잎들을 바라보며 준비해 둔 낱말임이 분명했다.

"이혼? 우린 이혼 안 해."

"이혼을 하지 않더라도 그것에 대해 오랫동안 의논을 하게는 될걸, 버드."

그리고 결국 나는 신뢰할 수 없는 비겁한 인간이라고 판정되어 우울한 부적격 남편으로서의 삶을 살게 되는 것이겠지, 하고 버드는 생각했다. 지금 아기는 그 지나치게 밝은 병실에서 점점 쇠약해져 죽어 가게 되어 있고 나는 그것을 그저 꼼짝 않고 기다리고 있다. 그런데 아내는 내가 아기의 회복을 위해 충분한 책임을 지느냐 그렇지 않느냐에 우리의 결혼 생활의 미래를 걸고 있는 것이니 나는 이미 패배가 정해진 게임을 계속하고 있는 셈이다. 그렇지만 버드는 눈앞의 자기 역할을 하는 수밖에 없다.

"아기가 죽긴 왜 죽어" 하고 버드는 몇 겹으로 안타까운 심정으로 말했다.

그 참에 장모가 홍차를 가지고 돌아왔다. 장모는 복도에서의 심각한 이야기를 카무플라주하려 들었고, 아내는 버드와의 사이에서 일어난 감정을 어머니가 눈치 채지 못하게 하려 했기에 홍차를 마셔 가며 세 사람의 대화는 비로소 일상적인 분위기가 되어 갔다. 버드는 건조한 유머가 되도록 신경을 써 가며 간이 없는 아기와 그 아버지에 관해 이야기했다.

노파심에서 버드는 무성한 가로수 건너편 병원의 창을 돌아보고, 그것들이 모두 나뭇잎으로 가로막혀 있음을 확인하고 나서 새빨간 스포츠카로 다가섰다. 히미코는 침낭에 파묻힌 듯한 모습으로 핸들 아래 몸을 눕히고 나지막한 시트에 머리를 맡기고 잠들어 있었다. 버드는 몸을 굽혀 히미코를 흔들어 깨우면서 지금 자신이 타인들의 포위를 벗어나 참된 가족이 있는 곳으로 돌아왔다는 기분이 들었다. 그는 더없이 무성한 은행나무의, 바람이 스쳐가는 우듬지 언저리를 한 번 더 켕긴다는 듯이 돌아다보았다. 하이, 버드! 하고 미국 여학생 같은 인사를 하더니 MG 속의 히미코는 부스럭부스럭 몸을 일으켜 버드를 위해 조수석 문을 열었다. 버드는 서둘러 올라탔다.

"우선 내 셋방으로 가줄래? 그러고 나서 은행에 들렀다가 아이 병원으로 가기로 하자."

히미코는 차를 출발시키더니 금세 요란스런 배기음을 내며 급격하게 속도를 올렸다. 버드는 몸의 균형을 잃고 시트에 넘어질 듯하면서 그들 부부가 방을 빌려 살고 있는 집으로 가는 길을 일러 주었다. 히미코의 운전 솜씨는 버드에게 배 멀미라도 하는 듯한 느낌이 들게 할 만큼 거칠었다.

"너 정말 잠이 깬 거야? 꿈속의 하이웨이를 날고 있는 것 아냐?" "잠이 깨고말고! 버드. 꿈속에선 너와 성교를 하고 있었어."

"넌 줄창 성교밖에 머리에 떠오르는 게 없니?" 하고 그저 놀라 버드는 말했다.

"어제처럼 근사한 성 교섭이 있은 후엔 그렇지. 그런 일은 드문 법이고, 너와도 그런 긴장이 언제까지 이어질지 모르잖아, 버드. 멋진 성 교섭의 나날을 오래 지속하기 위해서는 어떻게 하면 되는지 알고 싶어. 우리에게도 서로의 알몸을 앞에 두고 하품을 참지 못하게 될 날이 금세 올 거야, 버드."

이제 막 시작했는데! 하고 버드는 말하려 했지만, 히미코의 엄청난 운전으로 MG는 이미 그의 셋방이 있는 집 나무울타리 사이의 자갈을 튕겨 내며 안마당 깊숙이 들어가 있었다.

"5분이면 돌아올 거야. 이번엔 자지 말고 기다려 줘. 5분으로는 그럴듯한 성교의 꿈도 못 꾸겠지?" 하고 버드는 말했다.

버드는 침실로 올라가 히미코의 집에 당분간 머물려면 당장 필요한 것들을 긁어모았다. 아기의 침대는 하얗고 조그만 관처럼 보여서 버드는 그것을 등지고 가방을 꾸렸다. 마지막으로 버드는 아프리카인이 영어로 쓴 소설 한 권을 가방에 넣고 벽에서 아프리카 지도를 떼 내어 조심스레 접어 윗옷 포켓에 넣었다.

버드가 다시 MG에 올라 은행으로 갈 때, 히미코는 눈치 빠르게 버드의 포켓에 있던 지도를 발견하고 "그거, 로드맵?" 하고 물었다.

"응, 그래. 실용 지도야."

"그러면 네가 은행에 있는 동안 너희 아기 병원으로 가는 지름길을 찾아 놓을게, 버드."

"그건 무리야, 이건 아프리카 지도거든" 하고 버드는 말했다. "나는 아프리카 말고는 다른 지역의 실용 지도를 가져본 적이 없어."

"네가 언젠가 정말로 그 실용 지도를 쓸 수 있는 날이 오기를 기도할게" 하고 히미코는 약간은 조롱하듯이 말했다.

대학 부속 병원 앞의 광장에서 다시 MG의 핸들 아래 몸을 밀어 넣고 자기 시작한 히미코를 남겨 두고 버드는 아기의 입원 수속을 하러 갔다. 버드의 아기가 아직 이름이 없다는 것을 두고 말썽이 생겼다. 버드는 창구의 여사무원과 실랑이를 벌인 끝에 마침내

"우리 아이는 지금 죽어 가고 있어요. 벌써 죽어 버렸을지도 모르구요. 그런 아기에게 무엇 때문에 이름을 지어 줘야 한다는 거죠?" 하고 대들듯이 물었다.

여사무원은 볼품없이 당황해하며 양보했다. 그때 버드는 이유도 없이 이미 아기는 쇠약사해 버린 거야, 하고 느꼈다. 그래서 그는 죽은 아기의 해부라든가 화장 수속에 대해 여사무원에게 묻기까지 했다.

하지만 버드를 맞이한 특수아실의 의사는 다음과 같은 말로 단박에 버드를 격퇴했던 것이다.

"자넨 뭘 그리 초조하게 자기 아들의 죽음을 기다리고 있는 건가? 여긴 입원비도 그리 비싸지 않은데. 자넨 건강 보험증도 있잖은가? 어쨌든 자네 아이는 쇠약해지긴 했지만 떡 하니 살아 있다구. 아버지답게 느긋하게 기다리게나, 엉?"

버드는 수첩 한 장을 찢어 내어 히미코 집의 전화번호를 적어 주며, 아기에게 결정적인 일이 일어나면 그리로 전화를 해달라고 부탁했다. 버드는 간호사들을 포함하여 특수아실의 모든 멤버에게 지금 자신이 무언가 께름칙한 존재로 느껴지고 있음을 알았다. 그래서 버드는 보육기 안의 자기 아기를 들여다보는 것도 포기하고 곧장 광장의 스포츠카로 돌아왔다. 차 안에서 자고 있던 히미코 못지않게, 병원 안 그늘을 돌아다니던 버드 역시 땀투성이였다. 그들은 짐승 같은 땀 냄새를 배기가스와 함께 남기며 이 더운 오후에 알몸으로 침대에 누워 아기의 죽음을 알리는 전화를 기다리기 위해 출발했다.

그들은 그날 오후 내내 전화기에 주의를 기울였다. 저녁거리를 사러 나갈 때도 집이 빈 동안 전화가 걸려 올까 봐 버드가 남았다. 저녁을 먹고 나서 그들은 라디오로 소련의 인기 피아니스트의 음악을 들었지만 그것도 전화벨에 신경을 곤두세우고 소리를 죽여 들을 정도였다. 잠이 들고도 버드는 몇 번이나 꿈속에서 환청을 듣고는 눈을 떴고 침대를 빠져나와 확인을 하러 갔다. 수화기를 든 버드에게 의사가 아기의 죽음을 전하는 데까지 꿈의 영역이 확장되는 일도 있었다. 몇 번짼가 잠이 깼을 때, 버드는 자신이 집행유예의 어정쩡한 상태에 있다는 사실을 새삼 느꼈다. 그리고 버드는 자신이 지금 외톨이가 아니라 히미코와 함께 밤을 보내고 있다는 사실에서 뜻밖에도 깊고 강한 위로를 발견했다. 버드가 어른이 되고 나서 그처럼 타인을 필요로 한 것은 이번이 처음이었다.

9

이튿날 아침, 학원에 나가면서 버드는 히미코의 스포츠카를 빌렸다. 재수생들이 우글거리는 학원 마당에서 새빨간 MG는 어쩐지 추문의 냄새가 났다. 버드는 차 열쇠를 주머니에 넣고 나서야 비로소 그것이 신경 쓰이기 시작했고 아기 일이 일어난 후, 자기 의식의 주름들 사이에 몇 군데 결락이 생겼음을 느꼈다. 버드는 차를 동그랗게 둘러싼 학원생들 사이를 무뚝뚝한 얼굴로 통과했다. 강사실에서 버드는 혼혈처럼 어딘가 불균형하게 요란스런 재킷을 입은 왜소한 체격의 외국어 관계 주임에게서 이사장이 그를 만나고 싶어 한다는 전갈을 받았다. 하지만 그 통보도 버드의 의식 속 벌레 먹은 부분으로 가라앉아 버린 까닭에 그가 평정을 잃는 일은 없었다.

“버드, 유(you)는 보기와는 달리 배짱이 좋다고 할까, 뻔뻔스럽다고 할까, 극단적인 데가 있구먼” 하고 주임은 농담처럼 쾌활하게 떠들면서도 날카로운 눈으로 버드를 살피고 있었다.

물론 학생들이 기다리고 있는 교실에 들어갈 때는 버드도 주눅이 들 수밖에 없었다. 오늘 학생들은 그저께 아이들과는 다른 클래스 녀석들이고 학원에서는 클래스들 사이에 횡적인 연결은 없다. 오늘 아이들은 대부분 그 불명예스런 사건을 모를 것이다. 버드는 그렇게 생각하며 스스로를 격려했다. 수업을 하는 동안, 분명히 그 일을 알고 있는 듯한 몇몇 학생들이 눈에 띄었지만 그들은 도내 고등학교에서 온 도회적이고 경박한 녀석들이어서 버드의 실수를 히로익한 부분도 있는 우스꽝스런 짓으로 치부하고 있었다. 그들은 버드와 눈이 마주칠 때면 친밀감을 담아 놀리기라도 하는 듯한 미소를 보내기조차 했다. 물론 버드는 그것을 철저히 무시했다.

버드가 강의를 마치고 교실을 나와 보니, 나선형 계단 내려가는 곳에 한 소년이 기다리고 있었다. 그는 그저께 버드를 변호하여 원망 어린 학원생들의 폭동으로부터 구해 낸 학생이었다. 소년은 다른 교실에서의 수업을 빼먹고 햇볕이 직접 내리쬐는 따가운 나선 계단에서 버드를 기다리고 있었던 것이다. 미소 짓고 있는 소년의 콧등에는 땀방울이 번쩍번쩍 빛나고 있었고 계단에 그냥 주저앉아 있던 그의 푸른 청바지는 말라붙은 진흙으로 더러웠다.

"여어!"

"여어" 하고 버드도 인사했다.

"이사장한테 호출당했죠? 그 멍청이가 정말로 이사장한테 직소를 했거든요. 구토의 증거를 소형 카메라로 찍어서!" 하고 말하더니 소년은 잘 손질된 커다란 치아를 드러내며 어색한 듯 히죽 웃었다.

버드도 미소 지었다. 그 녀석은 언젠가 내 약점을 잡아 고발하기 위해 소형 카메라를 상시 휴대하고 다니기라도 했다는 걸까?

"개는 선생님이 술이 덜 깬 채 교실에 왔다, 라는 식으로 이사장에게 밀고를 했는데요, 우리 대여섯 명이서 술이 덜 깬 게 아니라 체한 것이었다고 증언을 하려구요. 입을 좀 맞춰 두는 게 좋을 것 같아서요" 하고 소년은 점잔을 빼며 교활하게 말했다.

"그건 진짜 술이 안 깬 거였어, 너희가 틀렸어, 그 정의파가 고발한 대로라구" 하고 버드는 말하고 소년의 옆을 빠져나와 나선 계단을 내려가기 시작했다.

소년은 뒤를 따라오며 버드를 설득하듯이 고집을 부렸다.

"그렇지만 선생님, 그런 자백을 했다가는 잘릴걸요. 이사장은 금주동맹 분쿄오구(文京區) 지부장이에요."

"거짓말 마!"

"계절도 계절이고, 급체 정도로 해 두면 어때요? 월급이 적어서 어쩌다 보니 오래된 음식을 먹어 버렸다, 라고."

"술에 취한 걸 숨길 생각 없어. 너희들이 위증을 할 것도 없고."

"흐응, 흥" 하는 식의 건방진 소리를 내더니 소년은 말했다. "여기 그만두고 어디 다른 데로 가는 건가요? 선생님."

버드는 소년을 무시하기로 마음먹었다. 그는 지금 새로운 책략 같은 것을 머릿속에 쑤셔 박을 기분이 아니었다. 그는 극도로 퇴영적이 되어 있었다. 그것도 결락되어 있는 의식의 주름과 관련이 있다.

"그렇다면 당신은 학원 선생 같은 걸 할 필요가 없는 거군요. 그 빨간 스포츠카 봤어요. 이사장도 상자형 MG를 타고 온 선생님을 자르려면 꽤나 버벅 댈 거예요, 우하하!"

버드는 유쾌하게 웃어 대는 소년을 돌아보지 않고 그대로 강사실로 들어갔다. 로커에 분필 상자와 리더를 집어넣으려다가 버드는 자기 앞으로 온 봉투를 발견했다. 슬라브어 연구회 간사를 맡고 있는 친구의 편지. 연구회의 긴급회의에서 델체프 씨에 대한 대책이 정해진 것이리라. 버드는 봉투를 뜯어 안에 든 편지를 읽으려다가 확률을 둘러 싼 학생 시절의 이상한 미신, 무언가 내용을 알 수 없는 두 가지 일을 동시에 만났을 때 한쪽이 불행한 의미를 안고 있으면 다른 한쪽은 행복한 의미를 품고 있을 것이라는 미신이 떠올라 봉투를 그대로 주머니에 넣고 이사장실을 향해 갔다. 이사장과의 이야기가 최악이라고 한다면 버드는 주머니 속 편지에 최상의 기대를 둘 만한 정당한 이유를 얻게 되는 것이다. 버드는 데스크 너머에서 이사장이 얼굴을 드는 것을 보고 한눈에 이 만남이 최악의 결과를 가져올 것이 분명함을 예감했다. 버드는 단념하고 어쨌든 이야기를 하는 동안이나마 기분 좋은 시간으로 만들자고 생각했다.

"성가신 일이 생겨서 말야, 버드. 실은 이쪽도 아주 진저리가 나는구먼" 하고 이사장은 기업 소설 속의 예리한 경영자나 된 듯이 실제적이고도 장중한 태도로 말했다. 그는 아직 30대 중반인데, 흔해빠진 학원을 이 종합적인 대규모 예비 학교 수준으로 바꾸었고 지금은 마침내 단기 대학 설립을 꾀하고 있는 수완가였다. 커다랗고 볼품없는 머리를 빽빽 밀어 올리고 두꺼운 직선에 빗방울 모양의 동그라미 두 개가 매달려 있는 특제 안경을 끼어 용모의 특징을 강조하고 있다. 하지만 그 얄팍한 허세 뒤로 보이는, 뭔가 켕기는 듯한 눈이 버드로 하여금 언제나 어렴풋한 호의를 품게 만들곤 하는 것이다.

"알고 있어요, 그건 제 책임입니다."

"밀고한 학생이 실은 수험생 잡지의 단골 투고가라서 말야. 지겨운 녀석이지. 소란스러워지면 곤란하거든."

"네. 그렇죠." 버드는 조금이라도 빨리 이사장의 마음을 가볍게 해주려고 앞질러 말했다. "여름 방학 특별 강좌도, 가을 이후의 강좌도 그만두겠습니다."

이사장은 과장되게 코를 울려 가며 탄식하더니 구슬프게 분노하고 있는 듯한 표정을 지어 보였다.

"교수님께 죄송하지만" 하고 이사장은 말했다. 버드의 장인에게는 네가 알아서 변명을 해 둬라, 하는 의미겠지.

버드는 고개를 끄덕였다. 그는 지금 바로 이사장실을 나가지 않으면 분명히 자기 속에 부아가 치밀어 오를 것이라 느꼈다.

"게다가, 버드. 자네 일을 체한 거라고 주장하면서 밀고한 놈을 협박하고 있는 놈들이 있다는 거야. 그 학생 말로는 자네가 녀석들을 선동하고 있다는구먼. 내 참 기가 막혀서!"

버드는 미소를 잃고 머리를 흔들어 부정하고는 "자, 그럼 이만" 하고 말했다.

"수고 많았네, 버드" 하고 이사장은 렌즈 너머에서 부어올라 있는 눈에 진한 감정을 담아 너무나 진심이 담긴 음성으로 말했다. "나는 자네 성격이 좋았는데, 정말 유감이야. 한데 정말 숙취였던 건가?"

"네, 숙취였습니다" 하고 버드는 말하고 이사장실을 나왔다.

버드는 강사실을 지나지 않고 관리실을 지나 안마당으로 빠져나오기로 했다. 그는 그때가 되어서야 더없이 부당하게 모욕당한 듯이 음울하게 흥분돼 오는 것을 느꼈다. 노인 잡역부가 이미 버드를 둘러싼 소문을 얻어들은 것인지 "선생님, 그만두시는 거예요? 섭섭하군요!" 하고 말을 걸어왔다. 버드는 관리실에서 인기 있는 강사였다.

"아직 이번 학기까지는 신세를 질 거예요" 하고 버드는 노인 잡역부의 거칠고 주름투성이인 얼굴에 떠오른 표정은 자신에게 과분하다고 겸허하게 생각하며 인사를 했다.

안마당에 세워둔 스포츠카 도어에 걸터앉아, 버드를 백업하기를 마다않는 그 소년이 햇볕과 열기에 어른처럼 얼굴을 찡그리고 그를 기다리고 있었다. 버드가 관리실의, 그것도 뒷문에서 나오는 바람에 소년은 당황하며 일어섰다. 버드는 MG에 올라탔다.

"어땠어요? 체했던 거라고 우겨보셨나요, 선생님?"

"그건 숙취였다니까" 하고 버드가 말했다.

"또, 또!" 하며 소년은 질렸다는 듯 버드를 놀렸다. "선생님은 모가지라니까요!"

버드는 열쇠를 끼워 넣고 시동을 켰다. 버드의 하체는 단박에 찜통에 들어앉은 듯이 땀투성이가 되었다. 핸들 자체가 버드의 손가락을 톡 하고 튕겨 낼 만큼 햇볕에 달아 있었다.

"젠장!" 하고 버드가 욕설을 내뱉었다.

소년은 유쾌하게 소리 내어 웃었다.

"모가지가 되고 나면 어쩔 건데요, 선생님?"

나는 여기서 잘리고 나면 어쩔 작정인 것일까? 아기와 아내의 병원비도 있고, 버드는 생각했다. 하지만 타는 듯한 일광에 노출되어 있는 그의 머리에서는 무엇 하나 그럴듯한 계획 따위 나오지 못하고 그저 엄청난 땀만 배어나올 뿐이었다. 버드는 다시 한 번 지극히 퇴영적인 자신을 막연한 불안감과 함께 발견했다.

"가이드를 하면 어때요? 수험생들이 내는 코 묻은 일본돈 대신 외국인 관광객들의 달러를 잔뜩 긁어내는 거죠!" 하고 소년은 다시 유쾌하게 웃어 가며 말했다.

"자넨 가이드 알선소 같은 곳을 알고 있나?" 하고 버드는 흥미를 느껴 말했다.

"금방 알아내죠, 어디로 보고하러 갈까요?"

"다음 주 수업시간에라도 부탁할게."

"맡겨 두시라니까!" 하고 소년은 흥분하여 쾌활하게 소리쳤다.

버드는 스포츠카를 조심스레 큰길로 끌어냈다. 우선 그 귀찮은 소년을 떼어 내고 나서 버드는 봉투의 편지를 읽을 작정이었다. 하지만 자동차에 가속을 하고 나서 버드는 그 어린애 같은 학원생에게 감사하고 있는 자신을 깨달았다. 해고당한 학원에서 지저분한 진홍의 중고 스포츠카로 나가려는 버드에게 만약 그 소년이 농담 어린 기분을 만들어 주지 않았더라면 그야말로 비참했을 것이다. 그는 분명 동생뻘의 녀석들 덕에 위기를 모면할 팔자인 것이다. 버드는 문득 생각이 미쳐 주유소에 차를 갖다 댔다. 잠깐 생각하고서 하이 옥탄 가솔린을 주문한 후, 그는 학생 시절의 확률 게임에서라면 이미 백 퍼센트 매력적인 뉴스임이 약속되어 있는 편지를 읽었다.

델체프 씨는 공사관의 소환에 불응하고 여전히 신주쿠의 불량소녀와 동거하고 있다. 하지만 델체프 씨가 그의 조국에 대해 정치적인 불만을 가지고 있다든가, 스파이 행위를 꾀한다든가, 망명을 하려 드는 것은 아니다. 그는 그저 한 사람의 일본인 아가씨와 헤어질 수가 없어져 버린 것뿐이다. 당연하게도 공사관 쪽에서 무엇보다 두려워하는 것은 델체프 씨 사건이 정치적으로 이용되는 것이다. 만약 서방 국가 세력이 델체프 씨의 은둔 생활을 재료 삼아 선전 활동을 시작한다면 그것은 상당한 파문을 일으킬 것이 틀림없다. 그래서 공사관 쪽에서는 가능하면 빨리 델체프 씨를 공사관에 수용하여 본국으로 송환하고 싶은 것인데 일본 경찰에 의뢰하면 사건이 표면화될 것이고 공사 관원이 실력을 행사하려 했다가는 제2차 세계대전 중 레지스탕스의 투사였던 델체프 씨가 엄청난 저항을 꾀하여 결국 경찰 신세를 지게 될 게 뻔하다. 그래서 곤혹스러워진 공사관 쪽에서는 델체프 씨가 신뢰하고 있는 일본인 모임인 그들의 슬라브어 연구회에 내밀하게 델체프 씨를 설득해 달라고 의뢰해 온 것이다.

토요일 오후 1시, 버드가 졸업한 대학 앞 레스토랑에서 델체프 씨를 위한 긴급회의를 다시 연다고 친구는 썼다. 그러니 델체프 씨와 가장 친한 버드가 반드시 참석해 주길 바란다고 했다. 토요일이면 모레로군, 출석하자고 버드는 생각했고 편지를 주머니에 넣고 꿀벌이 꿀 냄새를 제 몸 주변에 풍기고 다니듯이, 가솔린의 날카로운 냄새의 아지랑이로 둘러싸여 있는 주유소의 청년에게 요금을 치렀다. 만약 오늘은 그렇다 치고 내일도 모레도 아기의 쇠약사를 통보하는 전화가 걸려오지 않는다면, 그 부질없고 조바심 나는 유예의 시간을 메울 만한 외적인 요건이 나타나는 것은 행운이다. 버드는 이 편지가 역시 매력적이고 좋은 편지였다고 생각하면서 요란스레 배기음을 울려 가면서 주유소를 떠났다.

식료품점에서 버드는 연어 통조림과 맥주를 샀다. 히미코의 집으로 돌아와 차를 세우고 물건 봉지를 안고 현관에 들어서려고 보니 문이 잠겨 있었다. 히미코가 외출을 해버린 걸까? 하고 버드는 생각했다. 그의 머리에 전화벨이 쓸데없이 장시간 울려 대는 광경이 너무나 선명하게 펼쳐졌다. 버드는 파렴치한 분노에 사로잡혔다. 하지만 버드가 확인을 위해 종이봉지를 도어에 기대어 놓고 집 뒤로 돌아가 침실 창문에 대고 불렀을 때, 히미코의 눈이 커튼의 빈틈으로 내다보았다. 버드는 한숨을 내쉬고 땀을 흘려 가며 현관으로 돌아왔다.

"병원에서 연락 있었어?" 하고 버드는 굳어진 표정으로 물었다.

"없었는데, 버드."

빨간 스포츠카를 타고 여름의 도쿄를 돌아다녔던 것이 방대한 행동반경의 헛일이었다는 느낌이 들면서 녹록치 않은 피로라는 게의 날카로운 발이 버드를 사로잡았다. 만약 병원에서 아기의 죽음을 알리는 연락이 와 있었더라면 그의 그날 하루의 행동 모두가 의미를 부여받고 제대로 자리매김되었을 것이라는 듯. 버드는 "넌 어째서 한낮에도 열쇠를 잠가 두는데?" 하고 퉁명스레 물었다.

"그냥 무서우니까. 끔찍하게 불행한 뭔가를 가져오는 유령이 바로 여기까지 와 있는 듯한 느낌이 들거든."

"너한테 유령이?" 하고 버드는 이상하다는 듯 말했다. "너는 지금 어떤 종류의 불행과도 인연이 없을 것 같은데."

"내 남편이 자살한 것은 그리 오래된 일이 아냐, 버드. 불행의 유령에게 사로잡힌 인간이 이 근처에서 너 하나뿐이라고 오만하게 말하고 싶은 거야?"

버드는 호되게 한 방 맞았다. 하지만 히미코는 두 번째 한 방을 먹이는 대신 그에게 등을 돌리고 재빨리 침실로 돌아갔기 때문에 버드는 녹다운을 면했다. 버드는 기름지게 번쩍이고 있는 히미코의 알몸 어깨를 지켜보며 고양이의 배처럼 미지근하고 저항감이 있는 공기가 가라앉은 어두운 거실을 통과했다. 그대로 침실로 들어서려다가 버드는 당황하여 멈춰 섰다. 방 안 가득 차 있는 담배 연기의 밑바닥에 히미코와 마찬가지로 이제 젊음을 잃어 가고 있는 연령의 몸집 큰 여자 하나가 벌거벗은 어깨와 팔을 드러내고 침대에 걸터앉아 있었던 것이다.

"오랜만이야, 버드" 하고 여자는 천하태평으로 쉰 목소리의 인사를 건네 왔다.

"여어." 버드는 당황함을 감추지 못한 채 대답했다.

"혼자서 병원 전화를 기다리고 싶지 않아서 와 달라고 한 거야,

버드.”

“오늘 방송국 일은 없어?” 하고 버드가 물었다.

그녀 역시 버드와 같은 교실에서 공부한 동급생이었다. 그녀는 대학을 졸업하고서 2년쯤을 늘쩡거리며 놀고 지냈다. 버드 대학의 여학생 거의 전부가 그랬듯이 그녀는 자신에게 제공되는 어떤 일터에 대해서도 자신의 재능이 너무 크다고 여겨 그것들을 거부하고 있었던 것이다. 그런 끝에 결국은 2년을 무위(無爲)로 보낸 후, 그녀는 제한된 지역만을 가진 3류 방송국의 프로듀서가 되었다.

“내 담당은 심야 방송이거든, 버드. 목구멍으로 불특정 다수와 교미라도 하는 듯한 놈들의 징그러운 속삭임을 들은 적이 있을 텐데?” 하고 여자 친구는 일부러 잔뜩 무게를 잡은 목소리로 말했다.

그래서 버드는, 용감하게도 그녀를 끌어들인 불운한 방송국에서 벌어졌던 갖가지 스캔들을 기억해 냈고, 거슬러 올라가 대학에서 같은 교실에 있는 동안 몸집이 큰데다가 지나치게 살이 쪄서 눈과 코언저리가 너구리를 닮아 있는 그 동급생에게 자신이 지니고 있던 혐오감까지 확실히 생각이 났다. 버드는 통조림과 맥주가 든 종이 봉지를 텔레비전 위에 올려놓고는 두 사람의 니코틴 중독 여성들에게 미안해하며 “이 자욱한 연기를 어떻게 좀 해보자”고 말했다.

히미코가 주방의 환기창을 열러 갔다. 하지만 그녀의 여자 친구는 연기 때문에 아파 오는 버드의 눈 따위는 아랑곳없이 손톱을 은색으로 칠한 뭉툭한 손가락으로 새 담배에 불을 붙였다. 버드는 은도금을 한 던힐 라이터의 짙은 주황색 불꽃으로, 늘어뜨린 앞머리에 숨겨져 있긴 하지만 여전히 여자치고는 너무 넓은 이마의 깊고 날카로운 주름살과, 꺼멓게 선을 그려 넣은 윗 눈꺼풀을 지나가는 자잘한 경련을 보았다. 버드는 그녀가 맘속에 무언가 응어리를 만들어 가고 있다는 것을 깨닫고 경계했다.

"너희들은 둘 다 더위에 강한 체질이니?"

"아니 약하지, 현기증이 날 것 같아" 하고 히미코의 친구가 우울하게 대답했다. "다만, 친한 친구와 느긋하게 이야기를 하고 있는데 방 안 공기가 제멋대로 움직이는 건 불쾌하니까."

히미코는 텔레비전 위에 있던 종이 봉지에서 맥주를 꺼내 냉장고 제빙기 사이에 끼워 넣고, 통조림을 살펴보며 바지런히 움직였다. 심야 방송의 여자 프로듀서는 그것을 비평적으로 바라보고 있었다. 이 여자는 나와 히미코를 둘러싼 핫뉴스를 엄청난 기세로 유포시키겠구먼, 어쩌면 심야 방송의 전파에조차 실어 보낼지 몰라, 하고 버드는 생각했다.

침실 벽에는 히미코가 버드의 아프리카 실용 지도를 압핀으로 붙여 두었다. 그리고 역시 그가 가방에 넣어 왔던 아프리카인의 소설은 마치 죽은 쥐처럼 바닥에 뒹굴고 있었다. 히미코가 그것을 침대 위에서 읽고 있을 때, 이 친구가 왔을 것이다. 그래서 히미코는 책을 집어 던지고 현관문을 열러 갔고 그대로 버려둔 것이 분명하다. 나의 아프리카 관련 보물들이 이렇게 홀대를 받고 있다니, 이건 불길한 징조로군, 하고 버드는 짜증스레 생각했다. 나는 한평생, 아프리카의 하늘을 볼 일이 없을 거야. 아프리카 여행 자금을 모으긴커녕 나는 매일의 양식을 벌어들일 직장마저 잃어버린 참이다.

"난 학원에서 잘렸어. 여름 방학 특별 강좌부터 줄창 모가지라구" 하고 버드는 히미코에게 말했다.

"그건 또 왜, 버드?"

버드는 할 수 없이 자신의 숙취와 구토, 집요한 정의파의 밀고를 둘러싼 이야기를 했는데 이야기는 점차 질척하고 불쾌한 것이 되어 갔다. 진저리가 난 버드가 서둘러 매듭을 지었다.

"넌 이사장에게 항의를 할 수 있었는데! 체한 거라고 위증을 해주는 학생들이 있었다니까 그 애들이 백업을 해주는 것도 결코 나쁠 게 없었고! 버드, 어째서 그렇게 간단히 해고를 받아들였어?" 히미코가 흥분하여 말했다.

그렇다, 어째서 나는 그렇게 간단히 해고를 받아들인 것일까? 하고 버드는 생각했다. 그때야 비로소 버드는 이제 막 잃어버린 학원 강사 자리에 미련을 느꼈다. 그건 이렇게 반쯤 농담처럼 버려도 좋은 일자리가 아니었다. 게다가 장인에게는 도대체 무어라 보고를 하면 좋단 말인가? 비정상적인 아기가 태어난 날에 만취했고 이튿날엔 그 여파로 해고당할 정도의 실수를 하고 말았다고, 나는 교수에게 털어놓을 수 있을까? 더구나 그 위스키는 교수가 내게 주었던 조니 워커였다고……

"나는 이 세상에서 자신이 정당한 권리를 주장할 수 있는 것은 무엇 하나 남지 않았다, 라는 식으로 느끼고 있었던 거야. 설상가상으로 이사장과의 만남을 가능하면 짧게 끝내 버리고 싶어 안달이 나서 그냥 아무거나 다 받아들였던 거지."

"버드, 지금 너는 자기 아이의 쇠약사를 앉아 기다리고 있고, 그러다 보니 이 세상에 대해 모든 권리를 잃어버렸다고 느낀다는 거지?"라고 여자 프로듀서가 끼어들었다.

히미코는 버드가 빠져 있는 불행에 대해 모조리 친구에게 이야기를 해 버린 것이다.

"아마 그런 거 같아" 하고 버드는 히미코의 경솔함과 여자 프로듀서의 막무가내로 밀고 들어오는 듯한 태도를 짜증스럽게 느끼며 말했다. 버드는 이미 널리 퍼져 버린 스캔들 속의 자신을 쉽게 예상할 수 있었다.

"그런 식으로 이 현실 세계에 아무런 권리도 없다고 느끼는 인간들이 자살을 하는 거야, 버드. 자살하진 마" 하고 히미코가 말했다.

"자살? 무슨 뜬금없이!" 하고 버드는 마음 깊은 곳에서 겁을 먹고 말했다.

"내 남편은 그런 느낌이 들자마자 자살했거든" 하고 히미코가 말했다. "만약, 너까지 이 침실에서 목을 매기라도 했다간 난 스스로를 마녀처럼 느낄 것 같아, 버드."

"자살 같은 건 생각해 본 적도 없는걸" 하고 버드는 힘주어 말했다.

"네 아버지는 자살하셨잖아, 버드?"

"네가 그걸 어떻게 알아?" 하고 버드는 놀라 물었다.

"내 남편이 자살하던 날 밤, 네가 나를 위로하려고 이야기를 해 줬잖아, 버드. 자살 같은 건 너무나 흔해빠진 일이라고 내가 착각하게 만들려고."

"나도 꽤나 당황해 있었나 보네" 하고 버드는 풀이 죽어 말했다.

"넌 아버지께서 자살하기 전에 너를 때렸다는 이야기도 했는걸."

"어떤 이야기?" 하고 여자 프로듀서는 호기심을 드러내며 물었다.

버드가 언짢은 듯 입을 다물어 버렸기 때문에 히미코가 대신 이야기를 전했다. 버드는 여섯 살 때 그의 아버지에게 이렇게 물었었다.

"아빠, 나는 태어나기 백 년 전에 어디 있었어? 죽고 나서 백 년 후엔 어디 있는 거야? 아빠, 죽은 다음에 나는 어떻게 돼?"

젊은 아버지는 아무 말도 없이 다짜고짜 버드를 후려쳤고, 버드는 입 안이 찢어져 피투성이가 되는 대신 죽음의 공포를 잊어버렸다. 그런데 그의 아버지는 그로부터 3개월 후, 제1차 세계대전에서 독일군이 썼던 권총으로 머리를 쏘아 자살해 버렸다.

"내 아이가 쇠약사를 하게 된다면 나는 적어도 한 가지 공포에선 벗어나게 될 거야" 하고 버드는 아버지를 떠올려 가며 말했다. "내 아이가 여섯 살이 되어 같은 질문을 나에게 한다면, 어째야 좋을지 모를 테니까 말야. 나는 일시적으로나마 죽음의 공포를 잊게 할 정도로 호되게 자기 아이 입을 후려치진 못해."

"어쨌든 자살은 하지 말아 줘, 버드."

"끈질기네" 하고, 어렴풋한 빛 속에서 충혈되고 부어올라 있는 히미코의 눈에서 역시 야릇한 빛을 띠어 가고 있다고 느껴지는 자신의 눈길을 돌리며 버드는 말했다.

그러고서 히미코가 입을 다물자, 여자 프로듀서는 기다렸다는 듯이 버드를 향해 이렇게 말했다.

"멀리 떨어진 병원에서 자기 아이가 설탕물만을 투여받으면서 쇠약사해 가는 것을 그저 기다리고만 있다, 라는 상태가 가장 나쁜 것 아냐? 버드. 자기기만 투성이에 불확실하고 불안하고! 그러니까 넌 그렇게 초췌해 있는 거잖아? 버드뿐 아니라 히미코까지 비쩍 말랐어."

"그렇다고 내가 데려다가 죽여 버릴 수도 없잖아" 하고 버드가 저항했다.

"차라리 그렇게 하는 편이, 자기 손을 더럽히는 것이 확실해지는 만큼 자기기만이 없어서 좋을 것 같은데. 그렇게 되면 더 이상 극악한 자신으로부터 도망칠 수 없고 어째서 극악한 인간이 되었는가 하면 그것은 비정상인 아이로부터 자기 부부의 달콤한 생활을 지키고 싶었기 때문이니 에고이즘의 논리는 있는 거잖아. 피비린내 나는 짓은 병원의 타인들에게 완전히 맡겨놓고 본인은 멀리서 갑작스런 불행에 빠진 선인이나 되는 양 점잖은 피해자인 체하고 있으려니까 정신 위생에 나쁜 거지. 그것이 자기기만이라는 것쯤 버드 자신이 알고 있지?"

"자기기만? 그야, 내가 없는 곳에서 아기가 쇠약사하는 것을 초조해하며 기다리고 있는 내가 자신의 손은 전혀 더럽혀지지 않았다고 믿으려 든다면, 그건 자기기만이겠지" 하고 버드는 부정했다. "하지만 나는 아기의 죽음에 책임이 있다는 것을 알고 있거든."

"정말 그럴까? 버드" 하고 여자 프로듀서는 전혀 믿지 않으며 말했다. "아기가 죽어 버리는 순간부터 갖가지 성가신 일들이 네 머리 외부와 내부 모두에 확 덮어씌워져 올걸. 그리고 그건 내 생각엔 자기기만의 대가야. 그때야말로 히미코는 버드가 자살하지 않도록 지키고 있어야겠지만, 버드는 역시 상처입고 있는 버드 부인에게로 돌아갈 것이고."

"내 아내는 내가 아기를 버려두어 죽게 했다가는 이혼에 관해 생각하겠다고 하던걸" 하고 버드는 자조적으로 말했다.

"일단 자기기만이라는 독에 중독된 인간은 그렇게 명쾌하게 처신할 방법을 정하지 못해, 버드" 하고 히미코는 최악의 예언을 덧붙였다. "버드, 넌 이혼하는 대신 열심히 자기변호를 하고 문제점을 유야무야로 만들어 결혼 생활을 추슬러 보려 할 거야. 이혼이라는 결단은 자기기만의 독에 중독되어 버린 너에게는 될 법하지 않은걸, 버드. 그리고 넌 버드 부인에게도 궁극적으로는 신뢰받지 못하고 자기 스스로도 사생활 전체에 기만의 그림자를 발견하면서 마침내는 스스로 붕괴해 버리게 될 거야. 지금 벌써 버드는 자기 붕괴의 징조가 나타나고 있는 것 아냐?"

"막다른 골목이네. 넌 나에겐 더없이 절망적인 미래를 그려 보이고 있어" 하고 버드가 농담처럼 말해 보았지만 뚱보에 덩치 큰 동창생은 심술궂게 정색을 하고 되받아쳤다.

"넌 이미 그야말로 막다른 골목에 있는 거야. 버드."

"하지만 내 아내에게서 비정상적인 아기가 태어난 것은 단순한 우연일 뿐 우리에게 책임은 없어. 그리고 내가 아기를 그 자리에서 눌러 죽여 버릴 만큼 터프한 악한도 아니지만, 아무리 치명적인 증상을 가진 아기라도 의사들을 총동원하고 세심한 주의를 기울여 어떻게든 살려내 보려고 할 정도로 터프한 선인도 아니라고 한다면 나는 아기를 대학 병원에 맡겨두고 자연스런 쇠약사를 선택하는 것 말고 다른 길이 없지. 그러던 끝에 내가 자기기만이라는 질병에 걸려 쥐약을 먹고 막다른 골목으로 뛰어든 시궁쥐처럼 되어 버린다 한들, 그것도 내겐 어쩔 수 없는 일이야."

"그게 아니라 버드, 너는 터프한 악한이나 터프한 선인 둘 중에 하나가 되었어야 했던 거야."

버드는 실내의 새콤달콤한 공기에 알코올 냄새가 숨어 있다는 것을 깨달았다. 버드는 어렴풋한 빛을 통해 보아도 이제는 명백히 붉어져서 안면 신경통에라도 걸린 듯이 여기저기가 실룩실룩하고 있는 여자 친구의 지나치게 커다란 얼굴을 보았다.

"너 취해 있구나, 이제 보니."

"그렇다고 해서 내가 지금까지 이야기한 것들로부터 네가 아무런 상처도 없이 도망칠 수 있을 리는 없겠지?" 하고 여자 친구는 보란 듯이 말했다. "그렇다곤 하지만 버드, 아기가 쇠약사한 후의 자기기만의 앙금 따위는 지금의 네 눈에는 아직 보이지 않을 것이 분명해. 버드가 당면한 최대의 걱정은 어쩌면 이 아이가 쇠약사하지 않고 쑥쑥 자라지나 않을까 하는 거지?"

버드는 심장이 터질 것 같아 다시 한 번 땀투성이가 되었고 자신을 싸움에 진 개새끼처럼 느끼며 한참 동안 꼼짝 않고 입을 다물고 있었다. 그러고 나서 말없이 버드는 냉장고의 맥주를 꺼내러

갔다. 제빙 접시에 직접 닿았던 부분만은 무척 차갑지만 나머지는 미적지근한 맥주병. 단박에 버드는 맥주를 마실 마음이 가셨다. 그래도 맥주와 컵 세 개를 가지고 침실로 돌아와 보니 여자 프로듀서는 거실에 전등을 켜고 거기서 머리와 화장을 고치고 옷을 입으려 하고 있었다. 버드는 거실을 등지고 지저분한 갈색으로 그늘져 보이는 맥주를 자신과 히미코의 컵에 따랐다. 히미코가 거실의 친구를 부르자 그녀는 "난 필요 없어. 이제 방송국에 가야지" 하고 잘라 말했다.

"아직 괜찮잖아?" 하고 히미코가 지나치게 여성적으로, 애교라도 떨듯이 말했다.

"버드가 돌아왔으니 난 없어도 되잖아?" 하고 그 여자는 버드를 암시의 올가미로 꾀어내는 듯한 소리를 했다. 그러더니 직접 버드에게 "나는 그 대학을 함께 졸업한 모든 여자 아이들의 수호신이야, 버드. 어느 누구도 아직 뜻을 이루지 못했으니 나라고 하는 수호신이 필요한 거지. 누군가가 말썽에 휩쓸리겠다 싶을 때마다 내가 찾아와서 힘을 빌려 주지. 버드, 히미코를 너희 부부의 문제에 너무 깊숙이 끌어들이지 마. 나 개인으로서야 네 문제에 동정하고 있긴 하지만."

택시가 있을 만한 곳까지 친구를 바래다주기 위해 히미코가 함께 나가고 나자 버드는 미지근한 맥주 남은 것을 주방 개수대에 버리고 차가운 물로 샤워를 했다. 쏟아져 나오는 물줄기를 맞고 진저리를 쳐 가며, 버드는 초등학교 소풍의 행렬에서 낙오된 데다가 차가운 소나기까지 만났던 때 느꼈던 압도적인 외톨이 기분과

약 오르는 무력감을 떠올렸다. 지금 내 꼬락서니라니, 등껍질이 막 생긴 말캉한 새끼 게나 된 것처럼, 아무리 비열한 놈들이 공격을 해 와도 단박에 굴복해 버리는군. 최악의 컨디션이야, 하고 버드는 생각했다. 아기가 태어나려 하던 밤, 하이틴 깡패들과 싸울 때는 꽤 그럴듯한 저항력을 보일 수 있었건만 지금은 새삼 공포심이 생길 만큼 그 일이 있을 수 없는 기적이었던 듯이 여겨진다. 샤워를 마친 버드는 어쩐지 성욕이 항진되어 알몸 그대로 침대에 드러누웠다. 외부인의 냄새가 사라지고 이 집 구석구석이 다시 독자적인 오래된 냄새를 풍기기 시작하고 있었다. 여기는 히미코의 둥지였다. 히미코는 몸 냄새를 온통 발라 두어 자신의 영토를 확인해 두지 않으면 불안해 견디지 못하는 겁 많은 작은 동물 같았다. 버드는 이미 이 집의 냄새에 익숙해져 버려서 때로는 그것을 자신의 체취라고 느끼기조차 했다. 히미코는 좀처럼 돌아오지 않았다. 샤워로 묵은 땀을 씻어 내고 깨끗해진 버드의 피부에 엄청난 양의 새로운 땀이 솟아나고 있었다. 버드는 게으르게 일어나서 약간은 차가워진 다른 맥주병 하나를 맛보았다.

한 시간 정도 지나 겨우 돌아오더니 히미코는 뿌루퉁한 버드에게 "걔는 질투를 한 거야" 하고 변명했다.

"질투라니?"

"그녀는 우리 친구들 가운데서 제일 불쌍한 사람이야. 그래서 우리들 중 누군가가 함께 자 주기도 하는걸, 버드. 그 애는 그걸 자신이 우리의 수호신이 되는 거라고 믿고 있는 거지."

갓난이를 병원에 내버려 두고 온 이후, 버드의 도덕 감각은 사라졌다. 그는 히미코와 그 여자 친구의 관계에 특별한 충격을 받지는 않았다.

"설령 그것이 질투에서 나온 말이라 하더라도" 하고 버드가 말했다. "나는 그녀가 말한 것들로부터 아무런 상처 없이 도망치진 못해."

10

침대에 엎어져 새끼 악어처럼 머리를 쳐든 버드와 바닥에 그냥 주저앉아 무릎을 감싸 안은 히미코가 심야 최종판 텔레비전 뉴스를 보고 있었다. 이미 더위는 사라지고 그들은 태곳적 동굴 생활자들이나 된 듯이 거의 알몸으로 기분 좋은 서늘함을 맛보고 있는 것이다. 전화벨을 고려하여 텔레비전의 음량을 완전히 줄여 둔 탓에 방에는 벌이 붕붕거리는 날갯소리 정도의 작은 울림이 차 있을 뿐이다. 버드는 그 소리를 의미와 감정을 지닌 인간의 음성으로 듣고 있는 것이 아니었고 브라운관 음영의 중첩에서 의미 있는 형태를 판별하지도 않았다. 그는 지금 의식의 스크린에 확실한 형상을 아로새길 존재를 외부로부터 무엇 하나 선택하려 들지 않고 있는 것이다. 그는 오직 수화(受話) 장치만이 갖추어진 통신기처럼 멀리서 과연 보내올지 어떨지 확실치 않은 호출에 대해 대기하고 있는 것이다. 지금까지 호출은 오지 않았고 대기하는 통신기, 버드는 가사 상태였다. 불현듯 히미코가 무릎에 올려놓았던 아프리카인의 소설, 에이모스 츄츄올라의 『유령 숲에서의 나의 삶』을 바닥에 떨구고 몸을 내밀어 팔을 뻗더니 텔레비전의 음량을 높였다. 그런데도 여전히 버드는 자신의 눈이 보고 있는 화면과 자신의 귀가 듣고 있는 음성으로부터 아무런 자극을 받지 않았다. 버드는 멍하니 텔레비전을 바라본 채 대기하고 있을 뿐이다. 다시 한참이 지나 히미코가 무릎과 한쪽 손을 바닥에 짚고 팔을 뻗더니 스위치를 껐다. 선명하게 타오르는 은백색의 점이 재빨리 후퇴하더니 소멸했다. 그것은 순수하게 추상화된 죽음의 형태다. 날카로운 인상을 받고 버드는 앗 하는 조그맣고 짧은 비명을 질렀다. 지금 내 괴상한 아기가 죽은 건지도 몰라, 하고 그는 느꼈던 것이다. 그는 아침부터 한밤중이 되도록 그저 전화 연락을 기다리면서 빵과 햄과 맥주로 식사를 하고, 히미코와 성교를 되풀이하는 것 말고는 아무것도 하지 않았고—아프리카 지도를 본다든가, 아프리카인의 소설을 읽는 일조차 하지 않았다. 이제는 버드의 아프리카 열이 히미코에게 옮아가 버린 것인지 그녀는 지도와 소설에 빠져 있었다—생각하는 일이라곤 그의 아기의 죽음에 관해서뿐이었다. 그는 명백히 지속적인 퇴행 현상 속에 있었다.

히미코가 무릎을 바닥에 댄 채 돌아보더니 열에 들뜬 눈을 번쩍이며 버드에게 말을 걸었다.

버드는 그녀가 한 말의 의미를 파악하지 못해서 눈썹을 찡그리고 "뭐?" 하고 되물었다.

"핵 폭발물을 사용하는 세계 최종 전쟁이 시작될지도 몰라, 버드."

"그건 또 왜?" 하고 버드는 놀라 물었다. "넌 가끔 너무 뜬금없는 소릴 하더라."

"뜬금없다고?" 이번엔 히미코가 놀라 말했다. "너도 좀 전의 뉴스에 충격을 받은 것 아니었어?"

"어떤 뉴스였지? 나는 텔레비전을 제대로 안 봤거든. 충격을 받은 건 다른 것 때문이었어."

히미코는 순간 비난하듯이 버드를 바라보았지만 금세 버드가 쓸데없이 복선을 깔고 있거나 딴청을 부리는 것이 아니라는 사실을 깨달은 모양이었다. 히미코의 긴장으로 번쩍이던 눈에 그늘이 졌다.

"정신 차려, 버드."

"무슨 뉴스?"

"흐루시초프가 핵실험을 재개했어, 그것도 지금까지의 수폭에 비교할 수 없을 만큼 거대한 폭탄을 실험했나 봐."

"아아, 그런 거였어?" 하고 버드는 말했다.

"별로 인상 깊지 않은 모양이군, 버드."

"글쎄" 하고 버드는 말했다.

"이상해라."

이때야 비로소 버드는 자신이 소비에트의 핵실험 재개에 대해 전혀 특별한 인상을 받지 않았다는 것을 히미코와 마찬가지로 이상하게 여겼다. 게다가 나는 지금 흐루시초프의 핵실험 재개는 차치하고, 핵무기를 사용한 세계대전이 발발했다는 뉴스를 듣는다 해도 전혀 놀랄 것 같지 않아……

"어찌 된 걸까, 정말로 나는 아무것도 느끼질 못했어" 하고 버드가 말했다.

"최근의 넌 정치적인 일에 전혀 무관심?"

버드는 잠시 입을 다물고 숙고해야만 했다.

그러고 나서야 비로소 버드는 "너나 네 죽은 남편 같은 사람들과 함께 자주 시위를 하러 다니던 학생 시절만큼 국제 정세라든가 정부의 태도에 민감하진 않아. 하지만 핵무기에 관해서만은 줄곧 관심을 가져왔고 친구들과 하는 슬라브어 연구회의 유일한 정치 활동이 핵무기 폐지 주장에 참가하는 것이었어. 그러니 흐루시초프가 핵실험을 재개했다고 한다면 충격을 받아 마땅할 텐데 나는 텔레비전을 줄곧 보고 있으면서도 아무것도 느끼질 못했네."

"버드……" 하더니 히미코는 망설였다.

"내 신경이 온통 아기 문제에 쏠려 있어서 다른 것에는 반응하지 않게 되어 버린 느낌이야" 하고 버드도 막연한 불안을 느끼며 말했다.

"맞아, 버드. 넌 오늘 열다섯 시간 동안 내내 아기가 이미 쇠약사했을까 아닐까 하는 소리밖에 안 했어."

"분명 내 머리는 지금 아기의 환영에 점령당해 있어. 나는 아기 이미지의 샘물 속에 잠겨 있는 것 같아."

"정상이 아니네, 버드. 만약 아기가 좀처럼 쇠약사하지 않고 이 상태로 한 백 일쯤 간다면 넌 미쳐 버릴 거야, 버드."

버드는 책망하듯이 험한 눈길로 히미코를 바라보았다. 히미코가 한 말의 정령이 설탕물과 소량의 분유만을 섭취하고 있는 아기에게 시금치를 먹은 뽀빠이 같은 에너지를 불어넣지나 않을까, 라고 하듯이. 아아, 백 일! 2천4백 시간!

“버드, 그런 식으로 아기의 환영에 사로잡혀 있다가는 아기가 죽어 버린 후에도 넌 거기서 도망칠 수 없어지는 거 아냐? 현재 너의 아기에 대한 심리적인 태도는 곤란하지 않을까?” 하고 히미코는 말했다. 그리고 『맥베스』의 대사를 인용하여 영어로 “그런 식으로 생각하기 시작해선 안 되지, 버드, 그런 짓을 했다간 미쳐 버릴 거라구” 라고 했다.

“하지만 나는 지금 아기에 관해 생각하지 않을 수는 없고 아기가 죽고 나서도 이 상태 그대로일지도 몰라. 그건 어쩔 수가 없어” 하고 버드가 말했다. “정말로 나에게 최악인 것은 아기가 쇠약사를 하고 난 후일지도 몰라.”

“지금이라도 병원에 전화를 해서 제대로 된 진한 분유를 주라고 할 수 있잖아” 하고 히미코가 말했다.

“그건 안 돼” 하고 버드는 비명처럼 불쌍하고도 격렬한 소리로 말을 막았다. “너도 내 아이의 머리에 달린 혹을 보면, 그게 왜 안 되는지 납득할 거야!”

히미코는 그와 같은 버드를 응시하며 우울하게 머리를 저었다. 그들은 서로 외면했다. 마침내 히미코가 룸 램프를 끄고 버드 옆으로 기어들어왔다. 이미 하나의 좁은 침대에 두 사람이 나란히 누워도 더위에 시달리지 않아도 될 만큼 서늘해져 있었다. 두 사람은 입을 다문 채 한동안 꼼짝 않고 있었다. 그러고는 히미코가 평소의 성의 달인답지 않게 서툰 몸짓으로 버드에게 매달려 왔다.

버드는 말라 있는 한 줌의 체모를 넓적다리 바깥쪽에 느꼈다. 뜻밖에도 성가시다는 느낌이 그를 스쳐갔다. 버드는 히미코가 그 이상 사지를 움직이지 않고 그녀 자신의 여성적인 잠 속으로 옮겨가 주기를 바랐다. 그러면서 한편 자신이 깨어 있는 동안에는 그녀도 역시 깨어 있어 주기를 간절히 바라기도 했다. 그대로 시간이 흘렀다. 버드도 히미코도 상대방이 분명히 깨어 있다는 것을 느끼면서 그 사실을 감추려 하고 있었다. 그러다가 마침내 히미코가 가사 상태를 견딜 수 없어진 여우만큼이나 갑작스레 "버드, 너 어젯밤에 아기 꿈을 꾸었지?" 하고 기묘하게 들뜬 목소리로 물었다.

"어, 꿨어. 왜?" 하고 버드가 말했다.

"어떤 꿈이야?"

"장소는 달의 로켓 기지였는데 정말로 황량한 바위 위에 아기 바구니가 놓여 있는 거야, 그뿐이었어. 단순한 꿈이지."

"넌 아기처럼 몸을 웅크리고 주먹을 움켜쥐고는 입을 커다랗게 벌리고 응애, 응애, 하고 울더라, 잠이 든 채로."

"괴담이로군, 정상이 아냐!" 하고 버드는 솟아나는 수치심의 온천수에 익사할 것 같아 격분한 듯이 말했다.

"무서웠어, 그대로 네가 원래대로 안 돌아오는 거 아닐까 싶어서."

버드는 어둠 속에서 타는 듯한 뺨을 하고 입을 다물었다. 히미코 역시 꼼짝하지 않았다.

"있잖아, 버드. 이번 일이 이런 식으로 너 개인에 국한된 문제가 아니라 나에게도 공통적으로 연관되는 문제라고 한다면, 나는 좀 더 능숙하게 너를 격려할 수 있었을 텐데" 하고 이윽고 히미코가 버드에게 그가 가위눌린 것에 대해 이야기한 것을 뉘우치는 듯한 가라앉은 음성으로 말했다.

"분명히 이건 나 개인에게 한정된, 완전히 개인적인 체험이야" 하고 버드가 말했다.

"개인적인 체험 중에도 혼자서 그 체험의 동굴을 자꾸 나아가다 보면, 마침내 인간 일반에 관련된 진실의 전망이 열리는 샛길로 나올 수 있는 그런 체험이 있지? 그런 경우, 어쨌든 고통스런 개인에게는 고통 뒤의 열매가 주어지는 것이고. 흑암의 동굴에서 괴로운 경험을 했지만 땅 위로 나올 수가 있음과 동시에 금화 주머니를 손에 넣었던 톰 소여처럼! 그런데 지금 내가 개인적으로 체험하고 있는 고역이란 놈은 다른 어떤 인간 세계로부터도 고립되어 있는 자기 혼자만의 수혈(竪穴)을 절망적으로 깊숙이 파들어 가는 것에 불과해. 같은 암흑 속 동굴에서 고통스레 땀을 흘리지만 나의 체험으로부터는 인간적인 의미의 단 한 조각도 만들어지지 않지. 불모의, 수치스러울 따름인 지긋지긋한 웅덩이 파기야. 나의 톰 소여는 끝없이 깊은 수혈 밑바닥에서 미쳐 버릴지도 몰라."

"내 경험으로는 인간에 관한 한 완전히 불모인 고통이라는 건 없는 것 같아, 버드. 그 사람이 자살하고 나서 바로 나는 매독 공포증에 사로잡혔어. 그럴 위험이 있는 남자와 예방책 없이 같이 자 버렸거든. 나는 꽤 오랫동안 공포에 시달렸지. 그리고 힘든 동안에는 이렇게 불모의, 헛된 노이로제는 없으리라 생각했었고. 하지만 거기서 회복되고 나서는 역시 효과가 있더라고, 버드. 그 후엔 아무리 위험한 인간과 자더라도 그리 오래가는 매독 공포증엔 걸리지 않게 되었으니까!"

히미코는 우스꽝스러운 이야기로 그 일을 털어놓았다. 히미코는 마지막에 짤막하고 소리 없는 웃음마저 덧붙였다. 버드는 그것이 거짓으로 꾸민 명랑함이라 할지라도 히미코가 여하간 그를 격려하려 애쓰고 있다는 것을 느꼈다. 그러면서도 버드는 냉소하는 척 "난 아내가 다음에 또 비정상아를 낳더라도 그리 오래 괴로워하지 않아도 되겠네" 하는 억지소리를 했다.

"그런 뜻으로 한 말이 아니야, 버드" 하고 풀이 죽어 히미코가 말했다. "있잖아, 버드. 난 네가 이번 체험을, 수혈식으로부터 샛길이 있는 동혈(洞穴)식으로 바꿀 수 있었으면 해."

"그건 불가능할걸" 하고 버드가 말했다.

그러자 마침내 히미코는 "맥주와 수면제를 가져올게, 버드. 너도 필요하지?" 하고 말했다.

필요하긴 하지만 버드는 전화벨 소리를 놓치면 안 되는 것이다. 버드는 미련 때문에 가시가 돋쳐 오는 음성으로 "난 없어도 돼. 아침에 입안이 온통 수면제 맛으로 가득한 건 질색이거든" 하고 말했다. 난 없어도 돼, 라고 하는 것만으로 좋았을 것이다. 하지만 버드는 수면제와 맥주에 대한 목이 타는 듯한 욕구를 꺾어 버리기 위해 더 많은 말을 필요로 했다.

"그래?" 하고 히미코는 수면제를 맥주로 넘기며 무자비하게 말했다. "그러고 보니 그건 이가 빠졌을 때 같은 맛이 나지?"

이윽고 히미코가 잠이 들고 나서, 그녀 곁에서 버드는 어깨에서 팔, 옆구리, 배까지 상피병(象皮病)에라도 걸린 듯이 굳어져 언제까지나 깨어 있었다. 버드는 타인의 육체와 한 침대에 누워 있음으로써 자신의 육체가 부당할 만큼 큰 희생을 치르고 있다고 느꼈다. 그는 결혼하고 첫 1년 동안 아내와 한 침대에서 잤던 것을 떠올려 보았지만, 그것은 기억이 잘못된 것처럼 느껴질 정도였다. 버드가 마침내 결심하고 침대에서 내려와 바닥에 그냥 누워 자기로 하고 몸을 일으키려는데, 깊이 잠들어 있던 히미코가 일순 버드가 겁을 먹을 정도로 짐승 같은 신음을 지르고 이를 갈며 엉겨 붙어 왔다. 버드는 다시 한 번 그의 허벅지 바깥쪽을 비비대는 한 줌의 치모를 느꼈다. 히미코의 반쯤 벌린 입술의 깊숙한 안쪽에서 녹슨 금속 같은 냄새가 훅 하고 끼쳐 왔다.

버드는 그대로 몸을 움직일 여유도 없이, 더해 가는 몸의 통증에 절망하면서 부질없이 깨어 있었다. 마침내 버드는 가시 돋친 시기심에 사로잡혔다. 돌연, 그 의사와 간호사들이 실은 아기에게 진한 분유를 시간마다 10리터씩이나 주고 있는 것일지도 몰라, 하는 숨 막히는 의혹이 그를 사로잡았던 것이다. 내가 아기의 쇠약사를 기다리면서 지금 숨어 있는 유예의 독방이란 얼마나 의심스러운 것인가. 버드에겐 아기가 두 개의 머리에 두 개의 붉은 입을 벌리고 농축 분유를 꿀꺽꿀꺽 들이마시고 있는 광경이 보였다. 버드의 온몸 피부에 빈틈없이 뜨거운 소름이 돋았다. 아기를 쇠약사시키는 것에 대한 수치의 감각 쪽 분동(分銅)이 가벼워지고 저울의 반대쪽, 괴상한 아기로부터 위해를 당한다고 하는 피해자 의식

쪽의 분동이 무거워져서 버드를 둘러싼 유예의 심리적 밸런스가 흔들렸다. 버드는 이기적인 불안에 시달리며 땀을 흘렸다. 이제 그는 어둠 속에 떠오르는 가구를 포함하여 아무것도 눈에 들어오지 않았고 자동차가 달려가는 소리를 포함한 어떤 소리도 들리지 않았으며 그저 몸 안으로부터의 열기와 땀방울이 흘러내리는 가려움을 피부에 느낄 뿐인 존재였다. 농약 먹은 벌레처럼 꼼짝 않고 널브러진 채 비릿한 체액만 뿜어내고 있다. 그 의사와 간호사들은 나의 괴상한 아이에게 10리터나 되는 농축 분유를 주고 있는 것이 분명해……

날이 밝아도 버드는 이 수치스런 망상을 히미코에게 이야기할 수 없을 것이다. 심야 방송의 여자 프로듀서가 그를 폄하했듯이, 망상일 뿐이니까. 하지만 버드는 전화 연락을 기다리는 상태를 더 이상 견딜 수 없어 아침나절에 부속 병원의 특수아실로 찾아갈 것이다. 전화벨은 새벽까지 끝내 울리지 않았다. 불면인 채로 맞이하는 새벽이 지나고 여름의 아침햇빛이 커튼 틈에서 새어들기 시작하고도 불안의 타르 웅덩이에 꼼짝 않고 들어앉아 있는 땀투성이 버드의 귀에 환청이 아닌 벨소리는 들려오지 않는다.

의사와 버드는 서로가 부루퉁하여 입을 다문 채 어깨를 맞대고, 수족관에서 문어라도 관찰하듯이 유리 칸막이 너머의 침대를 바라보았다. 버드의 아기는 특별한 처치를 받고 있는 듯한 비밀스런 낌새도 없이 보육기에서 나와 언청이 수술을 받은 아기와 마찬가지로 보통 침대에 혼자 누워 있었다. 버드에겐 그 삶아 낸 새우처럼 새빨간 아기가 쇠약해져 있다고 여겨지지는 않았다. 아기는 약간 커져 있기조차 했다. 따라서 그의 머리에 달린 혹 또한 성장한 듯하다. 아기는 자신의 혹의 무게와 균형을 잡기 위해 확 뒤로 젖혀져 있었고 잘록한 양손을 귀 뒤에 올려놓고 그 엄지손가락 뿌리 부분으로 열심히 머리를 문질러 대고 있었다. 얼굴의 반 정도가 주름투성이가 될 만큼 눈을 꽉 감고서. 아마도 아기는 혹을 긁고 싶은 것이겠지만 거기까지 손이 닿지 않는 것이다.

"머리의 혹이 가려운 걸까요?"

"네?" 하고 의사는 말했다. 그러고 나서 버드의 질문을 알아듣고 "글쎄, 어떨까요? 하긴 혹 아래쪽 피부가 금방이라도 찢어질 것처럼 짓물러 있으니 가려울지도 모르죠. 항생제 주사를 한번 놓긴 했는데 지금은 중단하고 있으니까 조만간 그 부분이 터질지도 모르겠네. 터져 버리면 신생아는 호흡 곤란 상태로 들어가게 되겠죠."

버드는 의사를 바라보며 입을 열려다가 결국은 침묵한 채 침을 삼켰다. 버드는 아버지인 자신이 이 아기의 죽음을 바라고 있다는 것을 의사가 잊어버렸는지 어떤지를 확인하고 싶었던 것이다. 그렇게 하지 않으면 나는 오늘밤 또다시 어제와 같은 의혹에 짓밟히게 될 것이다. 하지만 역시 버드는 침을 삼키는 수밖에 없었다.

"오늘 내일 새에 결정이 나겠죠" 하고 의사가 말했다.

버드는 여전히 귀 언저리에 빨갛고 살진 손을 올려놓고 머리를 비비대고 있는 아기를 지켜보았다. 아기의 귀는 버드의 귀와 똑같이 오그라들어 말려 있었다. 버드는 자기 목소리가 닿는 것을 두려워하고 있는 듯이 속삭이는 음성으로 "잘 부탁드립니다" 하고 말했다.

그리고 버드는 얼굴을 붉힌 채 의사에게 목례를 하고 특수아실을 나섰다. 등 뒤로 문이 닫혔을 때, 이미 버드는 의사에게 자신의 희망을 다시 한 번 강조해 두지 않은 것을 후회하고 있었다. 복도를 걸으면서 버드는 양손을 자기 귀 뒤로 올려 엄지손가락 튀어나온 곳으로 앞머리를 열심히 문질렀다. 문질러 대면서 그는 무거운 추 때문에 머리가 뒤로 당겨지기라도 하듯이 점차 몸을 젖혀 갔다. 마침내 버드는 자신이 머리에 혹을 단 아기의 자세와 몸짓을 무의식중에 흉내 내고 있다는 사실을 깨닫고 멈춰 서서 재빨리 주변을 둘러보았다. 복도 모퉁이의 물 마시는 곳에서 무표정한 임부 두 사람이 이쪽을 바라보고 있었다. 버드는 토악질이 날 것 같아 서둘러 복도를 향해 내달렸다.

버드가 대학가의 음식점 앞을 서행하며 차 세울 곳을 찾고 있는데 눈치 빠르게 그를 발견한 친구가 음식점에서 나왔다. 버드는 겨우 차를 세우고 손목시계를 들여다보았다. 30분 지각이다. 버드가 차에서 내린 곳으로 다가온 친구의 얼굴은 초조감의 곰팡이로 덮여 있었다.

"친구 차야" 하고 버드는 새빨간 스포츠카를 부끄러워하며 변명했다. "늦어서 미안해. 벌써 다들 모였지?"

"아니, 나하고 너뿐이야. 다른 멤버들은 그 왜, 흐루시초프의 핵실험 재개에 항의하는 집회에 나간다고 히비야로 가버렸거든."

“아아, 그런 거야?” 하고 버드는 말했다. 그리고 그는 오늘 아침 그것에 관해 보도한 신문을 히미코가 읽고 있다는 걸 알면서도 전혀 관심이 가지 않았던 사실을 떠올렸다. 나는 지금 온전히 괴상한 아기라는 개인적인 말썽에 사로잡혀서 이 현실 세계에는 등을 돌려 버렸어. 하지만 그럴 수밖에 없는 것이 지구의 운명에 가담하여 항의 집회에 모여 있는 놈들에겐 혹 달린 아기가 들러붙어 있지 않으니까.

짜증이 난 듯한 친구는 쉽사리 납득한 버드를 비난하듯이 힐끗 보더니 “멤버는 다들 델체프 씨와 얽히는 것을 피하고 싶어 해, 그래서 흐루시초프에게 항의하러 간 거라구. 히비야 야외음악당에서 몇만 명이 일제히 고함을 질러 불평을 해대는 정도로는 설마 흐루시초프 씨와 한바탕하게 될 리는 없으니까” 하고 말했다.

버드는 슬라브어 연구회의 다른 멤버들 하나하나를 생각했다. 정말 그들은 진흙탕에 빠져 있는 델체프 씨와 깊이 관련되어선 곤란할 것이다. 그들은 대기업의 무역부에 근무하고 있거나 외무성의 관리이거나 대학 연구실의 조교인 것이다. 델체프 씨 사건이 스캔들이 되어 신문에서 다루어졌을 때, 조금이라도 그와 연관되어 있다는 것을 상사가 눈치 챈다면 손해를 볼 것이 분명하다. 학원 강사에, 더구나 그조차 조만간 잘리게 될 버드만큼 자유로운 인간은 달리 없다.

“그래서 어떻게 할 거야?” 하고 버드는 친구를 채근했다.

“어쩔 도리가 없잖아. 우리 모임으로서야 델체프 씨 설득 의뢰를 공사관에 그대로 되돌려 줄 수밖에 없을 것 같은데.”

"너도 델체프 씨와 관련되고 싶지 않아진 거야?"

버드는 아무런 저의 없이 그저 흥미를 느껴 그렇게 물었을 뿐이건만, 친구는 다짜고짜 모욕이라도 당했다는 듯이 눈이 충혈되어 버드를 쏘아보았다. 버드는 친구가, 델체프 씨 설득 의뢰를 반납한다는 것에 대해 제꺽 찬성하는 버드를 기대하고 있었다는 사실을 깨닫고 놀라움을 느꼈다.

"하지만" 하고 버드는 불쾌하게 입을 다문 친구에게 점잖게 반론했다. "델체프 씨로서는 그나마 우리의 설득에 응하는 것이 마지막 기회잖아? 그게 안 된다면 그냥 표면화되는 수밖에 없는 거 아니었어? 그렇다면 우리가 이 의뢰를 그대로 반납했다간 꿈자리 사나워지지."

"물론 델체프 씨가 우리의 설득을 받아들여 준다면 더 말할 것 없겠지. 하지만 일이 꼬여서 델체프 씨 사건이 스캔들이 된다면 우리는 국제적 문제에 휩쓸리게 되는 거야. 난 아무래도 델체프 씨와 지금 접촉하는 것엔 저항을 느끼는데" 하고 친구는 버드를 외면하며 잡아 놓은 양의 창자 같은 스포츠카 운전석을 들여다본 채 말했다.

버드는 친구가 그에게 더 이상 반박하지 말고 묵인해 주기를 가였을 만큼 적나라하게 암시하고 있다고 느꼈다. 하지만 그는 스캔들이니 국제 문제니 하는 거창한 말들엔 전혀 영향을 받지 않았다. 이미 버드는 괴상한 아기의 스캔들에 목까지 흠뻑 잠겨 있었고 아기를 둘러싼 가정사는 어떤 국제 문제보다도 구체적이고 무겁고 절실하게 버드의 목덜미를 틀어쥐고 있었다. 버드는 델체프 씨가 그의 신변에 숨기고 있을 온갖 함정들의 공포로부터 자유로웠다. 아기 사건 발단 이후 처음으로 버드는 자신이 남들에 비해 확실히 폭넓게 소유하고 있는 일상생활의 여유를 깨닫고 비틀린 우스꽝스러움을 느꼈다.

"슬라브어 연구회가 델체프 씨 설득이라는 의뢰를 반납한다면 나 개인으로 델체프 씨를 만나러 가보고 싶어. 나는 델체프 씨와 친했었고 게다가, 만약 델체프 씨 사건이 표면화되어 내가 스캔들에 휩싸인다 해도 난 별로 곤란할 게 없으니까" 하고 버드는 말했다. 그는 의사의 말이 가져다 준 새로운 유예기간, 이 하루 이틀을 메울 만한 내용이 필요했고 델체프 씨의 은둔 생활을 정말로 보고 싶기도 했다.

친구는 버드 쪽이 부끄러워질 정도로 경박스럽게 순식간에 되살아났다.

"너에게 그런 의지가 있다면 그렇게 해줘! 그게 아마도 최상일 거야" 하고 친구는 열을 올리며 목소리에 힘을 주어 말했다. "실은 내심, 네가 맡아 주면 좋겠다고 생각했었거든. 너 말고 다른 멤버들은 델체프 씨 소문을 듣자마자 바로 도망칠 태세였지만 버드, 너만은 차분하고 초연했으니까 말야. 나는 감탄하고 있었어."

버드는 갑자기 수다스러워진 친구에게 상처를 주지 않도록 온화하게 미소 짓고 있었다. 그는 지금 아기 문제 말고 다른 사건에 대해서라면 자신이 얼마든지 차분하고 초연할 수 있다는 것을 알고 있었다. 그렇다고 해서, 하고 버드는 씁쓸하게 생각했다. 괴상한 아기라는 차꼬를 차고 있지 않은 온 도쿄의 타인들이 나를 부러워할 이유는 없는 거겠지.

"어쨌든 점심은 내가 살게, 버드" 하고 친구는 서둘러 제안했다. "우선 맥주라도 마시자구, 버드."

버드는 끄덕였다. 그들은 음식점을 향해 나란히 걸었다. 버드와 마주 보고 앉으며 종업원에게 맥주를 주문하고 나서 기분이 좋아진 친구가 이렇게 말했다.

"버드, 그 양손 엄지손가락 관절로 머리를 비비대는 버릇은 대학 시절부터 있었던가?"

버드는 술집과 조선요리집 사이에 갈라진 틈처럼 열려 있는 폭 50센티 정도의 골목길로 몸을 비틀어 들어가면서 이 미로에는 또 하나의 출구가 감추어져 있는 것 아닐까 생각했다. 친구가 건네준 지도로는 그곳이 막다른 골목이어서 지금 버드가 들어가는 곳이 이 골목의 유일한 입구였다. 길은 위장과 같은 형태로 되어 있다. 게다가 장으로 이어질 출구가 막혀 버린 위장. 이처럼 폐쇄적인 장소의 막다른 곳이라서 도망 생활자라든가 도망 생활 지원자가 숨어 있으면서 불안을 느끼지 않는 것일까? 델체프 씨는 은신처로서 이런 곳을 골라야만 할 만큼 궁지에 몰린 기분이었던 것일까? 아마도 이미 델체프 씨는 이 막다른 골목에 없을 것이다. 버드는 그렇게 생각하며 마음을 다잡고 골목길 막다른 곳에 있는, 요새로 가는 비밀 통로 같은 아파트 입구에 멈춰 서서 땀으로 범벅이 된 얼굴을 닦았다. 그 골목 전체가 어딘가 그늘져 있었지만 하늘을 올려다보니 격렬한 여름 한낮의 햇볕이 하얗게 가열된 백금의 그물처럼 골목을 뒤덮고 있었다. 버드는 빛나는 하늘을 올려다본 채 눈을 감고 엄지손가락 안쪽으로 가려운 머리를 긁어댔다. 그리고 버드는 튕겨 내듯이 양팔을 떨구고는 젖혔던 머리를 바로 세웠다. 멀리서 여자아이가 미친 듯이 비명을 질러 대고 있었다.

버드는 신발을 벗어 양손에 들고 흙먼지로 거칠거칠한 현관의 짧은 계단을 올라가 건물 속으로 들어섰다. 독방의 도어 같은 문들이 복도 왼쪽에 늘어서 있다. 오른쪽은 벽이다. 잡다한 낙서들이 지저분하다. 버드는 문 번호를 확인해 가며 안쪽으로 들어갔다. 각각의 문 너머로 인간의 기척은 있건만 모든 문이 닫혀 있었다. 이 아파트 주민들은 더위를 어떻게 견디고 있는 것일까? 히미코는 그 선배 격이지만, 이 대도시에는 한낮에도 방문을 닫아걸고 틀어박히는 종족이 어느새 엄청나게 번식한 걸까? 결국 버드는 복도 끝까지 들어가 버렸고 그곳에 안주머니처럼 숨어 있는 좁고 가파른 계단을 발견했다. 그리고 버드가 무심결에 뒤를 돌아보니 아파트 입구에 몸집이 커다란 여자 하나가 떡 버티고 서서 그를 지켜보고 있었다. 여자의 등판이 아파트 밖에서 오는 빛을 온통 차단하고 있는 통에 복도도 그녀 자신도 시커멓게 그늘져 있었다.

"당신, 뭐 하고 있는 거야?" 하고 커다란 여자가 개라도 쫓는 듯한 몸짓으로 말을 걸어 왔다.

"외국인 친구를 찾아왔는데요" 하고 버드는 기어들어가는 소리로 대답했다.

"미국인?"

"젊은 일본 아가씨와 살고 있는……"

"아아, 그 미국인은 2층 맨 앞방이야" 하고 그녀는 말하더니 재빨리 사라져 버렸다.

만약 그 '미국인'이 델체프 씨라면, 그 커다란 여자는 그에게 호감을 갖고 있는 것이다. 그래도 버드는 흰 나무계단을 올라가며 반신반의했다. 하지만 극도로 비좁은 계단 끝 공간에서 방향을 바꾸자마자 버드는 의아한 눈빛이긴 하지만 양팔을 기세 좋게 들어 올리고 그를 맞이하는 델체프 씨를 발견한 것이었다. 버드는 뜻밖의 기쁨을 맛보았다. 이 아파트에서 델체프 씨만이 문을 열어 놓고 더위를 쫓으려 궁리하고 있는 건전한 생활 감각의 소유자였던 것이다.

버드는 복도 벽에 자기 신발을 세워놓고, 방에서 복도로 반신을 내밀고 미소 짓고 있는 델체프 씨와 악수를 나누었다. 델체프 씨는 마라톤 선수처럼 푸른색 반바지와 러닝셔츠만 입고 있었다. 붉은 머리카락을 짧게 자른 대신 역시 붉은색의 수염을 더부룩하게 기르고 있는 델체프 씨에게서 버드는 도망 생활자로서의 어떤 낌새도 발견할 수 없었다. 다만 이 아파트에 틀어박힌 후 목욕할 기회가 없었던 것이리라. 조그만 델체프 씨가 곰 같은 몸집의 사내만큼이나 지독한 체취를 풍기고 있었다. 버드와 델체프 씨는 빈약한 영어로 서로 인사를 나누었다. 델체프 씨는 자기 여자 친구가 미장원에 갔다고 말했다. 델체프 씨는 다다미가 깔려 있는 실내로 버드를 들어오라고 했지만 버드는 발이 더럽다는 핑계로 거절하고 복도에 선 채 이야기를 마치기로 했다. 버드는 그의 방에 오래

머물게 될까 두려웠다. 델체프 씨의 방을 들여다보니 가구라곤 하나도 없었고 방 안쪽으로 창문이 하나 열려 있었지만 그것은 20센티미터 뒤에서 견고한 판자벽으로 막혀 있었다. 아마도 그 너머에, 이쪽 창에서 들여다보아서는 안 될 타인의 사생활이 영위되고 있는 것이리라.

"델체프 씨, 당신 나라의 공사관에서 시급히 돌아와 달라고 합니다" 하고 버드는 단도직입적으로 설득을 시작했다.

"난 돌아가지 않아요, 여자 친구가 나더러 있어 달라고 하니까요" 하고 델체프 씨는 미소 지은 채 대답했다.

버드와 델체프 씨의 빈곤하고 생경한 어휘의 영어가 그들의 문답을 게임 같은 인상으로 만들고 있었다. 그들은 서로가 불필요하게 사태를 긴박하게 만드는 감정을 섞지 않고, 그러면서 참으로 군더더기 없는 문답을 할 수 있었다.

"저는 마지막 사자(使者)랍니다. 다음번엔 당신 나라의 공사관 사람이나 심하면 일본 경찰이 옵니다."

"일본 경찰은 아무것도 못 하겠죠, 나는 외교관이니까."

"그런가요? 하지만 공사관 사람이 당신을 데려가려고 오는 사태가 벌어지면 당신은 본국 송환이 될 수밖에 없잖아요?"

"네, 그건 예상하고 있어요. 제가 말썽을 일으켰으니 좌천당하거나 외교관직을 잃게 되겠지요."

"그러니, 델체프 씨, 아직 스캔들이 되기 전에 공사관으로 돌아가시면 어때요?"

"저는 안 돌아갑니다. 여자 친구가 저한테 있어 주길 바라니까요.” 짙은 미소를 띠고 델체프 씨는 말했다.

“정치적인 이유가 아니라 정말로 당신은 여자 친구의 감정적인 이유만으로 여기 숨어 있는 것인가요?”

“그렇습니다.”

“당신은 참 이상한 사람이군요, 델체프 씨.”

“뭐가 이상한가요?”

“당신 여자 친구는 영어를 못 하죠?”

“우린 언제나 말없이 이해합니다.”

버드는 점차 애달픈 슬픔의 싹을 키워 갔다.

“어쨌든, 이제 내가 보고하면 금세라도 공사관 사람들이 당신을 데리러 올 거예요.”

“내 의지에 반하여 데려가는 것이니 어쩔 수 없죠. 여자 친구는 그걸 이해할 거예요.”

버드는 조그맣게 머리를 저어서 자신의 역할을 단념했음을 보여 주었다. 델체프 씨의 붉은 수염 주변에 있는 붉은 금색의 섬세한 체모에 땀방울들이 매달려 빛나며 흔들리고 있었다. 그러고 보니 눈에 보이는 델체프 씨의 온몸의 체모에 땀방울들이 잔뜩 달라붙어 있었다.

“그럼 저는 그렇게 보고하겠습니다” 하고 버드는 말하며 구두를 집어 들려고 몸을 구부렸다.

“버드, 자네 아기가 태어났나?” 하고 델체프 씨가 말했다.

“태어났습니다. 하지만 장애아여서 난 지금 아기가 쇠약사하기를 기다리고 있는 참이죠” 하고 버드는 왠지 고백하고 싶은 충동에 싸여 말했다. "머리가 두 개 달린 것처럼 보일 정도로 지독한 증상의 뇌 헤르니아랍니다."

"어째서 수술을 하지 않고 쇠약사하기를 기다리는 거지?" 하고 델체프 씨가 미소를 거두더니 용맹해 보일 정도로 남자답고 결연한 표정을 지으며 말했다.

"내 아이가 수술을 받아 정상적으로 자랄 가능성은 백분의 일도 안 돼요" 하고 버드는 당황하며 말했다.

"카프카가 아버지에게 쓴 편지에 있는 말이지만, 아이에 대해 부모가 할 수 있는 일은 찾아오는 아기를 맞아들이는 것뿐이랍니다. 자네는 아기를 맞아주는 대신 그를 거부하고 있는 건가요? 아버지라고 해서 타인의 생명을 거부하는 에고이즘이 허용되는 걸까?"

버드는 이미 그의 새로운 버릇이 되어 버린 격렬한 홍조를 눈과 뺨에 드러낸 채 잠자코 있었다. 이미 델체프 씨는 심각한 곤경에 빠져 있으면서도 유머러스한 평상심을 간직하고 있는, 붉은 수염의 별난 외국인이 아니었다. 버드는 자신을 비난하는 뜻밖의 복병을 만난 기분이었다. 버드는 자신에게 강요하여 억지로 항변을 하려다가, 돌연 자신에겐 델체프 씨에게 답할 만한 아무런 말도 없다고 느껴져 풀이 죽었다.

"아아, 이 가엾은 작은 자(this poor little thing)!" 하고 델체프 씨가 속삭이듯이 말해서 버드가 움찔하며 얼굴을 들었는데, 델체프 씨가 말한 것은 아기가 아니라 버드 자신이었다. 버드는 그저 침묵한 채 델체프 씨가 그를 놓아 주기를 기다렸다.

그러고 나서 버드가 델체프 씨에게 겨우 작별을 고하자, 델체프 씨는 버드에게 자기나라 말을 영어로 찾을 수 있는 조그만 사전을 주었다. 버드는 델체프 씨에게 사전 표지에 사인을 해달라고 부탁했다. 델체프 씨가 발칸 반도에 있는 고국의 낱말 하나를 적더니 그 아래 사인을 하고는 "이 단어는 희망이라는 뜻입니다" 하고 말했다.

아파트를 나선 버드는 골목의 가장 좁은 곳에서 자그만 젊은 아가씨와 어색하게 스쳐 지나갔다. 버드는 막 손질한 머리 내음을 맡았고 비정상적일 만큼 창백한 아가씨의 숙인 목덜미를 보고는 말을 걸려다가 그만 두었다. 이 가엾은 작은 자(this poor little thing). 버드는 현기증이 날 정도의 햇빛 아래로 나와 단박에 땀투성이가 되어 가며, 히미코의 MG를 두고 온 백화점 주차장을 향해 도망치는 자처럼 내달렸다. 그 시각에 달리고 있는 남자는 거리에 버드 하나뿐이었다.

11

일요일, 버드가 눈을 떠 보니 뜻밖에도 그의 주변에 빛과 새로운 공기가 가득 차 있었다. 활짝 열린 침실 창문으로 바람이 흘러들어 빛과 함께 거실 쪽으로 밀려간다. 그 거실에서는 진공청소기의 슈욱슈욱 하는 소리가 울리고 있었다. 이 집의 저녁 무렵에만 익숙해 있던 버드는 지나치게 밝은 빛 속에서 자신의 몸이 수치스럽게 느껴졌다. 히미코가 침실로 쳐들어와 벌거벗은 그를 놀리거나 하기 전에 버드는 허둥지둥 바지와 셔츠를 입고는 거실로 나갔다.

"잘 잤어? 버드" 하고 움직이는 쥐를 막대기로 잡으려고 하는 것 같은 몸짓으로 진공청소기를 다루고 있던, 터번을 두른 히미코가 상기되어 어린아이 같은 느낌으로 돌아간 얼굴로 돌아보며 말했다. "시아버지가 찾아왔어, 버드. 청소가 끝날 때까지 한 바퀴 돌고 오겠대."

"그럼, 난 나갈게."

"왜 도망쳐? 버드." 날카롭게 반발하며 히미코가 말했다.

"나는 여기서 은둔자 생활을 하고 있는 것 같은 기분이거든. 은신처에서 낯선 인물에게 소개된다는 것도 기묘한 것 같아서."

"시아버지는 내가 가끔 남자 친구들을 재워주는 걸 알고 있어. 그리고 그런 건 별로 신경 안 쓰고. 그런데 그 남자 친구 하나가 아침부터 허둥지둥 도망치는 것 같으면 오히려 그게 마음에 걸릴 것 같은데" 하고 굳은 표정을 풀지 않은 채 히미코가 불만스럽게 말했다.

"OK, 그렇다면 면도라도 할게" 하고 버드는 말하고 침실로 돌아왔다.

버드는 히미코가 지금 보였던 반발에 충격을 받았다. 버드는 히미코의 집을 찾아온 이후 언제나 자기 본위로 행동했고 자기 스스로에게만 집착하여, 히미코를 자신의 의식 세계의 세포 하나 정도로밖에 느끼지 않았던 듯하다. 나는 어째서 이유도 없이 그런 식의 절대적인 권리를 확신하고 있었던 것일까? 나는 개인적인 불행의 번데기가 되어 불행의 고치 안쪽의 일밖에는 안중에 없었고 번데기로서의 특권을 의심조차 하지 않았다……

버드는 수염을 다 깎고는 김 서린 작은 거울 속에서 개인적 불행의 누에, 그 창백하고 멀뚱해 보이는 얼굴을 슬쩍 들여다보았다. 버드는 자신의 얼굴이 쪼그라들어 작아져 버렸다는 사실을 깨달았다. 그건 단지 약간 여위어서만은 아닌 것 같았다.

"나는 네 집에 갑자기 쳐들어와서 완전히 자기중심적으로 지내면서 그걸 부자연스럽다고 생각하지도 않고 있었어" 하고 버드는 거실로 나가 히미코에게 말했다.

"사과하는 거야?" 하고 히미코는 완전히 유순한 표정으로 돌아가 버드를 놀렸다.

"생각해 보면 나에겐 네 침대에서 자고 네가 만든 음식을 먹고 게다가 너를 구속할 수 있는 정당한 이유 같은 것은 하나도 없는데 네 집에서 정말 편하게 지냈어."

"나가는 거야? 버드" 하고 불안한 듯이 히미코가 말했다.

버드는 히미코를 응시하며 이렇게 자신에게 딱 맞는 타인을 이곳 말고 다른 장소에서 다시 만날 일은 없으리라는 운명론 비슷한 것에 사로잡혔다. 버드는 미련이 남아 괴로웠다.

"언젠가 나간다 하더라도 아직은 나가지 마, 버드."

버드는 침실로 돌아가 침대에 드러누워 맞잡은 양손 위에 머리를 올려놓고 눈을 감았다. 그는 히미코에게 감사하고 싶은 기분이었다.

마침내 히미코와 그녀의 시아버지, 그리고 버드는 깔끔해진 거실 테이블을 둘러싸고 앉아 아프리카 신흥국 지도자에 관한 소문이니 스와힐리어의 문법 이야기를 나누었다. 히미코는 시아버지에게 보여 주려고 아프리카 새 지도를 침실 벽에서 떼어다가 테이블 위에 펼쳐놓았다.

"히미코와 함께 아프리카로 가면 좋잖아요? 이 집과 토지를 팔면 비용은 나올 텐데" 하고 히미코의 시아버지가 말했다.

"맞아, 나쁘지 않네" 하고 히미코가 시험하듯 버드를 바라보며 말했다. "아프리카를 여행하고 있는 동안은 아기의 불행에 관해 잊을 수가 있을 거야, 버드. 그리고 나는 자살한 남편을 잊을 수 있고."

"그렇지, 그래. 그게 중요한 거니까!" 하고 히미코의 시아버지는 힘주어 말했다. "둘이서 아프리카로 떠나 버리면 되는 거 아닌가요?"

버드는 너무나 격렬하게 깊은 곳에서 그 제안에 동요되었기 때문에 한심하게도 당황하며 "그건 안 돼죠, 그건 안 돼요" 하고 부질없는 한숨과 함께 말했다.

"어째서?" 하고 대들 듯이 히미코가 물었다.

"아기의 쇠약사를 아프리카에서 자연스레 잊어버린다, 라는 것은 지나치게 그럴듯한 이야기니까! 난 그런 짓은 못 해!" 하고 버드는 얼굴을 붉히고 더듬거리며 말했다.

"버드는 도덕적으로 엄격한 청년이죠" 하고 히미코가 조롱하듯 말했다.

버드는 더욱 얼굴이 붉어져 히미코를 비난하는 표정이 되었다. 기실, 그의 내심에선 이렇게 생각하고 있었던 것이다. 만일 히미코의 시아버지가 나에게, 자살한 남편의 환영으로부터 히미코를 구해 낸다고 하는 도덕적인 목적으로 아프리카 여행을 받아들여 주지 않겠어요? 하고 말을 꺼냈더라면, 나는 펄펄 끓는 물을 부은 고형 수프처럼 녹아 버릴 거야. 그리고 나는 이 달콤하고 맛있는 기만의 여행에 서둘러 자신을 풀어놓을 것이다. 버드는 시아버지의 그 말을 두려워하며 동시에 열망하고 있는, 뻔뻔스럽고 욕심 많은 자신을 어두운 구덩이에라도 숨기고 싶다고 생각했다. 한순간이 지나고 히미코의 눈에 확실한 각성의 빛이 반짝이는 것을 버드는 보았다.

"한 주일만 지나면 버드는 부인에게로 돌아갈 거예요" 하고 히미코가 말했다.

"저런, 실례" 하고 히미코의 시아버지는 말했다. "하지만 히미코가 이렇게 생기발랄한 것은 아들이 죽고 나서 처음이다 보니 그런 생각을 했던 거랍니다. 화내지 마세요."

버드는 미심쩍은 듯이 히미코의 시아버지를 응시했다. 그의 머리는 짧고 완전히 벗겨져서 후두부의 햇볕에 탄 피부가 그대로 목에서 어깨까지 이어져 어디까지가 머리인지 확실치가 않다. 그렇게 강치를 연상시키는 머리에 살짝 탁한 눈이 온화하게 자리 잡고 있다. 히미코의 시아버지가 어떤 타입의 인간인지 버드는 전혀 실마리를 잡을 수 없었다. 버드는 잠자코 경계하면서 애매한 미소를 지었고 점차 가슴에서 목으로 답답하게 끓어 올라오는 수치스런 실망감이 눈에 띄지 않도록 노력했다.

한밤중, 찌는 듯이 더운 어둠 속에서 그야말로 게으름뱅이들처럼 서로가 가장 부담스럽지 않은 자세로 버드와 그녀는 한 시간씩이나 성교를 계속하고 있었다. 교미하는 짐승들처럼 그들은 침묵한 채였다. 처음엔 짧은 간격을 두고, 그리고 점점 느긋한 기다림을 거쳐 히미코는 오르가슴 속으로 비약했다. 그때마다 버드는 해질 무렵, 지방 도시 소학교의 운동장에서 가솔린 엔진을 단 모형비행기를 날리고 있던 시절의 감정을 떠올렸다. 버드의 몸을 축으로 하여 원주를 그리며 히미코가 오르가슴의 하늘로 비상해 간다. 너무 무거운 엔진의 부담으로 힘들어하는 모형 비행기처럼 몸을 떨며 조그만 비명을 연속적으로 발해 가면서. 그리고 다시 히미코가 버드가 서 있는 그라운드로 내려오면 묵묵히 참을성 있는 반복 운동의 시간이 되살아난다. 그들의 성교에는 이미 일상생활의 정일함과 질서 감각이 뿌리내려 있어서 버드는 히미코와 벌써 한 백 년이나 성교를 해 온 듯한 느낌이었다. 버드에게 있어서 이제 히미코의 성기는 단순하고 확실하며 그곳엔 어떤 미세한 공포의 배아도 숨어 있지 않았다. 그것은 '무언가 정체를 알 수 없는 것' 이 아니라 부드러운 합성수지로 만든 주머니처럼 단순한 물건, 그 자체였다. 거기서 요괴가 나타나 그를 못살게 구는 일 따위는 있을 수 없으리라. 버드는 깊이 안도하고 있었다. 아마도 그것은 히미코가 철저하고 노골적으로 쾌락만을 꾀하는 것으로 그들의 성교를 한정했기 때문이었다. 버드는 서로 멈칫멈칫해 가며 언제까지나 위험하게 느껴지던 아내와의 성교에 관해 생각했다. 결혼한 지 몇 년이 지난 지금도 버드 부부는 성교를 할 때마다 우울한 심리적 충돌을 되풀이했다. 버드의 지나치게 길고 둔한 팔다리가, 혐오감을 극복하기 위해 위축되고 굳어 있는 아내의 몸 이곳저곳에 부딪힐 때마다 그녀는 얻어맞기라도 한 듯한 인상을 받는 것이다. 예외 없이 아내는 화를 내며 버드를 비난하고 자기도 때리려 들기조차 한다. 결국 버드는 자잘한 싸움에 말려들어 성교를 중지하고, 촉발되긴 했으나 충족되지 못한 욕망의 뿔을 삐죽삐죽 들이미는 실랑이를 한밤중까지 이어가거나, 구걸이라도 하듯이 비참한 기분으로 허겁지겁 끝내거나 하는 수밖에 없었다. 버드는 그들 부부의 성생활이 변혁될 희망을 이번 출산 이후에 걸고 있었건만……

히미코는 오르가슴의 하늘을 선회하면서 젖을 짜는 듯한 손의 움직임으로 버드의 성기를 반복하여 압박했기 때문에 버드는 히미코의 임의의 오르가슴을 골라 그것을 자신의 오르가슴의 기회로 삼을 수가 있었다. 하지만 버드는 성교 후의 긴 밤의 이미지에 겁을 먹고는 자기도 모르게 거기서 되돌아서 버리곤 하는 것이었다. 버드는 오르가슴으로 가는 완만한 상승이 가져오는 더없이 감미로운 잠을 막연히 꿈꾸고 있었다.

히미코는 몇 번째인가의 오르가슴의 비상으로부터 천천히 강하하다가는 상승기류를 만난 연처럼 다시 높은 곳으로 되돌아가곤 하고 있었다. 조심스럽게 자신을 억제하고 있던, 깨어 있는 버드의 귀에 어둠 속에서 울리는 전화벨 소리가 들렸다. 하지만 일어나려는 버드의 등은 땀으로 미끈거리는 히미코의 팔에 꼼짝없이 갇혀 있다.

"좋아, 버드" 하고 1분 후에 히미코가 말하고는 팔을 풀었다.

버드는 서둘러 숨을 고르며 울려 대고 있는 거실의 전화기로 달려갔다. 젊은 남자의 음성이 대학 부속 병원의 특수아실에 입원해 있는 신생아의 아버지를 찾고 있었다. 버드는 긴장했고 모기 우는 소리로 대꾸했다. 전화를 걸어온 것은 인턴 학생이었고 버드의 아기를 담당한 의사의 말을 전달하려는 것이었다.

"늦어져서 미안합니다. 이쪽에서 여러 가지 일이 있어서요" 하고 멀리서 음성이 들렸다.

"내일 오전 11시에 뇌외과 교수님 방으로 와 주세요, 부원장실입니다. 여기 선생님이 직접 전화를 하셔야겠지만 너무 피곤하셔서 제가 실례했습니다. 늦게까지 여러 가지 일이 있었습니다!"

버드는 깊이 숨을 들이마시며 아기는 죽었어, 뇌외과에서 해부하는 거야, 하고 생각했다.

"알겠습니다. 부원장실로 가겠습니다, 감사합니다."

아기는 쇠약사했다! 하고 수화기를 놓으며 버드는 다시 생각했다. 하지만 담당 의사가 지쳐 버릴 만큼 늦게까지 일을 해야만 했다는 것은 죽음이 어떤 식으로 아이를 찾아왔다는 의미일까? 버드는 솟구쳐 올라오는 위액의 쓴맛을 혀에 느꼈다. 눈앞의 어둠으로부터 거대하고 끔찍한 무엇인가가 버드를 노려보고 있다. 버드는 전갈이 가득 차 있는 웅덩이에 빠진 동물 수집가처럼 온몸을 떨며 허둥지둥 침대로 돌아왔다. 거긴 안전한 둥지였다. 버드는 입을 다문 채 떨고 있었다. 그러고는 버드는 좀 더 충분히 둥지 속으로 숨어들려는 듯이 히미코의 몸 안으로 들어가려 했다. 성급하게 몇 번씩이나 실패하는, 완전히 발기하지 않은 버드를 히미코의 손가락이 이끌어 가까스로 안정시켰다. 버드의 조급함이 금세, 두 사람이 오르가슴을 공유하고 성교가 끝날 무렵의 격렬한 움직임으로 가도록 히미코를 끌어갔다. 버드는 서툴고 다급하게 굴었고 갑작스레 자위라도 하듯이 고독하게 사정했다. 버드는 가슴 깊은 곳의 거친 두근거림을 통증처럼 느끼며 히미코 옆에 몸을 누이고 아무런 맥락도 없이 나는 언젠가 심장마비로 죽을 거야, 하고 확신했다.

"이건 너무하네" 하고 어둠을 뚫고 의아하다는 듯이 버드를 올려다본 히미코가 비난한다기보다는 오히려 탄식하듯이 말했다.

"어어, 미안해."

"아기? 버드."

"밤늦게까지 여러 가지 일들이 있었나 봐" 하고 버드는 새삼스레 두려움에 사로잡히며 말했다.

"부원장실이라니?"

"내일 아침 그리로 출두하래."

"위스키로 수면제를 먹고 자면 좋겠네, 이제 전화를 기다릴 필요가 없으니까" 하고 히미코가 너무나 상냥하게 말했다.

히미코가 침대 곁의 스탠드를 켜고 주방으로 간 뒤, 불빛을 피해 눈을 꽉 감고 그 위에 겹친 양손으로 눈을 덮은 채 버드는 망연한 머릿속의 오직 하나 날카롭게 벼려진 핵, 쇠약사한 아이가 어째서 의사를 늦게까지 일하게 만들었는가? 하는 문제를 생각하려 했다. 하지만 버드는 단박에 공포심을 불러일으키는 착상에 맞닥뜨려 허둥지둥 뒷걸음질 쳤다. 버드는 눈을 조금 뜨고 3분의 1컵쯤 되는 위스키와 정량을 훨씬 넘는 수의 알약을 히미코의 손에서 받아들고 사래 들려 가며 단숨에 삼키고는 다시 눈을 감았다.

"내 것도 함께였는데" 하고 히미코가 말했다.

"어어, 미안해" 하고 버드는 멍청이처럼 반복했다.

"있잖아, 버드" 하고 그 옆에 어쩐지 서먹하게 틈을 두고 누운 히미코는 말했다.

"응?"

"위스키와 수면제 효과가 날 때까지 이야기를 해줄게, 버드. 아프리카인의 소설 속에 있는 에피소드야. 버드, 그 소설에서 강도 유령의 장을 읽었어?"

버드는 어둠 속에서 고개를 저어 부정했다.

"인간의 여자가 임신을 하면 강도 유령 마을의 유령들은 친구 하나를 골라 그 여자의 집으로 보낸대. 유령 대표는 밤사이에 진짜 태아를 쫓아내고 자기가 자궁 속으로 들어가는 거지. 출산일이 되면 선량한 태아로 둔갑한 유령이 태어나게 되는 거야, 버드."

버드는 잠자코 들었다. 그렇게 된 아기는 언젠가는 틀림없이 병에 걸린다. 낫기 위해 엄마가 공양을 하면 유령은 몰래 그것들을 비밀의 장소에 숨겨 둔다. 아기의 병은 절대로 낫지 않는다. 결국 죽어 버린 아기가 땅에 묻힐 때, 유령은 원래 모습으로 돌아가 무덤에서 빠져나와 비밀의 장소에서 공양물을 꺼내다가 강도 유령의 마을로 돌아간다.

"아기로 둔갑한 유령은 어머니의 사랑을 독차지해서 공양물을 아낌없이 바치게 만들려고 정말 아름다운 아기로 태어난다는 거야. 아프리카인들은 그런 아기를 죽기 위해 태어난 아기라고 부른다지만, 그것이 설령 피그미의 아기라 해도 엄청나게 아름다운 아기라는 건 버드, 상상할 수 있잖아?"

나는 이 이야기를 아내에게 들려주리라, 버드는 생각했다. 아내는 그야말로 죽기 위해 태어난 우리 부부의 아기를 엄청나게 아름다운 아기라고 상상할 것이고 나 역시 점차 자신의 기억을 그렇게 수정해 갈지도 모른다. 그것이 내 생애 최대의 기만이 되리라. 나의 괴상한 아기는 보기 싫은 쌍두를 수정하지 못하고 죽었다. 그는 사후의 무한 시간에 걸쳐 쌍두의 기괴한 아기다. 그리고 그 무한 시간에 질서를 부여하는 거대한 존재가 있다고 한다면 그의 눈에는 쌍두의 아기와 그 아버지가 보일 것이다. 버드는 구토감에 시달리며 느닷없이 추락하듯이 잠에 떨어졌다. 어떤 꿈의 빛도 스며들지 않는 밀폐된 깡통 속의 잠. 그런데 버드는 의식이 마지막 반사되는 빛 속에서 그의 수호신이 "너무하네, 버드" 하고 다시 한 번 속삭이는 소리를 들었다. 머리에 추를 달아놓은 듯이 고개를 젖히고 양손을 들어 엄지손가락으로 귀 뒤를 긁으려다가 팔꿈치가 히미코의 입술에 호되게 부딪혀 버렸던 것이다. 히미코는 아파서 눈물을 흘리며 어둠을 뚫고 부자연스럽게 오그리고 잠든 버드를 바라보고 있었다. 히미코는 병원에서 온 전화를 버드가 오해한 것 아닐까 의심하고 있었다. 아기가 죽은 것이 아니라 정량의 분유와 회복의 길로 돌아온 것 아닐까? 병원으로 오라는 것은 아기의 수술을 상담하기 위한 것 아닐까? 히미코는 우리 속의 오랑우탄처럼 옹색하게 몸을 구부리고 위스키 냄새나는 뜨거운 숨을 내쉬며 잠들어 있는 남자 친구를 우스꽝스럽지만 가엾다고 느꼈다. 하지만 이 잠은 내일의 소란을 앞둔 작은 휴식일 것이다. 히미코는 침대에서 내려와 버드의 팔과 다리를 잡아당겨 침대 하나 가득 쭉 뻗고 잘 수 있도록 도와주었다. 버드는 마술에 걸려 잠든 거인처럼 무겁긴 하지만 마음대로 움직여졌다. 그러고 나서 히미코는 그리스의 현인 스타일로 시트에 알몸을 감싸더니 거실로 나갔다. 그녀는 새벽까지 아프리카 지도를 바라보고 있을 작정이었다.

버드는 자신의 오해를 문득 깨닫고 지독한 조롱이라도 당한 듯 분연히 얼굴이 달아올랐다. 그는 뇌외과가 전문인 부원장의 방에 들어온 참이었다. 그는 아기의 담당 소아과 의사를 포함하여 몇 명의 젊은 의사들이 위협적이지 않은 위엄을 지닌 장년의 교수를 둘러싸고 기다리고 있는 곳으로 들어갔는데, 거기서 자신의 오해를 깨닫고 새빨개져서 망연히 멈춰 선 것이었다. 버드는 의사들이 동그랗게 둘러싼, 노란색 인조 가죽으로 된 둥근 의자에 걸터앉았다. 버드는 자신이 괴상한 아기라는 감옥에서 꼴사나운 도주를 꾀했다가 실패하고 간수들 앞에 끌려나온 죄수라고 느꼈다. 이 간수들이 공모하여 버드의 도주와 그 실패를 감시탑 높은 곳에서 구경하고 즐기기 위해 어젯밤 그런 식으로 모호한 전화를 걸어 덫을 놓은 것일까?

버드가 침묵을 지키고 있으니 "이분이 신생아의 아버지입니다" 하고 소아과 의사가 소개했다. 그리고 그는 부끄러워하는 듯한 미소를 띠고 관찰자의 위치로 물러섰다. 뇌외과의 교수가 회진하다가 아기의 영양 상태를 눈치 챘고, 결국 젊은 의사는 버드를 배신한 것이겠지. 버드는 원망스럽게 그런 생각을 하며 소아과 의사를 날카롭게 노려보았다.

"어제와 오늘, 댁의 아이를 진료했는데요, 조금만 더 체력이 생기면 수술할 수 있을 것 같습니다" 하고 뇌외과 교수가 말했다.

자, 나는 대항해야 해, 이들과 싸워 그 괴상망측한 아기로부터 자기를 방어해야만 하거든, 하고 버드는 공포에 빠져드는 자신의 머리에 호령했다. 버드는 달콤한 오해를 눈치 챈 순간부터 패주를 시작하고 있었으므로 도망치면서 때때로 뒤돌아보며 자신을 방어하는 일 말고는 아무것도 생각할 수가 없었다. 나는 수술을 거부해야만 해, 그렇지 않으면 내 세계는 괴상한 아기에게 점령당해 버리고 말 거야.

"수술을 하면 정상적으로 자랄 가망이 있는 걸까요?" 하고 버드는 건성으로 말했다.

"그건, 아직 확실한 건 아무것도 말씀드릴 수 없어요" 하고 부원장은 솔직하게 말했다.

버드는 난 빈틈없는 인간이야라는 듯이 눈에 힘을 주었다. 그의 머릿속 필드에 극도로 뜨거운 수치심의 감각이 불붙은 동그라미로 나타났다. 버드는 서커스의 호랑이라도 된 듯이 그것을 빠져나갈 타이밍을 노리기 시작했다.

"정상적으로 자랄 가능성과 그렇지 않을 가능성은 어느 쪽이 클까요?"

"그것도 수술을 해보지 않고는 확실히 뭐라 말할 수 없죠."

그 지점에서 버드는 더 이상 얼굴도 붉히지 않고 수치심의 감각의 둥근 원을 뛰어넘었다.

"저는 수술을 거절하고 싶습니다."

그 순간 모든 의사들이 버드를 지켜보며 침을 삼키는 듯 했다. 버드는 자신이 이제는 아무리 파렴치한 말이라도 큰소리로 주장할 수 있다고 느꼈다. 하지만 버드는 그런 낯 두꺼운 자유를 행사하지 않아도 되었다. 뇌외과의 교수는 버드의 태도를 재빨리, 충분히 이해했다.

"그럼, 아기를 가져가겠습니까?" 하고 교수는 확실하게 화를 내며 조급하게 말했다.

"가져가겠습니다" 하고 버드 역시 서둘러 대답했다.

"그럼 어서!" 하고 버드가 병원에서 만난 이들 중 가장 매력 있는 의사가 버드에 대한 혐오를 노골적으로 내보이며 말했다.

버드는 둘러싸고 있던 의사들 모두와 동시에 일어섰다. 시합 종료 벨이다, 나는 나 자신을 아기 괴물로부터 방어한 것이다, 하고 버드는 생각했다.

"댁은 아기를 정말 가져갈 건가요?" 하고 복도에 나서자 버드에게 다가온 소아과 의사가 머뭇거리며 물었다.

"오늘 오후 가지러 오겠습니다" 하고 버드는 말했다.

"퇴원 시엔 아기의 옷을 잊지 말도록" 하고 의사가 말하더니 고개를 돌리고 멀어져 갔다.

버드는 히미코가 차를 세우고 기다리고 있는 병원 앞 광장으로 잰걸음으로 걸어 나갔다. 그날 흐린 하늘 아래 새빨간 스포츠카도 선글라스를 쓴 히미코도 색이 바랜 듯 추해 보였다. 버드는 뛰듯이 다가서서 "오해였어, 완전 웃기는 거지" 하고 거칠게 얼굴을 찌푸려 가며 말했다.

"그럴 줄 알았어."

"어째서?" 하고 버드는 험악한 소리로 물었다.

"그냥, 버드" 하고 심약하게 움츠러들며 히미코는 말했다.

"아기를 가져가기로 했어."

"부인이 있는 병원으로, 아니면 너희 집으로?"

버드는 단박에 무거운 곤혹에 빠졌다. 버드는 자신이 오직 이 병원에서 의사들이 아기에게 수술을 시도하여 그의 남은 생애에 머리에 구멍이 난 아기를 억지로 업혀 주려는 것에 대해 막무가내로 저항했을 뿐, 그 이후의 계획 따위는 생각도 해보지 않았다는 것을 깨달았던 것이다. 그의 아내가 있는 병원에서는 일단 팽개쳐 버렸던 '겐부츠'를 다시 떠안으려 들진 않을 것이고 셋집으로 옮겨갔다가는 주인 노파의 선의의 호기심이 그를 궁지에 빠뜨릴 것이다. 버드가 특수아실에서 어제까지 이어졌던 위험한 식이요법을 자기 방에서 계속할 수 있다손 치더라도 굶주린 쌍두의 아기는 소리치며 울어 댈 것이고 그 동네 몇백 마리 개들을 모두 짖게 만들 것이 분명하다. 그런 나머지 아기가 쇠약사를 한다 한들 어떤 의사가 사망 진단서를 써 주겠는가. 버드는 영아 살해 혐의로 체포당하는 자신과 그것을 보도할 끔찍한 신문 기사를 그려보았다.

"그렇지, 난 아이를 어디로 옮겨놓을 수조차 없어" 하고 버드는 신내 나는 숨을 내쉬며 풀이 죽어 말했다.

"만약 너한테 아무런 계획도 없다면, 버드."

"응?"

"내 친구 의사에게 맡겨두면 어떨까 싶어, 버드. 그 사람이라면 아기를 거부하고 싶은 인간에게 손을 빌려 줄 거야. 애당초 나는 임신 중절 때문에 그를 알게 되었으니까."

버드는 다시 한 번 아기 괴물의 공격에 궤멸당한 군단의, 공황에 빠져 자기 방어에 여념이 없는 졸병의 감정을 맛보았다. 버드는 파랗게 질렸고 그리고 또 하나의 불붙은 원을 뛰어넘었다.

"만약 그 의사가 맡아 준다면 그렇게 하자."

"그에게 부탁한다는 건, 그야말로, 우리의……" 하더니 히미코는 이상할 만큼 천천히 말했다. "손을 더럽혀 아기를 죽이는 거야, 버드."

"우리의 손이 아니지, 내 손을 더럽혀 아기를 죽이는 거야" 하고 버드는 말했다. 그리고 버드는 적어도 하나의 기만으로부터 지금 나는 자신을 해방시킨 것이다, 하고 생각했다. 하지만 기쁨은 없었다, 우울한 지하 감옥으로 가는 계단을 한 칸 더, 내려선 느낌이었다.

"역시 우리 손이야, 버드" 하고 히미코는 말했다. "운전을 좀 교대할까?"

버드는 히미코가 지나칠 만큼 천천히 말하는 것이 과도하게 긴장한 탓이라는 것을 눈치 챘다. 버드는 차 앞을 돌아 운전석으로 올라탔다. 버드는 입술 주변에 희뿌연 가루라도 묻은 듯이 소름이 돋아 있는 히미코의 창백한 얼굴을 백미러로 보았다. 나 자신의 얼굴 또한 저렇게 볼썽사나울 것이 분명하다, 하고 버드는 생각했다. 버드는 차 밖으로 침을 뱉으려 했지만 구강은 완전히 말라붙어 혀를 차는 듯한 소리만 부질없이 울렸을 뿐이다. 버드는 히미코가 하듯이 더없이 난폭하게 차를 출발시켰다.

"버드, 네가 우리 집에 왔던 첫날 밤에 계란형 두상을 한 중년 남자가 나를 불렀다고 했지? 그 의사가 바로 그 친구야. 버드, 기억나?"

"기억나지" 하고 버드는 대답하면서 그런 타입의 인간과는 접촉하는 일 없이 일생을 보낼 수 있을 듯도 했건만, 하고 생각했다.

"그 사람한테 전화로 의논하고서 아기를 데리러 올 계획을 세우자, 버드."

"소아과 의사가 아기 옷을 잊지 말라고 하더군."

"너희 집에 들러서 가져가면 되잖아. 어디 넣어 두었는지는 알지? 버드."

"그건 좀, 곤란해" 하고 버드는, 임신한 아내가 날마다 열중해 있던 아기를 위한 준비의 광경을 압도적인 생생함으로 떠올리며 말했다. 그는 아기의 흰 침대니 상아빛 바탕에 사과 모양 손잡이가 달린 아기 옷장 같은 것들로부터 거부당하고 있다고 느꼈다. "나는 거기서 아기 속옷을 골라 꺼내 올 수가 없어."

"그렇겠네. 이런 목적으로 아기 옷을 이용했다는 걸 알면 버드 부인은 너를 용서하지 않을 거야."

그럴 수도 있겠군, 하고 버드는 생각했다. 하지만 집에서 그걸 꺼내 오지 않더라도, 이 병원에서 아기를 다른 병원으로 옮겨가 거기서 죽었다는 것을 알기만 해도 아내는 나를 용서하지 않으리라. 그리고 이런 식으로 일이 진행된 이상, 나는 이제 아내를 모호한 의혹 속에 얼렁뚱땅 밀어 넣어두고 유야무야 결혼 생활을 계속할 수는 없을 것이 분명하다. 내가 내면에 있는 기만의 가려움증을 견디며 아무리 악전고투해 봤자 이미 그것은 내 능력의 범위를 넘어서 있다. 버드는 기만의 당의 아래 있는 또 하나의 쓰디쓴 진실을 씹어 맛보았다.

그들의 자동차는 널따란 사거리에서 신호에 걸렸다. 이 대도시를 둘러싼 거대한 환상 도로의 하나였다. 버드는 그가 회전해야 할 방향을 조급하게 둘러보았다. 하늘은 시꺼멓게 흐려져 묵직하게 내려앉아 있었다. 비를 머금은 바람이 일어나 먼지 덮인 가로수 우듬지를 흔들어 댔다. 청색으로 바뀐 신호가 흐린 하늘에 도드라져 버드를 그곳으로 빨아들일 듯한 느낌이 들었다. 버드는 지금 자신이 평생 단 한 번도 타인을 죽이려고 마음먹는 일 없을 사람들과 같은 신호에 의해 보호받고 있다는 사실에 위화감을 느꼈다.

"어디서 전화를 걸지?" 하고 버드는 도망하는 범죄자 같은 기분으로 물었다.

"가장 가까운 식료품점에서 전화하자, 그리고 소시지 같은 거라도 좀 사다가 밥을 먹어야지!"

"응" 하고 식욕은커녕 위장에 불쾌한 저항감을 느껴가면서도 버드는 순순히 말했다. "그런데 네 친구가 맡아줄까?"

"그 사람은 계란형 두상이라서 선량해 보이지만 꽤나 못된 짓을 해 왔어, 예를 들어" 하고 히미코는 말해 놓고는 부자연스럽게 입을 다물더니 혀끝을 슬쩍슬쩍 내보이며 마른 입술을 빨았다. 히미코가 말할 용기를 내지 못할 만큼 지독한 짓을 그 조그만 남자가 했다는 거로군, 하고 버드는 생각했다. 다시 구역질이 올라와 사실 소시지 점심은 무리였다.

"전화하고 나서" 하고 버드는 말했다. "소시지보다도 아기가 입을 걸 좀 사야 할 것 같아, 그리고 요람도. 백화점에 가는 게 편하겠지. 물론 난 아기 용품 매장엔 가고 싶지 않지만."

"내가 사다 줄게, 버드는 차에서 기다리면 돼."

"막 임신했을 때 아내와 함께 물건을 사러 갔었는데 온통 임신부에다가 아기들뿐이어서 동물 농장 같은 분위기더라구, 거긴."

버드는 히미코가 한층 더 핏기를 잃어 가는 것을 슬쩍 보았다. 그녀 역시 구역질이 나는 것이겠지. 그들은 서로가 파랗게 질려 침묵한 채 나란히 앉아 차를 달렸다. 그러고 나서 버드는 자기를 조롱하는 듯한 기분에 사로잡혀 이렇게 말했다.

"아기가 죽고 아내가 회복되면 우리는 이혼을 하게 되겠지. 학원에선 모가지고, 그야말로 나는 자유로운 남자가 되는 거야. 그런 상태를 늘 꿈꾸고 있었건만 별로 기쁘지가 않네."

거세진 바람이 버드 쪽에서 히미코에게로 불고 있어서 히미코는 바람을 거슬러 소리를 높여야만 했다. 그래서 고함을 지르듯이 "버드" 하고 그녀는 불렀다. "네가 그렇게 해서 자유로운 남자가 된다면 시아버지 제안대로 집과 땅을 팔아서 함께 아프리카로 가지 않을래?"

실제로 눈앞에 있는 아프리카! 하고 버드는 생각했지만, 황량하여 열정을 일으키지 못하는 아프리카밖에 지금은 머리에 떠오르지 않는다. 그의 내면에서 그처럼 아프리카가 빛을 잃어버린 것은 그가 아프리카에 최초의 정열을 품었던 소년 시대 이래 처음 있는 일이었다. 회색의 사하라 사막에 멀거니 서 있는 삭막하고 자유로운 남자, 그는 동경 140도의 잠자리 모양을 한 섬에서 아기를 죽이고 도망쳐 왔지만 온 아프리카를 돌아다니면서 이보이노시시는커녕 뒤쥐 한 마리 잡지 못하고 사하라 사막에 멍하니 서 있는 것이다.

"아프리카라……" 하고 버드는 무감동하게 말했다.

"넌 지금 껍질 속의 달팽이처럼 움츠러들어 있는 것뿐이야, 버드. 아프리카 땅을 밟는 순간 열정을 회복할 거야" 하고 히미코가 말했다.

버드는 우울하게 입을 다문 채였다.

"난 너의 아프리카 지도에 푹 빠졌어, 버드. 이혼하고 자유로운 남자가 된 버드와 아프리카로 건너가 그 지도를 로드맵으로 쓰고 싶어. 난 어제 네가 잠들고 나서 줄곧 아프리카 지도를 바라보다가 열병에 걸렸거든, 버드. 그러니까 나에겐 자유로운 남자 버드가 필요하다구. 내가 '우리의 손을 더럽힌다' 고 말했을 때 넌 '우리의 손' 이 아니라고 했지만 역시 '우리의 손' 인 거야. 버드, 우리 둘이서 아프리카로 가는 거지?"

버드는 쓴 가래라도 내뱉듯이 "네가 그걸 원한다면" 하고 말했다.

"나와 너의 관계는 처음엔 단지 성적인 결합에 불과했고, 난 네가 불안과 치욕감에 시달리는 동안 성적인 임시 피난처에 지나지 않았지. 그런데 어젯밤 내게도 아프리카 여행에 대한 정열이 고양되고 있다는 것을 확실히 알았어. 이제 우리는 새로이 아프리카의 실용 지도를 매개삼아 연결되어 있는 거야, 버드. 우리는 이제 단순히 성적인 곳으로부터 보다 높은 곳으로 도약한 거라구. 난 언제나 그걸 바라고 있었고 지금 정말로 열정을 느끼고 있어, 버드. 내가 너에게 친구 의사를 만나게 하면서 자신의 손도 함께 더럽힌다는 것은 그런 거야, 버드."

스포츠카의 나지막한 바람막이 유리에 단번에 금이라도 가듯이 안개처럼 잘고 하얀 빗방울이 온통 몰아쳤다. 동시에 그들은 이마와 눈에 빗방울을 느꼈다. 갑작스레 저녁이 도래하듯 사면은 어두워지고 맹렬한 회오리바람이 일어났다.

"이 자동차, 지붕을 덮을 수 있어? 안 그러면 아기가 젖어 버릴 텐데" 하고 버드는 우울한 백치처럼 말했다.

12

버드가 MG에 검은 천막천으로 된 덮개를 씌우고 나자, 주방 창문에서 볶은 마늘과 소시지 냄새가 놀란 닭들처럼 골목을 빙글빙글 돌고 있는 돌풍을 타고 실려 왔다. 얇게 저민 마늘을 버터로 볶다가 비엔나소시지를 넣어 굴리면서 물을 붓고 찌는 음식, 그것은 버드가 델체프 씨에게 배운 음식이다. 버드는 델체프 씨를 생각했다. 델체프 씨는 이미 그 창백한 피부의 아가씨에게서 떼어 내져서 공사관으로 끌려왔을 것이다. 그는 막다른 골목 속의 그와 애인의 둥지에서 격렬한 저항을 시도했을까? 델체프 씨도, 그를 잡으러 온 공사 관원도 이해할 수 없는 일본어로 그의 애인은 울부짖었을까? 하지만 델체프 씨도 애인도 결국은 포기할 수밖에 없었을 것이다.

버드는 덮개를 씌운 스포츠카를 바라보았다. 진홍의 차체에 검은 덮개를 달고 있는 차는 상처의 찢어진 살과 그 주변의 딱지처럼 보였다. 버드는 불연소된 혐오를 느꼈다. 하늘은 시커멓게 흐려지고 공기는 습한 비 기운을 머금었으며 바람도 소란스러웠지만 비는 한바탕 안개처럼 주변을 채우고 나서 금세 또 돌풍을 타고 어딘가 먼 곳으로 실려 갔다가 잠시 후엔 느닷없이 되돌아오곤 했다. 버드는 이 소나기가 지붕들 사이로 보이는 과도할 정도로 무성한 나무들을 무겁고 어둡긴 하지만 실로 선명한 녹색으로 씻어 낸 것을 보았다. 그것은 환상 도로의 네거리에서 보았던 신호등과 마찬가지로 버드를 매혹하는 녹색이었다. 죽음의 자리에서 나는 이처럼 또렷한 녹색을 볼지도 몰라, 하고 망연히 서서 버드는 생각했다. 버드는 지금 수상쩍은 낙태 의사에게 실려가 살해당하는 것이 그의 아기가 아니라 그 자신이라고 느낀 것이다. 버드는 현관으로 돌아가 거기 놓여 있던 아기의 요람과 속옷들, 양말, 모직 상의와 바지, 그리고 모자까지를 한꺼번에 MG로 옮겨다가 좌석 뒤 빈틈에 채워 넣었다. 그것들은 히미코가 한참 시간을 들여 골라온 것들이었다. 버드는 한 시간이나 기다렸고 히미코가 도망쳐 버린 것이 아닐까 걱정을 할 정도였다. 어째서 히미코는 금세 죽어 버릴 아기의 옷들을 그렇게 시간을 들여 가며 고른 것일까, 여자의 감수성이란 언제나 묘하다.

"버드, 음식 다 됐어" 하고 침실 창에서 히미코가 말을 건넸다.

버드가 올라가 보니 히미코는 주방에 선 채로 소시지를 먹고 있었다. 버드는 프라이팬을 들여다보고 마늘 냄새에 질려 손가락을 거둬들였고, 의아하다는 듯이 그를 올려다보는 히미코에게 보일 듯 말 듯 고개를 흔들었다. 히미코는 열심히 씹어 삼키고는 녹은 버터로 젖어 있는 혀를 컵의 물로 헹구더니 마늘 냄새를 풍겨가며

"식욕이 없으면 샤워라도 하지?" 하고 말했다.

"응, 그럴게" 하고 땀과 먼지투성이의 버드가 안도하며 말했다.

버드는 조용히 어깨를 움츠린 채 몸을 씻었다. 그는 늘 머리 위로 뜨거운 샤워를 할 때마다 성욕을 느낀다는 콤플렉스가 있었지만 지금은 숨이 막힐 듯이 가슴이 두근거릴 따름이었다. 버드는 샤워의 뜨거운 물줄기 속에서 이번엔 의식적으로 눈을 꽉 감고 머리를 젖혀 양쪽 엄지손가락의 뿌리 부분으로 귀 뒤를 문질러 보았다. 마침내 수박 같은 모양의 비닐 모자를 쓴 히미코가 서둘러 버드 옆으로 들어오더니 온몸을 할퀴어 대듯이 씻기 시작했기 때문에 버드는 게임을 멈추고 욕실을 나왔다. 그리고 버드가 타월로 몸을 닦고 있을 때였다. 그는 길에서 엄청나게 크고 무거운 물건이 땅 위에 낙하하며 내는 소리를 들었다. 버드는 침실 창문 너머로 내다보러 갔고 그들의 진홍색 스포츠카가 가라앉는 배처럼 치명적으로 기울어져 있는 것을 보았다. 앞 오른쪽 타이어가 없었다! 버드는 등 쪽을 제대로 닦지도 않은 채 바지를 꿰어 입고 셔츠를 걸치며 자동차를 살피러 나갔다. 골목 입구로 누군가가 달려가 사라지는 것 같았다. 버드는 그를 쫓으려 하지 않고 피해를 입은 자동차를 살폈다. 빠진 타이어는 흔적도 없었고 기울어져 땅에 닿아 버린 쪽 전조등이 충격으로 깨져 있었다. 리프트로 차체를 밀어 올리고 타이어를 빼내고는 펜더에 올라가 전조등이 깨질 만큼 급격하게 자동차를 기울여 놓은 놈이 있는 것이다. 지금 리프트는 부러진 팔 같은 꼴로 차체 아래 뒹굴고 있었다. 버드는 아직도 샤워를 하고 있는 히미코에게 "타이어를 도둑맞았어, 전조등도 깨졌고. 이상한 도둑이네. 스페어 타이어가 있으면 좋겠는데" 하고 말했다.

"창고 안쪽에 있어."

"그런데 한쪽 타이어 같은 걸 누가 훔쳐 갔을까?"

"내 친구 중에 어린애처럼 젊은 애가 있었지? 버드. 그 사람 장난이야. 타이어를 끌어안고 어디 가까운 데 숨어 있을 거야. 우리를 지켜보고 있는 거지" 하고 아무렇지도 않게 히미코는 큰 소리로 말했다. "우리가 전혀 당황하지 않은 듯이 당당하게 출발해 주면 그 친구는 숨어 있던 곳에서 약이 올라 우는 거 아닐까? 그렇게 해줍시다."

"자동차가 고장 나지 않았다면 말이지. 어쨌든 스페어 타이어로 바꿔보자" 하고 버드가 말했다.

버드는 양손을 진흙과 기름 범벅으로 만들며 타이어를 갈았다. 그 작업을 하는 동안 그는 샤워를 하기 전보다 더 땀투성이가 되었다. 그러고 나서 버드가 조심스럽게 시동을 걸어보니 특별히 이상은 없는 듯했다. 설사 좀 늦는다 해도 저녁때까지는 모두 끝날 것이다. 전조등은 필요 없을 게 분명해, 하고 버드는 생각했다. 그는 한 번 더 샤워를 하고 싶었지만 히미코가 출발 준비를 끝내고 있는데다가 그의 조급한 감정으로는 더 이상 그 정도의 시간 여유를 가질 수가 없었다. 그대로 그들은 출발했다. 자동차가 골목을 나설 때, 누군가가 뒤에서 조그만 돌멩이를 던졌다.

병원에 도착해서 버드는 그대로 차 안에 머물러 있으려는 히미코에게 간청하듯이 "너도 와 줘" 하고 말했다.

그래서 요람을 버드가, 아기의 옷가지들은 히미코가 들고 특수아실로 가는 긴 복도를 잰걸음으로 걸어갔다. 오늘 그들과 지나치는 입원환자들은 모두 유난히 긴장감을 느끼게 만드는 서먹서먹한 모습들이었다. 거친 바람을 타고 불어오기도 하고 쫓겨 가듯이 갑작스레 멀어지기도 하는 비와 먼 곳에서 들리는 둔탁한 천둥소리의 영향이었다. 버드는 요람을 끌어안고 걸으면서 아기를 퇴원시킨다고 간호사들에게 말을 꺼내기에 무난한 낱말을 찾다 지쳐 점차 곤혹이 깊어지고 있었지만, 특수아실에 들어가 보니 간호사들은 이미 그가 아기를 데려간다는 것을 알고 있었다. 버드는 안도했다. 그런데도 호기심에 불타는 젊은 간호사들이 왜 수술을 하지 않고 아기를 데려가냐느니, 어디로 데려갈 작정이냐느니 하는 질문을 할 기회를 주지 않기 위해 버드는 배타적이고 딱딱한 표정을 유지했고 눈을 내리깔고 필요한 사무적 절차에 관해서만 최소한으로 응답했다.

"이 카드를 사무실에 가지고 가서 계산을 마치세요. 그 사이에 소아과 담당 선생님을 호출해 드리겠습니다" 하고 간호사가 말했다.

버드는 외설적인 핑크색의 커다란 카드를 받았다.

"아기 옷을 가져왔는데요."

"물론 필요하죠, 이쪽으로 주세요" 하고 간호사는 그때까지 어영부영 감추고 있던 날카로운 비난을 드러내는 전혀 호의적이지 않은 눈으로 버드를 힐끗 보며 말했다.

버드는 모든 옷가지를 일단 간호사에게 건네주고 그것을 일일이 점검하는 간호사에게서 모자만 되돌려 받았다. 버드는 당황하며 그것을 바지 주머니에 구겨 넣었다. 버드는 그 뒤에 선 채 아무것도 눈치 채지 못한 히미코를 원망스러운 듯이 돌아보았다.

"왜?" 하고 히미코가 말했다.

"아무것도 아냐" 하고 버드는 대답했다. "사무실에 다녀올게."

"나도 갈래" 하고 히미코는 거기 남겨지는 것이 무섭다는 듯이 얼른 대답했다. 그들은 두 사람 모두 특수아실 안에서 간호사들과 이야기를 나누며 유리 칸막이 너머의 아기들이 결코 시야에 들어오지 않도록 무리하게 몸을 비틀고 있었던 것이다.

사무실 창구의 아가씨는 버드에게서 핑크색 카드를 받아들더니 도장을 달라고 재촉하면서

"퇴원하시는군요, 축하합니다" 하고 말했다.

버드는 긍정도 부정도 하지 않고 고갤 끄덕였다.

"아기 이름은 뭐라고 지으셨나요?" 하고 아가씨는 말을 이었다.

"아직이에요, 아직 안 지었습니다."

"지금은 아기가 댁의 신생아라고만 되어 있는데 정리하려면 이름을 가르쳐 주시면 좋겠네요."

이름, 하고 아내의 병실에서 그에 관해 생각할 때와 마찬가지로 깊은 당혹감 속에서 버드는 생각했다. 그 괴물에게 인간의 이름을 붙인다. 아마도 그 순간부터 녀석은 보다 인간 같아지고 인간다운 자기주장을 시작하게 될 것이다. 이름을 붙이지 않은 채 죽는 것과 붙이고 나서 죽는 것은 나에게 있어 녀석의 존재 자체가 달라지는 일이 될 것이다.

"이런 이름을 붙이고 싶다라는 임시 이름이라도 괜찮아요" 하

고 아가씨는 즐겁게, 하지만 완고한 성격을 드러내며 말했다.

"이름을 지으면 되잖아, 버드?" 하고 초조감을 나타내며 히미코가 끼어들었다.

"기쿠히코(菊比古)라고 하겠습니다" 하고 버드는 아내의 말이 생각나서 그렇게 말하고는 한자를 설명했다.

정산을 하고 난 창구의 아가씨는 버드에게 보증금의 대부분을 돌려주었다. 그의 아기는 이 병원에 머무는 동안 희석된 분유와 설탕물밖에 먹지 않았고 항생제 투여조차 소극적이었으니 더없이 경제적인 생활을 한 셈이다. 그들은 특수아실을 향해 돌아섰다.

"이 돈은 애당초 아프리카 여행을 가려고 저금했던 것에서 꺼낸 거야. 그게 지금 아기를 죽이고 너랑 아프리카로 가겠다고 결심하자마자 다시 내 주머니로 돌아온 거지" 하고 버드는 착잡하고 미분화된 기분으로 자기가 지금 무슨 소릴 하고 싶은 건지 잘 모르는 채 말했다.

"그렇다면 진짜 아프리카에 가서 씁시다" 하고 히미코도 되는 대로 말했다. 그러고는 "있잖아, 버드. 기쿠히코라는 이름 말야, 나는 같은 한자를 쓰는 기쿠히코라는 게이바를 알고 있어. 거기 마담 이름이 기쿠히코거든."

"그 사람 몇 살쯤 됐어?"

"그런 사람들의 진짜 나이는 알기 어렵지만, 아마 버드보다 네댓 살 어릴걸."

"분명히 내가 지방 도시에서 알고 지내던 남자일 거야. 주둔군의 문화 정보 담당 미국인의 동성애 애인이 되었다가 결국 도쿄로 도망쳤었지."

"우연이네, 버드. 자, 나중에 거기 한번 가 보자."

'나중에', 아이를 수상쩍은 낙태 의사에게 갖다 팽개친 다음에! 하고 버드는 생각했다. 그리고 버드는, 지방 도시에서 자신이 한 소년을 버렸던 한밤중을 떠올렸다. 나는 지금 다시 버리려 하고 있는 아기를 일찍이 버린 적이 있는 소년의 이름으로 부르게 된 것이로군. 역시 이름을 붙인다는 행위는 의심스런 덫으로 둘러싸여 있는 것이다. 버드는 한순간 되돌아가서 이름을 정정하고 싶다고 생각했지만 단박에 무기력의 독이 그러한 의지를 부식시켰다. 그래서 버드는 자학적인 기분으로 "오늘밤엔 게이바 '기쿠히코'에서 줄창 마시자, 오츠야*를 하는 거지" 하고 말했다.

특수아실에서는 이미 유리 칸막이 이쪽으로 옮겨진 버드의 아기, 기쿠히코가 히미코가 고른 폭신폭신한 옷을 입고 요람에 누워 있었다. 그 옆에 소아과 담당 의사가 지루하다는 듯이 서서 버드는 기다리고 있었다. 그들은 아기의 요람을 가운데 두고 마주 섰다. 버드는 요람 속의 아기를 본 히미코가 충격을 받았다는 것을 느꼈다. 아기는 그동안 쑥 자라서 새빨간 피부에 깊숙한 주름 같은 사팔뜨기 눈을 뜨고 있었다. 그리고 머리의 혹도 엄청나게 자란 것 같았다. 그것은 얼굴보다 훨씬 붉고 번쩍번쩍 윤기가 흐르고 늠름해 보였다. 눈을 뜬 지금, 아기는 정말이지 늙어 보여 남화(南畵)의 신선 같았지만, 인간다운 인상은 확실히 결락되어 있다. 그것은 아마도 머리의 혹에 대응하는 이마 부분이 여전히 좁고 작게 쭈그러진 채로 있기 때문일 것이다. 아기는 꽉 움켜쥔 주먹을 쉴 새 없이 움직이고 있어서 요람에서 도망쳐 나가고 싶은 것처럼 보였다.

"버드를 안 닮았네" 하고 히미코가 날카롭고 귀에 거슬리는 음성으로 속삭였다.

"아무도 안 닮았지, 애초에 인간을 닮지 않았으니까" 하고 버드는 말했다.

"그런 건 아니죠" 하고 소아과 의사가 힘없이 버드를 타이르듯 말했다.

버드는 유리 칸막이 너머를 잠깐 바라보았다. 지금 침대의 아기들은 일제히 왕성하게 움직이고 있었다. 버드는 그들이 지금 끌려 나갈 참인 친구 이야기를 하고 있는 게 아닐까 의심했다. 아기들은 모두가 똑같이 흥분해 있는 듯했다. 보육기 안에서 포켓 멍키만큼이나 작고 명상적인 눈을 하고 있던 아기는 어떻게 되었을까? 간장이 없는 아기의 투쟁하는 아버지는 여전히 갈색 니커보커스를 입고 널따란 가죽 벨트를 두르고 입씨름을 하러 와 있는 걸까?

"사무실에서 볼일은 다 끝나셨나요?" 하고 간호사가 말을 걸었다.

"네, 끝났습니다."

"그럼 좋으실 대로!" 하고 간호사가 말했다.

"다시 생각해 보지 않으실래요?" 하고 소아과 의사가 골똘히 생각하며 말했다.

"그럴 마음 없습니다" 하고 버드는 고집스레 말했다. "신세 많이 졌습니다."

"아뇨, 저는 아무것도 한 게 없어요!" 하고 의사는 버드의 인사치레를 튕겨 내며 말했다.

"그럼, 안녕히."

"안녕히 가세요" 하고 의사는 눈가가 붉어지며, 좀 전에 자신이 낸 큰소리를 후회하듯이 버드와 마찬가지로 나지막하게 대답했다.

그들이 요람을 끌어안고 특수아실을 나서자 하릴없이 복도에 어슬렁거리고 있던 입원환자들이 일제히 요람의 아기를 향해 다가왔다. 버드는 매서운 눈초리로 그들을 쏘아보며 양팔을 벌려 요람을 감싸며 성큼성큼 걸었다. 히미코는 잰걸음으로 그를 좇아왔다. 버드의 기세에 어안이 벙벙해진 입원환자들은 미심쩍어하면서도 아마도 요람 속 아기를 위해 미소를 지으며 어두운 복도 양쪽으로 물러섰다.

"그 의사나 간호사가 경찰에 신고를 할지도 몰라, 버드" 하고 히미코가 뒤를 돌아보며 말했다.

"신고 안 할걸" 하고 버드는 거친 소리로 답했다. "걔들도 일단은 희석한 분유와 설탕물로 아이를 쇠약사시키려고 했었으니까."

본관의 정면 현관에 다다르자 버드는 거기 떼 지어 몰려 있던 외래 환자들의 방대한 호기심으로부터 요람 속 아기를 자신의 양팔만으로 지켜낸다는 것은 어림도 없다고 느꼈다. 버드는 적군의 멤버들이 빈틈없이 정렬해 있는 골을 향해 단신으로 럭비 볼을 안고 돌입하려는 선수 같은 기분이었다. 그는 망설이다가 생각이 나서 "내 바지 주머니에서 모자를 꺼내서 이 머리 뒷부분을 덮어 줄래?" 하고 물었다.

그의 부탁에 응하면서 히미코의 팔이 부들부들 떨리고 있는 것을 버드는 보았다. 그리고 그들은 뻔뻔스런 미소와 함께 그들에게 엉겨오는 타인들 속을 저돌적으로 돌파했다.

"귀여워라, 아기야. 천사 같네!"라는 둥 노래하듯 말하는 중년 여자가 있어서 버드는 경멸을 당한 듯한 느낌이 들었지만, 그래도 고개를 숙인 채 멈춰 서지 않고 단숨에 그곳을 빠져나온 것이다.

병원 앞 광장에는 몇 번째인가 소나기가 쏟아지고 있었다. 히미코의 자동차는 빗속을 소금쟁이처럼 재빨리, 요람을 끌어안고 기다리고 서 있는 버드에게로 후진해 왔다. 버드는 우선 차 안의 히미코에게 아기 요람을 건네고, 자신도 차에 오르고 나서 요람을 돌려받았다. 요람을 무릎 위에 안정시키기 위해서는 이집트 왕의 석상처럼 상체를 수직으로 유지해야만 한다.

"됐어? 버드."

"응, 됐어" 하고 버드는 말했다.

스포츠카는 경기장에서 출발하듯이 맹렬하게 달리기 시작했다. 버드는 덮개 기둥에 귀를 호되게 부딪쳤고 숨을 죽인 채 아픔을 참았다.

"지금 몇 실까? 버드."

버드는 오른손만으로 요람을 지탱하며 손목시계를 보았다. 바늘은 엉뚱한 시간을 가리키며 멈춰 있었다. 버드는 요 며칠 사이 습관적으로 손목시계를 차긴 했지만 한 번도 시간을 보지 않았고 무엇보다 태엽을 감거나 시간을 맞추거나 한 적이 없었다. 버드는 괴상한 아기에게 물어뜯기지 않는 평온한 일상생활을 보내는 놈들의 시간권 밖에서 며칠 동안 살아온 것 같았다.

"시계가 안 가네" 하고 버드는 말했다.

히미코는 카라디오를 켰다. 뉴스 시간이어서 남자 아나운서가 모스크바의 핵실험 재개와 그 후의 파문에 대해 말하고 있다. 일본 원수협(原水協)*은 소비에트의 핵실험을 지지하는 취지의 성명을 발표했다. 하지만 그 내부엔 갖가지 움직임이 있어 다음 원수폭 금지 세계대회는 혼란에 빠질 가능성이 있다. 원수협의 성명에 의문을 느낀 히로시마 피폭자의 음성 녹음이 삽입된다. 도대체 깨끗한 핵무기라고 하는 것이 있는 겁니까? 그것이 소비에트 사람의 손으로 시베리아에서 실험된다 하더라도 인축(人畜)에 무해한 원수폭이라는 것이 있을 수 있습니까?

히미코는 다른 방송국의 버튼을 누른다. 거기서는 파퓰러 음악을 보내고 있다. 탱고다. 물론 버드에겐 모든 탱고가 똑같이 들린다. 그것은 언제까지나 이어지고 히미코는 결국 스위치를 끄고 만다. 그들은 시간을 알아낼 수가 없다.

"버드, 원수협은 소비에트의 핵실험에 굴복한 거네" 하고 그다지 흥미를 느끼는 것도 아닌 태도로 히미코가 말했다.

"어엉, 그런가 봐" 하고 버드는 말했다.

타인들의 공통된 세계에서 인간 일반을 위한 오직 하나의 시간이 진행되고, 온 세상 인간이 한 가지로 겪게 될 나쁜 운명이 형성되어 가고 있다. 하지만 버드는 그의 개인적인 운명을 지배하고 있는 아기 괴물의 요람에만 매달려 있다.

"저기, 버드. 이 지상에는 정치적으로든 경제적으로든 핵무기 생산으로부터 직간접의 이익을 얻는 인간들과는 별개로 그저 순수하게 핵전쟁을 바라고 있는 그런 인간이 있는 거 아닐까 몰라. 대부분의 인간들이 특별한 이유 없이 이 지구의 존속을 믿고 그것을 바라고 있는 것처럼, 그런 검은 마음을 가진 사람들은 역시 이렇다 할 이유 없이 인류의 멸망을 믿고 그것을 바라고 있는 것 아닐까 싶어. 쥐처럼 조그만 레밍이라는 북쪽 지방의 짐승은 때때로 집단 자살을 하는 경우가 있다는데 이 지상에는 레밍 같은 인간들이 있는 것 아닐까? 버드."

"검은 마음을 가진 레밍 같은 인간? 그야말로 조속히 유엔에서 체포 대책을 세워야겠군" 하고 버드는 맞장구를 쳤다.

하지만 그 자신은 검은 마음을 가진 레밍 같은 인간들을 잡으러 가는 십자군에 들어가고 싶지는 않았다. 오히려 버드는 자신의 내부에 그 검은 마음을 가진 레밍 같은 존재가 스쳐 지나가는 것을 느끼고 있었다.

"덥네, 버드" 하고 그때까지 이야기해 온 것에 자신이 굳이 흥미를 느끼는 것도 아니라는 듯이 히미코는 아무렇지 않게 화제를 바꿨다.

"응, 정말 덥다."

부들부들 떨고 있는 얄따란 금속판 바닥으로부터 엔진의 열기가 기어오르고 있는데다가 스포츠카의 덮개가 그들을 밀폐하고 있어 점차 그들은 찜통에 갇혀 있는 듯한 기분이 되어 갔다. 하지만 덮개의 일부를 벗겨 내면 그 틈으로 바람에 실린 빗방울이 쏟아질 것이 뻔하다. 버드는 미련이 남아 덮개 상태를 잠깐 살펴보았다. 그것은 꽤나 구식 덮개였다.

"별 수 없어, 버드. 잠깐씩 차를 세우고 문을 열자" 하고 버드의 낙담을 눈치 챈 히미코가 말했다.

버드는 차 앞쪽에 죽은 참새 한 마리가 비에 젖어 뒹굴고 있는 것을 보았다. 히미코 역시 그것을 보았다. 그들의 차는 그것을 향해 돌진했고 그것이 시야에서 사라졌을 때, 차는 크게 기울어지며 돌아서 누렇게 탁해진 물이 감추고 있던 도로 옆의 깊은 웅덩이에 타이어가 빠졌다. 버드는 요람을 잡고 있던 양손의 손가락을 세게 부딪쳤다. 이 차가 낙태 의사의 병원에 도착할 때까지 나는 온몸이 상처투성이가 될 거야, 하고 버드는 서글프게 생각했다.

"미안, 버드" 하고 히미코가 말했다. 그녀도 몸 어딘가를 부딪쳤을 것이 분명해서 고통을 참고 있는 음성이었다. 버드도 히미코도 죽은 참새 이야기는 하지 않을 참이었다.

"별 거 아냐."

버드는 무릎 위의 요람을 원래 위치로 바로잡고 차에 오르고 처음으로 아기의 얼굴을 똑바로 내려다보았다. 아기는 한층 더 새빨간 얼굴을 하고 있었지만 숨을 쉬고 있는지 어떤지 확실치 않았다. 거의 질식한 듯한 인상. 버드는 공황에 빠져 요람을 흔들었다. 돌연 아기는 버드의 손가락을 물어뜯을 듯이 입을 한껏 벌리고 믿기지 않을 만큼 큰 소리로 울어 대기 시작했다. 겨우 1센티쯤 되는 실오라기같이 굳게 감은 눈이 완전히 말라 있는 채 가늘게 떨려 가며 끝없이, 아이, 아이, 아이, 이야—, 이야—, 이야—, 이에—, 이에—, 이에—, 이에— 하며 아기는 울었다. 버드는 공황에서 벗어나자마자 이번엔 고함을 질러 대는 아기의 장밋빛 입술을 손바닥으로 덮어 버리려다가, 새로운 공황의 느낌과 함께 그것을 가까스로 억제했다. 아기는 머리의 혹을 덮어 놓은 새끼양 무늬 모자를 찰랑찰랑 흔들어 가며 아이, 아이, 아이, 이야—, 이야—, 이야—, 이에—, 이에, 이에, 이에— 하고 울부짖었다.

"아기가 우는 소리는 여러 가지 의미를 담고 있는 것 같은 느낌이 드는 거구나" 하고 히미코는 아기 울음소리에 대항하여 자신도 소리를 질러 가며 말했다. "인간의 온갖 말의 모든 의미를 품고 있는 것인지도 모르겠네."

아기는 여전히 아이, 아이, 아이, 이야—, 이야—, 이야—, 이에—, 이에, 이에, 이에— 하고 울었다.

"우리가 그 말을 못 알아들어서 다행이야" 하고 버드는 불안해하며 말했다.

그들의 자동차는 아기가 울어 대는 소리를 태우고 달렸다. 그것은 5천 마리의 기름매미를 채우고 달리는 것 같았고, 혹은 그들이 한 마리의 기름매미의 몸통 속에 빠져 날고 있는 듯한 느낌이기도 했다. 마침내 그들은 차에 가득한 열기와 아기의 울부짖음에 대항할 수 없게 되었다. 그들은 차를 도로 옆에 세우고 문을 열었다. 열병 환자의 '트림' 같은 차 안의 습하고 뜨거운 공기가 소용돌이칠 기세로 흘러 나갔고 빗방울과 함께 차갑게 젖어 있는 바깥바람이 들어왔다. 온몸이 땀으로 젖어 있던 그들은 금세 한기를 느껴 몸서리쳤다. 버드 무릎의 요람 속에도 약간의 빗방울은 스며들어,

아기의 새빨갛게 빛나던 볼에 눈물보다 훨씬 조그만 물방울이 되어 들러붙었다. 아기는 아직도 울고 있었다. 지금 아이는 아이, 아이, 아이, 하고 잘게 울면서 때로 발작적으로 기침을 했다. 그 온몸을 떨게 만드는 기침은 분명 비정상이어서 이 아기에게 호흡기 질환이 있는 것은 아닐까 의심스러웠다. 버드는 요람을 기울여 가까스로 빗방울을 막았다.

"그렇게 관리되는 공기 속에서 보호받던 아기가 갑자기 이런 바깥바람을 쐬었으니 자칫하면 폐렴이 될지도 몰라, 버드."

"으응" 하고 버드는 말했다. 그는 묵직하고 뿌리 깊은 피로를 느끼고 있었다.

"큰일 났네."

"이럴 때, 아기 울음을 그치게 하려면 도대체 어떻게 하면 되는 거지?" 하고 버드는 자신이 정말 경험 없는 인간이라 느끼며 말했다.

"젖을 물리는 건 자주 봤지만" 하고 히미코는 말하고 나서 흠칫하듯이 입을 다물고는 서둘러 이렇게 덧붙였다. "분유를 준비해 왔어야 했던 거야, 버드."

"희석한 분유, 아니면 설탕물?" 하고 피로 때문에 시니컬해진 버드가 말했다.

"약국에 가볼게. 뭐라던가, 왜 있잖아, 젖꼭지를 모방한 그 장난감이 있을지도 모르니까."

그러고는 히미코는 빗속으로 뛰어나갔다. 버드는 확신도 없이 요람을 흔들어보는 둥 해 가며 납작한 단화를 신고 달려가는 애인의 뒷모습을 바라보았다. 그녀는 같은 또래 일본 여자들 가운데 최고의 교육을 받은 사람 중 하나이지만 그 교육은 부질없이 썩어 가고 있었고 그녀에겐 극히 일반적인 여자들의 일상생활의 지혜조차 없다. 그녀는 아마도 죽을 때까지 자기 아이를 낳을 일도 없으리라. 버드는 대학 초년생 무렵에 너나없이 생기발랄했던 여학생 그룹 속에서도 가장 활기찼던 히미코를 떠올렸고, 흙탕물을 튀겨 가며 요령 없는 개처럼 달려가는 현재의 히미코에게 연민을 느꼈다. 젊음과 페던트리(pedantry)와 자신이 넘치던 그 여대생의 미래에 그 누가 이런 히미코를 예상했으랴? 버드가 요람을 끌어안고 남아 있던 차 옆을 몇 대의 원거리 수송 트럭들이 코뿔소 떼처럼 땅을 울리며 요란하게 지나갔다. 버드와 아기는 차와 함께 요동쳤다. 버드는 트럭 떼의 굉음 속에서 의미가 분명치 않은, 하지만 날카롭고 절박한 소리를 들은 것 같았다. 그것은 환청이 분명했지만 버드는 한참 동안 부질없이 귀를 기울이고 있었다.

히미코는 어둠 속에 혼자 앉아 불만에 가득 차 있을 때의 표정처럼 너무나 공공연히 타인의 눈에 상관없이 얼굴을 찡그리고 빗물 섞인 돌풍에 저항하며 돌아왔다. 그녀는 이제 뛰진 않았다. 버드는 그녀의 커다란 몸집 전체에서도 그와 마찬가지로 추할 정도의 피로감을 발견했다. 하지만 히미코는 차로 돌아오더니 여전히 울어 젖히고 있는 아기의 소리를 누르며 기쁜 듯이 "그 아기들이 물고 있는 장난감의 이름이 '공갈젖꼭지' 래. 까맣게 잊고 있었네. 봐, 두 종류 사 왔어, 버드" 하고 말했다.

'공갈젖꼭지' 라고 하는 낱말을 먼 기억의 창고에서 찾아냄으로

써 자기도 모르게 자신감을 회복한 것이다. 하지만 펼쳐진 히미코의 손바닥에 놓여 있는 그 황토색 고무로 만든 것, 단풍나무의 날개 달린 열매를 확대해 놓은 듯한 물건은 버드의 아기가 아마도 아직은 다루지 못할 난해한 기구처럼 보였다.

"파란 심이 들어 있는 것은 이를 튼튼하게 만드는 거니까 좀 더 자란 애들 용이거든, 버드. 이쪽의 심이 없는 말랑말랑한 쪽이 분명 도움이 될 거야" 하고 히미코는 말하더니 그것을 울고 있는 아기의 분홍빛 입에 갖다 댔다.

어쩌자고 이를 튼튼하게 만드는 것까지 산 거지? 라고 버드는 말하려 했다. 그리고 이를 튼튼하게 하기는커녕, 아니나 다를까, 더 어린아기들을 위한 것에조차 아기가 반응하지 않는 것을 발견했다. 아기는 입에 물려진 것에 대해 혀로 밀어내는 듯한 힘없는 움직임을 보였을 따름이었다.

"안 되나 보다, 너무 이른가 봐" 하고 한동안 시도해 본 끝에 히미코는 완전히 낙담하여 새삼 자신을 잃고 말했다.

버드는 비판을 참기로 했다.

"하지만 이것 말고 아기를 달랠 방법은 모르는데" 하고 히미코는 풀이 죽어 말했다.

"그럼 이대로 출발하는 수밖에 없지. 그렇게 하자" 하고 버드는 말하고 자기 쪽 문을 닫았다.

"지금 약국 시계로 4시였거든. 5시까지는 병원에 갈 수 있을 거야" 하고 히미코는 시동을 걸어가며 무서운 얼굴로 말했다. 그녀 역시 불쾌함의 극점을 향해 가고 있는 것이다.

"설마 한 시간씩이나 울어 대진 않겠지" 하고 버드는 말했다.

5시 30분, 아기는 울다 지쳐 잠이 들었지만 그들은 여전히 목적지에 도착하지 못하고 있었다. 그들의 자동차는 어떤 우묵배미 하나를 벌써 50분씩이나 빙글빙글 돌고 있었던 것이다.

그곳은 남과 북의 높은 땅 사이에 끼어 있는 우묵한 곳이었다. 그들의 차는 언덕을 올라갔다가 내려갔다가 하면서 흙탕물이 기세 좋게 흐르고 있는 꾸불꾸불하고 가느다란 강을 몇 번이나 건너기도 하고, 막다른 길에 들기도 하고, 거꾸로 높은 곳으로 올라가는 곳으로 나오기도 했다. 히미코는 문제의 병원 현관에 차를 댔던 기억이 있었고 높은 곳으로 올라가면 대충 위치를 짐작할 수도 있었다. 그런데 일단 인가들이 밀집된 우묵배미로 내려서면 포장이 덜 되고 폭이 좁은 길들이 종횡으로 교차되고 있어 그들은 지금 자기들이 탄 차가 어느 방향을 향해 있는지조차 모르게 되어 버리곤 했다. 가까스로 히미코가 본 적이 있는 듯한 길을 만나면 절대로 길을 양보하지 않는 소형 트럭을 만나 백 미터 쯤 후진을 해야 하고, 트럭을 거기 둔 채 원래 자리로 돌아가려 하다 보면 그들의 차는 이미 전과는 다른 모퉁이를 돌아 버리는 것이다. 그리고 다음 모퉁이는 일방통행이어서 돌아갈 수가 없다.

버드도 히미코도 완전히 입을 다물고 있었다. 그들은 너무나 신경이 곤두선 나머지 서로를 상처 입히지 않고 무언가 이야기를 할 자신이 없었던 것이다. 이 네거리는 이미 두 번이나 지나쳤을걸, 하는 정도의 이야기조차 그들 사이에 단박에 날카로운 균열을 불러오고야 말 위험한 말로 느껴졌다. 특히 그들은 몇 번이나 같은 파출소 앞을 지나쳤다. 그것은 낡아빠진 옛 동사무소 같은 건물로 나무의 성장 정도나 잎의 무성함이 완전히 서로 다른 암수 두 그루의 은행나무가 입구를 향해 서 있다. 그들은 은행나무 안쪽 경관의 주의를 환기할까 봐 무서워서 파출소를 지날 때마다 벌벌 떨며 그곳을 통과하곤 했다. 경관에게 병원 위치를 묻는다든가 하는 것은 꿈도 꾸지 못했다. 그들은 상점가의 점원들에게 병원의 번지를 확인하는 것조차 망설이고 있었다. 머리에 혹이 달린 아기를 태운 스포츠카가 이미 소문이 흉흉한 그 병원을 찾아왔다는 말이 난다면 성가신 일이 생길 것이 분명하다. 의사가 히미코와 통화하면서 병원 근처에선 담뱃가게에도 들르지 말아달라고 일부러 강조했을 정도다. 그래서 그들은 거의 끝이 없을 듯이 느껴져 오는 맴돌이를 계속하고 있었다. 내일 새벽까지 걸려서도 목적하는 병원에 닿지 못하는 건 아닐까? 하는 강박 관념이 버드를 사로잡고 있었다. 설상가상으로 버드를 괴롭히는 집요한 졸음. 그는 잠이 들어 아기의 요람을 무릎에서 떨어뜨리면 어쩌나 하는 불안에 휩싸였다. 아기의 혹의 표피가 두개골의 구멍에서 노출된 뇌의 일부를 둘러싼 경뇌막이라면 그것은 단박에 찢어져 버릴 것이다. 그리고 아기는 변속 기어와 브레이크 사이에 스며들어 그들의 신발을 더럽히고 있는 흙탕물에 젖어 호흡 곤란을 일으켜 고통스러워하며 죽어갈 것이다. 그것은 그야말로 최악의 죽음이다. 버드는 졸음에서 벗어나 보려 기를 썼다. 그런데도 일순 의식의 암흑에 빠졌던 버드는 "자면 안 돼, 버드" 하는 히미코의 긴장된 음성에 깨어났다.

요람이 무릎에서 미끄러져 내리는 참이었다. 기겁을 한 버드가 그것을 움켜잡았다.

"나도 졸려, 버드. 사고가 날까 봐 무서워."

이미 짙어지는 석양빛이 우묵배미 위로 내리고 있었다. 바람은 가라앉았지만 비는 우묵배미에 자리 잡고 앉아 어느새 안개로 변하여 시야를 나지막이 막아 놓고 있었다. 히미코가 전조등 스위치를 누르자 한쪽만 불이 들어왔다. 히미코의 어린애 같은 애인의 심술이 효과를 발휘하기 시작한 셈이다. 그들의 자동차가 두 그루 은행나무 앞을 재차 지나칠 때, 마침내 젊은 농부 같은 경관 하나가 느긋하게 파출소에서 나오더니 그들을 멈춰 세웠다.

파랗게 질리고 땀범벅이 되어 있는 그야말로 수상쩍은 모습의 그들이 열린 문으로 허리를 굽히고 들여다보는 경관의 눈에 보였다.

"면허증!" 하고 지나치게 익숙한 자세로 경관이 말했다. 버드의 학원 학생들 또래의 경관이지만 자신이 그들을 겁주고 있다는 사실을 확실히 알면서 즐기고 있었다. "이 차가 애꾸라는 사실은 말야, 너희가 처음 여길 지날 때부터 알고 있었어. 그런데 기껏 봐줬는데 이렇게 몇 번이나 되돌아오니 어쩔 수가 없네. 그것도 외눈만 번쩍이며 태평스레 달려오다니 정말 별 수 없지. 이쪽 위신이 걸려 있으니까!"

"네" 하고 히미코가 감정이 실리지 않은 중성적인 음성으로 말했다.

"아이를 데리고 있는 거야?" 하고 경관은 히미코의 태도가 마음에 들지 않는다는 투로 말했다. "차는 여기 두고 아기는 안고 따라와."

요람 속 아기는 지금 이상하게 새빨간 얼굴로 코와 한껏 벌린 입으로 소리를 내며 거친 숨을 쉬고 있었다. 폐렴이 아닌가? 하는 의심이 일순 버드로 하여금 들여다보고 있는 경관의 존재를 잊게 만들었다. 버드는 아기의 이마에 조심조심 손바닥을 갖다 댔다. 그것은 인간의 체온의 감각과는 완전히 질적으로 다른 찌르는 듯한 열을 전해 왔다. 버드는 자기도 모르게 소리를 질렀다.

"왜?" 하고 놀란 경관이 나이에 걸맞은 음성으로 돌아와 물었다.

"아기가 아파요. 그래서 전조등이 깨진 걸 알기는 했지만 그대로 나온 거죠" 하고 히미코가 말했다. 그녀는 경관의 동요를 틈타 뭔가 속셈이 있었다. "그런데 길을 잃고 만 거구요."

"어디 가는 건데? 무슨 병원이지?"

히미코는 잠시 망설이다가 결국 병원 이름을 말했다. 경관은 그곳이 차가 멈춘 곳 바로 옆 골목이 끝나는 곳이라고 알려준 다음, 자신이 단순히 사람만 좋은 경관이 아니라는 사실을 보여 주고 싶었던지 "하지만 이렇게 가까우니까 차에서 내려 걸어가도 되겠지, 그래 줬으면 좋겠는데" 하고 말했다.

히미코가 신경질적으로 팔을 길게 뻗더니 아기의 혹을 덮고 있던 털모자를 벗겨 냈다. 그것은 젊은 경관에게 결정적인 일격을 가했다.

"가능하면 흔들리지 않게 옮겨야 하니까."

히미코는 연이어 추가 펀치를 날렸다. 경관은 후회하듯 풀이 죽어 면허증을 돌려주었다.

"병원에 아기를 옮기고 나면 곧장 차를 수리 센터에 보내세요" 하고 경관은 아기의 혹에 여전히 눈길을 빼앗긴 채 멍청한 소리를 했다. "정말, 심하네요! 이건 뇌막염인가요?"

그들은 경관이 가르쳐 준 골목에 차를 집어넣었다. 병원 앞에 차를 세우더니 히미코는 여유를 회복하고 이렇게 말했다.

"면허증 번호도 이름도 뭐 하나 메모하지 않더라, 그 얼간이 경관."

그들은 목조 모르타르 병원의 현관에 아기 요람을 들고 들어섰다. 간호사나 환자들의 기척은 없었고 히미코가 부르자 금세 마로 된 턱시도는커녕 끔찍한 얼룩투성이 가운을 입은 계란형 두상의 사나이가 나타났다. 그는 버드를 완전히 무시한 채, 생선장수에게서 물고기라도 사듯이 요람 속을 들여다보면서 "늦었네, 히미코짱. 장난을 친 건가, 하고 생각하던 참이야" 하고 들러붙듯 끈적한 음성으로 점잖게 나무랐다.

버드는 병원 현관이 지나치게 노골적으로 황폐한 인상이라는 점에 마음 깊은 곳에서 겁이 났다.

"좀처럼 길을 모르겠더라구" 하고 히미코가 냉담하게 말했다.

"도중에 뭔가 독한 짓을 해 버린 건가 싶었어. 일단 아기를 죽이려고 마음먹으면 뒤죽박죽이 되어서 쇠약사든 교살이든 마찬가지 아니냐고 생각하는 과격파들도 있으니까. 이런, 이런, 가엾게도, 폐렴까지 걸렸구먼" 하고 의사는 여전히 점잖게 말하며 아기의 요람을 천천히 들어올렸다.

13

그들은 수리 센터에 그들의 스포츠카를 두고 택시를 잡아 히미코가 알고 있는 남색가의 술집으로 갔다. 그들은 파김치가 되어 있었고 졸려서 죽을 지경이었지만, 끝없이 목구멍이 말라가는 듯한 숨겨진 흥분이 그들을 더욱 사로잡고 있어서 두 사람만 그 어두운 집으로 돌아가는 것을 피하고 싶은 기분이 들었다.

그들은 가스등을 서툴게 흉내 낸 형광등 유리 덮개에 푸른 페인트로 '기쿠히코(菊比古)' 라고 써놓은 술집을 발견하고는 택시에서 내렸다. 어울리지 않는 나무토막이니 판자로 대충 시늉만 내놓은 문을 열고 들어서니, 짧은 카운터와 그 반대쪽으로 이상할 만큼 등받이가 높은 고풍스런 의자가 두 쌍 늘어서 있을 뿐인 짐승우리처럼 살벌하고 좁아터진 술집이었다. 아직 그들 말곤 손님은 하나도 없었고 카운터 너머 구석에 서 있는 왜소한 남자가 두 명의 틈입자를 맞았다. 경계해 가며 두 사람을 재빨리 음미하고 있지만 결코 거부하고 있지는 않은, 양처럼 젖은 눈과 소녀와 같은 입술을 지닌 전체적으로 묘하게 둥근 인상의 남자였다. 버드는 문 바로 안쪽에 멈춰 선 채로 남자를 바라보았다. 남자의 모호한 웃는 얼굴의 얇은 막을 통해 지방 도시의 어린 친구의 모습이 점차 떠올라왔다.

"여어, 지독한 몰골이군, 오히미 상" 하고 남자는 여전히 버드를 지켜보면서 머뭇머뭇 조그만 입술을 움직이고 있었다. "전, 이 사람을 알고 있어요, 아주 오래 전에 버드라는 별명이 붙어 있던 사람 아닌가?"

"일단 앉읍시다" 하고 히미코가 버드에게 말했다.

히미코는 버드와 기쿠히코의 몇 년 만의 재회극에서 안티클라이맥스한 분위기밖에 보지 못하는 모양이었다. 버드 역시 기쿠히코에게 특별히 사무치는 감정을 불러일으킨 것은 아니었다. 그는 더없이 피곤하고 졸려서 이 세상에 그의 생기 있는 흥미를 끌 만한 것은 무엇 하나 없다고 느끼고 있었다. 어쩌다 보니 버드는 히미코에게서 약간 거리를 두고 앉았다.

"지금 이 사람 별명은 뭐야? 오히미 상."

"버드."

"어머, 여전히 버드? 벌써 7년이나 지났는데" 하고 남자는 말하며 버드에게 다가왔다. "버드, 뭘 드실래?"

"위스키를 스트레이트로."

"오히미 상은?"

"같은 걸로."

"두 사람 다 엄청 피곤해 보이네, 아직 초저녁인데."

"성적(性的)인 건 아니야. 오후 내내 죽을 둥 살 둥 자동차를 운전했거든."

버드는 자신을 위해 채워진 위스키 잔을 집어 들려다가 무심결에 울컥해 오는 것을 느끼며 주춤거렸다. 기쿠히코, 아직 스물두 살밖에 되지 않았을 텐데 나보다 훨씬 만만찮은 어른 나이에 이른 듯도 하지만, 거꾸로 열다섯 살 무렵 그대로의 요소가 진하게 남아 있는 듯이도 보이는, 두 가지 연령 사이의 양서류 같은 기쿠히코. 그는 자기도 위스키를 그대로 마시고 있었다. 그는 재빨리 첫 잔을 비워 버린 히미코와 자신을 위해 두 번째 잔을 가득 따랐다. 기쿠히코는 화가 난 고양이처럼 온몸에 신경을 곤두세우고 잠자코 그의 동작을 지켜보고 있던 버드를 관찰했다. 그러더니 마음먹고 버드를 향해 서더니 "버드, 나를 기억해 냈어?" 하고 기쿠히코가 물었다.

"아, 물론이지" 하고 버드가 말했다. 버드는 게이바의 경영자라는 직업의 인간과는 처음으로 말을 나눈 것이었다. 묘하게도 그런 의식이 몇 년 만에 만나게 된 옛날 친구와 이야기를 하고 있다는 의식보다 강하고 지배적으로 느껴졌다.

"그날 이후 말야, 버드. 이웃 도시에 가서 얼굴 아래쪽 절반이 없는 미군 병사가 기차 창문으로 밖을 내다보고 있는 것을 본 날 이후."

"그 미군 병사라는 건, 뭐야?"

기쿠히코는 버드를 물끄러미 바라보며 히미코에게 대답했다.

"한국에서 전쟁이 났을 무렵 부상병들이 일본의 기지로 돌아왔었지, 기차 한 가득 실려서. 우리가 그 기차를 만났던 거야. 버드,

그런 기차는 우리 살던 동네를 자주 통과했었던 건가?"

"그렇게 자주는 아니었겠지."

"일본 고등학생들이 인신매매업자에게 붙잡혀 전쟁에 끌려갔다는 소문이라든가 정부에서 아예 우리를 한국으로 보낸다는 소문도 있어서 그 무렵엔 무서웠어."

맞아, 이 녀석은 몹시 무서워하고 있었지. 한밤중에 싸우고 헤어졌을 때도 '난 무서웠단 말야' 하고 소리를 쳤었어, 하고 버드는 생각했다. 그러고는 버드는 아기를 생각했고 녀석은 아직 무서워할 능력도 없어, 하고 생각하며 안심했지만 그것은 미심쩍고 부질없는 안심이었다. 버드는 아기에게 집중되기 시작하는 의식을 억지로 옆으로 돌려놓으려 "그건 정말 무의미한 소문이었지" 하고 말했다.

"무의미한 소문이었다 치더라도 그런 소문들 때문에 온갖 짓을 다 했는걸!" 하고 기쿠히코가 말했다. "그래서, 버드, 네가 쫓아갔던 미치광이는 무사히 잡았어?"

"그놈은 성산에서 목을 매고 죽어 있었어. 결국 헛수고였지" 하고 버드는 오래된 유감스런 감정의 맛을 혀끝에 시큼하게 되살리며 말했다. "새벽에 개들하고 내가 발견했지. 그거야말로 완전한 무의미였어."

"그렇지 않아, 버드. 새벽까지 쫓아다녔던 너와 한밤중에 탈락해서 도망쳐 버린 나와는 그 후의 인생이 완전히 달라진걸. 넌 우리들 불량소년들과 사귀는 걸 그만두고 도쿄의 대학에 들어가 버렸고 난 그날 밤 이후 줄곧 하강을 계속해서 지금 눈앞의 게이바 같은 데 기어들어와 있는 거잖아. 버드가 그때 혼자서 가버리지 않았더라면 나도 조금은 다른 방식으로 살아 왔을 것 같은데."

"버드가 그날 밤 기쿠히코를 버리지 않았더라면 기쿠히코는 호모 섹슈얼도 되지 않았을까?" 하고 히미코가 주제넘게 물었다.

버드는 곤혹스러워 기쿠히코에게서 눈길을 거두었다.

"호모 섹슈얼한 인간이란 동성애를 실행하기로 마음먹은 인간이다, 라고들 하잖아? 나 스스로 그것을 선택한 것이니 책임은 다른 누구에게 있는 게 아냐" 하고 기쿠히코가 상냥하게 말했다.

"기쿠히코는 프랑스 실존주의자의 말도 알고 있네."

"게이바 주인은 박식하지 않으면 못 먹고 살아" 하고 기쿠히코는 영업용 목소리인 듯한, 노래하는 것 같은 어투로 말했다. 그러고는 원래 음성으로 돌아오더니 버드를 향해 "탈락한 내가 하강을 계속하는 동안 버드는 계속 상승했을 텐데, 지금 넌 뭘 해?"

"학원 강사를 하고 있지만 여름 방학부터는 모가지가 떨어지기로 정해져 있지. 얼어 죽을 상승은……" 하고 버드는 대답했다. "게다가 이상하게 말썽이 끊이질 않아서 말야."

"그러고 보니 스무 살 버드가 이런 식으로 의기소침해져 버리는 일은 없었지. 지금 버드는 무언가를 두려워하면서 그것으로부터 도망치려는 듯한 느낌이야" 하고 기민한 관찰력을 발휘하며 기쿠히코가 말했다. 그는 이미 버드가 알고 있는 이전의 단순한 기쿠히코가 아닌 모양이었다. 그의 탈락과 하강의 삶은 지극히 복잡한 날들이었던 것이리라.

"맞아, 나는 기진맥진인데다가 무서워하고 있고, 도망치려고 하고 있어" 하고 버드가 말했다.

"스무 살 때 버드는 어떤 종류의 공포심으로부터도 자유로운 남자여서 말야. 버드가 공포에 시달리는 모습이라곤 본 적이 없었는데" 하고 기쿠히코는 히미코에게 말했다. 그러고는 직접 버드에게 "지금 너는 공포심에 굉장히 민감한 것 같아. 무서워서 꼬리를 말고 있는 듯한 느낌이야" 하고 도발하듯 말했다.

"나는 이제 스무 살이 아니거든" 하고 버드는 말했다.

"그는 옛날의 그가 아니었더라" 하고 기쿠히코는 실로 냉정한 타인의 표정을 드러내며 말하더니 타이밍 좋게 히미코 옆으로 옮겨갔다.

그러고는 기쿠히코와 히미코가 주사위 게임을 시작했기에 버드는 그들에게서 떨어져 안도하며 자신의 위스키 잔을 집어 들었다. 기쿠히코와 버드는 7년간의 공백 후에 7분간의 대화만으로 서로의 호기심을 건드릴 만한 것들을 모조리 소비해 버린 것이다. 나는 스무 살이 아냐. 내가 지금 잃지 않고 소유하고 있는 스무 살 때와 같은 거라고는 버드라는 어린애 같은 별명뿐이지. 여기서 버드는 그 길었던 하루의 첫 위스키를 한 모금 삼켰다. 몇 초 후 돌연 그의 몸 깊은 곳에서 실로 견고하고 거대한 무엇인가가 벌떡 일어섰다. 버드는 지금 막 위장으로 흘려보낸 위스키를 아무런 저항도 없이 토해 냈다. 기쿠히코는 재빨리 카운터를 닦아 내고 물컵을 내밀었지만, 버드는 멍하니 허공을 바라보고 있을 따름이었다. 나는 아기 괴물에게서 수치스런 짓들을 무수히 거듭하여 도망치면서 도대체 무엇을 지키려 했던 것일까? 대체 어떤 나 자신을 지켜 내겠다고 시도한 것일까? 하고 버드는 생각했다. 그리고 문득 기가 막혔다. 답은 제로였다.

버드는 둥근 의자에서 엉덩이를 떼어 내어 천천히 바닥에 내려섰다. 그리고 버드는, 피로와 급속한 술기운으로 풀린 눈으로 묻는 듯이 그를 바라보는 히미코에게 "난 아기를 대학 병원으로 다시 데려다가 수술을 받게 할 거야. 난 이제 도망치는 건 그만둘래" 하고 말했다.

"넌 도망치는 게 아니잖아? 왜 그래, 버드. 이제 와서 새삼스레 수술이니 뭐니" 하고 히미코가 의아하다는 듯 물었다.

"그 아기가 태어난 아침부터 지금까지 줄곧 난 도망치고 있었어" 하고 버드는 확신을 담아 말했다.

"지금 넌 자기 손과 내 손을 더럽히며 아기를 죽이고 있는 거야. 그건 도망치는 게 아니잖아? 그리고 우린 아프리카로 갈 거구!"

"아니, 난 그 낙태 의사에게 아기를 맡겨놓고 이리로 도망 온 거야" 하고 버드는 완강히 말했다.

"그리고 도망치고, 또 도망쳐 마지막으로 갈 곳으로 아프리카를 생각하고 있었던 거지. 너 자신도 역시 도망치고 있는 거야. 공금 횡령범과 함께 도망치고 있는 카바레 여종업원 같은 것에 불과하지."

"난 내 손을 더럽혀 가며 맞서고 있어, 도망치는 게 아니라구" 하고 히미코가 히스테리의 바닥으로 떨어져 내리며 소리쳤다.

"너는 오늘, 죽은 참새를 치지 않으려고 웅덩이에 차를 빠뜨렸던 게 생각 안 나니? 그게 정말 자기 손을 더럽혀 살인을 행하려 하는 인간의 태도냐구?"

히미코는 눈에 띄게 충혈되어 부어오르는 커다란 얼굴에 분노의 빛과 절망의 예감이 차오르며 버드를 노려보았다. 그리고 답답하다는 듯이 몸부림치며 버드에게 반박하려 했지만 그건 목소리가 되어 나오지 못했다.

"아기 괴물에게서 도망치는 대신 정면으로 맞서는, 속임수 없는 방법은 자기 손으로 직접 목을 조르거나, 아니면 그를 받아들여 기르는 것, 두 가지뿐이야. 애초부터 알고 있었지만 나는 그걸 인정할 용기가 없었던 거지."

히미코는 위협하듯이 손가락을 내저으며 버드의 말을 막았다.

"버드, 아기는 지금 폐렴까지 일으켰어. 대학 병원으로 데려간다고 해봤자 도중에 차 안에서 아기는 죽고 말 거라고. 그렇게 되면 너는 그냥 체포당하는 수밖에 없어."

"그렇게 된다면 그야말로 내 손으로 직접 죽인 거지. 나는 체포당해 마땅하고. 내가 책임을 져야지."

버드는 냉정하게 그렇게 말했다. 그는 자신이 마침내 기만의 마지막 올무에서 벗어났다는 것을 느꼈고 자기 스스로에 대한 신뢰를 회복하고 있었다. 히미코는 눈꺼풀 가득 눈물을 담고 버드를 쏘아보며 조급하게 심리적인 더듬이질을 한 끝에 또 하나 다른 공격법을 발견하여 거기 매달렸다.

"수술로 아기의 생명을 구한다고 한들, 그래서 뭐가 되지? 버드. 그는 식물인간이 될 뿐이라고 하잖아? 넌 자신을 불행하게 만들 뿐 아니라 이 세상에게도 전혀 무의미한 존재 하나를 살아남게 만드는 거야. 그것이 아기를 위하는 길이라도 된다는 거야? 버드."

"그건 나를 위해서지. 내가 도망만 치는 남자이기를 멈추기 위해서" 하고 버드는 말했다.

하지만 히미코는 여전히 이해하려 들지 않았다. 그녀는 의심스럽다는 듯이, 혹은 도전하듯이 버드를 노려보며 두 눈에 한가득 고여 오는 눈물도 아랑곳없이 엷은 웃음을 띠려 애썼다.

"식물 같은 기능의 아기를 억지로 살려 놓는 것이 버드가 새로 획득한 휴머니즘?" 하고 비웃었다.

"나는 도망쳐 다니며 책임을 회피하는 남자가 되고 싶지 않을 뿐이야" 하고 버드는 지지 않고 말했다.

"아아, 우리의 아프리카 여행 약속은 어떻게 되는 거지?" 하고 히미코는 흐느껴 울었다.

"오히미 상, 꼴불견이야. 그만 그쳐! 버드가 일단 스스로에게 사로잡혔다 하면 남들 우는 소리 같은 건 안 들려" 하고 기쿠히코가 말했다.

버드는 양의 눈처럼 젖어 있던 기쿠히코의 눈에 맹렬한 증오 같은 것이 번쩍이는 것을 보았다. 하지만 기쿠히코의 이 말이 히미코에겐 회복의 실마리가 된 것이다. 그녀는 며칠 전 위스키 한 병과 함께 최악의 상태로 찾아온 버드를 맞아들였던, 이미 젊음을 잃어버리기 시작한 나이의 한없이 너그럽고 상냥하고 부드러운 모습의 히미코로 돌아왔다.

"좋아, 버드, 네가 아니라도 난 집과 땅을 처분해서 아프리카로 갈 테니까. 길동무로는 내 차 타이어를 훔쳐 간 소년을 데려가지 뭐. 생각해 보면 난 그 아이한테 너무 못되게 굴었거든" 하는 히미코에게 눈물의 흔적은 남아 있었지만 히스테리성 위기는 확실히 극복하고 있었다.

"오히미 상은 이젠 괜찮아" 하고 기쿠히코가 버드를 재촉했다.

"고마워" 하고 버드는, 히미코에게인지 기쿠히코에게인지 모르지만, 순박하게 진심을 담아 말했다.

"버드, 넌 여러 가지 일들을 견뎌야만 할 거야" 하고 히미코가 버드를 격려하듯이 말했다. "안녕, 버드!"

고갤 끄덕이며 버드는 술집을 나왔다. 그가 잡은 택시는 비에 젖은 도로를 무서운 속도로 내달렸다. 만약 내가 지금 아기를 구해 내기 전에 사고로 죽는다면 지금까지 27년의 내 삶은 말짱 무의미한 것이 되어 버린다고 버드는 생각했다. 일찍이 맛본 적이 없는 끔찍한 공포감이 버드를 사로잡았다.

* *

가을의 끝자락이었다. 버드가 뇌외과 주임에게 퇴원 인사를 하고 돌아와 보니, 아기를 안은 아내를 둘러싸고 특수아실 앞에서 버드의 장인과 장모가 미소 지으며 기다리고 있었다.

"축하하네, 버드. 자네를 닮았구먼" 하고 장인이 말을 걸었다.

"그렇네요" 하고 버드는 얌전히 말했다. 아기는 수술하고 한 주일이 지나자 인간에 가까워졌고 다음 한 주 동안 버드를 닮아왔다.
"머리 뢴트겐 사진을 빌려 왔으니까 집에 가면 보여 드리겠지만 두개골 결손은 겨우 몇 밀리 정도 직경이어서 이미 메워지고 있다는군요. 뇌의 내용물이 밖으로 나와 버렸던 것이 아니라, 그러니까 뇌 헤르니아도 아니고 단순한 육종이었던 거죠. 잘라 낸 혹 안에는 탁구공처럼 하얗고 딱딱한 것이 두 개 들어 있었다고 합니다."

"수술이 성공해서 정말 다행이야" 하고 수다스런 버드의 말이 끝나는 틈을 노려 장인이 말했다.

"수술이 오래 걸려 수혈을 할 때마다 버드는 몇 번이나 자기 피를 제공하는 바람에 결국 드라큘라에게 물린 공주님처럼 창백해져 버렸었죠" 하고 보기 드물게 유머러스한 말투로 장모가 유쾌하게 말했다. "버드는 엄청난 활약을 했어요."

아기는 급변한 환경에 놀라 꼼짝 않은 채 겁이 난 듯이 입을 다물고 아직 거의 보이지 않을 눈으로 어른들의 모습을 살피고 있었다. 버드와 교수는, 번갈아가며 아기를 들여다보는 통에 자연스레 그들보다 뒤처지곤 하는 여인들의 몇 걸음 앞에서 이야기를 나누며 걸었다.

"자넨 이번 불행과 정면에서 맞서 잘 싸웠군 그래" 하고 교수가 말했다.

"아뇨, 저는 여러 번 도망치려 했었어요, 거의 도망쳐 버릴 뻔했었죠" 하고 버드는 말했다. 그러고는 자기도 모르게 원망스러움을 억누르는 듯한 음성이 되어 "하지만 이 현실의 삶을 살아 낸다고 하는 것은 결국 정통적으로 살도록 강요당하는 것인 모양이네요. 기만의 올무에 걸려 버릴 작정을 하고 있는데도 어느 샌가 그것을 거부하지 않을 수 없게 되어 버리는 그런 식으로요."

"그렇게 하지 않고 현실의 삶을 살 수도 있다네, 버드. 기만에서

기만으로 개구리 뜀 뛰듯이 죽을 때까지 가는 인간도 있지" 하고 교수는 말했다.

버드는 잠깐 눈을 감고 며칠 전 아프리카의 잔지바르 행 화물선을 탄 히미코 곁에 그 소년 같은 남자 대신 아기를 죽인 버드 자신이 서 있는 충분히 매혹적인 지옥도를 그려 보았다. 히미코의 이른바 또 다른 우주에서는 그런 현실이 전개되고 있는 것인지도 모른다. 그러고 나서 버드는 그 자신이 선택한 이쪽 우주의 문제로 돌아오기 위해 눈을 뜨고 이렇게 말했다.

"아기는 정상적으로 자랄 가능성도 있긴 하지만, IQ가 지극히 낮은 아이가 될 가능성도 마찬가지로 있습니다. 저는 아기의 장래를 위해서도 벌어 두어야만 하죠. 물론 선생님께 새로운 일자리를 부탁드릴 생각은 없습니다. 그런 식으로 실수를 했으니, 그건 아무래도 선생님 쪽에서나 제 쪽에서나 허용될 수 있는 한계를 넘어선 거라고 생각합니다. 저는 학원이나 대학의 강사 같은 일단은 상향의 계단이 있는 커리어와는 완전히 인연을 끊을 생각이거든요. 그래서 외국인 관광객을 상대하는 가이드를 할까 싶네요. 저는 아프리카로 여행을 가서 현지인 가이드를 고용할 꿈을 갖고 있었지만 거꾸로 일본을 찾아오는 외국인을 위한 현지인 가이드 역할을 하려구요."

교수는 버드에게 대답하려 했지만 때마침 복도를 온통 점령하고 한 무리의 젊은이들이 다가오는 바람에 그들은 옆으로 비켜서서 젊은이들을 보내야만 했다. 젊은이들은 허풍스럽게 한 팔을 들어 올린 동료 하나를 둘러싸고 버드 일행을 완전히 무시한 채 지나갔다. 그들은 모두 추레하고 지저분한, 이 계절에는 이미 춥게 느껴지는 용의 자수가 놓인 점퍼들을 입고 있었다. 그래서 버드는 그 젊은이들이, 아기가 태어나고 있던 초여름 한밤중, 자신과 싸웠던 그룹이라는 사실을 깨달았다.

"저는 녀석들을 알고 있는데 웬일인지 그들은 저에게 전혀 주의를 기울이지 않는 것 같군요" 하고 버드가 말했다.

"자넨 요 몇 주 동안에 완전히 변해 버린 듯한 느낌이니, 그 때문이겠지."

"그럴까요?"

"자넨 변해 버렸어" 하고 교수가 약간은 애석하다는 느낌도 담긴 따스한 육친의 음성으로 말했다. "자네에겐 이제 버드라는 어린애 같은 별명은 어울리지 않아."

버드는 아기를 감싸 안고 여전히 열심히 이야기를 나누며 그들에게 다가오고 있는 여인들을 기다려 아내 품에 안긴 아들의 얼굴을 들여다보았다. 버드는 아기의 눈동자에 자신의 얼굴을 비춰보려 했던 것이다. 아기 눈의 거울은 말갛게 개인 깊은 회색으로 버드를 비추어 냈지만 그것은 너무나도 미세하여 버드는 자신의 새 얼굴을 확인할 수는 없었다. 집으로 돌아가면 먼저 거울을 보아야지, 하고 버드는 생각했다. 그리고 나서 버드는 본국 송환을 당한 델체프 씨가 표지에 '희망' 이라는 낱말을 써주었던 발칸 반도의 조그만 나라의 사전에서 맨 먼저 '인내' 라는 낱말을 찾아볼 작정이었다.

‘일찍이 맛본 적이 없는 끔찍한 공포감이 버드를 사로잡았다.’

오에 겐자부로

『개인적인 체험』을 쓰고 있던 초여름의 어느 날 오후 창문이 열려 있어 커다랗고 푸른 잎이 달린 나뭇가지가 바람에 천천히 흔들리고 있던 것이 떠오른다. 절기상 아직 못 견딜 더위는 아니었던 실내에서 땀으로 범벅이 된 몸으로 엎드린 채 도저히 움직일 수가 없었다. 입원해 있던 병원에서 퇴원한 지 오래지 않은 아들을 데리고 진료를 받으러 다니던 나날이었는데 특히 그날 병원에서 어떤 결정적인 이야기를 듣고 돌아와 셋방의, 이 역시 빌려 쓰고 있던 커다란 침대에 쓰러지자마자 그렇게 되어 버렸었다. 절망 때문에 몸을 움직일 수 없게 된다고 하는 정경을 어디선가 읽은 적은 있었다. 하지만 실제로 자신이 그렇게 되고 보니 ‘이런, 드디어’ 싶은 부분도 있었고, 이런 자신의 뒤쪽에 또 한 명의 아기를 들여다보듯이 서 있는 아내에 대해서는 이런 상태에 빠져 있는 것은 현재로서는 어쩔 수가 없지만, 앞으로는 두 번 다시 이런 추태를 이 사람에게 보일 수는 없어 싶기도 했다. 그 온몸이 마비되어 버린 듯한 상태는 20분 정도 계속되었다. 더 길었는지도 모른다. 새로이 온갖 어려움이 아들에게 닥쳐왔지만 이런 기괴한 증상이 다시 내게 나타난 일은 없었고……

그때 내 침대 옆 아기 침대에서 자고 있던 아들은 올 6월에 열여덟 살이 된다. 이런 생각까지 하지 않더라도 그 당시 나는 단적으로 젊었던 것이다. 그리고 지금 다시 읽어본 『개인적인 체험』은 그야말로 젊디젊은 청춘 소설이라 느껴진다. 그건 새삼 놀라울 정도다. 그도 그럴 것이 이 소설을 쓰고 있던 나는 이미 스스로가 청춘과는 관계없다고 믿고 있었으니까. 이 소설을 쓸 무렵에 아직 방법론적으로 자각이 없는 일이 많았던 나도 소설을 쓰는 이와 주인공을 동일시한 적은 없었다. 따라서 작중의 버드는 쓰고 있는 나로부터 분리되어 설정되고, 양자의 공통점은 둘 다 머리에 이상을 지니고 태어난 신생아를 두고 있다는 것뿐이다. 나아가 나는 버드를 스물일곱 살 4개월이라는 연령이지만 육체적으로는 40세의 체력밖에 지니지 못한, 요컨대 청춘과는 인연을 끊어 버린 인간으로 설정했던 것이다. 그런데 지금 내가 다시 읽어 보니 그것은 소년 소설과 잇닿아 있는 젊은 주인공을 노골적인 젊음의 유로(流露) 속에서 파악해 낸 청춘 소설인 것이다. 그리고 나 자신이 그런 소설의 존재 방식에 대해 일종의 미소를 머금은 듯한 느낌으로 읽고 있었다고 말하지 않을 수가 없다. 이제 와 보니 그 마른 종이 같은 소리를 내던 오동나무로 둘러싸인 셋방에서 그야말로 문자 그대로 절망하여(나는 감히 이렇게 쓴다. 그리고 그 후 줄곧 장애를 짊어진 아들과 살아왔고 연달아 닥쳐오는 새로운 어려움을 만났지만 그때처럼 온몸으로 절망한 자신이라는 것을 발견한 일은 두 번 다시 없었다고도 적어 두고 싶다. 말하자면 그렇게) 엎드려 있던 나에게도, 곁의 아기 침대에 한쪽 손을 얹은 채 망연히 지켜보고 있던 아내에게도, 그런 그녀의 젊음에 대한 추억과 함께 나는 어떤 미소와 같은 감정을 품는다…….

그리고 지금 중년 중에서도 절반을 지난 인간으로 돌이켜 보면 일단 어른이 되고 나서 자신에게 어떤 미소 같은 감정과 함께 회상할 만한 삶의 순간들이 그다지 많은 것은 아니다. 오히려 그러한 순간은 너무나 드물었던 것이다. 그리고 자신이 다수 써 왔던 소설에 관해서도 어떤 미소와 같은 감정을 품고 다시 읽을 만한 작품이 많은 것은 아니다. 『개인적인 체험』이 명백히 고뇌에 찬 경험에 뿌리를 둔 작품이니만큼 나는 신기하다는 생각이 드는 것이다. 아마도 이 청춘 소설을 썼다는 사실이 근본적인 정화 작용을 나에게 가져온 것이다. 그리고 그 정화 작용의 힘은 이미 이 소설을 쓰고 있던 초여름의 어느 날에 절망하여 침대에 널브러져 있던 아직 젊은 내게도 미치고 있었던 것이다…….

머리에 이상이 있는 신생아로 태어난 아들에게 촉발되어 나는 이 『개인적인 체험』을 비롯한 몇 개의 작품을 써 왔다. 그것들은 모두 출발점이 되어 준 장편소설과 마찬가지로 현실 생활과 완전히 겹쳐 있는 것은 아니지만(다시 말해 일본 문학의 전통적 장르, '사소설' 처럼은 아니지만), 역시 그러한 자신으로서의 깊은 경험에 뿌리가 닿아 있었다. 그 작품 하나하나에 대해 표현되어 있는 지적 장애아와 아버지와의 관계의 차이를 본다면 매 작품마다 소설의 방법에 관한 나의 전략이 명백해질 것이다. 그것은 문체의 선택 방법이라는 것에도 직접 영향을 끼쳤던 것이다.

그것은 이 신생아를 어둠 속에 묻어 버린 까닭에 아버지인 자신의 생존 의미를 잃어버리고 만 사나이를 그린 『허공의 괴물 아구이』라든가, 수술 후 인간의 아이다운 반응을 보이지 않게 되어 버린 아이를 곁에 두고 돌보지 않는 부모의 퇴폐를 묘사한 『만엔원년(萬延元年)의 풋볼』을 한쪽의 극으로 삼는다. 그리고 이러한 신생아가 새 소리를 다수 구분할 줄 아는 아이로 성장하여, 그와 숨어 사는 아버지의 버팀목이 되는 『홍수는 내 영혼에 미치고』라든가 지적 장애의 아이와 아버지의 관계를 역전시켜 아이는 장년으로 아버지는 하이틴으로 '전환' 되는 『핀치러너 조서』가 다른 한쪽의 극이 된다. 그리하여 이 양극 사이에 1964년 초의 『허공의 괴물 아구이』로부터 『핀치러너 조서』에 이르는 나의 모든 소설 작품이 자리 잡고 있는 것이다.

요컨대 청춘을 매듭짓던 시기부터 중년의 끝자락이 눈앞에 다가오고야 만 시기까지 줄곧 나는 작가로서, 머리에 부상을 입고 태어나 지적 장애를 비롯한 온갖 장애를 짊어지고 성장해 가는 아들과의 공생을 때로는 계기 삼아 혹은 그대로 주제로 하여 일을 해 온 것이다. 그리하여 작가로서의 나의 생애를 그와 같이 결정했다고 말할 수도 있는 사건에 대해 최초로 청춘 소설로서 존재하는 것이(그것도 쓴 사람의 의식으로서는 청춘의 표현으로부터 동떨어져 고뇌에 차서 쓴 것이) 바로 『개인적인 체험』이다.

이 소설을 발표한 당시 집중적으로 비판을 받은 것이 마지막 결말 부분에 관해서였다. 요컨대 두 개의 애스터리스크(*)로 표시된 이후 부분이 거기에 이르기까지 쌓여 왔던 독자의 '기대의 지평'에 함몰을 일으킨다는 비판을 받은 것이다. 젊은 작가였던 나는(다시 말하지만 그 시점에서 나의 의식이 그렇게 받아들이고 있었다는 것은 아니어서 내 딴에는 청춘으로부터 인연이 끊긴 작가라고 생각했었지만) 그러한 비판들에 대해 자신의 작품을 옹호하며 싸웠었다.

이 소설이 영어로 옮겨질 무렵에도 미국에서 로런스와 밀러의 해금에 진력하던, 요컨대 문학적 식견을 갖춘 그로브 프레스(Grove Press)의 사주로부터 두 개의 애스터리스크 이후를 잘라 내 버리면 어떻겠냐는 제안이 있었지만, 나는 생각 끝에 거절했다.

내 저항의 기반을 이루고 있던 것은 이 소설이 처음 구상 단계부터 첫머리의 불량소년들과 버드의 대결과 그들과 '버드라는 어린애 같은 별명이 어울리지 않는' 주인공이 스쳐 지나가는 결말 부분의 장면을 대조시키도록 만들어져 있었다는 점이었다.

원래부터 나에게는 아들의 운명의 호전(好轉)에 대한 기원이 있었고 그것이 작용하여 쓰고 있던 소설의 종막을 밝은 것으로 만들고 싶었던 것인지도 모른다. 이 소설의 마지막에서 이야기되고 있는 아이의 앞날이 반드시 낙천적으로 받아들일 수만도 없는 것이긴 하지만…….

그러면서도 여전히 내가 두 개의 애스터리스크 뒷부분의 장면을 고집했던 것은 젊은 작가다운 방법상의 이유 혹은 나름의 생각이 있어서였고, 나는 젊은이들과 버드 사이의 두 번의 만남을 통하여 경험에 의한 버드의 변화 · 성장을 표현한다고 하는 처음의 구상을 지키고 싶었던 것이다.

지금 이미 중년도 절반을 지나 나름의 경험을 쌓아 온 작가로서 이 소설을 보니 "만약 내가 지금 아기를 구해 내기 전에 사고로 죽는다면 지금까지 27년의 내 삶은 말짱 무의미한 것이 되어 버린다고 버드는 생각했다. 일찍이 맛본 적이 없는 끔찍한 공포감이 버드를 사로잡았다"라는 한 구절이 충분한 힘과 무게를 지닐 수 있도록 선행되는 장면이 잘 묘사되어 있다면, 여기서 소설을 끝낸다고 하더라도 자신이 꾀하던 바가 충분히 전달되었으리라 생각한다. 그리고 그 이후를 어떻게 받아들일 것인지는 독자에게 온전히 맡겨 두었더라면 좋았을 것이라고 여겨지기도 한다. 그런데도 이 소설을 쓴 내가 두 개의 애스터리스크에 이어지는 장면을 여전히 필요로 하고 있었다는 것에 관해서는 나름대로 젊은 작가로서의 필연성이 있어서였다고, 바로 그 때문에 비판을 각오하고 구상을 관철시켰던 것이라고 지금도 나는 그런 자신을 지지하고 있다.

1981년 1월

주

18 **모올** 인도 모골 지방 원산의 돋을무늬 모직물.

32 **이보이노시시** 멧돼지과의 포유류. 목에서 등에 걸쳐 길고 굵은 털이 나고 긴 송곳니가 있다. 사하라 남쪽 아프리카에 분포하며 야행성이다.

36 **겐부츠** 마치 물건을 가리키는 듯 사용한 단어.

38 **쌍두의 독수리 깃발 아래** 제정 러시아 황제의 업적을 찬양하기 위해 오스트리아 작곡가 요제프 프란츠 바그너가 작곡한 행진곡.

44 **산소 봄베** 압축한 산소를 넣어 두는 강철제의 원통형 용기.

46 **서기 연도** 일본에서는 서기가 아닌 고유 연호를 주로 쓴다.

65 **후미에** 천주교를 금했던 에도 시대 때 천주교 신자를 색출해 내기 위해 밟고 지나가게 했던 그리스도나 성모 마리아 상이 새겨진 널쪽이나 금속제 판.

67 **후도키** 713년 천황의 칙명에 의해 편찬된 각 지방의 지지(地誌)로 신화, 전설, 설화가 많이 수록되어 있다.

일문 본디 저술 전체가 흩어져서 남아 있지 않고 일부만 남아 전해지는 글.

히고노쿠니 구마모토 현(熊本縣)의 옛 이름.

126 **니커보커스** 무릎 아래서 졸라매는 짧고 느슨한 바지.

133 **소코히** 눈알 안쪽에서 생기는 질병을 통틀어 이르는 말. 흑내장, 백내장, 녹내장 따위가 있다.

139 **시바 견** 몸집이 작은 일본 토종견으로 귀가 서 있고 꼬리가 말려 있다.

151 **체펠린** Ferdinand Graf von Zeppelin, 1838~1917. 독일의 군인이며 항공 기술자로, 1900년 경식(硬式) 비행선을 완성함.

170 **CIE** Civil Information and Education Section의 약자. 미국이 제2차 세계대전 후 일본 점령시 설치했던 민간 정보 교육국.

248 **오츠야** 유해를 지키며 하룻밤을 새는 의식.

252 **원수협** 원수폭금지협의회(原水爆禁止協議會)의 약칭. 일본의 반핵, 평화 단체.

해설

오에 겐자부로, 세상의 모든 폭력에 맞서다

서은혜(전주대 교수)

1. 작가의 생애

일본 에히메 현에 위치한 오세무라라는 산촌에서 일곱 남매 중 다섯째로 태어난 오에 겐자부로는 어려서부터 곧잘 사람들에게 꾸며 낸 이야기를 들려주었다고 한다. 다행히 그의 어머니가 "정말로?"라든가 "거짓말이지!"라는 소리를 하지 않는 분이었고, 태평양 전쟁 패전 전후의 궁핍함 속에서도 부족한 쌀을 내주고 이야기책을 바꿔다 주실 만큼 강하고 멋진 여성이었다.

반면 『늦게 온 청년』(1962) 속에는 '부재하는 아버지'가 그려진다.

한 여선생이 아버지 없는 사팔뜨기 소년에게 묻는다. "너는 아버지가 생각나니?" 소년은 대답한다. "생각나요."

이어서 소년의 내면이 서술된다.

아버지가 했던 말, 다들 전쟁에 가서 모두다 병사가 되는 거야! 자, 놀러들 가서 몸을 단련시켜서 돌아오렴! 하지만 아버지 자신은 전쟁에 가지 않았다. 그는 이미 죽었기 때문에 장래 병사가 될 희망은 없었다.

아이가 자라기 전에 일찍 사망한 아버지와 전쟁을 일으켜 놓고 인간이 되어 버린 천황의 중첩된 이미지를 이 작품에서 읽어 내기는 어렵지 않다.

자신이 일찍 아버지를 여의고 아버지 없는 소년기와 청년기를 거친 까닭에 극복하기 어려운 성격상의 결함을 지니고 있음을 자각한다는 오에는 "나이 든 전문가에게는 이상적인 부친에 대해하는 것처럼 진심으로 기울어져 버리는 경향이 있다. 나는 그런 사람들에 대해 비평력을 잃는다"고 말한다.

그의 작품에는 '튜터', 즉 가르치는 자, 인도자, 스승으로서의 이미지를 지닌 연상의 남성들이 수없이 등장한다.

아버지를 잃은 이듬해, 전쟁은 끝났다. 마을에 생긴 신제(新制) 중학교의 교실에서 전장에서 돌아온 젊은 선생들이 '경건하게' 가르치는 민주주의를 열 살짜리 소년은 '경건하게' 배웠다. 평생 동안 그가 스스로를 '전후(戰後) 민주주의자'라고 규정하게 된 것은 바로 이 시기에 뿌리를 두고 있다.

10대 후반에 자신의 고등학교로 전학 온 이타미 주조(伊丹十三, 1933~1997)를 만났는데, 그는 훗날 일본을 대표하는 사회파 영화감독이 되었고 그의 누이동생 유카리는 오에의 부인이다. 1년간의 재수 생활을 거쳐 들어간 도쿄 대학 불문과에서 사르트르에 관심을 갖게 되었다. 재학 중에 발표한 「기묘한 일거리」(1957)로 문단에 등단한 초기에는 주로 폐색된 상황 아래서의 젊은이들의 갈 곳 없는 울분과 방황, 절망감 등을 그려 냈다.

1959년 작품 『우리들의 시대』에는 이런 구절이 들어 있다.

> 청년으로서의 유일한 행위는 자살이다. 하지만 그런 용기는 없다. 그러니 편재되어 있는 자살의 기회에 강요당하며 그저 살아간다. 이것이 우리들의 시대이다.

미일안보조약 개정 반대 운동으로 시작되어 '전공투(전학공투회의)'가 활약했던 1960년대는 오에가 말하는 '전후 민주주의'가 일본에서 실현될 수 있는 더없는 기회였다. 사회 각 분야에서 개혁적, 진보적인 이들이 중심적인 역할을 하고 있었고, 사회당은 전체 의석의 3분의 1 이상을 꾸준히 유지했던 것이다. 그러나 1950년에 시작된 한국전쟁이 발판이 되어 그 후 20~30년 동안 지속된 고도 경제 성장으로 일본인들의 정치적 요구는 경제적으로 해소되어 버렸다. 그리고 생활이 윤택해지면서 사회 전반적인 보수화, 우경화가 급속하게 진행되었고 이른바 전공투 세대는 그러한 현실에 속절없이 항복하여 자본주의의 적자가 되었다. 고도의 소비 사회 일본에서 진보 세력은 돌이킬 수 없이 변질되었으니, 그들은 더 이상 사회적 정의, 공평한 부의 분배 따위에 관심을 두지 않으며 '연대'를 입에 담지 않는 철저하게 이기적이고 파편화된 개인으로 전락했다. 자신을 믿을 수 없게 된 한때의 진보주의자들은 당연히 자신의 동지들을, 나아가 인간을, 혹은 역사를 신뢰하지 않는다. 현재 일본의 지식인들은 단순한 보수화를 넘어 심각한 냉소주의에 빠져 있다.

이러한 시대적 흐름 속에서 오에는 일본의 과격 좌파가 결정적으로 몰락하게 되는 '아사마 산장 사건'을 다룬 『홍수는 내 영혼에 미치고』(1973)를 썼고, 또한 1960년의 미일안보조약 재개정 반대 시위라든가 1969년의 학생 운동 등을 작품 속에 형상화하였다. 특히 그러한 주제를 백 년 전의 농민 봉기와 연결하여 쓴 작품인 『만엔원년의 풋볼』(1967)은 1994년 오에 겐자부로의 노벨 문학상 수상식에서 그의 대표작으로 언급되기도 하였다.

한편 1963년 6월, 머리에 치명적인 장애를 지니고 태어나 그에게 '영혼의 줄칼질'을 당하게 한 큰아들 히카리는 그로 하여금 '부서지는 존재'로서의 인간을 알게 만들었다. 오에는 그 아들을 통해 히로시마와 나가사키의 피폭자들에게로 이끌려 갔고 결국 국경을 넘어서 세계 속의 고통 받는 자들, 사회적 약자들에게 뻗어 가는 감수성과 상상력을 보여준다.

이러한 그에게 공감하며 더없이 든든한 동지가 되어 주었던 이타미 주조가 1997년 12월, 투신자살이라는 폭력을 자신에게 행사함으로써 노년의 오에는 치명적인 타격을 입었다. 겉으로 드러난 '원조 교제'라는 자살의 원인을 납득할 수 없어 그를 죽음으로 몰아넣은 근본적인 원인을 집요하게 추적한 작품이 『체인지링』(2000)이었다.

그의 나이 올해 일흔넷. 그는 자신의 노화와 죽음을 냉정하고 명료하게 의식하고 있다. 현재 그가 가장 열정을 쏟고 있는 일은 '9조 모임' 이다. "헌법은 자신의 삶의 기본" 이었고 "평화헌법이 개정된다는 것은 가장 소중하게 생각하고 있던 하나의 기둥이 무너지는 것" 이라고 그는 생각한다. 일본의 현행 헌법이 '평화헌법' 인 이유는 9조 2항에 있다. 평화를 희구하며 전쟁을 영구히 포기하고, 어떤 무력도 지니거나 행사하지 않겠다는 약속이 그 속에 담겨 있는 것이다.

또한 자위대의 이라크 파병 반대운동에 앞장서고, 쉴 새 없이 어린 학생들에게 평화를 강연하며, 팔레스타인 문제에도 적극적으로 개입하면서 할 수 있는 모든 방법을 동원하여 일본의 현재를 이 노년의 작가는 살아 내고 있다.

작가 스스로 마지막 3부작이라 명명했던 장편소설들, 『체인지링』, 『우울한 얼굴의 아이』(2002), 『책이여, 안녕!』(2005)을 통해 오에는 노화에 대해 느끼는 불안과 공포, 그리고 슬픔을 거듭 그려 낸 바 있다. 특히 치유되지 못할 슬픔 속에서 공생해 온 그의 아들 히카리가 다행히 작곡가로 활동하고 있지만, 수많은 일본의 오에 비판자들은 아들이 부모의 후광을 입고 있을 뿐이라는 눈길을 거두지 않으니 자신의 사후(死後) 이 아들이 겪게 될 고난에 대한 아버지로서의 염려도 절절하다. 마지막 3부작 이후에도 『어여쁜 애너벨 리, 몸서리치며 죽어 가다』(2007) 등 새로운 작품들을 세상에 내놓고 있는 오에 겐자부로의 고투를 고마워하기는커녕 비웃는 이들도 적지 않지만, 그에게 죽음이 찾아오는 순간까지 오에는 여전히 굴하지 않고 사회적 활동과 집필, 끊임없는 강연으로 바쁜 시간을 보내게 될 것이다. '전후 민주주의자'와 '장애아의 아버지'라는 자아 정체성이 그를 끝까지 떠받치는 두 개의 기둥이다.

2. 작품 해설

1964년 8월, 신초샤(新潮社)에서 신초문고로 간행된 『개인적인 체험』은 1963년 6월에 장남 히카리가 뇌에 장애를 지니고 태어난 일을 모티브 삼아 써낸 장편소설이다. 영어, 프랑스어, 스페인어, 독일어, 스웨덴어 등 10개 국어로 번역되어 읽힘으로써 국제적으로도 오에의 대표작으로 여겨져 왔으며, 오에의 작품 가운데 가장 인기를 누린 작품이기도 하다.

그때까지 거침없는 상상력을 구사하여 충격적이고 외설스럽고 황당무계한 이야기들을 요설체로 떠들어 대던 젊은 작가가 처음으로 자신의 체험을 더듬더듬 진솔하게 꺼내 놓은 것이다.

> 첫아이가 머리에 기형을 지닌 채 탄생하면서 나는 일찍이 없던 동요를 경험하게 되었다. 얼마간의 교양이나 인간관계도, 그때까지 썼던 소설도 무엇 하나 의지할 수 없다고 느꼈다. 거기서부터 회복되어 가는 이른바 작업 요법처럼 나는 『개인적인 체험』을 썼던 것이다.(「아사히신문」, 1994. 10. 14.)

우선 이 작품 속에는 그의 초기 작품들의 특징과 동시에 이후 그의 작품 세계를 채워 나갈 중요한 문제의식들이 오롯이 담겨 있다.

그 가운데 몇 가지를 살펴보면, 먼저 당시 오에의 다른 작품들과 마찬가지로 동물적 이미지 혹은 명칭들이 눈에 띈다.

작품의 제목에도 「새」, 「비둘기」, 「인간 양」, 『하마에게 물리다』 등 동물에 관한 것이 많지만 오에의 작품 속에는 개, 송아지, 사자, 개구리, 고래, 파리, 박쥐, 닭, 다람쥐, 멧돼지…… 셀 수 없는 동물들이 나온다.

이 소설의 주인공 '버드'는 영국 시인 W. H. 오든(Wystan Hugh Auden, 1907~1973)의 시구 중 "이미 어린아이도 새도 아니니"에서 따온 것이다.

이 시기 그에게 있어 동물은 사회에 오염되지 않은, 그러나 아무것도 할 수 없는 어린아이의 상징이었다. 주인공 '버드'는 날지 못하는 새이다. 줄곧 아프리카를 꿈꾸지만 지도를 바라보며 한숨을 내쉬고 있을 뿐인, 현실 도피적인 어린아이 같은 청년이다.

그런 버드에게 장애아가 태어난다. 그는 이것은 누구도 공유할 수 없는 "완전히 개인적인 체험"이며 자신이 이 "끝없이 깊은 수혈 밑바닥에서 미쳐 버릴지도" 모른다고 느낀다.

현실에서 작가는 이 시기에 만취한 채 바다에 뛰어들기도 하는 등 퇴폐적이고 절망적인 시간을 보내기도 했다. 하지만 취재 여행으로 찾아간 히로시마의 피폭자들과 아무런 회복에의 희망도 없이 그들을 치료하고 보살피는 의사와 가족들을 통해 개인을 넘어선 인류의 고통의 뿌리에 닿았고, 그들의 불굴의 정신을 보며 아들과의 공생을 결심하게 되었다고 토로한 바 있다. 어쨌든 작품 속에서도 그는 더 이상 "버드라는 어린애 같은 별명이 어울리지 않는" 한 남자로 성장해 가는 것이다.

또한 강력한 이미지 환기력이 있는 그의 문장의 특색은 이미 초기작에 속하는 이 작품 속에서도 확실히 드러나며 그 치밀하고 집요한 묘사와 함축성, 상징성 등은 언어와의 격투가 이미 시작되어 있음을 보여준다. 이후 문장은 점점 더 길어지고 복잡해지고 난해해짐으로써 본인도 인정하는 이른바 '오에 악문(惡文)'이 되어 갔지만 이 작품은 비교적 명료한 단문으로 이루어져 있으며 더없이 참신하고 개성적인 묘사들이 눈에 띈다.

예를 들어, 다음과 같은 문장은 어떤가?

"귀뚜라미가 토하듯이"

"공포의 그늘이 눈 주변에 시커멓게 번져 나와서……"

"안주머니처럼 숨어 있는 좁고 가파른 계단을 발견했다."

"……꿀벌이 꿀 냄새를 제 몸 주변에 풍기고 다니듯이, 가솔린의 날카로운 냄새의 아지랑이로 둘러싸여 있는 주유소의 청년"

"친구의 얼굴은 초조감의 곰팡이로 덮여 있었다."

이와 더불어 발표 당시 화제가 되었던 버드와 히미코의 성(性) 묘사와 그가 길에서 당한 불가해한 폭력 등도 오에가 작가로서 끊임없이 지니고 있던 관심의 한 자락을 보여준다.

내가 폭력을 가하는 육체로서의 의식과 확실히 얼굴을 마주한 것은 내 첫 아이가 머리에 쓸데없는, 그야말로 육체의 부조리함 그 자체라고나 할 고깃덩어리를 매달고 있는 신생아로서 버드나무로 짠 침대 안에 웅크리고 사람 소리 같지 않은 비명을 질러 대고 있는 구급차의 비좁은 내부에서였다. 갓난아이는 이 세상에 존재하는 오만 가지 모든 것들로부터 폭력을 당하는 육체로서 거기 놓여 있다고 느꼈다.(『부서지는 존재로서의 인간』)

인간이라는 것은 너무나 쉽사리, 납득할 만한 이유 없이도 폭력에 노출되고 그 때문에 망가질 수 있는 존재라는 것이 그의 인식이다.

따라서 이 세상에서 우리가 할 일은 "파괴되지 않으며, 파괴하지 않고, 일단 망가진 것은 고치는" 일이니 후기작 『체인지링』 속 이타미 주조의 분신인 '고로'는 주인공 '고기토'가 "망가진 존재로 태어난 아카리를 수복했다"는 사실을 높이 평가한다.

그러니 이 시대, 인간이 다른 인간에게 가할 수 있는 가장 강력하고 파괴적인 폭력인 핵무기에 관한 그의 불안과 공포는 당연한 것이고 이 작품에서 반복적으로 등장하는 흐루시초프의 핵실험에 관한 언급이 이를 보여 준다. 그리고 이것은 40년의 세월을 넘어 그의 마지막 3부작 중 세 번째 권인 『책이여, 안녕!』에 이르기까지 끈질기게 이어지는 주제가 되었다.

끝으로, 발표 당시부터 지속적으로 제기되어 온 이 작품에 대한 대표적 비판은 다음 두 가지였다.

우선 한 가지는 느닷없는 버드의 회심에 관해서였다.

현실로부터 그저 도망만 치고 있던 주인공은 '식물인간'이 될 가능성이 큰 장애아를 떠맡아야 하는 현실로부터 이번에도 도망치려는 듯이 보인다. 그러다가 이야기의 마지막 부분에서 갑작스럽게 마음을 바꾼다.

> 여기서 버드는 그 길었던 하루의 첫 위스키를 한 모금 삼켰다. 몇 초 후 돌연 그의 몸 깊은 곳에서 실로 견고하고 거대한 무엇인가가 벌떡 일어섰다. 버드는 지금 막 위장으로 흘려보낸 위스키를 아무런 저항도 없이 토해 냈다. 기쿠히코는 재빨리 카운터를 닦아 내고 물 컵을 내밀었지만, 버드는 멍하니 허공을 바라보고 있을 따름이었다. 나는 아기 괴물에게서 수치스런 짓들을 무수히 거듭하여 도망치면서 도대체 무엇을 지키려 했던 것일까? 대체 어떤 나 자신을 지켜 내겠다고 시도한 것일까? 하고 버드는 생각했다. 그리고 문득 기가 막혔다. 답은 제로였다.(269~270페이지)

무슨 일이 벌어진 것일까? 이 순간에. 어떤 설명도 없다. 아마도 설명할 수 없었을 것이다. 아이를 죽이는 것에서 그 아이와의 공생으로 가는 그 까마득한 간극을 젊은 그는 아직 이어 놓지 못한다.

20대의 젊은이가 한 아이의 아버지가 되었는데 그를 아버지로 만든 아이는 중증 장애아이다. 아이와의 공생을 결심한다는 것은 자신의 평생, 그 모든 순간, 그리고 죽음까지 따라 다닐 고통을 끌어안는 일이다. 아니, 어쩌면 그 불안과 걱정은 죽음의 자리에서 조차 내려놓지 못할 무거운 짐이 될 것이다. 인간의 언어로 이 간극을 이어 놓을 수 있을까? 어떤 설명도 거짓으로 여겨질 것이다. 그러니 그의 회심이 갑작스런 것은 어쩌면 너무나 당연한 일이다.

물론 약간의 힌트를 찾아볼 수 있다. "이 세상에게도 전혀 무의미한 존재 하나를 살아남게 만드는" 것이 무슨 의미가 있냐고 따져 묻는 히미코에게 버드는 대답한다. "그건 나를 위해서지. 내가 도망만 치는 남자이기를 멈추기 위해서"라고. 자신이 "도망쳐 다니며 책임을 회피하는 남자가 되고 싶지 않"기 때문이라는 것이다.

어디까지나 '나를 위해' 아이를 받아들이기로 한 것이다. '버드'는 결국 사회적 모럴이나 가치관에 의해 아이를 받아들인 것이 아니다. 그 순간 그의 내면의 움직임은 그야말로 누구도 알 수 없는 '개인적인 체험'이 아닐까? 그리고 그는 그런 인간인 것이다.

버드의 회심을 생각할 때, 작품 속 히미코의 변화도 하나의 실마리가 될 수는 있을 것이다. '히미코'는 3세기경 중국의 『삼국지(三國志)』 중 「위지 왜인전(魏志倭人傳)」에 등장하는 일본의 야마타이국 여왕의 이름으로 그녀는 신과 인간을 연결하는 영매적 존재이다. 작품 속에서 그녀는 '다원적 세계'를 말하고, 낮에는 명상으로 시간을 보내며 밤이면 그저 고급 자동차를 타고 돌아다니는 무위성(無爲性) 속에 살지만 '성(性)의 엑스퍼트'로서 절망에 빠진 버드를 구해 내는 일종의 무녀의 성격을 지니고 있다. 하지만 처음에는 대단히 자립적인 존재로서 버드를 위무하고 격려하는 역할을 담당하던 히미코는 시간이 지날수록 버드에게 기대어

온다. 떠나려는 버드를 붙잡고 아프리카는 오히려 그녀의 꿈이 되어 버리는 것이다. 버드는 이런 그녀를 보면서 자신의 아프리카가 얼마나 허망하고 비현실적인 도피의 열망에 불과했는지를 깨닫는 것이 아닐까?

또 한 가지 비판은 이 작품의 낙관적인 혹은 희망적인 결말에 대해서였다. 예를 들어, 당시 미시마 유키오(三島由紀夫)는 "어두운 시나리오를 두고 '명랑한 결말을 만들어야 해' 라고 명령하는 영화 회사 중역 같은 존재가 그의 마음에 살고 있는 것 아닐까? 이것은 더없이 강렬한 자유를 추구하면서, 실은 주인이 있는 문학"(『주간 독서인(週間讀書人)』, 1964. 9. 14.)이라며 오에를 가차 없이 비난했었다. 말하자면 미시마가 보기에 오에는 작가로서의 자유를 적당히 포기함으로써 결국 사회적으로 받아들여질 만한 공인된 해피엔딩을 만들어 냈다는 것이다. 그는 거기서 오에의 문학자로서의 불철저성을 보고 있다.

자신의 삶에서도 문학 세계에서도 철저히 '양식미' 를 추구하여 결국 할복으로 삶을 마감했던 미시마 유키오다운 의견이었는데 당시 오에는 이에 반응하여, 소설의 결말에서 아이가 죽는 것으로 고쳐 쓴 '사가판(私家版, 개인이 자비로 출판한 책)' 을 만들어 보이기도 했다.

하지만 오에는 훗날 장편소설 『그리운 시절로 띄우는 편지』(1987) 속에서 주인공을 비평하는 '기이 형(兄)' 으로 하여금 이 작품을 퇴고하게 하면서 최종적으로 "하지만 나는 새로운 출판에서도 텍스트를 바꾸지는 않으리라 생각했다"며 처음의 결말을 지켜 내고 있다.

그가 '희망'을 그려 넣는 것으로 작품을 끝낸 것에는 시니시즘(Cynicism, 견유주의, 냉소주의)에 대한 '절망적인 분노'도 있다. 에세이집 『회복하는 인간』(2006) 속에서 오에는 자기 또래의 의사, 의대생들과의 술자리를 회상한다. 그들은 작가에게 "네 아들이야 수술이 성공해서 다행이지만, 우리들 병동에는 아무런 희망도 없는 갓난아이들이 잔뜩 있지. 그것을 보면 그렇게 낙관적인 소설의 결말을 쓰는 것은 망설였을 거야"라고 했고, 오에는 자신이 '절망적인 분노'로 목소리를 내기조차 불가능했다고 말한다. 또한 그는 병동의 아이들보다 가벼운 증상일지 모르지만 '지진아임은 확실한 아들'을 생각했고, 무엇보다 그 젊은 의사와 의대생들의 시니시즘에 대해 '절망적인 분노'에 사로잡혔었다고 말한다. 그런데 그가 다른 이들의 '시니시즘'에 대해 이렇게 분노하는 이유는 누구보다도 절박하게 자신이 바로 그러한 시니시즘을 맛보았기 때문이다.

『개인적인 체험』에는 「허공의 괴물 아구이」라는 '형제' 작품이 있다. 이 단편소설의 주인공 '나'는 음악가 'D'의 말상대라는 기묘한 아르바이트를 시작했다. 'D'는 장애를 지니고 태어난 아이를 '사산'으로 처리해 버린 죄악감에 시달리고 있는데, 죽은 아이의 환영이 "아구이―" 하고 비명을 지르는 괴물이 되어 허공에 떠 있는 것이 보인다고 한다.

'나'가 미처 도움의 손길을 뻗기도 전에 'D'는 아구이를 쫓다가 트럭에 치어 자살과도 같은 죽음을 맞이한다. 그로부터 10년 뒤,

'나' 는 길을 걷다가 느닷없이 아이들이 던진 돌을 맞아 눈이 먼다. 그때 '나' 는 처음으로 아구이의 존재를 깨닫게 되었던 것이다.

이 두 작품은 '머리가 두 개 있는 인간으로 보일 정도로 커다란 혹이 후두부에 붙어 있는' 아기가 태어났다는 공통점 말고는 주인공의 위치, 이야기의 결말 등 모든 것이 역방향으로 설정되어 있다. 아마도 장편 『개인적인 체험』을 한참 쓰고 있는 도중에 이와 병행하여 집필된 것이 아닐까 추측된다. 이것은 아이를 받아들일 것인가, 버릴 것인가 하는 기로에 선 오에 자신의 '분열' 을 극복하기 위해 수행한 작업임이 분명한데, 살아 있는 아이를 죽은 것으로 만드는 것보다 더한 시니시즘은 없을 것이다.

결국 한 인간으로서 자신과의 절망적인 싸움을 어떻게 구체적으로 수행했는지를, 오에는 아이를 살리는 작품과 죽이는 작품, 두 가지를 씀으로써 대상화한 것이다. 그가 겪고 있는 고뇌를 『개인적인 체험』 하나만으로는 다 표현할 수 없어 「허공의 괴물 아구이」를 그려 내면서 공생(共生)의 결심을 오히려 확고히 할 수 있었던 것이다.

오에에게 있어 장애를 지닌 아들과 함께하는 삶은 그의 인생에도 문학에도 가장 중요한 주제였고 그는 끝까지 이를 외면하거나 적당히 눙치는 일없이 자신에게 주어진 과제를 성실히 수행해 왔다. 그리고 앞으로도 묵묵히 그 짐을 져 나갈 것이다.

그의 아들 히카리는 올해 마흔여섯 살이 되었다.

하지만 그(히카리)가 세속적인 의미에서 '자립' 하는 것이 가능하지는 않고, 이미 성인병이 발병할 나이가 된 그와 노년에 함께 이른 저와 아내의 여전히 이어져 갈 공생에는 머지않아 일찍이 없었던 무게의 곤경이 찾아오리라는 것도 생각하지 않을 수 없습니다. 그러나 여전히 우리는 인간에 대해 '회복'할 수 있는 존재라고 하는 신념을 지니고 어떻게든 살아가게 될 것입니다. 우리는 그런 방식을 학습해 왔던 것입니다.(『회복하는 인간』)

일생을 완성해 가고 있는 시점에서 그가 보여주는 일관성은 경이롭다. 소년 시절의 신념을 평생의 도덕적 근거로 삼아 천황제와 국가주의, 핵무기에서 우익의 협박과 테러까지를 포함하는 모든 폭력에 맞서 끊임없이 싸워 온 그의 삶의 자취, 그리고 그가 꿋꿋이 견지하고 있는, 의지에 의해 선택된 명랑함과 낙관주의는 눈물겹게 우리를 위로하고 격려하는 것이다.

판본 소개

번역의 대본은 大江健三郎,『個人的な体験』(東京: 新潮社, 1981)이다.

오에 겐자부로 연보

1935 1월 31일, 일본 시코쿠(四國) 에히메 현(愛媛縣)에 위치한 기타 군(喜多郡) 오세무라(大瀨村)에서 일곱 남매 중 다섯째로 태어남.

1944 부친 사망.

1953 고등학교 졸업. 대학 입시에 실패.

1954 도쿄 대학 불문과에 입학.

1957 도쿄 대학 신문에 게재된 단편소설 「기묘한 일거리」가 「마이니치 신문」에 언급되면서 학생 작가로 등단.

1958 단편소설 「사육(飼育)」으로 아쿠타가와상(芥川賞) 수상. 첫 작품집 『죽은 자의 오만』 출간.

1959 도쿄 대학 졸업. 졸업 논문은 「사르트르 소설의 이미지에 관하여」. 첫 장편소설 『우리들의 시대』 출간.

1960 이타미 주조의 동생인 유카리와 결혼. 단편집 『고독한 청년의 휴가』, 『오에 겐자부로 작품집』 출간. 중국 방문.

1961 단편소설 「세븐틴」, 「정치소년 죽다」 발표. 우익 단체로부터 협박을 받음. 유럽과 구소련 등 여행. 사르트르와 인터뷰.

1962 장편소설 『늦게 온 청년』 출간.

1963 중편집 『성적 인간(性的人間)』 발표. 장남 히카리 출생, 두개골 이

상으로 수술을 받음.

1964 장편소설 『개인적인 체험』, 장편소설 『절규』, 단편집 『허공의 괴물 아구이』 출간. 『굶어죽는 아이 앞에서 문학은 유효한가?—사르트르를 둘러싼 문학 논쟁』 발표. 『개인적인 체험』으로 신초샤 문학상 수상.

1965 르포르타주 『히로시마 노트』 출간. 미국 여행.

1967 장편소설 『만엔원년(萬延元年)의 풋볼』 출간. 이 작품으로 다니자키 준이치로(谷崎潤一郎)상 수상. 장녀 출생.

1969 차남 출생. 연작 소설집 『우리들의 광기에서 살아남을 길을 가르쳐 달라』 출간.

1970 르포르타주 『오키나와 노트』 출간.

1973 장편소설 『홍수는 내 영혼에 미치고』 출간. 이 작품으로 노마(野間) 문예상 수상.

1975 은사 와타나베 가즈오 사망. 한국 정부의 김지하 시인 탄압에 항의하여 오다 미노루 등과 함께 단식.

1976 객원 교수로 멕시코 체재. 장편소설 『핀치러너 조서(調書)』 출간. 아쿠타가와상 심사위원.

1979 장편소설 『동시대의 게임』 출간.

1982 단편집 『레인트리를 듣는 여인들』 출간.

1983 장편소설 『새로운 이여, 눈을 떠라』 출간. 『레인트리를 듣는 여인들』로 요미우리 문학상 수상. 『새로운 이여, 눈을 떠라』로 오사라기 지로(大佛次郎)상 수상.

1984 장편소설 『어떻게 나무를 죽일까』 출간.

1985 장편소설 『하마에게 물리다』 출간. 『하마에게 물리다』로 가와바타 야스나리(川端康成) 문학상 수상.

1986 장편소설 『M/T와 숲의 이상한 이야기』 출간.

1987 장편소설 『그리운 시절로 띄우는 편지』 출간.

1988 평론집 『최후의 소설』, 장편소설 『킬프 군단』 출간.

1989 장편소설 『인생의 친척』 출간. 『인생의 친척』으로 이토 세이(伊藤整) 문학상 수상.

1990 장편소설 『치료탑』, 『조용한 생활』 출간.

1993 연작 장편 『타오르는 푸른나무』의 제1부 『구세주의 수난』 출간. 제2부 『흔들림』 출간.

1994 대표작 『만엔원년의 풋볼』로 노벨 문학상 수상. 일본문화훈장 거부.

1995 연작 장편 『타오르는 푸른나무』의 제3부 『위대한 세월』 출간. 시라크 정부의 핵실험에 항의하여 프랑스에서 열릴 예정이던 일불문학 심포지엄에 불참 선언. 심포지엄이 무산됨.

1996 미국 프린스턴 대학에서 강의.

1999 장편소설 『공중제비 넘기』 출간. 독일 베를린 자유대학 객원 교수.

2000 '마지막 장편 3부작' 이라 부른 연작 장편의 제1부 『체인지링』 출간. 미국 하버드 대학에서 명예 박사 학위 수여.

2001 촘스키와의 왕복 서간. '새 역사 교과서를 만드는 모임' 비판.

2002 연작 장편의 제2부 『우울한 얼굴의 아이』 출간.

2003 에드워드 사이드와의 왕복 서간집 『폭력에 항거하여 쓰다—오에 겐자부로 왕복서간』 출간. 일본 자위대의 이라크 파병 비판.

2004 '9조 모임' 시작.

2005 연작 장편의 제3부 『책이여, 안녕!』 출간.

2006 작가 생활 50주년과 고단샤 창업 100주년 기념 '오에 겐자부로상' 창설.

2007 장편소설 『어여쁜 애너벨 리, 몸서리치며 죽어 가다』 출간. 제1회 오에 겐자부로상 수상작으로 나가시마 유의 단편소설 「유코짱의 지름길」을 선정.

새롭게 을유세계문학전집을 펴내며

을유문화사는 이미 지난 1959년부터 국내 최초로 세계문학전집을 출간한 바 있습니다. 이번에 을유세계문학전집을 완전히 새롭게 마련하게 된 것은 우리가 직면한 문화적 상황에 적극적으로 대응하기 위해서입니다. 새로운 을유세계문학전집은 세계문학의 역할이 그 어느 때보다 중요해졌다는 인식에서 출발했습니다. 오늘날 세계에서 타자에 대한 이해는 우리의 안전과 행복에 직결되고 있습니다. 세계문학은 지구상의 다양한 문화들이 평등하게 소통하고, 이질적인 구성원들이 평화롭게 공존할 수 있는 문화적인 힘을 길러 줍니다.

을유세계문학전집은 세계문학을 통해 우리가 이런 힘을 길러 나가야 한다는 믿음으로 만들어졌습니다. 지난 5년간 이를 준비하기 위해 많은 노력을 기울였습니다. 세계 각국의 다양한 삶의 방식과 문화적 성취가 살아 있는 작품들, 새로운 번역이 필요한 고전들과 새롭게 소개해야 할 우리 시대의 작품들을 선정했습니다. 우리나라 최고의 역자들이 이들 작품 속 한 문장 한 문장의 숨결을 생생히 전하기 위해 심혈을 기울였습니다. 또한 역자들은 단순히 번역만 한 것이 아니라 다른 작품의 번역을 꼼꼼히 검토해 주었습니다. 을유세계문학전집은 번역된 작품 하나하나가 정본(定本)으로 인정받고 대우받을 수 있도록 최선을 다 했습니다. 세계문학이 여러 경계를 넘어 우리 사회 안에서 주어진 소임을 하게 되기를 바라며 을유세계문학전집을 내놓습니다.

을유세계문학전집

1. 마의 산(상) 토마스 만 | 홍성광 옮김
2. 마의 산(하) 토마스 만 | 홍성광 옮김
3. 리어 왕 · 맥베스 윌리엄 셰익스피어 | 이미영 옮김
4. 골짜기의 백합 오노레 드 발자크 | 정예영 옮김
5. 로빈슨 크루소 대니얼 디포 | 윤혜준 옮김
6. 시인의 죽음 다이허우잉 | 임우경 옮김
7. 커플들, 행인들 보토 슈트라우스 | 정항균 옮김
8. 천사의 음부 마누엘 푸익 | 송병선 옮김
9. 어둠의 심연 조지프 콘래드 | 이석구 옮김
10. 도화선 공상임 | 이정재 옮김
11. 휘페리온 프리드리히 횔덜린 | 장영태 옮김
12. 루쉰 소설 전집 루쉰 | 김시준 옮김
13. 꿈 에밀 졸라 | 최애영 옮김
14. 라이겐 아르투어 슈니츨러 | 홍진호 옮김
15. 로르카 시 선집 페데리코 가르시아 로르카 | 민용태 옮김
16. 소송 프란츠 카프카 | 이재황 옮김
17. 아메리카의 나치 문학 로베르토 볼라뇨 | 김현균 옮김
18. 빌헬름 텔 프리드리히 폰 쉴러 | 이재영 옮김
19. 아우스터리츠 W. G. 제발트 | 안미현 옮김
20. 요양객 헤르만 헤세 | 김현진 옮김
21. 워싱턴 스퀘어 헨리 제임스 | 유명숙 옮김
22. 개인적인 체험 오에 겐자부로 | 서은혜 옮김
23. 사형장으로의 초대 블라디미르 나보코프 | 박혜경 옮김
24. 좁은 문 · 전원 교향곡 앙드레 지드 | 이동렬 옮김
25. 예브게니 오네긴 알렉산드르 푸슈킨 | 김진영 옮김
26. 그라알 이야기 크레티앵 드 트루아 | 최애리 옮김
27. 유림외사(상) 오경재 | 홍상훈 외 옮김
28. 유림외사(하) 오경재 | 홍상훈 외 옮김
29. 폴란드 기병(상) 안토니오 무뇨스 몰리나 | 권미선 옮김
30. 폴란드 기병(하) 안토니오 무뇨스 몰리나 | 권미선 옮김
31. 라 셀레스티나 페르난도 데 로하스 | 안영옥 옮김
32. 고리오 영감 오노레 드 발자크 | 이동렬 옮김
33. 키 재기 외 히구치 이치요 | 임경화 옮김

34. 돈 후안 외 티르소 데 몰리나 | 전기순 옮김
35. 젊은 베르터의 고통 요한 볼프강 폰 괴테 | 정현규 옮김
36. 모스크바발 페투슈키행 열차 베네딕트 예로페예프 | 박종소 옮김
37. 죽은 혼 니콜라이 고골 | 이경완 옮김
38. 워더링 하이츠 에밀리 브론테 | 유명숙 옮김
39. 이즈의 무희 · 천 마리 학 · 호수 가와바타 야스나리 | 신인섭 옮김
40. 주홍 글자 너새니얼 호손 | 양석원 옮김
41. 젊은 의사의 수기 · 모르핀 미하일 불가코프 | 이병훈 옮김
42. 오이디푸스 왕 외 소포클레스 | 김기영 옮김
43. 야쿠비얀 빌딩 알라 알아스와니 | 김능우 옮김
44. 식(蝕) 3부작 마오둔 | 심혜영 옮김
45. 엿보는 자 알랭 로브그리예 | 최애영 옮김
46. 무사시노 외 구니키다 돗포 | 김영식 옮김
47. 위대한 개츠비 프랜시스 스콧 피츠제럴드 | 김태우 옮김
48. 1984년 조지 오웰 | 권진아 옮김
49. 저주받은 안뜰 외 이보 안드리치 | 김지향 옮김
50. 대통령 각하 미겔 앙헬 아스투리아스 | 송상기 옮김
51. 신사 트리스트럼 섄디의 인생과 생각 이야기 로렌스 스턴 | 김정희 옮김
52. 베를린 알렉산더 광장 알프레트 되블린 | 권혁준 옮김
53. 체호프 희곡선 안톤 파블로비치 체호프 | 박현섭 옮김
54. 서푼짜리 오페라 · 남자는 남자다 베르톨트 브레히트 | 김길웅 옮김
55. 죄와 벌(상) 표도르 도스토예프스키 | 김희숙 옮김
56. 죄와 벌(하) 표도르 도스토예프스키 | 김희숙 옮김
57. 체벤구르 안드레이 플라토노프 | 윤영순 옮김
58. 이력서들 알렉산더 클루게 | 이호성 옮김
59. 플라테로와 나 후안 라몬 히메네스 | 박채연 옮김
60. 오만과 편견 제인 오스틴 | 조선정 옮김
61. 브루노 슐츠 작품집 브루노 슐츠 | 정보라 옮김
62. 송사삼백수 주조모 엮음 | 김지현 옮김
63. 팡세 블레즈 파스칼 | 현미애 옮김
64. 제인 에어 샬럿 브론테 | 조애리 옮김
65. 데미안 헤르만 헤세 | 이영임 옮김
66. 에다 이야기 스노리 스툴루손 | 이민용 옮김
67. 프랑켄슈타인 메리 셸리 | 한애경 옮김
68. 문명소사 이보가 | 백승도 옮김
69. 우리 짜르의 사람들 류드밀라 울리츠카야 | 박종소 옮김

70. 사랑에 빠진 여인들　데이비드 허버트 로렌스 | 손영주 옮김
71. 시카고　알라 알아스와니 | 김능우 옮김
72. 변신 · 선고 외　프란츠 카프카 | 김태환 옮김
73. 노생거 사원　제인 오스틴 | 조선정 옮김
74. 파우스트　요한 볼프강 폰 괴테 | 장희창 옮김
75. 러시아의 밤　블라지미르 오도예프스키 | 김희숙 옮김
76. 콜리마 이야기　바를람 샬라모프 | 이종진 옮김
77. 오레스테이아 3부작　아이스퀼로스 | 김기영 옮김
78. 원잡극선　관한경 외 | 김우석 · 홍영림 옮김
79. 안전 통행증 · 사람들과 상황　보리스 파스테르나크 | 임혜영 옮김
80. 쾌락　가브리엘레 단눈치오 | 이현경 옮김
81. 지킬 박사와 하이드 씨 · 존 니컬슨　로버트 루이스 스티븐슨 | 윤혜준 옮김
82. 로미오와 줄리엣　윌리엄 셰익스피어 | 서경희 옮김
83. 마쿠나이마　마리우 지 안드라지 | 임호준 옮김
84. 재능　블라디미르 나보코프 | 박소연 옮김
85. 인형(상)　볼레스와프 프루스 | 정병권 옮김
86. 인형(하)　볼레스와프 프루스 | 정병권 옮김
87. 첫 번째 주머니 속 이야기　카렐 차페크 | 김규진 옮김
88. 페테르부르크에서 모스크바로의 여행　알렉산드르 라디셰프 | 서광진 옮김
89. 노인　유리 트리포노프 | 서선정 옮김
90. 돈키호테 성찰　호세 오르테가 이 가세트 | 신정환 옮김
91. 조플로야　샬럿 대커 | 박재영 옮김
92. 이상한 물질　테레지아 모라 | 최윤영 옮김
93. 사촌 퐁스　오노레 드 발자크 | 정예영 옮김
94. 걸리버 여행기　조너선 스위프트 | 이혜수 옮김
95. 프랑스어의 실종　아시아 제바르 | 장진영 옮김
96. 현란한 세상　레이날도 아레나스 | 변선희 옮김
97. 작품　에밀 졸라 | 권유현 옮김
98. 전쟁과 평화(상)　레프 톨스토이 | 박종소 · 최종술 옮김
99. 전쟁과 평화(중)　레프 톨스토이 | 박종소 · 최종술 옮김
100. 전쟁과 평화(하)　레프 톨스토이 | 박종소 · 최종술 옮김

을유세계문학전집은 계속 출간됩니다.

을유세계문학전집 연표

BC 458 | **오레스테이아 3부작**
아이스킬로스 | 김기영 옮김 | 77 |
수록 작품 : 아가멤논, 제주를 바치는 여인들, 자비로운 여신들
그리스어 원전 번역
서울대 선정 동서고전 200선
시카고 대학 선정 그레이트 북스

BC 434 /432 | **오이디푸스 왕 외**
소포클레스 | 김기영 옮김 | 42 |
수록 작품 : 안티고네, 오이디푸스 왕, 콜로노스의 오이디푸스
그리스어 원전 번역
「동아일보」 선정 '세계를 움직인 100권의 책'
서울대 권장 도서 200선
고려대 선정 교양 명저 60선
시카고 대학 선정 그레이트 북스

1191 | **그라알 이야기**
크레티앵 드 트루아 | 최애리 옮김 | 26 |
국내 초역

1225 | **에다 이야기**
스노리 스툴루손 | 이민용 옮김 | 66 |

1241 | **원잡극선**
관한경 외 | 김우석 · 홍영림 옮김 | 78 |

1496 | **라 셀레스티나**
페르난도 데 로하스 | 안영옥 옮김 | 31 |

1595 | **로미오와 줄리엣**
윌리엄 셰익스피어 | 서경희 옮김 | 82 |
미국대학위원회 선정 SAT 추천 도서

1608 | **리어 왕 · 맥베스**
윌리엄 셰익스피어 | 이미영 옮김 | 3 |

1630 | **돈 후안 외**
티르소 데 몰리나 | 전기순 옮김 | 34 |
국내 초역 「불신자로 징계받은 자」 수록

1670 | **팡세**
블레즈 파스칼 | 현미애 옮김 | 63 |

1699 | **도화선**
공상임 | 이정재 옮김 | 10 |
국내 초역

1719 | **로빈슨 크루소**
대니얼 디포 | 윤혜준 옮김 | 5 |

1726 | **걸리버 여행기**
조너선 스위프트 | 이혜수 옮김 | 94 |
미국대학위원회가 선정한 고교 추천 도서 101권
서울대학교 선정 동서양 고전 200선

1749 | **유림외사**
오경재 | 홍상훈 외 옮김 | 27, 28 |

1759 | **신사 트리스트럼 섄디의 인생과 생각 이야기**
로렌스 스턴 | 김정희 옮김 | 51 |
노벨연구소 선정 100대 세계 문학

1774 | **젊은 베르터의 고통**
요한 볼프강 폰 괴테 | 정현규 옮김 | 35 |

1790 | **페테르부르크에서 모스크바로의 여행**
A. N. 라디셰프 | 서광진 옮김 | 88 |

1799 | **휘페리온**
프리드리히 횔덜린 | 장영태 옮김 | 11 |

1804 | **빌헬름 텔**
프리드리히 폰 실러 | 이재영 옮김 | 18 |

1806 | **조플로야**
샬럿 대커 | 박재영 옮김 | 91 |
국내 초역

1813 | **오만과 편견**
제인 오스틴 | 조선정 옮김 | 60 |

1817 | **노생거 사원**
제인 오스틴 | 조선정 옮김 | 73 |

1818 | **프랑켄슈타인**
메리 셸리 | 한애경 옮김 | 67 |
뉴스위크 선정 세계 명저 10
옵서버 선정 최고의 소설 100
미국대학위원회 선정 SAT 추천 도서

1831 | **예브게니 오네긴**
알렉산드르 푸슈킨 | 김진영 옮김 | 25 |

1831 **파우스트**
요한 볼프강 폰 괴테 | 장희창 옮김 |74|
서울대 권장 도서 100선
미국대학위원회 SAT 권장 도서

1835 **고리오 영감**
오노레 드 발자크 | 이동렬 옮김 |32|
서머싯 몸 선정 세계 10대 소설
연세 필독 도서 200선

1836 **골짜기의 백합**
오노레 드 발자크 | 정예영 옮김 |4|

1844 **러시아의 밤**
블라지미르 오도예프스키 | 김희숙 옮김 |75|

1847 **워더링 하이츠**
에밀리 브론테 | 유명숙 옮김 |38|
서머싯 몸 선정 세계 10대 소설
서울대 선정 동서 고전 200선
미국대학위원회 SAT 권장 도서

1847 **제인 에어**
샬럿 브론테 | 조애리 옮김 |64|
연세 필독 도서 200선
미국대학위원회 SAT 권장 도서
BBC 선정 영국인들이 가장 사랑하는 소설 100선
「가디언」 선정 가장 위대한 소설 100선

사촌 퐁스
오노레 드 발자크 | 정예영 옮김 |93
국내 초역

1850 **주홍 글자**
너새니얼 호손 | 양석원 옮김 |40|

1855 **죽은 혼**
니콜라이 고골 | 이경완 옮김 |37|
국내 최초 원전 완역

1866 **죄와 벌**
표도르 도스토예프스키 | 김희숙 옮김 |55, 56|
미국대학위원회 SAT 권장 도서
하버드 대학교 권장 도서

1869 **전쟁과 평화**
레프 톨스토이 | 박종소 · 최종술 옮김 |98, 99, 100|
뉴스위크, 가디언, 노벨연구소 선정
세계 100대 도서

1880 **워싱턴 스퀘어**
헨리 제임스 | 유명숙 옮김 |21|

1886 **지킬 박사와 하이드 씨 · 존 니컬슨**
로버트 루이스 스티븐슨 | 윤혜준 옮김 |81|

작품
에밀 졸라 | 권유현 옮김 |97|

1888 **꿈**
에밀 졸라 | 최애영 옮김 |13|
국내 초역

1889 **쾌락**
가브리엘레 단눈치오 | 이현경 옮김 |80|
국내 초역

1890 **인형**
볼레스와프 프루스 | 정병권 옮김 |85, 86|
국내 초역

1896 **키 재기 외**
히구치 이치요 | 임경화 옮김 |33|
수록 작품: 섣달그믐, 키 재기, 탁류, 십삼야, 갈림길, 나 때문에

1896 **체호프 희곡선**
안톤 파블로비치 체호프 | 박현섭 옮김 |53|
수록 작품: 갈매기, 바냐 삼촌, 세 자매, 벚나무 동산

1899 **어둠의 심연**
조지프 콘래드 | 이석구 옮김 |9|
수록 작품: 어둠의 심연, 진보의 전초기지, 「청춘과 다른 두 이야기」 작가 노트, 「나르시서스호의 검둥이」 서문
미국대학위원회 SAT 권장 도서
연세 필독 도서 200선

1900 **라이겐**
아르투어 슈니츨러 | 홍진호 옮김 |14|
수록 작품: 라이겐, 아나톨, 구스틀 소위

1903 **문명소사**
이보가 | 백승도 옮김 |68|

1908 **무사시노 외**
구니키다 돗포 | 김영식 옮김 |46|
수록 작품: 겐 노인, 무사시노, 잊을 수 없는 사람들, 쇠고기와 감자, 소년의 비애, 그림의 슬픔, 가마쿠라 부인, 비범한 범인, 운명론자, 정직자, 여난, 봄 새, 궁사, 대나무 쪽문, 거짓 없는 기록
국내 초역 다수

1909 **좁은 문 · 전원 교향곡**
앙드레 지드 | 이동렬 옮김 | 24 |
1947년 노벨문학상 수상

1914 **플라테로와 나**
후안 라몬 히메네스 | 박채연 옮김 | 59 |
1956년 노벨문학상 수상

1914 **돈키호테 성찰**
호세 오르테가 이 가세트 | 신정환 옮김 | 90 |

1915 **변신 · 선고 외**
프란츠 카프카 | 김태환 옮김 | 72 |
/432
수록 작품: 선고, 변신, 유형지에서, 신임 변호사, 시골 의사, 관람석에서, 낡은 책장, 법 앞에서, 자칼과 아랍인, 광산의 방문, 이웃 마을, 황제의 전갈, 가장의 근심, 열한 명의 아들, 형제 살해, 어떤 꿈, 학술원 보고, 최초의 고뇌, 단식술사 서울대 권장 도서 100선
연세 필독 도서 200선
미국대학위원회 SAT 권장 도서

1919 **데미안**
헤르만 헤세 | 이영임 옮김 | 65 |

1920 **사랑에 빠진 여인들**
데이비드 허버트 로렌스 | 손영주 옮김 | 70 |

1924 **마의 산**
토마스 만 | 홍성광 옮김 | 1, 2 |
1929년 노벨문학상 수상
서울대 권장 도서 100선
연세 필독 도서 200선
「뉴욕타임스」 선정 '20세기 최고의 책 100선'
미국대학위원회 SAT 권장 도서

송사삼백수
주조모 엮음 | 김지현 옮김 | 62 |

1925 **소송**
프란츠 카프카 | 이재황 옮김 | 16 |

요양객
헤르만 헤세 | 김현진 옮김 | 20 |
수록 작품: 방랑, 요양객, 뉘른베르크 여행
1946년 노벨문학상 수상
국내 초역 「뉘른베르크 여행」 수록

위대한 개츠비
프랜시스 스콧 피츠제럴드 | 김태우 옮김 | 47 |
미 대학생 선정 '20세기 100대 영문 소설' 1위
모던 라이브러리 선정 '20세기 100대 영문학' 중 2위
미국대학위원회 추천 '서양 고전 100
「르몽드」 선정 '20세기의 책 100선'
「타임」 선정 '20세기 100대 영문 소설'

1925 **서푼짜리 오페라 · 남자는 남자다**
베르톨트 브레히트 | 김길웅 옮김 | 54 |

1927 **젊은 의사의 수기 · 모르핀**
미하일 불가코프 | 이병훈 옮김 | 41 |
국내 초역

1928 **체벤구르**
안드레이 플라토노프 | 윤영순 옮김 | 57 |
국내 초역

마쿠나이마
마리우 지 안드라지 | 임호준 옮김 | 83 |
국내 초역

1929 **첫 번째 주머니 속 이야기**
카렐 차페크 | 김규진 옮김 | 87 |

베를린 알렉산더 광장
알프레트 되블린 | 권혁준 옮김 | 52 |

1930 **식(蝕) 3부작**
마오둔 | 심혜영 옮김 | 44 |
국내 초역

안전 통행증 · 사람들과 상황
보리스 파스테르나크 | 임혜영 옮김 | 79 |
원전 국내 초역

1934 **브루노 슐츠 작품집**
브루노 슐츠 | 정보라 옮김 | 61 |

1935 **루쉰 소설 전집**
루쉰 | 김시준 옮김 | 12 |
서울대 권장 도서 100선
연세 필독 도서 200선

1936 **로르카 시 선집**
페데리코 가르시아 로르카 | 민용태 옮김 | 15 |
국내 초역 시 다수 수록

1937 **재능**
블라디미르 나보코프 | 박소연 옮김 | 84 |
국내 초역

1938 **사형장으로의 초대**
블라디미르 나보코프 | 박혜경 옮김 | 23 |
국내 초역

1946 **대통령 각하**
미겔 앙헬 아스투리아스 | 송상기 옮김 | 50 |
1967년 노벨문학상 수상 작가

1949 **1984년**
조지 오웰 | 권진아 옮김 | 48 |
1999년 모던 라이브러리 선정 '20세기 100대 영문학'
2005년 「타임」 선정 '20세기 100대 영문 소설'
2009년 「뉴스위크」 선정 '역대 세계 최고의 명저' 2위

1954 **이즈의 무희 · 천 마리 학 · 호수**
가와바타 야스나리 | 신인섭 옮김 | 39 |
1952년 일본 예술원상 수상
1968년 노벨문학상 수상

1955 **엿보는 자**
알랭 로브그리예 | 최애영 옮김 | 45 |
1955년 비평가상 수상

1955 **저주받은 안뜰 외**
이보 안드리치 | 김지향 옮김 | 49 |
수록 작품: 저주받은 안뜰, 몸통, 술잔, 물방앗간에서, 올루야크 마을, 삼사라 여인숙에서 일어난 우스운 이야기
세르비아어 원전 번역
1961년 노벨문학상 수상 작가

1962 **이력서들**
알렉산더 클루게 | 이호성 옮김 | 58 |

1964 **개인적인 체험**
오에 겐자부로 | 서은혜 옮김 | 22 |
1994년 노벨문학상 수상

1967 **콜리마 이야기**
바를람 샬라모프 | 이종진 옮김 | 76 |
국내 초역

1968 **현란한 세상**
레이날도 아레나스 | 변선희 옮김 | 96 |
국내 초역

1970 **모스크바발 페투슈키행 열차**
베네딕트 예로페예프 | 박종소 옮김 | 36 |
국내 초역

1978 **노인**
유리 트리포노프 | 서선정 옮김 | 89 |
국내 초역

1979 **천사의 음부**
마누엘 푸익 | 송병선 옮김 | 8 |

1981 **커플들, 행인들**
보토 슈트라우스 | 정항균 옮김 | 7 |
국내 초역

1982 **시인의 죽음**
다이허우잉 | 임우경 옮김 | 6 |

1991 **폴란드 기병**
안토니오 무뇨스 몰리나 | 권미선 옮김 | 29, 30 |
국내 초역
1991년 플라네타상 수상
1992년 스페인 국민상 소설 부문 수상

1996 **아메리카의 나치 문학**
로베르토 볼라뇨 | 김현균 옮김 | 17 |
국내 초역

1999 **이상한 물질**
테라지아 모라 | 최윤영 옮김 | 92 |
국내 초역

2001 **아우스터리츠**
W. G. 제발트 | 안미현 옮김 | 19 |
국내 초역
전미 비평가 협회상 브레멘상
「인디펜던트」 외국 소설상 수상
「LA타임스」, 「뉴욕」, 「엔터테인먼트 위클리」 선정 2001년 최고의 책

2002 **야쿠비얀 빌딩**
알라 알아스와니 | 김능우 옮김 | 43 |
국내 초역
바쉬라힐 아랍 소설상
프랑스 툴롱 축전 소설 대상
이탈리아 토리노 그린차네 카부르 번역 문학상
그리스 카바피스상

2003 **프랑스어의 실종**
아시아 제바르 | 장진영 옮김 | 95 |
국내 초역

2005 **우리 짜르의 사람들**
류드밀라 울리츠카야 | 박종소 옮김 | 69 |
국내 초역

2007 **시카고**
알라 알아스와니 | 김능우 옮김 | 71 |
국내 초역